自驾长征路

刘卫 秦红 著

江苏人民出版社

图书在版编目（CIP）数据

自驾长征路 / 刘卫 秦红著. -- 南京 : 江苏人民出版社,
2024.2

ISBN 978-7-214-25536-5

Ⅰ.①自… Ⅱ.①刘… Ⅲ.①游记 – 作品集 – 中国 –
当代②旅游摄影 – 中国 – 现代 – 摄影集 Ⅳ.①I267.4
②J426

中国版本图书馆CIP数据核字(2020)第184750号

书　　名	自驾长征路
著　　者	刘 卫 秦 红
责任编辑	汪意云
装帧设计	刘葶葶
责任监制	王　娟

出版发行	江苏人民出版社
地　　址	南京市湖南路1号A楼，邮编：210009
照　　排	江苏凤凰制版有限公司
印　　刷	苏州市越洋印刷有限公司
开　　本	718毫米×1000毫米　1/16
印　　张	28
字　　数	400千字
版　　次	2024年2月第1版
印　　次	2024年2月第1次印刷
标准书号	ISBN 978-7-214-25536-5
定　　价	148.00元

（江苏人民出版社图书凡印装错误可向承印厂调换）

自序：为什么要走长征路

三次走长征路。

前两次是局部，自驾旅游时顺道寻访。分别到过江西、贵州、云南、四川、宁夏的多处红军长征遗址，如黎平、遵义、娄山关、泸定桥、腊子口、六盘山等，有的地方去过不止一回。

2019 年秋，再次开启长征之旅。这次是全程，以中央红军（红一方面军）的长征路线为主线，也有意识地寻访了红二方面军（红 2、红 6 军团）、红四方面军、红 25 军，以及红军北上抗日先遣队的征战地。

为什么要走长征路？

第一，敬仰。自小受到红军长征精神的感染，随着年龄的增长和阅历的增加，感佩之情愈浓，敬仰之心愈烈。

第二，厌倦了常规旅游景点千篇一律的套路，想通过走长征路，领略不同地域的自然风光，体察不同民族的奇异风情。红军走过万水千山，他们用自己坚韧不拔的脚步，为后人踩出了一条绝佳的旅游路线。这条路，吸引了很多人，也吸引了我们。

第三，有一个特殊的原因，在出版社工作时，曾经与军事博物馆合作，10 年间先后策划编辑《长征：英雄的史诗》和《读懂长征》两本图书。越是深入细节，越是想亲自去走走看看——穿越传奇的长征路，把读历史变成走历史。

2019 年春节后，开始准备，前后持续 8 个月。

首先，重读长征史。因为要实地走，所以读得很认真。重读以权威的红军长征史为支撑，以中央文献版的领袖传记和年谱、走过长征路的将帅们的回忆录和日记等为补充。

还阅读了一些中外研究者的著作，包括党史专家石仲泉的《长征行》、刘统整理的《亲历长征》和索尔兹伯里的《长征：前所未闻的故事》，等等。除了手头已有的藏书外，又买了一批图书资料。以前觉得自己对长征史很了解，读了大量的史料后，深感原来的知识储备不足，更觉重走长征路的必要。

其次，搞清楚红军长征路线，包括各军团、纵队的路线，以及重要战役战斗和重大事件发生地，尽量细到每一天、每一个节点。在重读长征史的过程中，随时记录。还查阅了一些地区党史部门的考察和考证文章、曾经重走长征路者发在网上的寻访记，这些对我们很有参考价值，获益匪浅。

其三，选择自驾的路线。红军从长征出发起，便是多路行军，一般分左中右三路或左右两路，每一路往往又分左右两翼。因此，怎么走？跟谁走？就是个问题。我们的选择是：原则上以毛泽东和主力军团（红1、红3军团）的足迹为主，以标志性的战役战斗和重大事件发生地为寻访重点。同时，坚持走到红军途经的每一个省，如作为长征序曲的北上抗日先遣队征战过的皖南（黄山谭家桥）、赣东北（怀玉山），部分红军主力初始出发地的福建（宁化和长汀）、遵义会议后红1军团途经和驻扎的重庆（1997年从四川析出为直辖市）南部地域。

为了厘清路线，也为了理清头绪，专门制作了详细的路书：一份是文字的，约14万字；一份是图，标明行走路线和寻访点。路线图分为一张总图和50余张分解图，共标注300多个节点，在重要的节点写上文字说明。从实践结果看，这个很有用，使走错路的概率大大降低，踩点更精准，节省了时间和体力。

2019年9月26日，从南京出发，开始自驾长征之旅。历时46天，其中独自一人25天，夫妻同行21天。先后途经安徽、江西、福建、广东、湖南、广西、贵州、重庆（原属四川）、云南、四川、甘肃、宁夏（六盘山地域，原属甘肃）、陕西、山西、河南，共15个省（市），其中红军长征经过的省（市）12个。

行车里程 11600 多公里——不包含前两次去过的一些地方，如云贵川边的扎西一带、三大主力会师地甘肃会宁等，如果都算上的话，超过 13000 公里。

除了驾车外，为寻访红军遗址遗迹，每天徒步基本上在 10000 至 18000 步之间（手机记录），有几天走了 20000 多步。这是原来没想到的，有些遗址很难寻找。

由于寻找遗址耗费了时间，所以经常要赶一段夜路。

撞过一次石墩，扎破一次轮胎。

多次在山中迷路，又寻回正途。

一路上，受到很多人的帮助，包括乡村干部、农民、教师、民警。他们中，有年过七旬的老者，也有二十上下的青年；有汉族，也有苗、彝、藏、回、布依等少数民族。一路上，只要说是重走长征路的，人们总是热情相助。

长征路是举世无双的。

它是用红军鲜血铺就的悲壮之路，它是穿越万水千山的雄奇之路，它是在历史与现实间不断切换的山川巨变之路，它也是一条充满人间温情的友爱之路。

今天，我们想用图文并茂的方式，将这一切呈现出来，与大家共享。

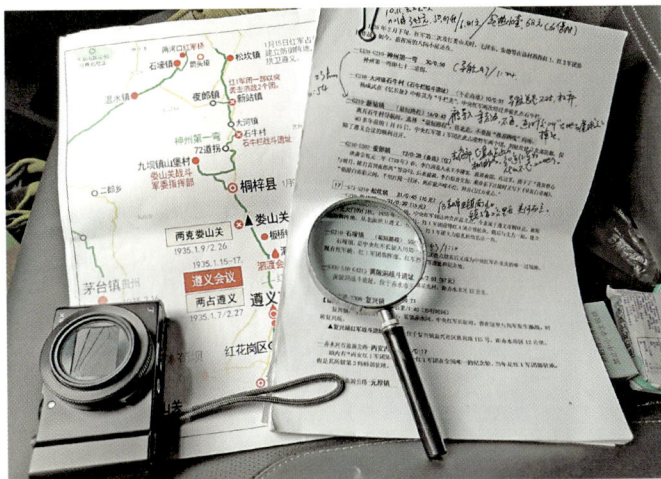

自驾路上天天使用的文字路书和路线分解详图

目 录

第一篇

走进中央苏区

九华山 ▲　　　查济古村 ○　　○ 桃花源

升金湖 ○　　九华秋浦胜境　　○ 太平湖

黄山区 ○　　**红军北上抗日**
先遣队纪念馆

石台县 ○

▲ 石台县牯牛降　　黄山 ▲　　● **谭家桥**

牯牛降　　　　　　谭家桥战斗遗址
音堂景区　　宏村 ○　　粟裕墓　　绩溪县 ○　　徽杭古道

黟县 ○　　西递　　呈坎　　歙县 ○

祁门县 ○　　齐云山　休宁县 ○　　新安江山水
　　　　　　　　　　徽州区 ○　　画廊风景区

黄山市 ◎

千岛湖

自驾路线

▲ 大鄣山卧龙谷

江湾

李坑　　　　浮梁古县衙 ○

景德镇市 ◎　　婺源县 ◎　　　　　开化县 ○　　桃花源景区 ○

陇首村高竹山
方志敏被俘处　　　　　　　　三衢石林

北上抗日先遣队纪念碑　　　　衢州市 ◎
方志敏清贫碑

洪岩仙境 ○　　　　　　　　　　▲ 三清山　　　　　烂柯山

怀玉山

闽浙皖赣革命　　葛源镇
根据地旧址群　　**枫林村** ○　　　　玉山县 ◎

上饶市 ◎

弋阳县 ◎　　横峰县 ◎　　　　**北上抗日先遣队纪念地**

贵溪市 ◎　　龟峰景区　　铅山县 ◎　　**谭家桥 — 怀玉山**

自驾路线图-1

01

碧血青山　北上抗日先遣队的足迹

出行日期：9 月 26 日（第 1 天）
自驾路线：南京—谭家桥—怀玉山
行车里程：约 520 公里

2019 年 9 月 26 日上午，开车从南京出发，一路向南。自驾长征路之旅就此开启。

第一天途经两处，都是红军北上抗日先遣队纪念地。在红军长征史中，北上抗日先遣队是不可或缺的一个部分。

谭家桥·红 10 军团激战地

谭家桥位于安徽省黄山市黄山区，现为建制镇。南京到此，约 4 个小时。

1934 年 7 月，为牵制国民党军、减轻中央苏区反"围剿"的压力，红 7 军团 6000 余人受命组成北上抗日先遣队，由军团长寻淮洲、政委乐少华、参谋长粟裕等率领，从中央苏区出发北上。10 月在江西重溪与红 10 军会合。11 月，两军合编为红 10 军团，由军政委员会主席方志敏领导，转战于浙赣皖边地区。

12 月中旬，红 10 军团与国民党军在黄山脚下的谭家桥激战，红军遭受较大损失，寻淮洲牺牲。此战是新成立的红 10 军团能否在皖南立足的关键一役，受挫后，红军一直处在优势国民党军的"追剿"中。

粟裕生前三次来到谭家桥，并嘱托身后将其部分骨灰安放此。墓址位于纪念馆旁的烈士陵园中。此地有烈士墓穴 30 座，安葬着有名烈士 50 人，无名烈士 300 人。

谭家桥

红军指挥台遗址，位于谭家桥石门峡

粟裕墓（骨灰安放处）

从墓园拾级而上，可看到当年遗留的战壕，壕里长满了杂草。继续上行，到石门峡谷口，有一大片裸露的巨石，就是当年红军指挥台旧址，方志敏、粟裕等曾在这里指挥战斗。

这是处制高点，也是处观景台，远可眺望黄山，近可俯察峡谷。

四周没有人迹，唯松涛阵阵，呜咽着，低吼着，在空谷中回响。

怀玉山·方志敏清贫碑

怀玉山中民居

怀玉山位于赣东北玉山县，紧邻三清山。从谭家桥过来245公里，途经黄山市(屯溪)和婺源县，一路都是风景区。开车也要 4 个小时，主要是上山弯道多，跑不快。

1935 年 1 月，方志敏率领的红 10 军团在皖南受挫后，返回赣东北。进至怀玉山区时，被7倍于己的国民党军包围。红军浴血奋战，终因弹尽粮绝，大部壮烈牺牲，只有粟裕等率 800 余人突出重围。

怀玉山中

　　方志敏本已突围而出，为了接应后续部队不幸被俘，8月牺牲于南昌。他在狱中留下了16篇计14万字的文稿，其中《清贫》《可爱的中国》被纳入中学语文课本。

　　"清贫，洁白朴素的生活，正是我们革命者能够战胜许多困难的地方！"这是方志敏一生品格风范的写照，也启示、激励了一代又一代人。

方志敏清贫碑。由烈士头像雕塑、字碑两部分组成，其中字碑全文镌刻方志敏《清贫》手迹。背景是怀玉山主峰云盖峰

中国工农红军北上抗日先遣队纪念碑。碑名为方志敏手迹"为了可爱的中国"

　　怀玉山上，建有方志敏清贫碑（塑像）、红军北上抗日先遣队纪念碑等，位于不同的山头，中间要经过村庄。爬坡还是挺累的，但是值得——为了壮阔美丽的风景，更为了告慰英灵：幸得有你们，山河已无恙！

　　当晚，夜宿怀玉山。

走进中央苏区

南城县

洪门水库

1933.10.7.

反围剿第一战

1933年9月25日，国民党军进攻黎川，第五次反"围剿"揭开序幕

资福村

淘口镇
活捉旅长葛钟山

黎川县（苏区北大门）

东堡乡

团村

减字木兰花
广昌路上
1930年2月

漫天皆白，
雪里行军情更迫。
头上高山，
风卷红旗过大关。
此行何处？
赣江风雪迷漫处。
命令昨颁，
十万工农下吉安。

南丰县

延福峰

甘竹镇

大罗山

泰宁县

泰宁风景旅游区

广昌红色群雕园

广昌战役
1934年4月10日，广昌战役打响，持续18天，红军毙伤俘敌共2626人，自身伤亡5093余人。广昌失守。5月，开始考虑撤出苏区，成立"三人团"。

广昌县

静宁县

成立"三人团"

高虎脑战役
1934年7-8月，为阻止国民党军通往瑞金，红军进行了高虎脑战役（包括高虎脑、大寨脑、万年亭战斗）。这是长征前最险恶的一仗，为主力转移赢得了时间。

高虎脑红军烈士纪念碑

高虎脑村

红3军团指挥所

万年亭

驿前镇

明清古建筑群
红1军团指挥所
红军宿营地

中央苏区前期政治军事中心

宁都县

如梦令·元旦　1930年1月
宁化、清流、归化，路隘林深苔滑。
今日向何方，直指武夷山下。
山下山下，风展红旗如画。

明溪县（归化）

往兴国

石城阻击战

石城县
10月6日失守

红军医院旧址

林畲村
毛泽东旧居

宁化县

石壁镇

清流县

安砂水库

菩萨蛮·大柏地
1933年夏

赤橙黄绿青蓝紫，
谁持彩练当空舞？
雨后复斜阳，
关山阵阵苍。
当年鏖战急，
弹洞前村壁，
装点此关山，
今朝更好看。

淮土镇

凤山村

凤凰山红军长征出发地
1934.10.9~12.

大柏地

往于都

里田乡草坪村

朱德旧居

罗坊乡

长征第一山

云石山

梅坑

瑞金市

古城镇

苏区经济文化中心

长汀县 客家首府
瞿秋白就义处

北上抗日宣言发布地

石峰村

毛泽东旧居

出发集结地

丁屋岭

连城县

姑田镇

小陶镇

会昌县

清平乐·会昌
1934年夏
踏遍青山人未老
风景这边独好
......

河田镇

长汀县
长征第一村 中复村
（红9军团长征零公里处）
1934.9.30.

松毛岭战斗遗址

温坊战斗遗址

朋口镇

● 红军途经或宿营地（经过）
○ 红军途经或宿营地
✕ 重要战役战斗发生地
◉ 长征前尚存苏区县
— 自驾路线

02

广昌路上　风卷红旗过大关

出行日期：9 月 27 日（第 2 天）
自驾路线：广昌—高虎脑—驿前—石城
行车里程：约 440 公里

广昌·进入中央苏区

离开怀玉山后沿高速继续南下，前往广昌，全程 365 公里，行车 4 个半小时。

广昌，地处赣闽粤要冲，是当年中央苏区的北方重镇，距离瑞金 128 公里。这一带自古盛产白莲（白荷），被誉为"中国白莲之乡"。87 年前，中央苏区第五次反"围剿"期间最关键的一场战役——广昌保卫战，就在这里打响。

走进中央苏区，思绪很自然会飘到枪林弹雨的岁月。

1933 年 5 月，蒋介石在"塘沽协定"签字后，迅速集中 50 多万兵力，分北、南、西三路，组织对中央苏区的第五次"围剿"。

9 月 25 日，完成准备的国民党军进攻中央苏区北大门黎川，第五次反"围剿"揭开序幕。28 日，黎川失守。

当时，临时中央负责人博古不懂军事，把红军指挥权交给共产国际派来的李德。李德不了解中国实际情况，只是搬用正规的阵地战经验。他们排斥了毛泽东，也全盘否定了他为红军制定的一系列正确的战略战术原则，致使根据地不断被蚕食，反"围剿"日趋陷入不利境地。

1934 年 4 月初，国民党军集中 11 个师的兵力，分两路向广昌进攻。博古、李德等命红军主力以"阵地对阵地"与敌"决战"，并亲至广昌指挥。4 月 10 日，广昌保卫战打响，历时 18 天。红军英勇奋战，虽毙伤俘敌 2626 人，

广昌城的标志性雕塑

自身损失却高达 5093 人。广昌失守。

广昌保卫战是红军历史上最典型的阵地战、消耗战。

广昌惨败后，5 月，中央书记处开始考虑主力红军撤出中央苏区，并成立了由博古、李德、周恩来组成的"三人团"，领导撤退的准备工作。

红色群雕：广昌路上

广昌县中心广场上的白莲雕塑，表示这里是"白莲之乡"。背景为广昌县委、县政府办公楼

所以有一句话：长征之始，始于广昌之败。

现今在广昌，保存有两处红军前方指挥部旧址（分别位于旴江镇乌石岗、头陂镇龙岗村），毛泽东旧居和甘竹调查会议旧址（分别位于旴江镇清水村、甘竹镇答田村）等。

但最醒目、最突出的纪念地，是广昌红色群雕园，位于城北广昌立交桥西侧一个不高的山岗上。标志性的雕塑，是毛泽东策马行军的青铜像，附属有红军战士随行和"风卷红旗过大关"的场景，立意来自毛泽东的词作《减字木兰花·广昌路上》。

驿前以北·北线最后一场大战

离开广昌城，开车继续往南，又先后到访了高虎脑、万年亭和驿前镇。这三处都在 206 国道（烟汕线）上。两边有山，路不宽，车很少。

红军主力长征前，北线最后一场大战就发生在这里。

1934 年 7 月至 8 月，为阻击国民党军通往瑞金，彭德怀、杨尚昆指挥红 3 军团主力、红 5 军团第 34 师、少共国际师（第 15 师）在驿前以北进行了高虎脑、大寨脑、万年

（左）高虎脑红军烈士纪念碑
（右上）高虎脑红军驻地旧址
（右下）高虎脑红军小学

亭战斗，史称"驿前以北战斗"。因三次战斗均在高虎脑境内，又合称"高虎脑战役"。

高虎脑村 又名贯桥村，隶属广昌县驿前镇，距县城34公里。1934年8月5日，高虎脑战斗在这里打响。此战，红军歼敌4000余人，自身伤亡1600余人，其中团以下干部342人。在《中国工农红军长征全史》中，把高虎脑之战称为"国民党军第五次'围剿'以来最为险恶的一仗"。

如今村庄又名"高虎脑苏区小镇"，中心广场矗立着"高虎脑红军烈士纪念碑"，碑名由原红3军团政委、后任国家主席的杨尚昆题写。

万年亭战斗遗址 位于高虎脑以南2.3公里处的山岗上。这里原有一座古亭，现荡然无存，遗址基本上被杂树和灌木丛覆盖。高虎脑战役期间，红3军团指挥部曾设在这里。国民党军向这里发起数次猛攻，均被击溃。战斗中，第5师政委陈阿金、军团卫生部长何复生牺牲。

万年亭红3军团指挥部遗址位于206国道边，须从小道上山。这里当年是通往瑞金的咽喉，为敌我双方必争之地

红军在驿前以北防御战中，击退国民党军多次冲锋，并将其精锐的第89师打得丧失战斗力，但红军也伤亡2300余人（其中干部600余人）。此战虽然失利，但为中共中央和红军主力战略转移赢得了宝贵的时间。

8月30日，驿前失守，红军北部防线被突破。

驿前古镇 位于万年亭以南约7公里处。古为朝廷传

红3军团指挥部遗址。在其一侧，有第5师政委陈阿金烈士墓

递兵马文书的驿站，现以明清古建筑群而闻名。古镇保存有红军指挥部、红军宿营地和红军标语等遗址遗迹，属于红色旅游经典景区。

驿前古镇很大，街巷七拐八岔，一路问人，仍然两次迷路，下午 5 点半才转出来，而且还错过了红 1 军团指挥部旧址大夫第。当时气温有 30 多度，饥热交迫。由于耽搁太久，影响了后面行程。

古镇内保存的红军宿营地和标语墙（迎薰民居）。标语写的是："红军中官兵伕薪饷穿吃一样，白军里将校尉起居饮食不同。"这样的标语，对瓦解白军士气是很有杀伤力的，同时也在告诉老百姓，红军是怎样的一支队伍

独具风情的驿前古镇，入选第一批中国传统村落，国家级历史文化名镇

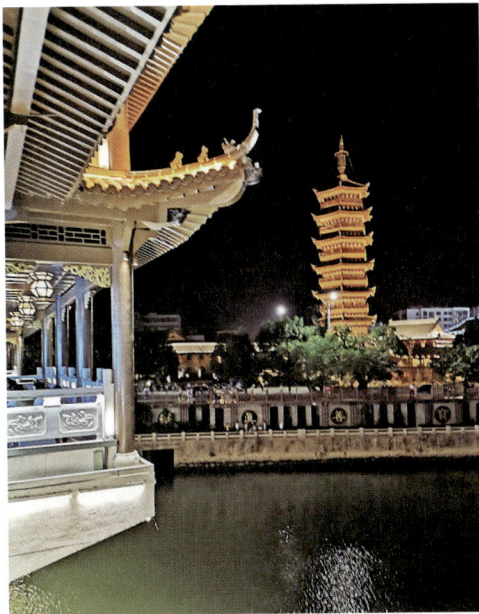

石城县位于琴江之畔，因"环山多石，耸峙如城"而得名，现为优质烤烟、白莲出产基地，灯彩之乡。图为琴江边夜景

石城·一个标志性节点

从驿前古镇拐上 206 国道后，继续南下。沿途有"中国莲花景区""莲坑"等地名，路两边几乎都是荷塘，只是季节过了，荷尽已无擎雨盖，菊残犹有傲霜枝。

天渐渐黑下来。

前方是石城，这是第五次反"围剿"的一个标志性节点。

1934 年 9 月下旬，在国民党军的不断进攻下，中央苏区仅存瑞金、会昌、于都（雩都）、兴国、宁都、石城、宁化、长汀（汀州）8 个县城和这些县之间的狭小地域。

10 月 6 日，国民党军占领石城。这里距瑞金仅 70 公里。博古、李德等大受震动，仓促决定提前退出中央苏区，实行战略转移。从这时起，到 10 月 10 日中共中央和军委机关撤离瑞金，只有 4 天时间；到 10 月 17 日中央红军主力开始过于都河（贡水），只有 11 天时间。

毛泽东后来在《中国革命战争的战略问题》中总结第五次反"围剿"时说："到打了一年之久的时候，虽已不利于出浙江，但还可以向另一方向改取战略进攻……调动江西敌人至湖南而消灭之。此计又不用，打破第五次'围剿'的希望就最后断绝，剩下长征一条路了。"

彭绍辉日记

10 月 5 日 晴
驻军。
今日率领各团长带通讯员到石城西南大山上看地形，研究发向石城前进时的战斗部署。同时通知石城兵站、医院、机关、团体全部撤走，我师即在石城设少数的伪装兵。石城已实行坚壁清野。

10 月 6 日 晴
战斗。
今日派出少数部队占领石城西南高地，担任正面警戒，严密监视敌人。如敌向石城前进时，则节节抗击，牵制敌人。上午 9 时，敌开始与我警戒部队接触，敌人飞机侦察和轰炸，整日不停，石城很多房屋被毁。午后 3 时，敌占石城。

彭绍辉，时任少共国际师（第 15 师）师长

闽赣交界处。赣南、闽西地区，是当年中央革命根据地的核心区域

03

始发之地 从宁化到长汀

出行日期：9 月 28 日（第 3 天）
自驾路线：凤山—石峰—中复—长汀
行车里程：约 340 公里

红军战略转移，即长征，是从哪儿开始的呢？

现在基本确认：江西的瑞金、于都，福建的宁化、长汀。再细分，于都为最终的集结出发地，其他为初始出发地。如果算上北上抗日先遣队的话，还有福建永安市的石峰村。

离开石城后，开车很快就进入了闽西。当时的中央苏区，包括了赣南和闽西的广大地域。

宁化·长征出发地之一

初识宁化，是因为毛泽东的一首词作。

1930 年 1 月，开过古田会议后，红四军从福建向江西进军。朱德率 3 个纵队先行。毛泽东率 1 个纵队在古田以南阻击敌军，随后经归化、清流、宁化翻越武夷山，至广昌、东韶一带与朱德会合。其间，写下《如梦令·元旦》：

> 宁化、清流、归化，路隘林深苔滑。
>
> 今日向何方？直指武夷山下。
>
> 山下山下，风展红旗如画。

从 1929 年 1 月起，毛泽东、朱德率领红军三次进入宁化，到 1934 年 10 月中央红军出发长征时，宁化一直是全红苏区县。当时全县人口仅 13 万，参加红军的就有 13700 多人，为革命牺牲 6600 多人。在反"围剿"最为艰难的日子里，宁化人民筹集大量粮食和钱款支援红军，被誉为"苏区乌克兰"。

宁化县石壁村。该村先后有 138 人参加红军和赤卫队，在册烈士 92 名。第五次反"围剿"最困难的时候，这里成为红军后勤保障基地。现有红军医院和宿营地遗址。2012 年被命名为"中央红军村"

宁化石壁村也是享誉海内外的客家祖地，世界客家人的朝圣中心。图为客家公祠

位于凤山村村口的"长征出发地"纪念碑

长征前夕，驻宁化境内的主力红军约 1.4 万人，包括红 1、红 3、红 9 军团各一部，以及军委直属炮兵营、红军医院等，占中央红军主力的 16% 强。

红军长征一个半月后的 12 月 1 日，宁化县城失守，成为中央苏区最后沦陷的"红色壁垒"。同一天，中央红军主力正血战湘江，突破第四道封锁线。

现今，宁化境内保存最集中的红军出发地遗址，在淮土镇凤山村。当年石城失守后，参加阻击战的大部分部队奉命到这里休整，然后出发往于都集结，开始战略转移。2016 年公布的《全国红色旅游经典景区名录》中，其全称是"中央红军长征凤凰山出发地旧址"。

凤山村的红军遗址，除了图片所示外还有很多，保存和维护得比较好，很值得一看。遗憾的是没有明确的路牌，初来乍到的很难找。幸在村中巧遇淮土镇政府的工作人员刘伟，由他做向导，把老街内外的遗址都看全了。分手时，我们互相加了微信好友。

岭背屋香火堂，凤凰山扩红指挥部旧址（内景）。为粉碎国民党军对苏区的"围剿"，中革军委提出"猛烈扩大红军"。驻凤凰山红军和乡苏维埃在此召开群众大会，号召青壮年踊跃参军

松竹居，红 3 军团第 4 师（师长洪超、政委黄克诚）师部旧址，现仅存牌楼。1934 年 10 月 12 日，红 4 师从这里出发长征

红军看病所（赤岭王氏祖屋）。墙上的标语是："焚烧田契借据""贫民看病不要钱"

石峰村·北上抗日宣言发布地

石峰村（又称石丰村），隶属福建省永安市小陶镇，位于永安与连城间的大山深处，是第四批"中国传统村落"。因地理位置和地貌原因，80多年前，以红3军团为主的东方军、由红7军团组成的北上抗日先遣队，以及红9军团、红1军团主力等先后到过这里。

1934年7月15日，红7军团进抵石峰村一带，与护送其北上的红9军团会合。当日，红7军团以散发传单的方式正式发布《为中国工农红军北上抗日宣言》。该宣言由中华苏维埃共和国中央政府主席毛泽东，中革军委主席朱德和副主席周恩来、王稼祥共同签署。8月1日，即16天后，《红色中华》报登载了此宣言。同一天，在瑞金举行的阅兵典礼上，朱德总司令率领受阅红军举行抗日宣誓。毛泽东主席发表讲话："苏维埃政府与革命军事委员会已下令全国红军，随时准备随着先遣队出发。"

由于石峰村是北上抗日宣言的首发地，因此被誉为"北上抗日宣言第一村"。

我首先找到由石仲泉题写馆名的"北上抗日宣言发布地纪念馆"。小陶战斗时，这里被用作红军临时医院。房主人叫吴日升，70多岁，说话和蔼，方言较重，但能听懂七八成。

吴老说，纪念馆原来是吴氏祠堂，土改时分给他家。

石峰村。从小陶镇到此，开车大约半小时

北上抗日宣言发布地纪念馆（原红军临时医院）及房主人吴日升

北上抗日先遣队石峰驻防部队指挥所旧址

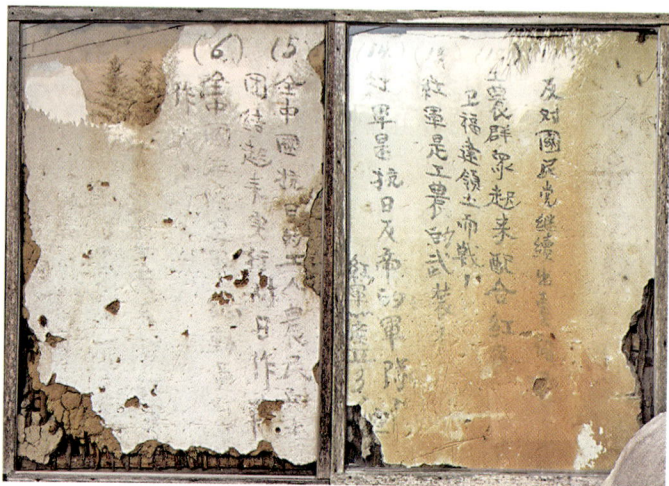

石峰红军指挥所墙上的标语残片

途经松毛岭战地遗址。1934 年 9 月下旬，在这里发生了第五次反"围剿"东线的最后一场大战，红军和地方武装以伤亡 6000 多人的代价，为主力长征赢得了宝贵时间

中复村口的标志性石碑，距松毛岭约 5 公里

他从小到大一直住这里，前两年才搬出来。吴家新居紧邻祠堂，是一幢长长的带明廊的二层楼房。

北上抗日先遣队驻石峰指挥所，在村外的河边。墙上保留着标语残片，其中有："全中国抗日的工人农民兵士团结起来实行对日作战""红军是抗日反帝的军队"。先遣队出发后一个月，红 1 军团第 2 师也将指挥所设在这里。

中央红军主力长征后，石峰村及其周边的村庄成为南方三年游击战争的根据地之一。

中复村·红军长征第一村

埃德加·斯诺在《西行漫记》中写道：长征"从福建最远的地方开始，一直到遥远的陕北西北部道路的尽头为止"。

他说的这个"福建最远的地方"，就是长汀县中复村，当时叫钟屋村，位于长汀与连城的交界处，松毛岭是两县的界山。

1934 年 9 月 28 日，红 9 军团奉命撤出中央苏区东线最后一场大战——松毛岭阻击战。30 日，在钟屋村观寿公祠前举行誓师大会，随后兵分两路转移，迈出了万里长征的第一步。钟屋村赤卫模范连、少先队等跟随一起撤离，后全部加入红 9 军团。全村男女老幼向周边疏散。

10 月 21 日，国民党军队进占钟屋村，这时村里已坚壁清野、十室九空。国民党军占领该村后，改名中复村（有

"光复"之意），至今沿用。

2013年，"红9军团出发地旧址"被定为全国重点文物保护单位。2016年，"红军长征出发地（中复村）旧址"，被列入《全国红色旅游经典景区名录》。由于红军长征最早从这里出发，所以中复村又被称为"红军长征第一村"。村中还有红军街、红军桥等遗址。

红9军团长征出发地暨零公里处纪念碑。背后是观寿公祠，即红9军团指挥部旧址

长汀·客家首府，红军故乡

路易·艾黎曾说："中国有两座最美丽的山城，一座是湖南凤凰，另一座是福建长汀。"

长汀原叫汀州，是一座千年古城，自盛唐以后的1000多年里，一直是州、郡、路、府治所在地。现今拥有国家历史文化名城、中国十大最具人文底蕴古城古镇和世界客家首府等称号。

长汀也是一块红色土地。1929年3月，朱毛红军入长汀，建立了长汀县革命委员会。这是闽西、赣南的第一个红色县政权，长汀因此被誉为"红军的故乡"。

长汀曾经是中央苏区的经济和文化中心，被称为"红色小上海"。在创建和保卫中央苏区的日子里，这里有2万多人参加红军，涌现出杨成武（上将）、傅连暲（中将）等13名将军。长汀也是长征出发地之一，包括中复村在内，境内多地有多支红军部队出发或途经休整。红军主力长征后，瞿秋白、何叔衡在这里遇难。

汀江边的"客家母亲"雕塑

县域革命遗址众多，其中全国重点保护的革命遗址就有 7 处。2019 年 3 月，被国家列入第一批"革命文物保护利用片区分县名单"。

在长汀跑了很多地方，包括福音医院休养所（毛泽东旧居）、福建省苏维埃政府旧址（汀州试院）、瞿秋白就义处等，无论是红军遗址还是文物古迹，都值得一看。限于篇幅，只能图文择要介绍。

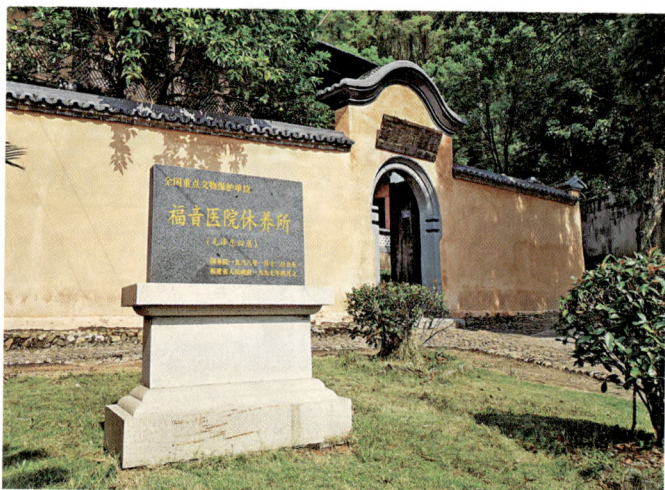

福音医院休养所（毛泽东旧居），全国重点文物保护单位。这里原属钟品松医生私宅，后托福音医院院长傅连暲管理。1932 年秋，毛泽东在宁都会议上被剥夺军事指挥权后，带领警卫班来此治病疗养。应毛泽东建议，福音医院改名为中央红色医院。1933 年初，毛泽东回瑞金领导中华苏维埃政府工作。同时，傅连暲正式参加中国工农红军，并将医院迁往瑞金，成为中央红军第一个正规医院

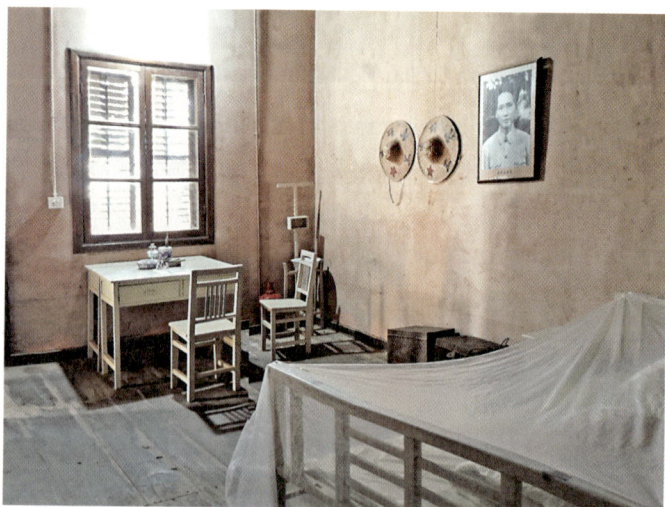

毛泽东居室。在长汀治病疗养期间，毛泽东多次召开干部、工人、农民、士兵、店员调查会，并起草了《关心群众生活，注意工作方法》一文

瞿秋白就义处和纪念碑，全国重点烈士纪念建筑物保护单位。瞿秋白曾经是中国共产党的主要领导人，到瑞金后，任苏维埃中央政府教育人民委员。红军主力长征后被留在苏区，1935 年 2 月 24 日不幸被俘，6 月 18 日在长汀英勇就义，时年 36 岁

自驾路线图
集结出发　开始长征

10月16日，前卫红4团率先出发。
10月17日，红军主力开始渡河。
10月18日，毛泽东、周恩来等从东门过浮桥，踏上漫漫征途。

中央红军出发时共86859人。其中：
军委第1、第2纵队14546人，红1军团19880人，
红3军团17805人，红5军团12168人，红8军团
10922人，红9军团11538人。

1934年7月，为避敌机轰炸，
中央机关迁至云石山一带。
毛泽东、张闻天住山头"云山古寺"中。

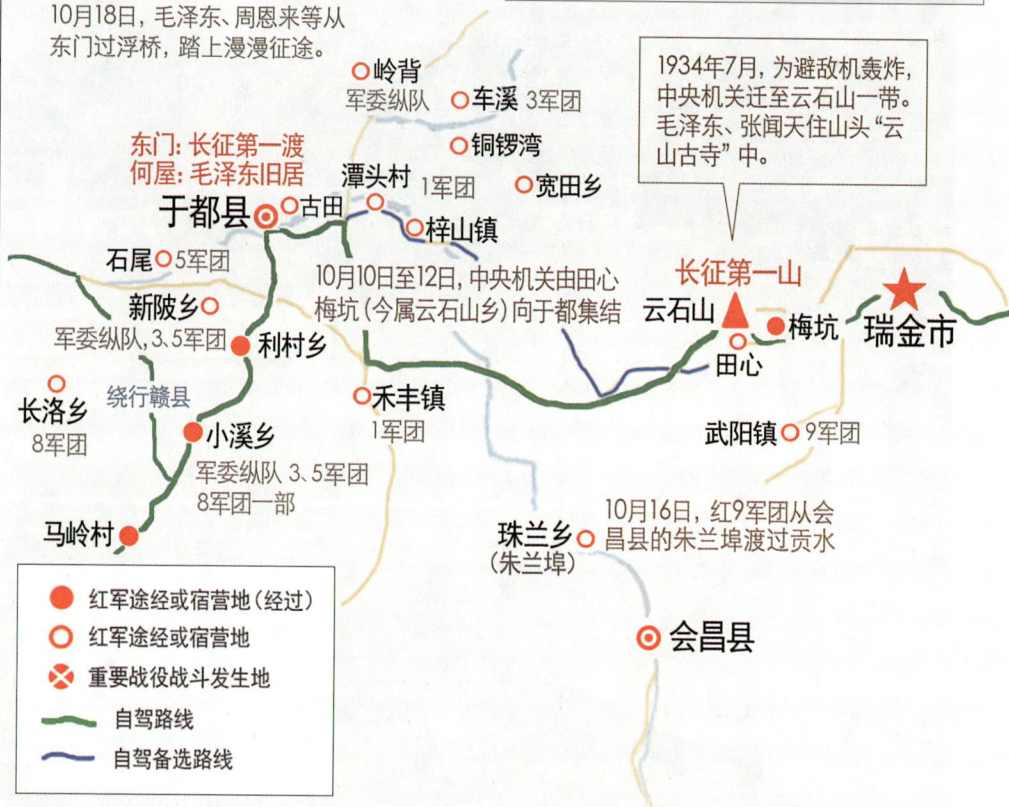

岭背
军委纵队

车溪 3军团

铜锣湾

东门：长征第一渡
何屋：毛泽东旧居

潭头村
1军团

宽田乡

于都县 ○古田

梓山镇

石尾 ○5军团

10月10日至12日，中央机关由田心
梅坑（今属云石山乡）向于都集结

长征第一山

云石山 ▲ 梅坑 瑞金市

新陂乡
军委纵队，3、5军团

利村乡

田心

长洛乡
8军团

绕行赣县

禾丰镇
1军团

武阳镇 9军团

小溪乡
军委纵队 3、5军团
8军团一部

马岭村

珠兰乡
（朱兰埠）

10月16日，红9军团从会
昌县的朱兰埠渡过贡水

● 红军途经或宿营地（经过）
○ 红军途经或宿营地
✕ 重要战役战斗发生地
—— 自驾路线
—— 自驾备选路线

会昌县

04

集结出发　长征第一山和第一渡

出行日期：9 月 29 日（第 4 天）
自驾路线：瑞金—云石山—于都
行车里程：约 137 公里

1934 年 10 月，中央红军主力开始长征。

关于出发的具体时间，主要有两种说法：一是 10 月 10 日，中共中央、中华苏维埃中央政府和中革军委机关从今瑞金县云石山乡一带（田心、梅坑、云石山）出发，向于都开进；二是 10 月 17 日，中央红军主力开始渡过于都河（贡水），向突围前进阵地开进。

军事科学院军史研究部编著的《中国工农红军长征全史》这样写道："1934 年 10 月 10 日，是一个令人难忘的日子，中国工农红军震惊中外的伟大长征从这一天开始。"中央党史研究室第一研究部编著的《红军长征史》、军事博物馆编著的《读懂长征》等书也采此说。尽管如此，各书中关于长征出发的重头描写，都放在了于都，现今红军长征

瑞金叶坪，毛泽东旧居。1931 年 11 月，第一次全国苏维埃代表大会在叶坪召开。会上，宣告成立中华苏维埃共和国临时中央政府，毛泽东当选为中央执行委员会主席和人民委员会主席。毛主席的称呼，就是从这时候开始的

瑞金沙洲坝，中央政府大礼堂。1934年1月，第二次全国苏维埃代表大会在此召开。此后，正式成立中华苏维埃共和国中央政府，取消原来的"临时"二字。毛泽东当选为中央执行委员会主席，张闻天为人民委员会主席。该礼堂由钱壮飞担任图纸设计

出发的主要纪念地也在于都。

离开长汀县后，一路向西。都是好路，高速和国道任选。这一线的重要节点有三个：瑞金（叶坪、沙洲坝）、云石山、于都。

瑞金被称为"红色故都""共和国摇篮"，是中华苏维埃共和国的诞生地。境内有革命旧址 180 多处，全国重点文物保护单位 33 处。当年，仅 24 万人的瑞金，有 11 万人参军参战，5 万多人为革命捐躯，其中 1 万多人牺牲在长征路上。瑞金的红色遗址，重点在叶坪和沙洲坝，现被列为国家 5A 级旅游景区。

我们到过瑞金两次，分别是 2010 年和 2017 年。这次是途经，穿过市区，直接去了云石山。

云石山·长征第一山

云石山，位于瑞金城西 18 公里处，因毛泽东等在此迈出了长征第一步，因此被誉为"长征第一山"。

1934 年 7 月，随着国民党军向中央苏区腹地推进，原在沙洲坝的中央机关驻地不时遭到敌机轰炸。为安全起见，中央领导机关迁到了较为隐蔽的云石山一带，分散驻扎。毛泽东、张闻天住在山头的云山古寺。

云石山现在是 5A 级"瑞金共和国摇篮景区"的组成部分，门票 10 元。工作人员听说作者是走长征路的，手一挥说：不收费，请！

云石山很小，高不到 50 米，但从平地突兀而起，显得很奇特。山四周是峭壁，仅一条小道通达山顶。上山后，一路上古木参天、怪石嶙峋。古寺门口有一副对联："云山日咏常如画，古寺林深不老春。"

当时住在云石山的毛泽东和张闻天，并不在决策中枢，但也没闲着——

7 月 15 日，中革军委主席朱德策马赶到云山寺，与毛泽东共同签发了《为中国工农红军北上抗日宣言》。这是毛泽东住进云石山后签发的第一份文件。

9 月 29 日，张闻天的《一切为了保卫苏维埃》一文在《红色中华》报发表。这篇文章被认为是红军准备战略转移的第一个公开信号。

10 月初，到于都视察的毛泽东返回云石山，签署了将由中共中央、中央政府共同发布的《为发展群众的游击战争告全苏区民众书》。这是毛泽东在云石山签发的最后一份文件。

在云山古寺，毛泽东还编写了约 3 万字的《关于游击队动作的指示》，论述了游击队的任务、组织、战略战术等。在红军主力战略转移前，由中革军委印发。

云石山门洞旁，原国家主席杨尚昆题写的"长征第一山"

始建于清嘉庆年间的云山古寺，曾为中华苏维埃中央政府驻地，毛泽东、张闻天旧居

云石山有一棵 560 多年历史的樟树。毛泽东、张闻天经常在此促膝长谈，交流中国革命和红军的前途命运问题

10 月 10 日，中央机关人员齐聚在云石山的路旁，编入第 1、第 2 野战纵队，开始踏上漫漫长征路。

行前，毛泽东和贺子珍忍痛将幼子毛毛留下托人收养。

云山古寺内院，右侧第一间和左侧第一间，分别为毛泽东、张闻天办公室兼住室

毛泽东后来对曾志回忆说："部队出发时，孩子站在路边送行，那时毛毛才四岁，没想到一别就再也见不到了。"

与此同时，在云石山乡的马道口，成立了以项英为书记、陈毅为主任的中共中央分局和中央政府办事处，在苏区继续坚持斗争。

曾任中共领袖的瞿秋白、中共一大代表何叔衡也留在了苏区。1935年2月，时年36岁患有重病的瞿秋白不幸被俘，4个月后从容就义；时年59岁的何叔衡为掩护战友突围，跳崖牺牲。

小小的云石山，留下了很多故事，更多的往事则随着时光流逝而淹没。来这里游览的人不是很多，犹显山林寂静、风景如画。

于都·长征第一渡

云石山到于都，走高速76公里，走国道60公里，前者时间短，后者时间长。

于都，时称雩都，是中央红军战略转移主要的集结出发地。东门渡口被称为"长征第一渡"，建有中央红军长征出发地纪念园，包括纪念碑、纪念馆、渡口遗址等。

这个地方开车很好找。过于都长征大桥后，立刻向右转入渡江大道，不一会就到。

中央红军长征出发地纪念园入口处雕塑

1934 年那个金秋 10 月，红军各主力军团和军委纵队先后抵达于都集结（红 9 军团到会昌）。部队进行了休整，充实兵员、武器弹药和粮食钱款，准备战略转移。

集结出发的时间点大致如下：

10 月 10 日至 12 日，中共中央、中央政府和军委机关编成两个野战纵队（又称军委纵队），由瑞金云石山乡（田心村、梅坑村、云石山等）出发，到于都城北集结。

10 月 16 日黄昏，红 1 军团第 2 师第 4 团（团长耿飚、政委杨成武）为前卫，率先跨过于都河，兵锋指向第一道封锁线，并与主力保持一天的行程。杨成武后来在《忆长征》中感叹："谁也没想到，这竟是我们战斗、行军一年零两天的二万五千里长征的开始！"

长征渡口遗址。碑名由杨成武上将题写

当天，红 9 军团在会昌县珠兰埠（今珠兰乡）的 2 个渡口开始过河。

10 月 17 日，红军主力和中央机关开始渡河。于都河上设 8 个渡口，其中 5 座浮桥。

10 月 18 日傍晚，毛泽东与周恩来等从东门走过浮桥。

10 月 19 日至 20 日傍晚，红 5 军团最后渡过于都河，担任全军后卫。

根据纪念馆展陈的中革军委 10 月 8 日统计表，出发时的中央红军主力为第 1、第 3、第 5、第 8、第 9 军团，加上中央和军委机关组成的第 1、第 2 野战纵队，总数为 86859 人（不含第 1 军团教导队）。携带各种枪 33244 支（挺），迫击炮 38 门（炮弹 2473 枚），手榴弹 76526 枚，刺刀、马刀、梭镖等 24535 支（把）。

从这个统计可以看出，枪支数量不到总人数的一半。

到渡口遗址约下午 2 点。阳光很好，蓝天白云，但是很热，9 月末的于都宛如盛夏。这时候人不多，可以慢慢看，消消停停地拍照。当看完纪念馆出来，已过 3 点，广场上一下子多出好几百人，有学生来做活动的，有旅行社带游客来参观的。

离开第一渡后，前往毛泽东的旧居何屋，门牌是濂溪路 48 号，开车 10 分钟。这是条老街，较窄，旧居北边有

中央红军长征出发纪念碑。这是出发以来第一次留影。为作者拍照的是赣州救援总队翠微分队队长，50 来岁，年轻时在南京消防支队当过兵，曾参与扑灭南京炼油厂特大火灾。他说，现在，他和队员们都是义务做救援工作，因为不舍的情怀

毛泽东旧居何屋，位于于都县城北门老街，当时是赣南省苏维埃政府驻地

毛泽东在何屋的居室

于都河畔，蓬勃发展的新城

个上坡的岔道，可以停车。

1934年9月中旬，毛泽东从云石山到于都，在何屋住了30多天。其间，深入考察周边敌情和地形。9月20日，向周恩来发出一份"急密译"，详细报告了于都、赣县等地敌情，以及采取的防范措施。中央文献研究室编著的《毛泽东传》写道："这个电报为中央下决心长征开始从于都方向突围，起了探路的作用。"10月18日，毛泽东离开何屋。"主席的全部行装是：两条毯子，一条布被单，一块油布，一件旧大衣，一把破伞和一个书挑子"，警卫员陈昌奉回忆道，"连主席用了好几年的一个九层挂包也留下了"。傍晚，在东门渡口跨过于都河，踏上漫漫长征路。

主力红军出发时，无数的老乡前来送行。很多人呼唤队伍里的亲人：你们早点回来啊！但是大部分人再也没有回来，他们永远留在了长征路上。

那时还没有现在耳熟能详的歌曲《十送红军》，但据时任红1团团长的杨得志回忆：有人唱起了"我们十分熟悉的高亢奔放的江西山歌"。

跨过于都河时，红1军团将士吼着自己的军歌《直到最后一个人》。

在于都，跟长征有关的地方还有：西门塔脚下码头，红3军团过于都河的渡口之一；于都邮局，有特制的邮资信封，邮戳文字是"江西于都·长征"。

第二篇

五岭逶迤
连过封锁线

自驾路线图
突破第一道封锁线

10月25日,军委纵队和红军主力从王母渡、新田之间渡过桃江,突破第一道封锁线。
减员: 3700余人,其中牺牲1000余人。

兴国县

岭背
军委纵队
车溪 3军团
铜锣湾

东门: 长征第一渡
何屋: 毛泽东旧居

潭头村 1军团 宽田乡

于都县
梓山镇

贡

石尾○5军团

绕行赣县

赣县

新陂乡
军委纵队、3、5军团 利村乡

赣州市◎

桃

长洛乡
8军团

禾丰镇
1军团

水

小溪乡
军委纵队 3、5军团
8军团一部

南康市◎

保存最完好的碉堡

马岭村

修路被阻
山中迷路

1军团
仁风村

珠兰乡
(朱兰埠)
9军团

永固楼
8军团 ❌王母渡镇

3军团

牛岭

下油店

塘村 1军团

突破第一道封锁线

江

韩坊乡
3军团

合头
军委纵队

双芫乡

10月20日军委进驻合头
部署突破第一道封锁线

长征第一仗
红3军团第4师
师长洪超牺牲

百石村 ❌

1军团

9军团

油山镇

谢屋岭

大桥镇

金鸡岭 重石乡

长征第一仗
红1团(杨得志、黎林)第一仗

信丰县◎

杨坊

1军团
新田镇

界址镇
1军团

小河镇

大塘埠
3军团

古陂镇

坪石

红4团(耿飚、杨成武)第一仗

石寨圩

安西镇
(安息圩)

铁石口
1军团

1军团

毛泽东宿营于
杨坊陈家祠堂

● 红军途经或宿营地(经过)
○ 红军途经或宿营地
❌ 重要战役战斗发生地
🔴 毛泽东长征行居
— 自驾路线
— 自驾备选线

自驾路线图–4

05

桃江两岸　过第一道封锁线

出行日期：9月29日至30日（第4—5天）
自驾路线：王母渡—百石—杨坊—新田
行车里程：约300公里（含迷路掉头）

出师不利·山中迷路

跨过于都河后，选择利园线南下，即利村、小溪和马岭方向。

为什么要走这条线？因为它与红军主力行军路线契合度最高。尽管沿途已没什么红军遗址遗迹，也曾担心路很烂，但还是决定走一遭。结果担心成真！原计划通过马岭后前往牛岭，因前方修路被迫改道，在山中迷了路，天黑后三次"鬼打墙"回到马岭。最后被迫掉头，好不容易摸到赣县住宿，已是晚上9点多，饥肠辘辘。

当年红军出发后，为了保密并避开敌机轰炸，连续多

利村乡，中央红军主力过于都河后途经的第一个乡。图为修复中的利村区苏维埃政府（时属粤赣省于都县）旧址

中央红军过于都河后途经的第一个乡：利村乡。80多年过去了，乡和村都已向公路旁集中，面貌大变，但山形依旧。红军主力长征后，1935年2月，项英、陈毅率红24师在利村乡上坪村九路突围，这里因此成为赣粤边三年游击战争的起源地

杨成武《忆长征》

我们在摸黑行军。队伍隐在山影里，看不到一点行迹。偶尔能听到草鞋踩在石子路面上的"窸窸窣窣"的响声，风从树梢上吹过，发出像大海接近平潮时那种节奏缓慢的低喧。远处，瀑布"哗哗"飞溅，四野秋虫唧唧，时而闪亮一丝光，那是伏在草丛里的萤火虫飞起来了。"啪啦"一声，不用问，又是谁跌倒了……从离开于都河，我们一连数日，晓宿夜行，把整个作息时间都搞颠倒了。

杨成武，时任红1军团第2师第4团政委

下午4点多，正值放学，很多学生从路边走过。看着这些老区的后代们，心里暖暖的

小溪，过于都河后途经的第二个乡，距县城30公里。中央红军主力出发前，中革军委已预先将长途电话线架设至这里

日夜行军。在漆黑的大山里，一些部队迷了路，有的连队走丢了。我算是稍稍体会了红军当年的艰难困苦。

1934年10月20日，中央红军主力先后到达桃江以东的仁风、双芫、牛岭、长洛等地区，完成了突破第一道封锁线的准备。这一带仍然属于苏区。

部队突围时分为三路：左路，先导红1军团，跟进红9军团；中路，军委第1、第2纵队；右路，先导红3军团，跟进红8军团。红5军团为全军后卫，随军委纵队跟进。

这种中央和军委机关居中、主力军团两翼护卫的队形，被称为"甬道式"或"抬轿子"行军，作战部队基本丧失了机动性。这是大致队形。前进途中，各军团主力或一部互有穿插，军委纵队有时也并入主力军团一同前进。

当时，毛泽东大病初愈，被担架抬着随中路军前行。

国民党军的第一道封锁线位于信丰县以东的桃江（信丰河）一线。10月21日，红军开始进攻，至25日全部渡过桃江，前锋进至梅岭关。

过第一道封锁线前后，我寻访了四个地方：一是新田镇百石村，长征第一仗在这里打响；二是王母渡镇，有长征路上保存最完好的一座碉堡；三是古陂镇杨坊村，毛泽东及中革军委宿营地；四是广东南雄的乌迳镇新田村，红军入粤第一仗发生地。这是按照历史时序排列，并非自驾的实际顺序。

百石村·红军长征第一仗

由于昨晚迷路改道，所以我是先到王母渡镇看碉堡，再到百石村的。路上发现百度导航有个毛病，就是不认新开辟的县乡公路，尽往旧路土路上引。一路颠簸，正犯愁何时赶到百石村时，一个下坡右拐，到了！村口就是百石战斗遗址碑。

新田镇百石村（圩）位于信丰县与赣县交界处，是国民党军第一道封锁线的前沿据点，由信丰"铲共团"常备队第二中队驻守。红军长征第一仗，在这里打响。

1934年10月21日，红3军团第4师（师长洪超、政委黄克诚）向百石村前进时，遭敌阻击。红4师第10团集中火力发起冲锋。守敌见势不妙，躲进坚固的堡垒顽抗。傍晚时分，红军用迫击炮将堡垒击破，全歼顽敌200余人。

战斗中，25岁的师长洪超被流弹击中，成为中央红军长征路上牺牲的第一位师长。

洪超烈士墓建在村旁的山腰处，可循着台阶拾级而上。这里也是昔日的战场，战壕尚存；炮楼已无踪影，仅存杂草中的旧址。

正值中午，气温35℃，下车即入蒸笼，爬山则挥汗如雨。

百石战斗后，中央红军还先后经过了金鸡战斗、古陂战斗、安息战斗等。

当时赣南、粤北一带都是粤军的势力范围。长征前，红军与粤军首领陈济棠签有秘密协议：就地停战，借道通

进村前的岗坡路

百石村村口的长征第一仗遗址

洪超烈士墓及纪念碑。碑名由中央军委原副主席（时任红4师第3营营长）张震上将题写

过。由于红军行动提前，陈济棠也未来得及通知所有前沿部队，因此一开始双方发生了较为激烈的战斗。此后粤军大部从一线撤退，红军主力随即向信丰东南地域开进。

突破第一道封锁线时，红军减员 3700 余人，其中牺牲 1000 余人。

王母渡·保存最完好的碉堡

王母渡镇，现隶属赣州市赣县区，距离百石村 32 公里。

1930 年，扼守桃江的粤军在这里建了三座碉堡，其中永固楼为主堡，另两座为辅翼。

永固楼：长征路上保存最完好的碉堡

1934 年 10 月 21 日，红 8 军团进抵王母渡，与驻守永固楼的国民党军展开激战，并成功炸毁了两翼辅堡。永固楼里约一个排守敌弃堡而逃，最后大部分被俘虏。红 8 军团在此渡过桃江，突破第一道封锁线。

2010 年 6 月，原中央党史研究室副主任、长征史专家石仲泉在王母渡考察后，称"永固楼是长征路上保存最完好的一座碉堡"。

永固楼在镇子侧后的一座小山上。历经风雨沧桑，它已成为红军突破国民党军第一道封锁线的历史见证。

古陂杨坊·中革军委旧址

"十月里来秋风凉，中央红军远征忙。星夜渡过于都河，新田古陂打胜仗。"这是陆定一、贾拓夫合编的《长征歌》

歌词。

新田，即前面去过的，红军长征第一仗的地点——新田镇百石村。

古陂，当时叫古陂圩，现为信丰县辖镇。当年在此固守的是粤军1个团以及师部直属队。百石战斗胜利第二天，红3军团第4师南下向古陂前进，23日击溃守敌，占领古陂圩。随后开始追击，"一口气追了七十余里，终于追到安息圩"，一路上缴获了很多武器弹药。开国上将、原红4师第11团政委张爱萍回忆说。追击完敌人，回头又去追自己的队伍。

位于古陂镇太平村杨坊的"古陂中革军委旧址"，毛泽东在此宿营

旧址内景，这里原来是陈家祠堂

1934年10月23日，军委第1、第2纵队抵达古陂镇的太平、杨坊一带。

中革军委和毛泽东的宿营地设在杨坊陈家祠堂，距离古陂镇约5公里。据李敏在《长征路上的父亲母亲》中回忆，

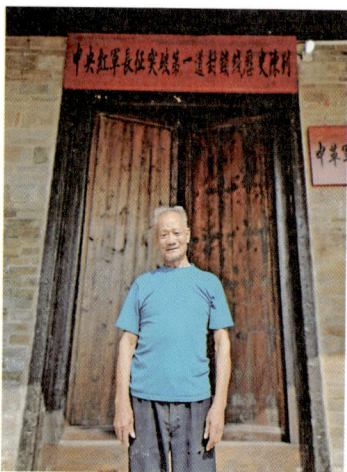

为我带路的好人陈宗远

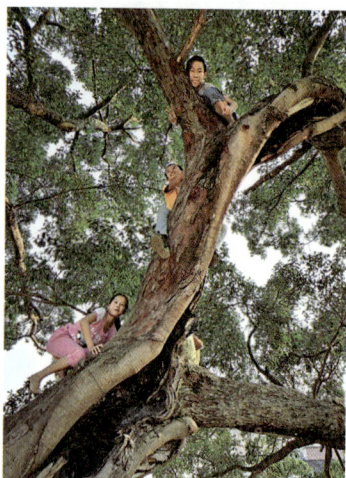

新田古村村口的千年古树上，孩子们爬上爬下尽情玩耍

贺子珍到古陂后，曾从修养连来此看望了病中的毛泽东，向他讲述瑞金县男女老少送别红军的情景，毛泽东感慨地说："我们欠根据地人民实在太多了。"

我开车到杨坊时，起先没找到陈家祠堂，车停在一家小卖部门前，向店主打听。店主叫陈宗远，75岁。他听说我要找毛主席住过的地方，立即锁上店门亲自为我带路。他说，这一带现在属于太平畲族村，杨坊以前是村，现在是村民小组。到了旧址，见门锁着，他便费力地扒开门缝让我拍照。

回来的路上，我夸老汉身体好。老汉说，告诉你个秘密，我60年没吃过药，感冒了喝盐开水，用盐水洗澡。又把话题转回来说，当时毛主席生病，在这里住了一个星期。

根据史料，毛泽东随军委纵队10月23日到杨坊，25日红军全部渡过桃江继续西进。我没有解释。

开车离开杨坊不久，忽然很自责，应该在陈老汉店里买点东西的，天热，买几瓶饮料也行啊！真的感激他，却无以回报。

新田古村·红军入粤第一仗

中央红军突破第一道封锁线后，没有占领信丰县城，而是分南北两路渡过桃江，继续向西。其中南路（左翼）进入广东的南雄，再转进湖南；北路（右翼）从江西直接进入湘南。

我选择南线进入广东。广东是中央红军离开江西后进

新田古村一瞥，老房子和不同时代的标语均已作为文物得到保护

入的第一个省份。

1934年10月27日，在南雄县乌迳镇新田村，红军打了入粤第一仗。当时在新田驻守着粤军余汉谋部约200人，仗着有利的地形和工事，企图堵截红军。为了使大部队快速通过，装备精良的红1军团直属侦察连奉命奔袭新田，将守敌击溃。随后，红军部队陆续进入新田休整，军团部及直属队则进驻粤赣边界的界址圩（今界址镇）。我走的就是这条路，从界址进入广东南雄。

作者与90岁的老兵李梅德合影

乌迳镇新田村，是南雄县最著名的村落，古称新溪村。自西晋中原李姓在此建村起，村址一直没有变化，已逾1700年，在北方汉族南迁史上具有很高的地位。因此，新田村被誉为"西晋古村""南雄第一村"。

村内现存晋、唐、宋、明、清五代的历史遗存40多座，有晋代古井、唐代石鼓、明代祠堂、清代民居，还有千年古树等。古村被保护了，大部分老房子不再住人，有些维护得很好，有的已经坍塌。村里孩子很多，连千年古树上都有，玩得好开心。

天很热。偶遇几位坐在背阴巷子里的村民，上去问路，他们喊我一起乘凉。其中一位90岁的老者叫李梅德，曾是第二野战军陈赓兵团的战士，参与了解放大西南战役，后退伍回乡。国庆前夕，李老获得了国家颁发的建国70周年纪念章，还接受了中央电视台的采访。老爷子提起这段很激动，说国家没有忘记我们。还问我，电视你看了吗？一套四套都播的。我只好老老实实回答，没看到，因为不是天天看电视。

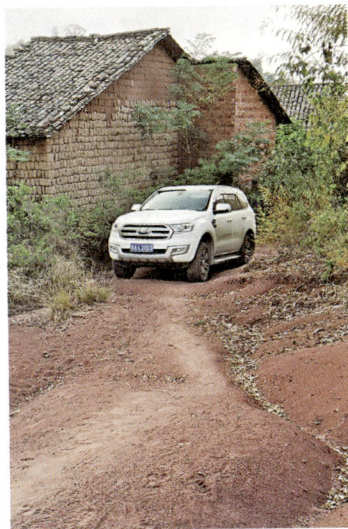

乘了一会儿凉，一位村民带我去找红军打仗的地方。那是村后一道不高的山梁，叫天昊岭。岭上视野开阔，地形起伏，有大片农田、几幢农舍，一条水泥村道横贯山梁。站在遗址处，可以俯瞰半个新田村。这是个居高临下易守难攻之所。跟大多数战斗遗址一样，由于修路、盖房、植树等原因，地貌已有变化，较难真切体会当初的战斗情形。

落日西垂，天渐渐暗下来。离开天昊岭后，开车沿着弯弯曲曲的小道转上342省道，再次前往江西。

新田村天昊岭，红军战斗遗址

图例

- 🔴 红军途经或宿营地（经过）
- ⭕ 红军途经或宿营地
- ❌ 重要战役战斗发生地
- 🔻 毛泽东长征行居
- 自驾路线

十八塘乡

桃

朱坊乡

镜坝镇

大埠乡 ⭕

南康区 ◉

永固楼
8军团 ❌ 王母渡

浮石乡
3、8军团 回龙镇

大

韩坊乡 ⭕

江

西牛镇

陈毅：梅岭三章

一九三六年冬，梅山被困。余伤病伏丛莽间二十余日，虑不得脱，得诗三首留衣底。旋围解。

〔一〕
断头今日意如何？创业艰难百战多。
此去泉台招旧部，旌旗十万斩阎罗。

〔二〕
南国烽烟正十年，此头须向国门悬。
后死诸君多努力，捷报飞来当纸钱。

〔三〕
投身革命即为家，血雨腥风应有涯。
取义成仁今日事，人间遍种自由花。

1935年春，项英、陈毅率部从中央苏区突围，建立了以梅岭为中心的游击根据地，苦撑三年。

油山镇（信丰）⭕

江西

谢屋岭
1军团 ❌

信丰县 ◉

杨坊 🔻

分段导航

江西

大余县 ◉
（大庾）

梅岭三章纪念馆
斋坑陈毅隐蔽处

内良乡 ⭕

大塘埠
3军团

古陂

3军团5师

油山镇（南雄）🔴

5军团

小河

坪石 🔻

梅关

庾

界址镇 🔴

1军团

1、9军团

石寨圩

帽子峰镇

乌迳镇新田村（南雄）❌

铁石口

安西镇
（安息圩）

珠玑古巷

1934年10月27日，在乌迳镇新田村，红军打了进入广东后的第一仗。

岭

南雄市 广东

自驾路线图
南方三年游击战争中心区域

1929年初，毛泽东、朱德率领红4军转战赣南时，一度攻占梅岭，经梅关古道进入广东南雄境内，在乌迳一带宿营。

06

梅岭腹地　南国烽烟百战多

出行日期：10 月 1 日（第 6 天）
自驾路线：新田—梅关—斋坑
行车里程：约 60 公里（不含徒步）

离开新田古村，继续向西，途经油山镇，渐次进入梅岭腹地。梅岭又称大庾岭，是"五岭逶迤"中的第一岭（按红军长征路线自东向西），中心地带位于江西大余与广东南雄之间。

梅岭之上·古道雄关

在梅岭之上的垭口，有一座关楼，叫梅关，门额题刻"岭南第一关"。它的北侧是江西（大余县），南侧是广东（南雄市），一关跨两省。穿越关楼有一条始于唐拓于宋的千年驿道，通称"梅关古道"，是国内保存最完整的古驿道。梅关和驿道，均为全国重点文物保护单位。

梅关古道江西一侧入口

梅关自古就是兵家必争之地。远的不扯，就说近代：1922年和1924年，孙中山领导的北伐军两次经过这里北出江西。1929年初，毛泽东、朱德率领红 4 军离开井冈山向赣南挺进时，一度攻占梅岭，经梅关古道进入广东南雄境内，在乌迳一带宿营。1934 年 10 月 24 日，突破第一道封锁线的红 3 军团一部为扩大纵深，前锋进至梅关。

红军主力长征后，1935 年春，项英、陈毅率部从中央苏区突围，建立了以梅岭为中心的游击根据地，苦撑三年。陈毅多次到这里活动，曾写下《偷渡梅关》一诗："敌垒穿空雁阵开，连天衰草月迟来。攀藤附葛君须记，万载梅关着劫灰。"

现在梅关已经不再是交通要冲，而是以雄关、古道、梅花名闻遐迩的景区。广东和江西方向都有入口，广东境内 40 元 / 人，

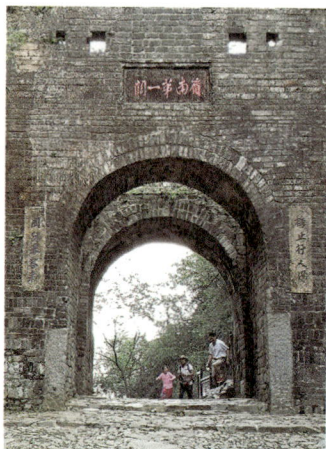

梅关江西一侧上山驿道和关楼。关楼额题为"岭南第一关"，两边对联："梅止行人渴，关防暴客来。"

江西境内 30 元 / 人。我因为夜宿大余县，所以是从江西方向进去的。从山脚爬到关口，徒步约半小时，乱石铺路，走到脚疼。过关口后下坡进入广东，路面较江西平整很多。风景皆佳。

　　广东一侧的元帅岭上，有陈毅塑像和《梅岭三章》诗碑。伫立其旁，可以眺望梅岭群峰、俯瞰山间谷地。

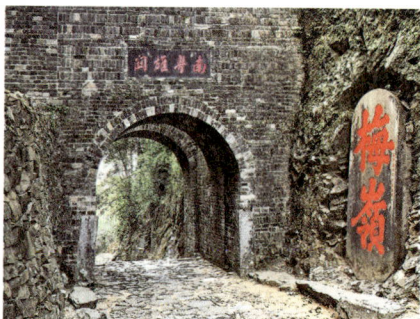

梅关广东一侧的上山驿道和关楼。关楼额题为"南粤雄关"，旁立"梅岭"石碑

　　恰值 10 月 1 日，上午因为有国庆阅兵直播，所以景区内游人很少，路上的车辆也不多。

斋坑·陈毅隐蔽处

　　这里的正式名称是"梅岭三章纪念馆"，其实是个包括纪念馆在内的很大的景区，距梅关古道江西入口 13 公里，行车 20 多分钟。

　　景区最大的特点是雕塑特别多。从上山走弯道开始，路边就不断地跃出冲锋陷阵的"红军战士"，与山野融为一体，代入感比较强。

在梅岭三章纪念馆内看了约半小时国庆阅兵直播。随后，再上行约2公里，然后弃车登山，循着石阶往上爬到临近山顶处，便是斋坑——陈毅隐蔽处。

1936年冬，负伤的陈毅被敌军围困在此，"伏丛莽间二十余日，虑不得脱"，遂写下绝命诗，即著名的《梅岭三章》，其中有：

> 断头今日意如何？创业艰难百战多。
> 此去泉台招旧部，旌旗十万斩阎罗。

陈毅藏身的地方非常隐蔽。它不是原来想象中的山洞，而是临崖巨石下的一小块空地，周边有藤蔓遮挡，形如洞窟。入口处仅许一人通过，崖壁下可容三四人。如果没有路牌指引，无论如何也找不到这个地方。当年国民党军又烧山又搜山，结果也是无功而返。

一个人呆在"洞窟"里，慢慢地看，细细地品，想象着这里曾发生的一切。

遗憾的是地方太小，即使脚踩崖边也拍不下全貌。

在35℃高温下，一个上午爬两座山，衣服反复湿透，脚也起了泡，选无人的阴凉处赤膊休息了两回。以前从未在这样的高温下爬过山！但是想想当年的红军，想想在血雨腥风中时刻准备"断头"的诗人，一切又不当回事了。

只有走在长征路上，才会有这样的心态！

斋坑，陈毅隐蔽处文物保护碑

通往陈毅隐蔽处的山道

（左）陈毅隐蔽处。在这里，诞生了浩气长存的《梅岭三章》
（右）藤蔓遮蔽的陈毅隐蔽处入口

因汝城碉堡坚固，红3军团多次进攻未果，遂改道从大坪、泉水前进。

桂东县沙田镇
三大纪律六项注意颁布旧址

东江湖风景区

红3军团抢占苏仙岭，进逼汝城

红3军团占领红军总部进驻
热水镇
（鸡鸣三省地）

聂都乡

半条被子故事发生地
沙洲村

汝城县 ⊙　⊗ 苏仙岭战斗

中塘　文明乡　五一村

官亨村 ⊗
延寿阻击战
红5军团

泉水镇

大坪镇

红1军团部、红2师

毛泽东朱德《出路在哪里》传单发现之地

突破第二道封锁线

陈欧

冷饭坑

内良乡

大王山

红1、9军团主力翻越大王山

三江口　红4团

九峰山 ⊗

红1军团第4团抢占九峰山从左翼保障红军主力安全

奇袭城口 ⊗
红6团1营奔袭城口
城口镇

许松　长江镇

犁壁岭
红1军团部

红1军团第2师挺进城口路线

五山镇

乐昌市 ⊙

铜鼓岭阻击战 ⊗
红6团一部

仁化县 ⊙

中央红军到达城口镇后，毛泽东提出不能再往西走，应该北上，寻机歼灭尾追的敌人。未被采纳。

▲ 丹霞山（世界遗产命名地）

自驾路线图

突破第二道封锁线

11月2日至8日，中央红军从汝城、城口间，通过第二道封锁线。
减员：9700余人。

● 红军途经或宿营地（经过）
○ 红军途经或宿营地
⊗ 重要战役战斗发生地
— 自驾路线

07

湘粤边界　过第二道封锁线

出行日期：10 月 1 日（第 6 天）
自驾路线：城口—汝城—官亨（延寿）
行车里程：约 198 公里

　　午后离开梅岭，绕经大余县，然后一路向西再次进入广东。中央红军当年没有占领大余县城，也是绕过去的。

　　此行目标：突破第二道封锁线的两个标志性节点：仁化县城口镇，汝城县官亨村。

　　1934 年 10 月 25 日，中央红军渡过桃江，突破了第一道封锁线。同一天，蒋介石发出把红军消灭在第二道封锁线的命令，并在全国各大报纸刊登悬赏布告："生擒毛泽东朱德者，赏洋二十五万元。"这个金额达到了悬赏红军领袖的最高值。

　　这一悬赏，也吸引了美国记者埃德加·斯诺的关注。1936 年在陕北保安（今志丹县）的一条街上，斯诺亲眼见到了正与路人交谈的毛泽东。他在《西行漫记》里写道："南京虽然悬赏二十五万元要他的首级，可是他却毫不介意地和旁的行人一起在走。"

　　11 月 1 日，中革军委命令：左路（南线）红 1 军团第 2 师夺取广东仁化县的城口，右路（北线）红 3 军团夺取湖南的汝城，以这两地为突破口，撕开第二道封锁线。

前往城口和汝城，有县乡公路和高速公路两选，前者近但耗时长，后者绕但时间短

广东仁化·城口镇

　　在中革军委下达命令的当天，聂荣臻率领左路红 1 军团部、直属队和第 2 师，由聂都、冷饭坑、犁壁岭向城口进军。聂荣臻后来回忆：

城口临河，河边有一道木桥，公路从上边通过。敌人在桥上设有岗哨。负责主攻的六团一营，非要从木桥上经过不可。十一月二日晚，一营到达距桥头数百米处，敌人就发觉了。敌喝令一营停止前进，一营佯称是"自己人"，一面上前夺哨兵的枪，一面派部队涉河包抄。这时，二营也迂回过去了，歼灭了城口这股敌人，生俘了一百多人。军团部移驻城口。

第1营营长叫曾保堂，后来成为开国少将。袭占城口第二天，他从抓到的敌探口中得知，国民党军一个师昨晚进至距离城口20里处，听说红军进镇了，立即后退40里。曾营长想想都后怕，如果红军行动稍有迟缓，结果就是面对敌一个正规师的恶战。兵贵神速，此言不虚！

为保障红军主力安全通过城口，11月3日至5日，红6团一部又从城口镇南下，血战铜鼓岭，挡住了北上增援的粤军独立警卫旅第3团。此战红军牺牲140多人。

连接镇内外的城口桥

城口镇的红军长征粤北纪念馆，是广东省唯一以红军长征为主题的红色教育基地

如今在城口，红军智取的木桥早已不存。镇子东西两头都有河，河上不止一座桥，有走汽车的，也有步行的。镇上红军遗址众多，大部分在正龙街，其中修缮维护得最好的是毛泽东旧居"广兴栈"。

据仁化县政府网《毛泽东在城口》一文记述："1934年11月6日，毛泽东随军委纵队到城口。当时，毛泽东身患疟疾大病初愈，身体十分虚弱。虽然他没有任何军事指挥权，但只要队伍停下来宿营或休息，他便要对着地图仔细研究，他常常因为警卫员忙着给他烧水弄饭没有把地图及时展开而大发雷霆。"

出城口后沿京广线北上，不远就是三江口，湘粤边境的一个瑶族镇。当年，红6团奇袭城口镇时，耿飚、杨成武率红4团进占此地，北遏湘军，掩护城口之战。随后又向西抢占九峰山，保障左翼主力安全。

在三江口，开车告别先后两次穿越的广东，进入湖南。

湖南汝城 · 官亨村

继续向北，途经汝城县。

汝城位于湘粤赣交会处。北宋理学家周敦颐曾任汝城（时称桂阳）县令，在此写下《爱莲说》，其"出淤泥而不染，濯清涟而不妖"成为千古名句。

1934年11月初，右路红3军团在占领热水镇、抢夺苏仙岭后，进逼汝城之下。但是，"汝城碉堡坚固，山炮不能征服，地下作业又无时间"（彭德怀电报语），红军遂放弃攻城，由一部钳制城中之敌，主力改道经大坪、泉水镇穿越第二道封锁线。我驾车北上时，也从大坪、泉水镇境内穿过。因为红军没进汝城，我也没进。

绕过汝城，直接前往官亨村（青石寨）。该村隶属延寿瑶族乡，相距3公里。

在官亨村，影响较大有两件事：一是延寿阻击战，二是红军借据。

延寿阻击战 1934年11月6日起，在湖南境内的红军汇集到延寿圩一带。国民党军立即分三路尾追和堵截，企图在此与红军决战。在这危殆之际，挑着"坛坛罐罐"的辎重队伍行动迟缓，拥塞在20余里的山间小道上。担任后卫的红5军团第34师奉命阻敌。从11月11日起，红军在官亨村的制高点青石寨与敌展开激战，阵地几次易手，反复争夺。至13日，浴血三昼夜后，红军辎重队伍终于通过了第二道封锁线。阻敌的第34师，就是后来血洒湘江的那支"绝命后卫师"，师长是陈树湘。

位于正龙街的毛泽东旧居广兴栈，当时是邮政代办所，经营者叫罗新悦

红军突破第二道封锁线纪念碑

官亨村，延寿阻击战红军指挥所旧址

官亨村制高点：青石寨

官亨村旁的凉亭。延寿阻击战期间，这里曾作为红军伤员临时救护所

青石寨山麓的红军烈士墓

我抵达官亨村时，巧遇村支书胡炳灯，由他带路参观了红军指挥所旧址。出来后，他指着村旁一座突兀的山头说：这就是青石寨，国民党军占领山头时，居高临下用机枪扫射，当时红军正在过延寿江，牺牲了好多人。

实地走访，才明白长征史上著名的青石寨是座山，不是村寨。

延寿阻击战，对国共双方的军事战略及此后的行动，都产生了重要影响。

对中央红军而言，使运输队伍庞大的问题进一步暴露，并开始毁弃或分散一部分辎重，也为该问题的彻底解决提供了思想和行动基础。

对国民党军而言，则是发现了红军几个主力军团的番号，判定"朱毛红军"确实离开了江西，前去与贺龙部会合。这为蒋介石之后制定"追剿"方案提供了重要依据，也使红军在湘江以东陷入了更加不利的局面。

突破第二道封锁线时，中央红军减员9700余人。

为什么减员这么大呢？一是伤亡；二是"掉队者非常严重"，开国上将彭绍辉、陈伯钧等在日记中均有提及。

李德则在《中国纪事》中回忆："在越过湘赣边界之后领导上决定，把一部分笨重的机器和工场设备就地丢下，摆脱了沉重负担的挑夫大部分也都留下了，有的留居在当地老百姓中间，有的成群地或单个地返回自己的家乡。"

借据的故事　1996年暮春的一天，官亨村村民胡运海重修自家灶台时，在墙角洞里发现一个生锈的铁盒，打开一看，里面放着一张保存完好已经发黄的纸，上面写着：

今借到胡四德伯伯稻谷105担牲猪三头重量503斤鸡12只重量42斤。此据

中国工农红军第三军团具借人叶祖令（印）

公原（元）1934年冬

借据里提到的胡四德，是胡运海的爷爷。

1934年11月6日，红军长征先遣部队到达官亨村时，当地村民胡四德得知红军严重缺粮，有的战士几天没进食，心有不忍。于是召集族人，从各家各户筹集来稻谷、生猪、鸡等，送到红3军团某部司务长叶祖令手中。在红军撤离前，叶祖令写下上面那张收据，盖上印章，郑重交给胡四德，并承诺革命胜利后一定兑现。

叶祖令是汝城县热水镇黄石村人，于当年12月作战时牺牲，年仅28岁。

借据珍藏处

1997年5月17日，当地政府举行仪式，按时价折款，向胡四德的唯一继承人胡运海归还人民币1.5万元。跨越半个多世纪，一个庄重的承诺终于兑现了。

胡运海将其中的1万多元捐献给村里新建的学校。

带我参观胡家老宅的是该村原支部书记胡新塘，73岁了，身体硬朗，热情好客。他很自豪地说，红军借据就是在我任上发现并上报的。

来去都是轻骑摩托车，老书记开，我坐后面。这样的"待遇"，还是第一次享受。在起伏不平的村道中左转右拐，清风送爽，目不暇接，感觉很奇妙。

先后两任书记给我带路，都是偶遇的，你说巧不巧？！

遗憾的是，借据发现者胡运海已经去世，我没有见到本人。

与胡新塘老书记合影。大热天的主动带我参观，很感谢他！

文明乡一带示意图

厦蓉高速

往宜章

半条被子的
故事发生地

毛泽东朱德《出路在
哪里》传单发现之地

韩田村○   ●沙洲村

文明乡
（文明圩）

秀水村

五一村

往汝城

三合村○

324省道

红军总部旧址
朱德旧居

延寿乡

百丈岭
百丈岭阻击战遗址

官亨村
延寿阻击战遗址

红军突破第二道
封锁线后在文明
圩一带休整一周

黄土村

08

文明乡里　一张传单和半条被子

出行日期：10 月 2 日（第 7 天）
自驾路线：百丈岭—五一村—秀水村—沙洲村
行车里程：约 32 公里

　　此行所往，是汝城县文明瑶族乡一带，中央红军突破第二道封锁线后，军委纵队曾在此休整一周。寻访重点：一是五一村，毛泽东和朱德《出路在哪里》传单发现地；二是沙洲村，即"半条被子的故事"发生地。

　　先后途经百丈岭阻击战遗址和秀水村红军总部旧址。

　　百丈岭在一座公路桥边，桥下是峡谷。1934 年 11 月 13 日，红 5 军团第 13 师在此阻击湘军 2 个旅的追击，激战一天，完成任务后主动撤离。至此，中央红军历时 16 天，全部通过汝城。

　　红军突破第二道封锁线后，右路红 3 军团一部占领汝城县文明圩。随后，中路的军委第 1、2 纵队陆续抵达这里，

百丈岭阻击战遗址及红军步道

位于秀水村的红军总司令部暨朱德旧居。这所房子始建于清咸丰年间，时为村民朱义辉家

总司令部驻秀水，总政治部驻韩田，总卫生部驻沙洲。其他地方如老田村（今五一村）、新东、文市等，都有红军驻扎。毛泽东也住在文明圩，但行居无存。

红军主力停留休整期间，苏维埃国家银行在文明街、沙洲村两地设立"苏钞"兑换银元处，共兑三天。

五一村·朱毛传单发现地

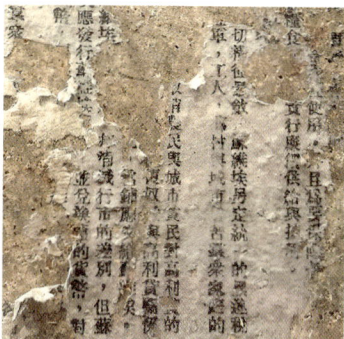

毛泽东朱德署名的《出路在哪里》传单残片（局部）

五一村隶属湖南省汝城县文明乡，以前叫老田村。

2017 年，在该村老白冲组一栋老房子外墙上，发现了红军长征时张贴的传单残片，内容与毛泽东、朱德 1934 年 11 月 7 日联合署名的《出路在哪里》文字吻合。湖南和贵州两省博物馆均珍藏有该传单的完整件，但五一村这处实景实物，则是第一次被发现，弥足珍贵。

这份红军传单长 35 厘米，宽 22 厘米，铅字印刷。

据《朱德年谱》记载，1934 年 11 月 7 日，朱德"与毛泽东联署发布《出路在哪里》的传单。号召工人、农民、兵士及一切劳动民众团结起来，武装起来，暴动起来，打倒帝国主义，推翻国民党统治，实现共产党的主张，建立工农自己的红军、工农自己的苏维埃政府"。

传单残片所在的那栋房子正在维修，布满脚手架，我两次经过都忽略了。苦苦寻找中，幸得退休教师朱晓勤带路，才找到地方——两房之间一条狭窄的巷道，弯腰钻过脚手架才能看到。

五一村一角

朱晓勤 65 岁，原是文明乡中心小学的教师。看完传单后，应邀到他家小坐。

朱老师说，我爷爷见过毛主席，并取出一张 2017 年 7 月 9 日的《郴州日报》给我看，上面有整版的详细报道。

事情是这样的：当时毛泽东住在培正学校（今韩田小学），与该校创办者、湖南一师的同学张盛珊久别重逢，相聚甚欢。张盛珊与毛泽东同龄，回乡后以教书为掩护，担任文明区农民协会委员长；朱老师的爷爷朱宾禄，则以文明乡教育督学身份，成为农会的秘密骨干。因为这层关系，张在晚上带着朱宾禄一起再次拜会毛泽东，三人相谈很投机。临别，毛泽东特意拿出《出路在哪里》传单，让他们帮助分发。后来，因叛徒告密，张盛珊被"挨户团"（保安团）杀害。朱老师的爷爷与本乡进步教师、开明绅士一起，创办了文明中心小学，出任该校第一任校长。

朱老师从里屋拿出珍藏的一块石砚说，这方石砚是毛主席用过的。又拿出一只盛粮食的斗，斗上有"朱魁元正斗"几个字。朱老师说，朱魁元是我曾祖父。我爷爷曾经用这只斗，为红军筹集过粮食。

五一村除了《出路在哪里》传单外，还有两个显著特点：一是村子老，土房多；二是不同时代的标语多，洋洋大观，极其罕见，可谓标语博物馆。

朱家珍藏的石砚和斗

五一村的土房和不同时代遗留的标语，现已当做文物得到保护

沙洲村·半条被子的故事

沙洲村距五一村仅 2 公里，几分钟到。正值国庆假期，游客很多，以致找停车位都比较困难。

2016 年 10 月 21 日，在纪念红军长征胜利 80 周年大会上，习近平总书记说：

半条被子纪念广场

一部红军长征史，就是一部反映军民鱼水情深的历史。在湖南汝城县沙洲村，三名女红军借宿徐解秀老人家中，临走时，把自己仅有的一床被子剪下一半给老人留下了。老人说，什么是共产党？共产党就是自己有一条被子，也要剪下半条给老百姓的人。

这个湘南小山村，再次聚焦了全国的目光。

现今，"半条被子的故事"发生地旧址和三位女红军用过的床仍保留着。村里建有"半条被子"纪念广场和女红军雕塑。

在徐解秀家老屋，我见到了她的小儿子朱中雄。朱老汉 81 岁了，因患腰疾，走路有点驼背，但坐着看不出来。他说，母亲 1991 年去世，时 89 岁。父亲叫朱兰芳，当年为红军带路，一直送到宜章才回来。我问，那半条被子呢？他说，红军走后，国民党军来了，挨家挨户搜查，把被子搜走烧了，还强迫我母亲在祠堂里跪了半天。现在床上那条薄被，是母亲生前使用的。

"半条被子的故事"发生地

雕塑：半条被子

沙洲村有 140 多户 529 人，其中一多半是瑶族，曾属于罗霄山脉连片特困区。现在借助红色旅游，已经发生了翻天覆地的变化。2018 年底整村脱贫，2019 年人均可支配收入 13840 元，比 10 年前翻了 3 倍多。

2019 年 4 月 17 日，沙洲村和"半条被子的故事"，登上了《人民日报》头版。同年 7 月，沙洲村入选第一批全国乡村旅游重点村；年底，成功创建为国家 4A 级旅游

三位女红军与徐解秀睡过的木床

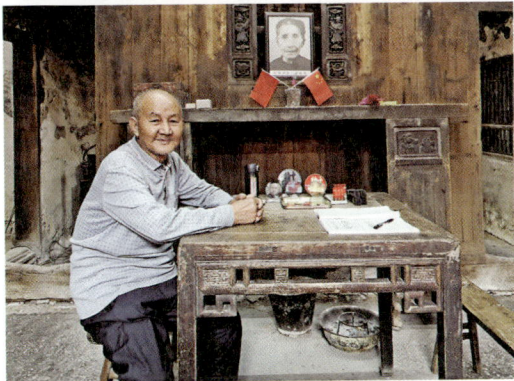

徐解秀的儿子朱中雄，墙上是
其母亲的遗像

景区，自景区开放以来，累计接待游客突破
400万人次。

这是红色旅游做得很出色的一个地方。
我琢磨原因有三：一是曾经闭塞，发展较
迟，所以老房子包括红军遗址保存较好；
二是有感人的故事，并得到传播；三是政
府重视，肯投资改善包括道路在内的环境。
缺一不可。

在本书定稿前，见中央电视台报道：2020
年9月16日，习近平总书记赴湖南考察调研
时，第一站便来到沙洲村，了解当地开展红
色教育、发展扶贫产业、巩固脱贫成果等情况。
他说："半条被子的故事"体现了中国共产
党人的初心和本色，今天我们重温这个故事，
仍然倍受感动。

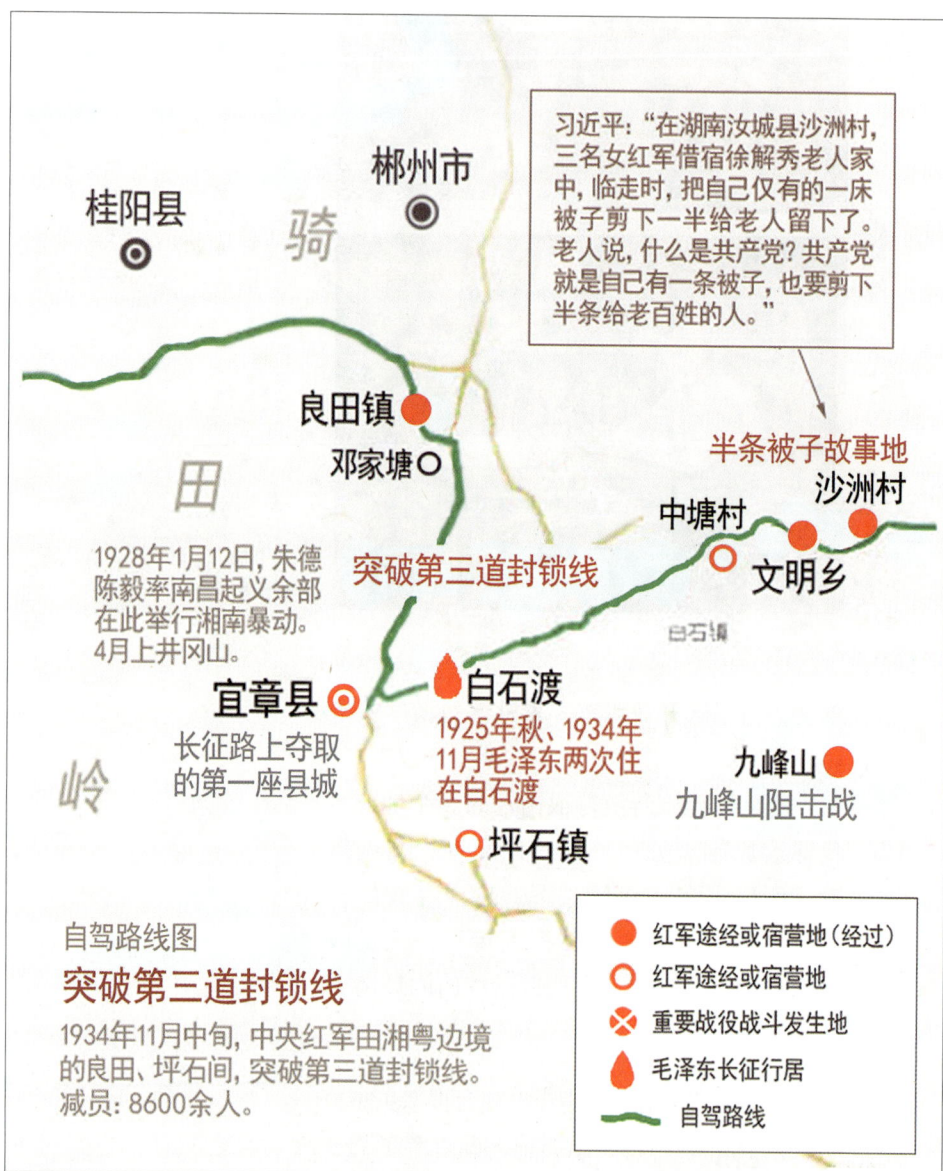

桂阳县
◎

郴州市
◎

骑

习近平："在湖南汝城县沙洲村，三名女红军借宿徐解秀老人家中，临走时，把自己仅有的一床被子剪下一半给老人留下了。老人说，什么是共产党？共产党就是自己有一条被子，也要剪下半条给老百姓的人。"

田

良田镇 ●
邓家塘 〇

半条被子故事地
沙洲村 ●
中塘村 〇
文明乡 ●

白石镇

突破第三道封锁线

1928年1月12日，朱德陈毅率南昌起义余部在此举行湘南暴动。4月上井冈山。

白石渡 🌢
1925年秋、1934年11月毛泽东两次住在白石渡

宜章县 ◎
长征路上夺取的第一座县城

九峰山 ●
九峰山阻击战

岭

坪石镇 〇

自驾路线图
突破第三道封锁线

1934年11月中旬，中央红军由湘粤边境的良田、坪石间，突破第三道封锁线。减员：8600余人。

● 红军途经或宿营地（经过）
〇 红军途经或宿营地
✖ 重要战役战斗发生地
🌢 毛泽东长征行居
—— 自驾路线

09

白石渡村　过第三道封锁线

出行日期：10 月 2 日（第 7 天）
自驾路线：沙洲—白石渡—宜章
行车里程：60 余公里

继续在湘粤边境的湖南一侧行走，前往红军过第三道封锁线的突破口——宜章县白石渡。

白石渡镇白石渡村，距宜章县城 12 公里，自古为湘粤通衢要道，当时正在修建的粤汉铁路（广州至武昌）从该地通过，设有一站。因此，白石渡就成了国民党军第三道封锁线上的重要支撑点，仅在宜章境内，就修筑了 114 座大小碉堡。

1934 年 11 月上旬，中央红军左翼（南线）红 1 军团一部占领粤北的九峰山，右翼（北线）红 3 军团一部占领湘南的良田，控制了粤湘交界的南北两翼。

11 月 10 日，由周恩来、刘伯承直接指挥第 1 师第 3

白石渡村口

从白石渡村旁通过的京广铁路
（原粤汉铁路）

团行动，强行军 110 里，攻占宜章城以东的白石渡，掩护全军通过粤汉线。

红 1 军团在白石渡休整三天。时任军团政治部秘书的童小鹏在日记中写道："这是这个月的第一次，烂泥沾满的衣服也得到沐浴，久劳的双腿也得憩停了。此地工人因失业与受革命影响，有大批的当红军。"

白石渡有很多红军遗址，合称"中央红军长征突破第三道封锁线旧址群"。包括红军指挥部旧址（清白堂）、毛泽东旧居（文昌阁）、朱德周恩来刘伯承旧居（邝氏老宅）、红军宿营地（元公祠）等，20 世纪 80 年代起，逐步得到维护修缮。

清白堂（邝氏宗祠），始建于清同治元年（1861）。中央红军突破第三道封锁线指挥部旧址

萧锋日记

11 月 10 日　阴雨
晨 7 时出发，途中遇敌机扫射，我团伤亡八个同志，大家恨透了蒋介石。在田头过武水河，赶到白石渡，行程 110 里。在周副主席、刘总长亲自指挥下，我团奋勇杀敌，消灭何键军阀两个连，胜利攻占了白石渡。

11 月 12 日　雨
这两天整训、扩红，成绩不小……战士们说，在白区作战，比在苏区吃得好一点，就是粮食无保障，老是饱几顿饿几顿。

11 月 13 日　雨
我们红三团从兴国县乱石圩出征时，共有 2724 人，一路上由于战斗伤亡减员，只剩下约 1700 人了。这几天，我们在白石渡一带吸收了许多积极要求参军的粤汉铁路修路工人，扩红 300 多，现在又有 2000多人了。

萧锋，原名萧忠渭，时任红 1 军团第 1 师第 3 团党总支书记

我来到白石渡时，大部分遗址在做进一步修缮加固，所以不开门，只能拍到外观。邝氏老宅是个例外，因为问路时，巧遇房主人。他找来钥匙打开房门，主动邀我进老宅参观。

邝氏老宅原是盐商邝绍康的家，现由其孙子邝超德继承。

据介绍，1928 年元月湘南暴动坪石大捷后，朱德、陈毅率军自粤北再入湘南，将指挥部设在白石渡，朱德入住邝家老宅。1934 年 11 月，周恩来、刘伯承随红 1 军团一部进驻白石渡，也下榻这里。现在保存维护最好的是朱德住室，还能见到他使用过的铜制脸盆、手暖壶和水烟壶。二楼的墙壁上，有一幅红军壁画：五星飞机。这在长征路上是唯一的，代表了红军对拥有自己飞机的美好憧憬。

邝氏老宅，建于清末。朱德、周恩来和刘伯承先后在此居住。左图右上为朱德使用过的手暖壶、脸盆和水烟壶，右下为红军壁画五星飞机

在白石渡，最有故事的地方是文昌阁。可惜处于修缮维护中，外面搭着脚手架，里面空荡荡的正在粉刷。这座房子曾经是宜章县第一所初级小学，创办于清光绪三十二年（1906）；次年，县令苏兆奎敬立一木雕匾，上书"始基有造"四个字。

在当地，盛传毛泽东两次住在这里。

正在修缮中的文昌阁——毛泽东旧居

1925 年秋，为躲避湖南军阀赵恒锡的追捕，毛泽东从湘潭辗转长沙、衡阳、郴州等地前往广州。途中，与一伙盐贩结伴而行，来到宜章白石渡，止步于"始基有造"匾额前。留宿期间，他与夫子们纵论天下大势和育人之道。随后从白石渡出发，先后坐船和火车赶到广州，10 月 7 日正式就职国民党中央宣传部代理部长。

位于村外的粤汉铁路旧址

1934 年 11 月，中央红军突破第三道封锁线时，周恩来、刘伯承等在白石渡指挥红 1 军团行动。据说毛泽东本来随红 3 军团和军委纵队进驻宜章附近，但未久留，连夜赶往白石渡，住进文昌阁，当时他正患病（俗称打摆子）。这时周恩来已前往粤北坪石前线，闻讯后火速返回，当晚到文昌阁看望毛泽东，秉烛夜谈。这就是流传很广的"文昌阁秘密会晤"。

他们谈了什么？不知道。李德在《中国纪事》中曾说，当时的毛泽东"一会儿呆在这个军团，一会儿呆在那个军团，目的无非是劝诱军团和师的指挥员和政委接受他的思想。他用这种办法把不稳定的因素带进了领导之中，使它逐渐分裂"。这能看出一些端倪，不过要反着读。

毛泽东是哪天离开文昌阁的？没有记载。但有一天早晨，一个名叫邝善前的猎户在距白石渡 1 公里处，看到一个大胡子和一个留长发的高个子，带着十几个人上了神头岭。

当地文人和百姓将文昌阁及其"始基有造"匾额神化了，说天意让毛主席两次来到这里，于是打造出新中国的伟大基业。因房子维修，我没有看到匾额。

离开白石渡后，继续向西，前往宜章县城。宜章在中国革命史上有两项"第一"：

1928 年 1 月 12 日，朱德、陈毅率南昌起义余部，在宜章打响了湘南暴动第一枪。4 月向井冈山转移，与毛泽东领导的秋收起义部队会师。

1934 年 11 月 11 日，红 3 军团第 6 师在当地铁路工人的主动协助下，不战而取宜章城。这是红军长征路上夺取的第一座县城。

前往宜章

现在的县城里，主要红色景点是湘南起义年关暴动指挥部旧址，长征遗址无存。我开车到城里转了一圈。县城与大部分地方一样，楼房越来越多，但并无鲜明特色。

11 月 13 日至 15 日，中央红军全部由良田（湘南）、坪石（粤北）间穿过粤汉铁路，向西挺进。在突破第三道封锁线时（截至 11 月 13 日），减员 8600 余人。

宜章，红军长征路上夺取的第一座县城

第三篇

滔滔湘江水
莽莽越城岭

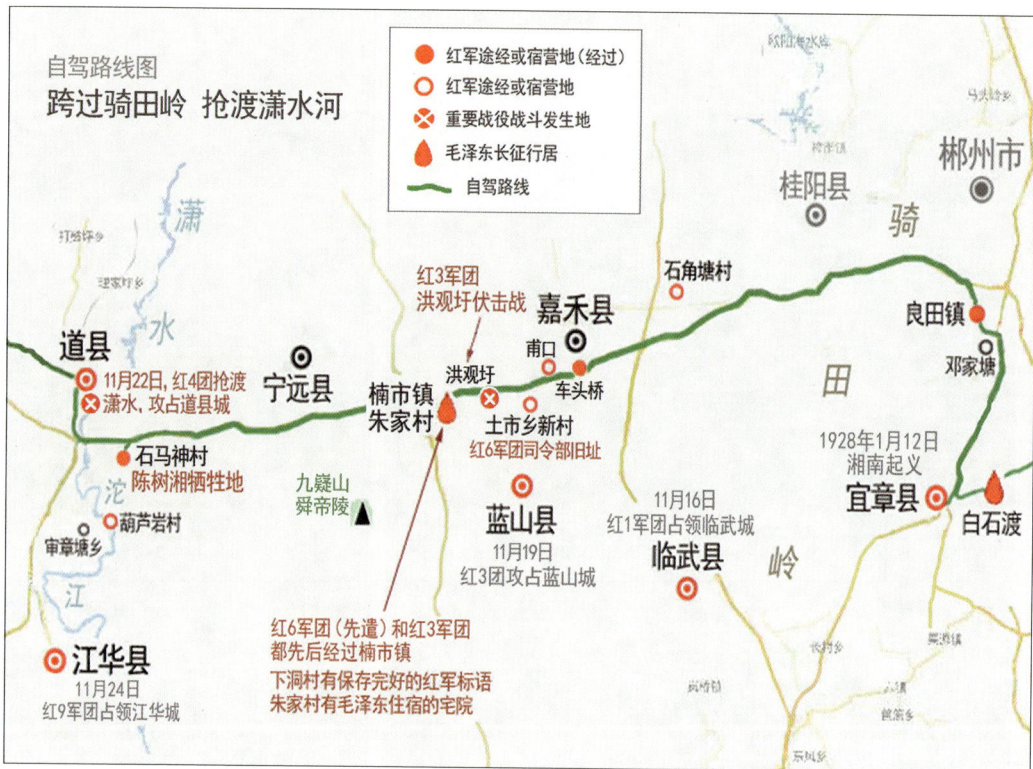

自驾路线图
跨过骑田岭 抢渡潇水河

图例：
- 红军途经或宿营地（经过）
- 红军途经或宿营地
- 重要战役战斗发生地
- 毛泽东长征行居
- 自驾路线

郴州市

桂阳县

石角塘村

嘉禾县

良田镇

邓家塘

红3军团
洪观圩伏击战

甫口

洪观圩

车头桥

道县
11月22日，红4团抢渡
潇水，攻占道县城

宁远县

楠市镇
朱家村

土市乡新村
红6军团司令部旧址

1928年1月12日
湘南起义

石马神村
陈树湘牺牲地

葫芦岩村

九嶷山
舜帝陵

蓝山县

11月16日
红1军团占领临武城

宜章县

白石渡

审章塘乡

11月19日
红3团攻占蓝山城

临武县

江华县
11月24日
红9军团占领江华城

红6军团（先遣）和红3军团
都先后经过楠市镇
下洞村有保存完好的红军标语
朱家村有毛泽东住宿的宅院

自驾路线图-9

【五岭】

南岭的代表性山脉，位于江西、广东、湖南、广西四省边境，自东向西依次为：大庾岭（粤赣间）、骑田岭（湘南）、萌渚岭（湘桂间）、都庞岭（湘桂间）、越城岭（又称老山界，湘桂间）。

【九嶷山】

又名苍梧山，中国名山之一。属南岭山脉之萌渚岭，因有九座奇峰相仿，令人疑惑，因之得名。主峰海拔1985米，距宁远县城48公里。《史记·五帝本纪》："舜南巡崩于苍梧之野，葬于江南九嶷。故老相传，舜尝登此。"

10

潇水两岸　烈士英名世长存

出行日期：10月2日至3日（第7-8天）
自驾路线：骑田岭—九嶷山—道县（陈树湘墓）
行车里程：约240公里

离开宜章城向北，经良田镇西转，开始穿越五岭之一的骑田岭。

中央红军长征时，这一路是北线（右纵队）红3、红8军团经过或宿营之地；先遣探路的红6军团，基本上也是走这一路。沿线有几处遗址，由于车在高速上，未及看。

过骑田岭，穿九嶷山

骑田岭是五岭中的第二岭（自东向西），也是最小的一个。小归小，其峰峦起伏、险峻雄奇之状，却历来被人称道，也契合了"五岭逶迤腾细浪"的诗家情怀。

高速公路在群山中蜿蜒，峰峦渐次扑面而来。日渐西垂，逆光中的景色愈加壮美。

不知不觉进入骑田岭与萌渚岭之间的九嶷山，不过不是翻山，而是穿越全长6400米的连续隧道。

九嶷山因有九座相仿的山峰而得名，也是南岭的一部分。传说舜帝南巡崩于此，葬于山北，现有舜帝陵，在宁远之南蓝山之西。毛泽东有诗赞："九嶷山上白云飞，帝子乘风下翠微。"愈加增添了此山的知名度。

晚霞流转，车行如飞，在上坡下坡处，在飘逸的弯道间。这段高速真心不错，这么多弯道和坡道，还能给出120公里的时速。湖南人爽气！

当年可没有这么好的公路。路好，是因为现在有条件，

〔左〕穿越五岭之一的骑田岭
〔右〕穿越九嶷山连续隧道

见山打洞，遇水架桥，使崎岖鸟道变为坦途。而红军，大都穿着草鞋，翻山越岭，跋涉前行。

天连五岭山形依旧，沧海桑田人间巨变。

道县·潇水之畔红军渡

日落后，跨过潇水大桥，进入灯火璀璨的道县城。县城很大，人多车多，但大部分路口没有红绿灯，常犹豫该走不该走。

潇水

夜宿潇水之畔，第二天整个上午在此参观。

道县，别名道州，位于湖南南部，潇水中游。自秦始皇统一中国后，这里"在秦为县，在唐为州，在宋为郡，在明为府"，已有2200多年历史。现享有"中华诗词之乡""中国龙舟之乡""中国脐橙之乡"美誉；因发现世界上最早的人工栽培水稻标本，又被称为"天下谷源"。

1934年11月22日，红1军团第4、第5团，百里奔袭，以正面强攻加侧翼迂回，攻占道县城，扼控住红军西渡潇水的通道。24日，红4团一部占领水口，用步枪击落国民党军飞机1架，俘获飞行员2人。

11月25日，中央红军从道县、水口之间全部渡过潇水，向湘江挺进。由此，红军进入"两水"（潇水、湘江）之间的兵家"死地"，拉开了湘江战役的序幕。

连接潇水南北的浮桥——红军渡

如今的道县城里，长征遗址有：红军渡、老南门、红军标语墙等。

红军渡　位于古道州南门外，自古为水陆码头。宋代名相寇准被贬道州刺史时，在此写下"野水无人渡，孤舟今日横"的千古佳句。明代州官韩子祁始架浮桥，以木船为桩，代代因袭。

当年红4团赶到潇水南岸时，守敌已将浮桥船拖回北

道县南门，原道州的5座城门之一。红军抢渡潇水后从这里攻入县城，并在城墙上向东西两翼展开

岸。4名红军勇士在火力掩护下，夜半泅渡，以牺牲1人的代价，夺回船只。后在当地船工和群众帮助下，红军重新架好浮桥，突击队从桥上通过，从南门攻入县城。现在的浮桥长约130米，原木船"桥桩"腐烂后改为铁制船型浮筒，桥面由杉木板连接，固定用的铁链仍是原物。在南岸码头之上有一座观澜亭，可俯瞰整座浮桥。

为缅怀红军，当地百姓将这里改称"红军渡"。今天，

道县红军标语墙，内容是："工农革命胜利万岁工农革命努力奋斗。"

该桥依然是两岸居民往来的通道，但在雨季发大水时，还是会拖回岸边保护。

红军标语墙 位于县城西州公园内。该标语原书写于文庙影壁上，因所在低洼易淹水，后搬迁复原至现址。据说，这是红军长征途中书写于县城彰显处而保留下来的唯一大标语。

长征时，书写标语是红军的一项重要工作。1934年11月25日，即红军全部渡过潇水的当天，《红星报》号召"实行连队写标语竞赛"，提出"凡是能写字的战士，每人每天写一个至五个标语"。据1935年5月道县政府《县政汇刊》记载："红军过去后，城乡标语触目皆是。"国民党军在尾追红军过程中，总要清洗、涂抹红军标语，但还是留下来不少。

潇水两岸·陈树湘纪念地

陈树湘的纪念地有两处：一处是牺牲地，在潇水以东的石马神村；一处是烈士墓，在道县城北的摩天岭。

陈树湘时为红5军团第34师师长。湘江战役时，担任后卫的红34师被阻于湘江东岸，因寡不敌众大部牺牲，陈树湘身负重伤被俘。在被担架抬着途经道县蚣坝镇石马神村时，陈从腹部伤口处绞断肠子，慷慨就义。时年29岁，实现了他"为苏维埃新中国流尽最后一滴血"的铮铮誓言。

牺牲地原址为麒麟庙，已无存，遗址处新建了以烈士命名的"树湘小学"。

石马神村距道县城不到30公里，是我前一天穿越骑田岭、九嶷山后的唯一停留之处，盘桓至日落。

陈树湘烈士墓，位于道县烈士纪念园，距古城南门约9公里。纪念园内还有道县革命烈士纪念碑、陈树湘烈士生平事迹陈列室等。西边有条河，对岸不远处是何宝珍烈士（刘少奇夫人，牺牲于南京雨花台）故里。

陈树湘墓前有一尊烈士塑像，基座铭文是："湘江战役中的红34师师长陈树湘"。一侧是红34师纪念碑，碑座铭文写道：

石马神村红34师师长陈树湘牺牲地

陈树湘殉难处的烈士塑像，后面红墙内是树湘小学

你们的姓名无人知晓　你们的功勋永世长存

在湘江战役中为掩护党中央、中革军委和主力红军英勇牺牲的红三十四师六千闽西红军将士永垂不朽

遵红三十四师幸存者韩伟将军遗愿敬立

　　铭文提到的韩伟将军，时为红34师第100团团长，在弹尽粮绝后跳崖，被当地一个采药的郎中救起，奇迹生还。伤愈后历尽艰辛、辗转归队，又投身抗日战争和解放战争。1949年10月1日，韩伟登上天安门城楼，陪同毛泽东等新中国领导人检阅三军。1955年被授予中将军衔。

　　红34师的6000余名将士，大部分来自福建省宁化县。

　　2009年9月，在国家公布的"100位为新中国成立作出突出贡献的英雄模范人物"名单中，陈树湘排在第63位，后缀语是"血洒湘江的红军将领"。

　　2014年10月，在古田召开的解放军全军政治工作会议上，习近平主席向全体与会代表又一次讲述了陈树湘"断肠明志"的壮烈故事。

【陈树湘】

1905年出生。16岁时在长沙清水塘与毛泽东结识，1925年加入中国共产党。曾参加北伐军叶挺部。1927年9月参加秋收起义，随毛泽东上井冈山。历任红4军第31团连长、第3纵队大队长、红一方面军司令部特务队队长、红19军第56师师长、红5军团第34师师长等。1934年参加长征。在湘江之战中，他率部担任全军后卫，掩护军委纵队及红军主力渡过湘江。后因寡不敌众、弹尽粮绝，身负重伤后被俘，他乘敌不备，用手绞断肠子，英勇就义。

陈树湘牺牲后，敌人割下他的头颅送回长沙原籍，挂在小吴门石灯柱上示众。头颅正对着一条小街，街上一间老旧的小屋里，躺着他多病的母亲。

立于石马神村的标志石碑

陈树湘烈士墓及红34师纪念地

正值国庆假期，来烈士纪念园瞻仰的人很多，据介绍每天有两三千人，大部分集中在陈树湘墓前或陈列馆内。一个偏僻的距离县城很远的地方有这多人参观，而且大都是年轻人，这是不多见的，可见大家对这位英雄的崇敬。

烈士墓前，前来鞠躬敬礼的人络绎不绝，不少人带着孩子。一位年轻的父亲对年幼的娃娃说："乖，我们一起给爷爷鞠个躬。"孩子问："为什么？"答："没有他们，就没有我们今天幸福日子。"

闻听此言，一股热血涌了上来。

烈士墓前一家子

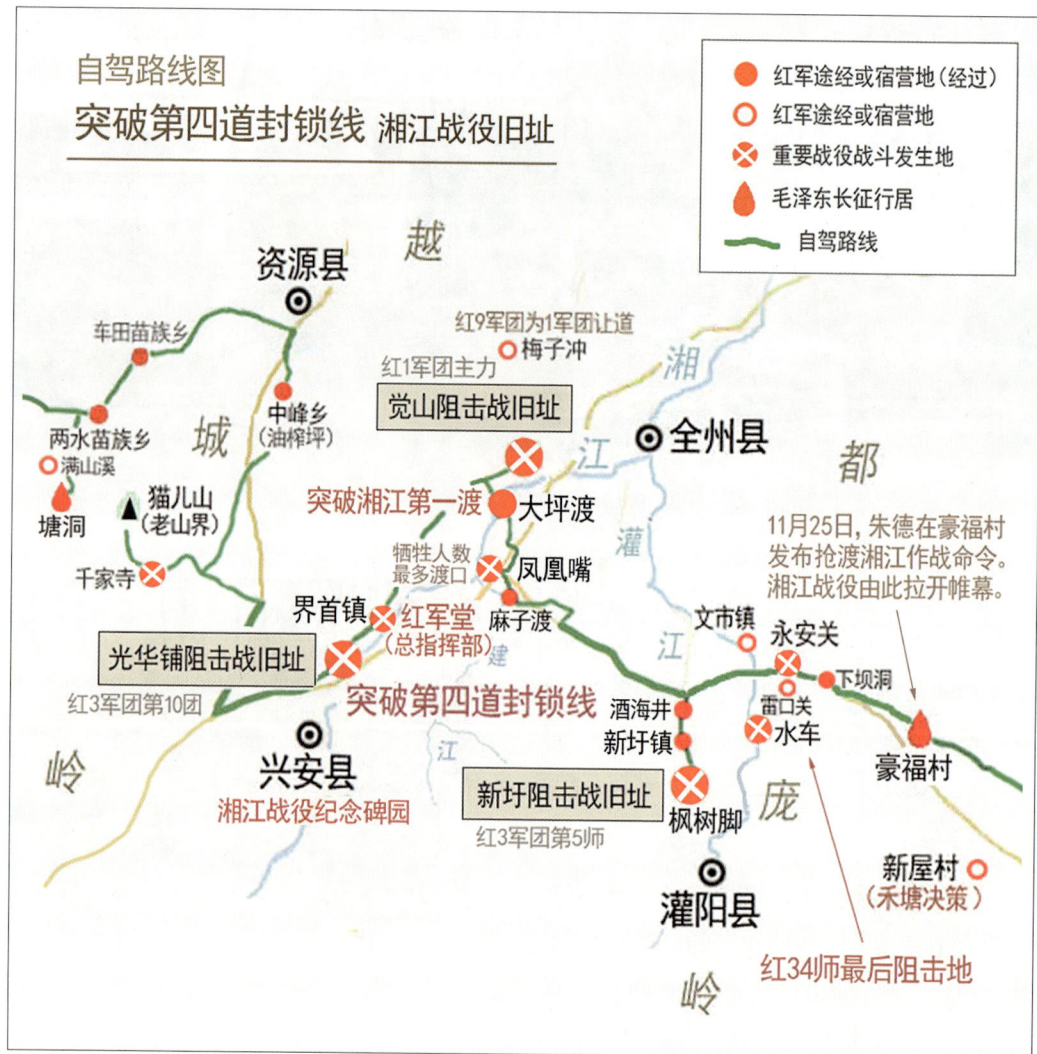

自驾路线图

突破第四道封锁线 湘江战役旧址

图例：
- 红军途经或宿营地（经过）
- 红军途经或宿营地
- 重要战役战斗发生地
- 毛泽东长征行居
- 自驾路线

越

城

岭

资源县

车田苗族乡

中峰乡（油榨坪）

两水苗族乡

满山溪

塘洞

猫儿山（老山界）

千家寺

界首镇

光华铺阻击战旧址

红3军团第10团

兴安县

湘江战役纪念碑园

红9军团为1军团让道

梅子冲

红1军团主力

觉山阻击战旧址

突破湘江第一渡

大坪渡

牺牲人数最多渡口

凤凰嘴

麻子渡

红军堂（总指挥部）

突破第四道封锁线

湘

江

全州县

灌

文市镇

永安关

下坝洞

雷口关

水车

都

11月25日，朱德在豪福村发布抢渡湘江作战命令。湘江战役由此拉开帷幕。

豪福村

酒海井

新圩镇

新圩阻击战旧址

红3军团第5师

枫树脚

灌阳县

庞

岭

新屋村（禾塘决策）

红34师最后阻击地

江

建

自驾路线图—10

11

湘江战役　三大阻击战旧址

出行日期：10月3日至4日（第8-9天）
自驾路线：豪福村—新圩—觉山铺—光华铺
行车里程：约182公里（不完全记录）

离开潇水之畔的道县，过湘桂交界的永安关，便进入了广西，来到灌阳、全州、兴安之间的三角地带——湘江战役发生地。

这是重走长征路的重点寻访地之一。由于地域广大、遗址众多，拟分两篇择要介绍。

突破第四道封锁线

1934年11月25日，在道县豪福村，中革军委主席朱德发出抢渡湘江、突破国民党军第四道封锁线的战斗命令。湘江战役正式拉开帷幕。

26日，红军先头部队过永安关，挺进广西境内。此时，中央红军约有6.5万人，其中战斗部队约5万人。

27日至28日，红1军团第2师、红3军团第4师先后渡过湘江，迅速控制了从觉山铺（脚山铺）、界首至光华铺的渡河点。

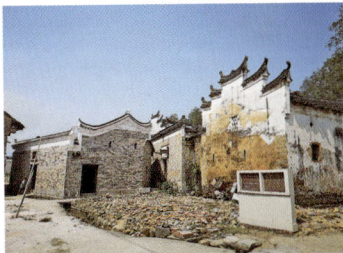

豪福村红军总部，湘江战役第一道战斗命令从这里发出

这时，已过永安关的中央和军委机关距渡河点只有80公里（一说55公里）。如果轻装疾进，利用湘、桂军阀和中央军相互掣肘而形成的短暂空档，本可以相对顺利地渡过湘江。但是，最高"三人团"舍不得丢下从苏区带出的"坛坛罐罐"，每天只前进二三十公里。在此期间，国民党各路大军迫近湘江，在飞机大炮的支援下，向红军发起猛攻。各主力军团为了掩护庞大的、辎重压身的中央和军委机关，

豪福村，地处五岭之一的都庞岭山脉

聂荣臻元帅题写的"红军长征突破湘江"纪念碑

用血肉之躯，与优势的国民党军展开了殊死搏斗，阵地几度易手，反复争夺。经浴血奋战，勉强保住了中央和军委机关前进的通道。

至 12 月 1 日晚，红军主力大部渡过湘江，进入越城岭腹地。湘江渡口随即被敌占领。担任后卫的红 5 军团第 34 师、红 3 军团第 18 团被阻于湘江东岸，战至弹尽粮绝，大部牺牲。

湘江战役，是中央红军长征以来打得最艰苦、最惨烈的一仗。全军从战前约 6.5 万人锐减至 3 万余人，损失过半，其中 14 位团以上干部牺牲。战后，军委第 1、第 2 纵队合编为一个纵队，红 8 军团建制撤销，余部编入红 5 军团。

湘江血战期间，最著名的战斗是新圩、觉山铺（脚山铺）、光华铺三大阻击战。因为路线的关系，这三个地方并非连续寻访（参见自驾路线图-10），但为了叙述的完整性，下面放在一起介绍。

新圩阻击战旧址

新圩阻击战旧址，位于湘江以东灌阳县境内的 201 省道沿线。

当年，新圩是桂军从灌阳县城北进的必经之地，守住新圩防线就是守住红军前出湘江的第一道生命线。1934 年 11 月 27 日下午，红 3 军团第 5 师师长李天佑、政委钟赤兵率领第 14、第 15 团和配属的军委炮兵营共 3900 余人，疾驰新圩，前锋与敌侦察部队遭遇，打响了湘江战役阻击第一枪。

从 28 日拂晓起，桂军在优势炮火和飞机的掩护下，先后投入 2 个师又 1 个独立团，向红军阵地猛烈进攻。红军在敌我兵力悬殊的情况下，奋战三昼夜，以血肉之躯，保障了中央红军主力左翼的安全。此战，红 5 师伤亡 2000 多人，2 个团长 1 个牺牲 1 个重伤，政委均负重伤，营以下干部伤亡殆尽。至 30 日下午，红 5 师撤出战斗，将阻击任务交给接防的红 6 师第 18 团。该团后被阻于湘江以东，大部牺牲。

湘江战役 – 新圩红军纪念塔及红军墓
（当地人习称红军帽）

新圩阻击战，是湘江战役中持续时间最长的战斗。新圩一带，也是整个湘江战役遗址中保存规模最大、最完整的区域。

主要纪念地有两处：一是枫树脚主战场，二是酒海井红军纪念园，分别位于新圩镇（村）的南北两头，都设有战史陈列馆。参观者很多。

枫树脚位于新圩镇南 6 公里处，是排埠江村的一个自然屯，因附近山上长有很多枫树，故名。这里地处新圩战场的最南边，两山夹一谷，谷中有公路，阻击桂军的战斗首先在这里打响。战斗遗址处，现建有新圩阻击战陈列馆、红军战斗雕塑等。

位于枫树脚的新圩阻击战陈列馆

枫树脚主战场的红军战斗雕塑

酒海井是个地名，位于新圩镇以北 4 公里处。酒海，指大型的盛酒容器，因为该地有一口井像酒坛子，故名。

红 5 师在新圩浴血阻击三昼夜后，撤出战场。由于情况紧急，安置在临时救护所的 100 多名重伤员未及转移。战后，这些伤员被桂军和当地土豪劣绅捆住手脚，残忍地丢进了连通地下河的酒海井中。

20 世纪 80 年代，灌阳县遭遇大旱，政府派人抽取酒海井的地下河水，无意中抽出了许多红军遗骨和捆绑红军的绳索。县里随后启动勘探发掘工作，邀请文物保护与考古专家进行打捞，并在烈士殉难处竖碑纪念。

据介绍，灌阳全境已累计发现 2560 余具红军的遗骸，

位于枫树脚以北的虎形山战场遗址

酒海井红军烈士殉难处及纪念碑

向烈士致敬的家长和孩子们

原散葬在各处，当地政府把这些遗骸集中归葬在酒海井红军纪念园里。酒海井因此成为灌阳县最大的红军纪念地。

在枫树脚和酒海井之间 10 公里长的路段上，还有红军梯次防守的板桥铺、虎形山、炮楼山等战场遗址，以及战地救护所旧址等，都有标志牌。限于篇幅不再展开。

觉山（铺）阻击战旧址

觉山铺又称脚山铺，位于湘江西岸的全州县才湾镇，距离新圩 60 多公里，建有红军长征湘江战役纪念园，分布于桂黄公路（衡友线）两侧的昔日战场，有隧洞相连。

觉山阻击战，是湘江战役中敌我双方投入兵力最多、规模最大的战斗。

觉山铺湘江战役纪念馆

昔日战场米花山麓的湘江战役纪念林

　　1934 年 11 月 30 日至 12 月 1 日，在觉山铺两边的山头上，林彪、聂荣臻率红 1 军团第 1、第 2 师，面对湘军 3 个师和 10 余架飞机的进攻，顽强阻击，仗打得惊天动地。敌军一度攻到军团司令部面前，军团首长们拔出手枪，一边射击一边转移。红 4 团指挥所的位置，成为肉搏前沿，会武功的团长耿飚亲提马刀冲入敌阵；政委杨成武率队救援危殆中的第 1 营，膝盖中弹倒地，被战友们冒死救出。红 5 团 2 个连扼守的尖峰岭被敌突破，政委易荡平身负重伤无法抢救下来，为不当俘虏，拔枪自尽。

　　据《湘江战役红军损失人数统计表》，此战，红 1 军团 2 个师损失 3000 余人。

在湘江战役纪念园内，布设 4 处石阵，既为战斗遗址，也是红军遗骸丛葬地。灰色的石块，寓意战斗中倒下的红军

光华铺阻击战旧址

光华铺阻击战因发生在界首镇附近，又称界首阻击战。此地在觉山铺以南 33 公里处，昔日战场被桂黄公路一劈两半。

当年扼守光华铺的主要是红 3 军团第 4 师第 10 团，进攻之敌是桂军 4 个团。双方投入兵力、战斗规模都不如新圩和觉山之役，甚至不如红 34 师在永安关、水车一带的阻击战。但是，光华铺紧邻界首渡口，直接关乎在此渡江的中央和军委机关的安危。关键位置，赋予此战重要的地位。

桂黄公路两侧的光华铺阻击战旧址

11 月 29 日晚，光华铺阻击战打响。当时，南路桂军一部绕过红军前沿阵地，迂回至距界首渡口 5 华里处，与红 10 团主力交火。部署在前沿方向的第 3 营营长张震立刻率部往回猛打，配合团主力夹击敌人。黑夜的混战中，敌军两次攻到距彭德怀指挥部三官堂不足百米的地方。30 日，界首西岸渡口被敌占领，第 10 团团长沈述清亲率 2 个营驰援，在无工事依托之地与敌反复"拉锯"，终于在中央机关渡江前将渡口夺回。战斗中，沈团长不幸牺牲。第二天，为夺回失守的光华铺阵地，刚继任的团长杜中美（原师参谋长）又中弹牺牲，团政委杨勇腿部被弹片击中。连续两天战斗，红 10 团损失近一半人。

12 月 1 日，在中央红军抢渡湘江的最后时刻，红 3 军团将第 4 师、第 5 师主力全部投入战斗，掩护中央机关和后续红军过江，同时保证红军向西延伸线的安全。战至当天中午，红 3 军团逐次向西转移。光华铺阻击战结束。

1987 年，兴安县政府在此修建了红军烈士墓，两边分列着杨成武、张爱萍、张震等一批开国将领的题词碑。从公路边到墓地共有 34 级台阶，寓意 1934 年。

开车时，光华铺很容易被忽略。我们 2018 年 6 月第一次寻访时就错过了，因为没想到离界首这么近，又回头去慢慢找。昔日战场尽管已被公路劈开，但明显看出这里原来是一道岗坡。光华铺阻击战旧址碑在路东，红军烈士墓在路西。烈士墓前有小型停车场。

光华铺红军烈士墓

陆定一《长征大事记》

11 月 30 日　阴

突破湘桂封锁线（第四道封锁线）

一军团在原地未动，终日与由全州出击之敌激战。

三军团第四师在光华铺及其以西抗击由兴安出击之桂敌夏威部。主力全部渡过湘水。

五军团主力到文市河西之五家湾。

八、九军团均由水车附近渡河，到青龙山石塘圩地域。

军委二纵队渡河进至界首附近之王家。

野战司令部渡河进至界首西北之大田。

12 月 1 日　阴

敌情：全州之敌，已占领朱塘铺。

兴安之敌，已占领光华铺。灌阳桂敌两个师，已进占新圩。周浑元纵队，先头已渡过文市河。

我军星夜向西延地区移动。

陆定一，长征中先后任总政治部宣传部干事、部长，大事记写于 1935 年 10 月中央红军长征到达陕北后

位于兴安县狮子山的红军突破湘江烈士纪念碑园

【 湘江 】

流经广西和湖南，干流全长 856 公里，流域面积 9.64 万平方公里。源头和上游在广西境内；中下游在湖南，是该省最大的河流，途经永州、衡阳、长沙，几乎贯穿全省，在湘阴县境注入洞庭湖。广西境内长 190 余公里，流经兴安县和全州县，其中兴安段 80 公里，全州段 110.1 公里。红军长征史上的湘江战役，发生在广西境内。

12

湘江战役　三大渡口旧址

出行日期：10 月 3 日至 4 日（第 8-9 天）
自驾路线：大坪村—凤凰嘴—界首镇
行车里程：约 40 公里（渡口间距离）

　　湘江，在广西境内流经兴安、全州两县，全长 190 余公里。

　　1934 年 11 月 27 日至 12 月 1 日，中央红军先后从全州县的大坪（第一渡）、凤凰嘴（牺牲人数最多）、屏山（涉渡人数最少）和兴安县的界首（中央和军委机关）渡口过湘江，冲破了蒋介石布下的第四道封锁线。

　　我们走过其中的三大渡口，即大坪、凤凰嘴和界首。这三处均为全国重点文物保护单位。

大坪渡口·突破湘江第一渡

　　大坪渡口位于全州县凤凰镇大坪村，南距凤凰嘴渡口约 10 公里，北离觉山阻击战旧址 17 公里。

湘江大坪渡口

电影《长征》拍摄时仿建的桂北民居

赵镕日记

12月1日 晴 湘江东岸

奉军委命令，我九军团限于今晚11时渡过湘江。

接到命令时，已近下午5点钟，而到达渡江点尚有90里路程，这样，每小时至少要走15里以上才能完成任务。当时，各部队正在做饭，鉴于任务紧急，只好将做好的饭分给每人一份，边走边吃，凡没做好的饭，均送给了老百姓。部队即行集合，分作十路纵队，沿着宽广的湘桂公路向湘江跑步猛进……五军团在后面跟进，其后卫阵地，经过苦战，被敌人突破，流弹在我军团行军纵队上空乱飞。

12月2日 晴 谢祈

我们深夜来到湘江东岸。寒冬之夜，徒涉水深及膝的湘江……在满天星光的映照下，分作十几路，毫不犹豫地手拉手跳入江中！

后面的战斗仍在继续，枪炮声越响越烈，迫击炮弹不断落入江中，激起很高的水位。

赵镕，时任红9军团供给部部长

1934年11月27日，师长陈光、政委刘亚楼率领红1军团先头第2师，在大坪古渡首先突破湘江，并迅速控制了觉山铺至界首约30公里之间的渡河点。大坪，因此被誉为"中央红军突破湘江第一渡"。渡口对面，是绍水镇洛口村，被称为红军渡过湘江第一村。

为获得战场有利态势，红2师原奉命夺取北面的全州县城，但被湘军抢先了一步。红军遂在桂黄公路（位于湘江西岸）的觉山铺一带布设阵地。三天后，觉山阻击战打响。

大坪渡口，也是《长征》《我的长征》等一批影视剧的外景地。电影《长征》一开始就是湘江之战，长达20多分钟，场面恢宏。在大坪渡口有几排桂北民居，是当年为拍电影而仿建的，与周边景致融为一体，成了游人拍照的景点。总体来讲，大坪一带仍保留着较原真的生态，未做过度开发。

渡口旁的草地上，一群年轻人正在放飞无人机，笑声叫喊声此起彼伏。

凤凰嘴 · 红军牺牲最多的渡口

凤凰嘴渡口，位于全州县凤凰镇和平村。清朝以前，这里曾设建安巡检司，为货物集散地，后因泥沙沉积，致上下数公里河床变浅，可以涉渡。

红军两次经过这里。

1934 年 9 月 4 日，先行西征的红 6 军团一部曾从凤凰嘴一带徒涉，另一部从界首过江，经湘西至黔东与贺龙率领的红 2 军团会合。

1934 年 12 月 1 日，湘江战役进入到最紧张的时刻。是日晨，除军委纵队正在界首抢渡外，全军 12 个作战师中只有 4 个师渡过湘江，情况十分危急。下午 3 时，军委纵队全部过江后，将界首浮桥炸毁。中革军委命令尚在江东的部队，改道凤凰嘴涉渡湘江。

未及过江的红 9 军团、红 5 军团第 13 师、红 8 军团边打边撤，先后到达渡口。这时，桂军的 10 余架飞机和"中央军"的 6 架飞机前来轰炸扫射，地面部队向红军侧击追杀。当时红军连续几天面对优势敌军作战，战力已达极限，人员极度疲惫。半渡中的、拥在岸边待渡的红军难以组织有效反击，成批倒下，伤亡惨重。红 8 军团政治部主任罗荣桓冒着枪林弹雨徒涉过江后，身边仅有一个扛油印机的战士；收拢余部清点，这支长征出发时超过 1 万人的军团，加上勤杂人员和挑夫也不过 1200 人。红 9 军团长征出发时

位于和平村旁的凤凰嘴渡口。该渡口仍在使用，渡船既可载人，也可载车

凤凰嘴渡口左侧的浅滩，当年血染湘江之地

有 11500 余人，过湘江后只有 3000 余人幸存。

有史料记载，战后凤凰嘴一带的江面上和浅滩处，到处是红军的尸体，鲜红的血水伴随着丢弃的书籍、炸碎的木箱板、漂浮的军帽，汩汩流淌。

因有传谚："三年不饮湘江水，十年不食湘江鱼。"

界首渡口·军委纵队过江处

界首镇，隶属广西兴安县，地处湘江西岸。南距兴安县城 15 公里，北距全州县城 45 公里，是湘桂往来的重要渡口。

两次到这里。第一次是 2018 年 6 月 6 日，夫妻同行，路过参观。第二次是 2019 年 10 月 4 日，单枪匹马，住在镇上。界首的 6 月和 10 月仿佛一个季节，气温均在 30℃ 以上。

界首老街

湘江战役旧址：界首渡江码头。如今，码头旧址建有界首大桥，连通湘江两岸

1934 年 11 月 27 日，红 1 军团前锋第 2 师在大坪渡过湘江后，其第 4 团由耿飚、杨成武率领迅速南下，占领界首。次日，将防务移交红 3 军团第 6 师。

渡口处有一座建于 1912 年的三官堂（因供奉天官、地官、水官而得名），现名"红军堂"。湘江战役时，这里曾是红 3 军团指挥部，在抢渡湘江的最后关头，朱德、周恩来也驻此指挥。国民党军飞机曾两次将界首浮桥炸毁，朱德亲自指挥部队将其修通。至 12 月 1 日，中央和军委机关从界首渡过湘江。

从界首过江的有毛泽东、朱德、周恩来、张闻天、王稼祥、博古、李德、彭德怀、杨尚昆、刘伯承、叶剑英、陈云、邓小平等。

现在的界首镇分新街和老街。新街位于241国道两旁，人多车多，商铺林立，宾馆也不少。老街在红军堂一侧，基本是白墙黑瓦，显得古朴清静。街上有一座关帝庙旧址，据铭牌介绍：该庙始建于乾隆年间，后倒塌修复。1934年11月27日至12月1日，红军曾在此为百姓演文明戏。

在距界首镇20公里远的兴安县城，建有红军突破湘江烈士纪念碑园，由大型群雕、主碑、纪念馆等组成，是湘江战役最早和最大的红军烈士纪念地（见第74页题图）。

红军堂一侧的湘江边。当年，军委纵队是搭浮桥过江的，没有摆渡

红军堂（原名三官堂），湘江战役红军指挥部旧址

红军堂内景

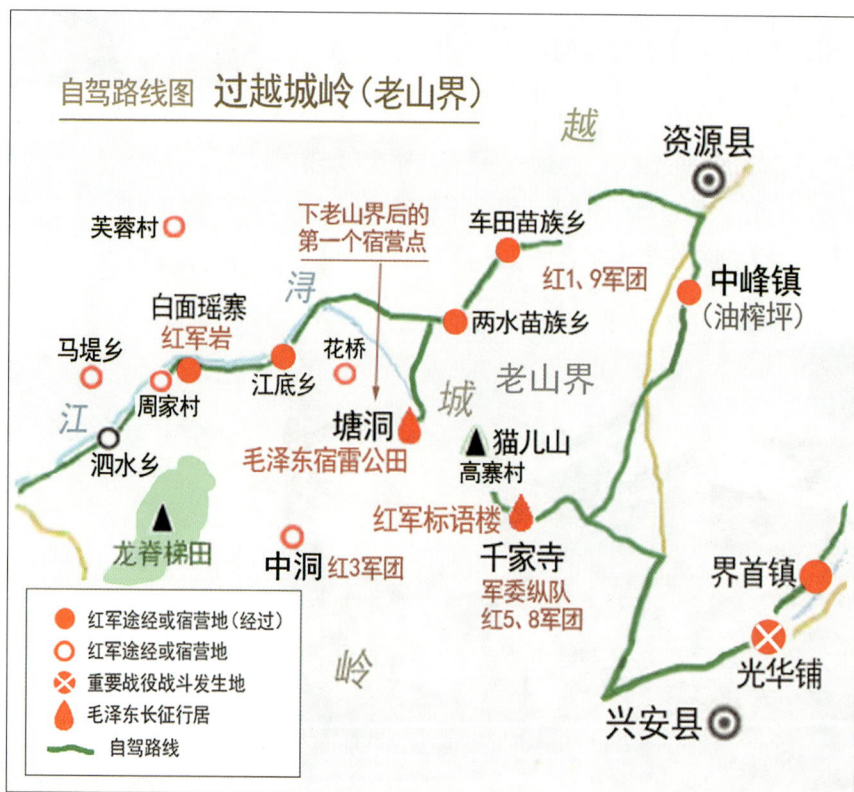

自驾路线图 **过越城岭（老山界）**

越

资源县

下老山界后的第一个宿营点

芙蓉村

车田苗族乡

红1、9军团

中峰镇（油榨坪）

浔

白面瑶寨
红军岩

花桥

老山界

马堤乡

江底乡

两水苗族乡

周家村

塘洞
毛泽东宿雷公田

城

猫儿山
高寨村

泗水乡

红军标语楼

江

龙脊梯田

中洞 红3军团

千家寺
军委纵队
红5、8军团

界首镇

岭

光华铺

兴安县

图例
- 🔴 红军途经或宿营地（经过）
- ⭕ 红军途经或宿营地
- ❌ 重要战役战斗发生地
- 🔻 毛泽东长征行居
- 〰️ 自驾路线

13

过老山界　从千家寺到塘洞村

出行日期：10 月 4 日（第 9 天）
自驾路线：千家寺—高寨—油榨坪—塘洞
行车里程：约 200 公里

中央红军渡过湘江后，夺路西进越城岭。

越城岭为五岭最大者，俗称老山界（以下统称老山界），主峰在猫儿山的神猫顶，海拔 2141.5 米，是华南最高峰。这一带，红军文献上又称西延山脉，是广西资源（1935 年 7 月设县）地域的旧称。

进入西延腹地后，红军以猫儿山为中心，分三路翻过老山界。

我的寻访路线是：从湘江边的界首出发，先循着军委纵队的脚步，经千家寺到猫儿山下；然后回头走红 1、红 9 军团的路线，翻越到老山界背面，探访红军下山宿营的塘洞村及雷公田寺院。

千家寺红军标语楼。建于清末民初，原为宗祀祠堂，后改为学校，解放后一度成为乡政府办公楼。1988 年冬，乡政府工作人员烧木炭取暖，不慎失火，墙壁部分脱落，露出"红军宣"字样的标语，共 20 多条。这是目前保存的湘江战役期间红军标语最多的建筑

千家寺·红军标语楼

千家寺，位于老山界南麓的兴安县华江瑶族乡（1985年9月设立）。从界首到这儿，须向南兜一个大圈，约65公里。走的是山间公路，弯道多而短促，超车不易。

千家寺曾因寺庙众多而得名。红军来时大多住在寺里，毛泽东、周恩来、朱德、王稼祥等在此宿营，红5、红8军团指挥机关也驻于这一带。现在寺庙看不到了，毛泽东等住过的房舍亦无迹可寻。

据千家寺红军标语楼前的简介：1934年12月5日下午，"桂军第43师突然偷袭红5军团指挥机关所在地千家寺，500多名来不及转移的伤病员被俘"。

部分红军标语。图右是著名的"标语狗"，由"国民匪党"四字组成

千家寺仅存的红军遗址是红军标语楼，现为全国重点文物保护单位——湘江战役旧址的组成部分。当天是10月4日，大门锁着，因为放假找不到人开门。欣慰的是，红军标语大都位于二楼临街的一面墙上，可远观，也可拍照。

猫儿山麓·遥看老山界主峰

从千家寺到猫儿山主峰下的高寨村，约15公里。一直在爬坡，越往上走，弯道越多，坡越陡。一路风景如画，走走停停，花了一个多小时。

史载，1934年12月4日，军委纵队从千家寺出发，在塘坊边开始翻越老山界。

从不同角度看老山界主峰猫儿山

这个塘坊边，在地图上找不到。到当地看导览图，才明白就是现在的高寨村一带，即猫儿山旅游景区的山门所在地。

自陆定一的《老山界》被收入中学课本后，"老山界"就成为几代人耳熟能详的红色地标。陆定一在文中说："我们决定要爬一座三十里高的瑶山，地图上叫越城岭，土名叫老山界。""老山界是我们长征中所过的第一座难走的山。"

陈云在《随军西行见闻录》*中描述："老山界这个山高得非常使人发急，到了一个山顶，见前面只有一个高峰了，不料上了那个高峰，前面还有一个高峰。这样一个又一个地爬着高山，大家不停喘气和汗流浃背。"

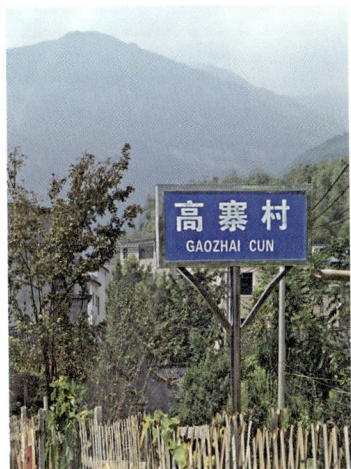

高寨村，猫儿山下第一村

《中国工农红军长征全史》写道："当时，毛泽东感慨万千，挥毫写下三首《十六字令》。其一：山，快马加鞭未下鞍。惊回首，离天三尺三。"

当年军委纵队艰难跋涉的足迹，大部分圈在了猫儿山景区里面。景区门票180元（含观光车费），进大门后须乘景区的大巴车上山，两小时到山顶。自驾车严禁入内。

---

* 该文1935年秋写于莫斯科，1936年3月起在中国共产党主办的巴黎《全民月刊》上连载，同年在莫斯科出版单行本，随后在国内多次印刷发行。为便于在国民党统治区流传，作者署名"廉臣"，并假托为一名被红军俘房的国民党军医。此文先后收入《中国工农红军第一方面军长征记》和《陈云文选》第一卷。

油榨坪一带的群山

中午,在猫儿山下吃了碗青菜肉丝面,然后走原路回头,前往油榨坪。一路下坡,基本不用踩油门。

沿途农户多半是二层小楼,外表贴着浅黄色的瓷砖。尽管是在南方,路边却随处可见黄牛,从没见过水牛。

油榨坪·聂荣臻对山的感慨

油榨坪,位于老山界东麓,现在是资源县中峰镇政府驻地(又称中峰村)。从猫儿山无法直达这里,须返回千家寺再经 202 省道北上,相距 54 公里。

抢渡湘江后,中央红军主力一度聚集油榨坪(中革军委驻油榨坪公堂),计划经此再入湖南。因战场态势出现

翻越老山界的公路

变化，军委纵队转而从千家寺一带上老山界，红3军团则走南翼中洞一线。从油榨坪过老山界的，是红1军团和红9军团。时任红1军团政委聂荣臻在回忆录中写道：

> 突破第四道封锁线以后，一军团到了广西资源县油榨坪的时候，已经是傍晚了。我们站在山顶上朝广西、贵州交界的地方一看，嗬！一层山接着一层山，象大海里的波涛，无穷无尽，直到天边。我这个出生在四川，又在江西福建打过几年山地战的人，都没有见过这么多山！

红1军团到油榨坪后，敌人又追了上来。部队边阻击边西撤，到了一片大树林才敢住下，宿营地拉了十里长。聂荣臻回忆说："几天几夜的紧张激烈的战斗，这时候才感到又饥又饿，疲劳极了。我把身上带的干粮拿出来吃，也分了一些给林彪吃，觉得真是香极了。"

中峰镇政府，门前是一个篮球场

离开中峰镇不久，转入县道，开始横穿老山界。一路上山下山。导航语音不断提醒："前方连续转弯，请慢一点"；"前方连续下坡，请慢一点"。

进入车田、两水苗族乡后，道路比以前更窄，弯道更多。便携热水壶掉在副驾驶座的下面，随着转弯一会儿向左滚，一会儿向右滚，哐啷哐啷地响，水也流出来一些。因为弯道太多太急，不敢分心，随它去了！

走过这条路的红9军团作战参谋林伟，在当时的日记中写道："此山上45里、下35里，道路的倾斜角度有的达到30度。向山顶上看好像与天空相接，向下都是悬崖绝壁黑茫茫的令人可怕。"

现在，很难感受到红军长征时目摄的这一镜像，因为绝壁下面有隧道，深涧之上有桥梁，红军上下跋涉一天的路，如今开车一小时就通过了。

经过很多村庄，不少农户门前停着轿车。自从拐入县道后，全程不测速。

穿越车田苗族乡

塘洞村一瞥

前往毛泽东宿营地雷公田的山路

塘洞／雷公田·红军下山后的宿营地

塘洞村位于老山界西麓，隶属资源县两水苗族乡。

1934年12月5日起，军委第1、第2纵队及后卫红5、红8军团等先后到达塘洞。这是红军翻越老山界后的第一个宿营地。

陈云在回忆录中，把塘洞称为唐庄。"从山顶到唐庄，名为二十里，实际将近三十五里，所以大家又走了一节黑路，当晚就到唐庄宿营。"

毛泽东的宿营地不在塘洞村里，还要往里走，经过李洞院子（塘洞所辖自然村）上山。路窄坡陡，导航无信号。约行5公里，在群峰环抱中出现一片开阔地，山边有一座庙，叫雷公田寺院，又称雷山寺。

寺院正殿正在施工维修，门前比较杂乱，寺院旁边的厢房里放着音乐，仔细一听是《十送红军》。寺前立一块碑，上面镌刻有《红军长征过雷公田碑记》：

雷公田寺始建于元朝末年，兴盛于清代道光年间，位于老山界西侧雷公岩奇峰之下……时年十二月五日，毛泽东、朱德、周恩来等率中央红军纵队及红五、红八军团翻越老山界，途经此地，并就地宿营。毛泽东与贺子珍借宿于寺下院厢房。为弘扬红军精神，缅怀革命先烈功绩，特立此碑，以为永志。

对于毛泽东是否在雷公田寺院宿营，也有不同声音，因为没有明确的文字记载。质疑者主要是不确定，但也无法否定。

山上植被很好，空气清新，明显比山下凉爽。林中有小道，不知通往何方。我想，当年红军一定从这里走过。

已是下午 5 点 30 分，除了工地上的工人外，只有我一个游客。问给我开门的师傅，平时没人来吗？他说，多哦，上午最多！

塘洞村的西寨，还有红军总政治部宣传部驻扎过的赵家祠堂旧址，由于返回塘洞村时天快黑了，没再去看。赶着夜路，前往 45 公里外的白面瑶寨。

就这样，一天里，从湘江边到猫儿山麓，再翻过老山界，跑完了中央红军长征以来走过的最艰难的路。

老山界西麓的雷公田寺院，以"毛泽东贺子珍居住旧址"列为广西壮族自治区文物保护单位

自驾路线图 **白面瑶寨至梨子界**

军委1纵队

梨子界　龙坪村

平等乡　洋弯村

芙蓉村

广南村

红军桥

军委2纵队　（孟滩风雨桥）

白面瑶寨

红军岩

浔

花桥

马堤乡　江底乡

周家村

江

城

龙胜县　泗水乡

龙脊梯田

中洞

岭

越

图例

● 红军途经或宿营地（经过）

○ 红军途经或宿营地

⊗ 重要战役战斗发生地

🔶 毛泽东长征行居

— 自驾路线

14

脱桂入湘　从白面瑶寨到梨子界

出行日期：10 月 5 日（第 10 天）
自驾路线：白面瑶寨—龙坪—梨子界—通道城
行车里程：约 185 公里（不含迷途绕路）

从塘洞村出来，不久天就黑了。不知是哪个路口拐错方向，在山中迷了路。导航反复提醒掉头，但来回几次，总是回到原来的地方。黑茫茫的大山里，比大山更黑的焦躁中，幸得一位皮卡司机带路，跟着他的车灯尾随到江底乡。

到江底乡，就进入了龙胜各族自治县，全国仅有的两个"各族自治县"之一。

当晚住在江底乡的白面瑶寨。

白面瑶寨·红军岩

白面瑶寨，位于老山界西麓一座小山上，隶属龙胜县泗水乡周家村，是个纯粹红瑶族自然村寨。

瑶寨第一奇观是突兀而出的龙舌岩，今称红军岩。

1934 年 12 月上旬，中央红军兵分三路过老山界，进入龙胜县境内。其中，张宗逊、黄克诚率领的红 3 军团第 4 师途经白面瑶寨一带。驻留期间，红军邀请桂北瑶民起义幸存的头领到龙舌岩下聚谈，了解起义情况，介绍共产党和红军的主张。其间，有红军战士在龙舌岩石壁上写了两条标语："红军绝对保护傜民"；"继续斗争，再寻光明"。后来村民依原笔迹镌刻，保存至今。

瑶寨的村民为什么如此珍爱红军标语呢？因为历代官府都蔑称他们为"猺民"，而红军写的是"傜民"。一字之改，深得民心。

龙舌岩旁，手执红军军旗的红瑶妇女

寨前突兀而出的龙舌岩，今称"红军岩"

红军岩上镌刻的标语

　　第二天早上 7 点半出门。天初亮，日未出。

　　瑶寨的早晨，鸟语花香，雄鸡竞啼，空气清新而香甜。先去红军岩徜徉，又爬上爬下到处拍照，既拍景也拍人——瑶寨里，穿传统服装的都是上岁数的人，年轻人打扮跟汉族人无异。

　　太阳直到 9 点多钟才跃上山脊。那一刻，山川一颤，瞬间辉煌。

　　2009 年，白面瑶寨入选首批"中国少数民族特色村寨"；2019 年，

瑶岭的早晨

又入选第一批"国家森林乡村名单"，它还被游客誉为"桂北最美红色景点之一"。

9点40分回到农舍。房东一家正围着火塘吃早饭，邀我一起吃。我品尝了一小碗油茶，是炒米、玉米与茶叶一起煮的。我说挺好吃，他们很高兴。于是一边吃一边聊天，直到11点才告辞上路。

这是走长征路以来第一次住村寨，第一次宿农家。

有个体会，住农家比住宾馆有意思，条件也不差，只是不正规而已。

平等乡·风雨桥和红军楼

从白面瑶寨出发，伴着浔江往龙胜县城方向行驶。

附近有著名的龙脊梯田，距县城13公里，路不错，须臾就到。龙脊仍然属于越城岭山脉，但红军没到这里，而是从北面穿过的。

龙脊这儿的少数民族中，有一支也是红瑶，最壮观的景点就叫"大寨红瑶梯田"，是中外摄影家向往的天堂。我们两次到龙脊看梯田，留下了极为美好的印象。

平等乡在龙胜县城西北，是中央红军在广西的最后一站，主力曾在这里集结。这一带是侗乡，有两大特点，一是风雨桥（廊桥）多，二是鼓楼多。下面只说一说与红军有关、我又途经的。

龙脊大寨，走过梯田的红瑶妇女

孟滩风雨桥 位于平等乡附近的平等村。该桥始建于清光绪三年（1877），是清代平等乡22座风雨桥中最著名的一座，也是中国著名的风雨桥之一。该桥除桥墩外均为木制，不用一根铁钉。

1934年12月10日至13日，中央红军从此桥上走过，往湖南通道县进发，一部分红军曾在桥上宿营。1949年初，中共龙胜地下党带领200余人在桥上举起义旗，宣布龙胜游击队正式成立，迎接解放大军南下。因此，孟滩风雨桥具有历史、民族、革命三重文物属性。

纵贯平等乡的迴龙江

桥的周边风光绮丽，从桥窗望出去如一幅山水画。红军经过时，也是这个季节，看到的是同样的山水，但是刚经过湘江血战后的艰苦跋涉，估计谁也没有看景的心情。

从桥上外望，迴龙江边是我走过的路

位于平等村的孟滩风雨桥

迴龙桥 从孟滩风雨桥往北行 5 公里，是很多老红军在回忆录或日记里提及的龙坪村，迴龙桥就在村口。该桥始建于清同治年间，2001 年重建，桥基部分改为双曲拱混凝土构造。有文章把它称为红军桥，但桥头无说明。不过我想，当年红军有大部队驻此，过迴龙江就一定要过桥，这个不成问题。只是江还在，桥已非。

位于龙坪村口的风雨桥——迴龙桥

在风雨桥看龙坪村，最醒目的是一面红军军旗

龙坪杨氏鼓楼 龙坪村里，最为人熟知的红军遗址是杨氏鼓楼，今称红军楼，始建于清代嘉庆四年（1799），迄今已有 220 多年历史。该楼为木质结构，是桂北侗寨典型的过街门楼，也是以前的寨门。

红军长征到达龙坪寨时，中革军委就驻扎在鼓楼一侧。当晚，桂系特务伪装成红军，混入寨中多处纵火，烧毁 200 多座民房。当火烧到鼓楼旁时，周恩来、邓发组织并指挥军民灭火，使鼓楼和东南 100 多座房屋幸免于难，并当场抓获了 3 名纵火者。第二天，红军在飞山庙召开军民大会，枪决罪犯，还给到场的灾民发救济银元。

飞山庙旧址，当年公审纵火敌特之所。此庙建于清代。龙坪纵火案次日，红军在这里对纵火犯进行公审。后来，侗民将飞山庙改称"审敌堂"

龙坪红军楼（杨氏鼓楼）

新中国成立后，为了纪念红军的恩德，龙坪人民把杨氏鼓楼命名为"红军楼"。

当年红军三路过龙胜县境，途经 8 个乡，走了 10 天 10 夜。其间虽无大仗，但常受桂军袭扰，经历了很多次战斗。红军志在走不在战，蒙受了一些损失。

梨子界·老樟树旁红军墓

据《红军长征过龙胜概述》：1934 年 12 月 10 日至 14 日，各路红军分别从广南、平等、龙坪出发，翻越广西壕和凉伞界，进入湘西。我走南面的凉伞界、大坳一线，目标是红军战斗过的梨子界。

从龙坪村到湘西的梨子界，如果默认导航推荐，将回头绕行高速，全程 94 公里，2 个半小时；如果循着红军的足迹翻山，全程 24 公里，约 1 个小时，但必须分段导航，加入"盘胖"和"大坳"等途经点。若手机信号不佳，最好请人带到进山口（路口很难找），沿山道一路上行即可。

陈伯钧日记

12月12日　晴

行军，由昌背经甘宁冲、广南寨、盆胖（盘胖）、船树（传素）、栗子界（梨子界）、长安堡到麻阳塘，计程65里。

连日山地行军甚疲惫，部队除个别落伍的有增无减外，甚致整班、整排、整连（卅九团第六连）均有落伍的。这固然有各种困难，但主观上我之宣传解释不够，管理教育不严，特别是纪律制裁不够。个别干部缺乏信心，因疲劳而放弃工作等，是主要原因。

今日走的是广西、湖南的交界山脉，所以山峰仍较大，上下数十里，无处不是山。

陈伯钧，时任红5军团参谋长

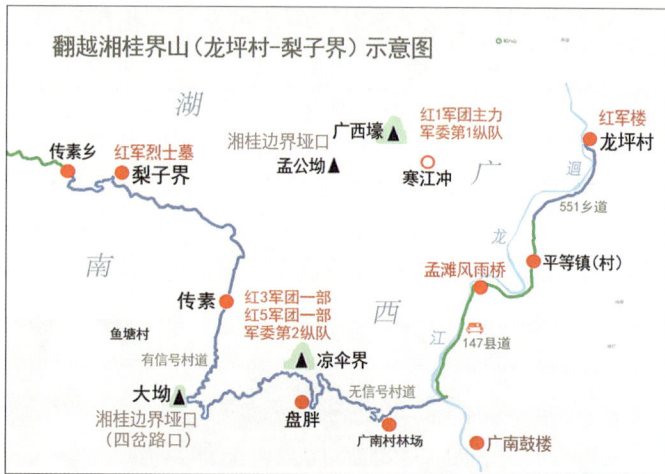

翻越湘桂界山（龙坪村-梨子界）示意图

我就是这样做的。

进山是一条村道，水泥路面，宽窄依地势而为。没有路牌，前半程手机无信号。道路两边是连片的丝茅草，茅花随风摇曳，在逆光中一闪一闪，很让人陶醉。路过十几处明显的塌方地段，都被清理过，痕迹尚在。

半途，遇到一个骑摩托车的广西壮汉，向他求证道路是否正确。他说：对头！这就是红军走过的，从前山下没有公路，从广西到湖南就走这条道。

他是我进山后见到的第一个人，也是唯一的人。

湘桂交界处在一个叫"大坳"的四岔路口。一开始有点蒙，下车左看右看，不确定往哪儿走。郁闷了一会儿，打开已关闭的导航，居然有信号了，大喜！于是遵照导航指令，直抵传素瑶族乡梨子界。

湘桂边界的群山

广西与湖南分界处：大坳

这是长征路上第二次进入湖南。前一次从广东进入，此次从广西进入。

梨子界是一片山地的总称，红军烈士墓位于其高处，由合葬墓、红星亭、古樟树组成。这一带极富原始风貌，一边是崖壁，一边是深涧，古木参天，灌丛密布。

红军长征途经此地时，发生过一场惨烈的战斗。烈士墓前有《红军长征梨子界战斗简介》，节选如下：

> 1934年12月10日，由彭德怀任军团长的红三军团从龙胜县的广南出发，其中一部翻越龙坪山来到湖南通道传素梨子界。
>
> 为阻止红军进入通道，湘敌地方民团在梨子界上砍倒树木，横列在小道上，并派出小股部队在隘口进行阻击。同时，桂敌两个军尾随追击，派出飞机进行轰炸。红军先头部队英勇顽强，浴血奋战，以牺牲数十人的代价，击溃敌人，为后续部队开辟了前进的道路。

据说，当年红军在梨子界遭遇敌机轰炸时，一位机枪手爬上一棵高大的樟树，向敌机猛烈开火。一架敌机被击中，其他敌机仍然来回往复投弹，有20多位红军牺牲。红军撤离后，当地瑶民来到梨子界，发现那棵大樟树已被炸断，树旁有两只夹紧机枪的手臂。瑶民们自发组织起来，将红军遗骸集中安葬在被炸断的樟树旁。大樟树只剩下1米多高的树桩，已烧焦。令人称奇的是，后来老干发新枝，几十年后又成大树，年年岁岁庇荫着红军烈士们。

这两天为了体验红军走过的路，基本甩开大路走小道，翻过一座又一座山。峰回路转时常想：红军真是不容易！我开车都累，他们一天百八十里，是怎么爬过来的？

红军其实也累！从一些老红军的回忆录和日记看，红军在过湘桂界山时，最后两天里，后卫部队收容了数百名掉队者。不过，国民党军尾随追击也不轻松，有的部队还没见到红军，自身便减员过半。

站在梨子界，俯瞰峡谷中弯曲的山道，浮想联翩。

途经马龙、辰口，夜宿通道县城。

梨子界红星亭，晋谒红军烈士墓的入口

梨子界红军烈士墓

红军墓前，炸不死的老樟树

从梨子界回望开车走过的山道。这是红军走过的路吗？肯定是，因为没有别的路

第四篇

湘黔山地远
转兵渡天险

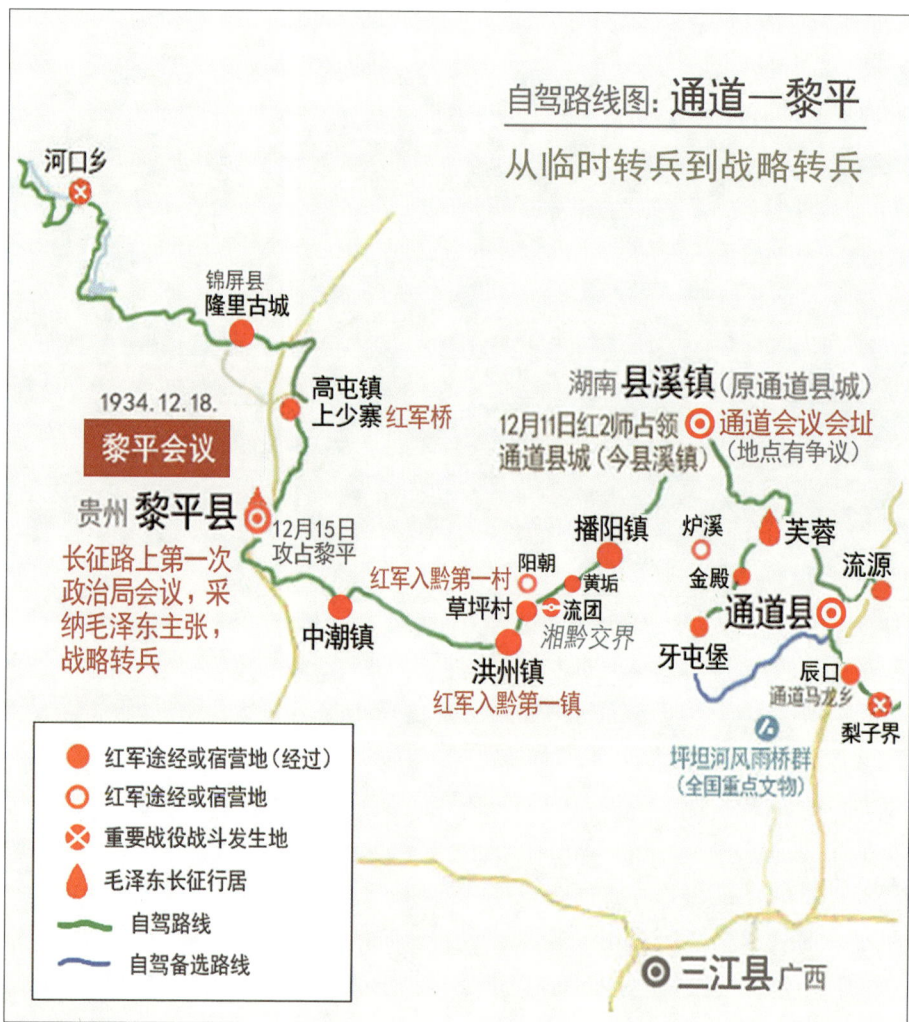

自驾路线图: **通道—黎平**
从临时转兵到战略转兵

河口乡

锦屏县
隆里古城

1934.12.18.
黎平会议

高屯镇
上少寨 红军桥

湖南 **县溪镇**（原通道县城）
12月11日红2师占领 **通道会议会址**
通道县城（今县溪镇）（地点有争议）

贵州 **黎平县**
长征路上第一次
政治局会议，采
纳毛泽东主张，
战略转兵

12月15日
攻占黎平

播阳镇
炉溪
芙蓉
流源

中潮镇

红军入黔第一村
草坪村

阳朝
黄垢
流团
湘黔交界

金殿
通道县

牙屯堡

洪州镇
红军入黔第一镇

辰口
通道马龙乡
梨子界

坪坦河风雨桥群
（全国重点文物）

● 红军途经或宿营地（经过）
○ 红军途经或宿营地
✕ 重要战役战斗发生地
🔴 毛泽东长征行居
— 自驾路线
— 自驾备选路线

◎ **三江县** 广西

15

通道境内　遍访转兵会址

出行日期：10 月 6 日（第 11 天）
自驾路线：流源村—芙蓉村—牙屯堡—县溪镇
行车里程：约 120 公里

　　这一整天，都在通道侗族自治县境内。该县位于湘西最南端，地处湘桂黔三省六县交界之所，最大特点是山多，有"九山半水半分田"之称。

　　中央红军突破湘江后，其战略意图已经完全暴露。蒋介石急向湘西北转移重兵，张网已待。这时，中央红军连续翻过越城岭（老山界）和湘桂界山后，包括庞大的机关后勤队伍仅有约 3 万人，编制不整，极度疲劳，战斗力大大下降。如果按照原计划继续北上湘西北，势必与五六倍于己的敌军血战。

　　1934 年 12 月 12 日，中共中央在通道境内临时召开紧急会议，决定红军的去向问题。这次会议，没有明确的规格和议程，参加者是当时在通道的一些中央领导人。会上，李德主张继续北上，与红 2、红 6 军团会合，这代表了他和博古两人的意见。面对中央红军可能全军覆没的危险，毛泽东力主放弃原定计划，向敌人防守薄弱的贵州转兵。大多数人支持毛泽东的主张。

　　会议没有取得一致意见，但在行军路线上还是作了调整，即放弃从通道北上的计划，改走贵州黎平。会后，朱德立即发出继续西进、夺占黎平的"万万火急"电令。

　　通道会议，至今没有发现文字记录。关于开会地点也存在争议，主要有四处：其一，县溪镇（时为县城），中央文献研究室编著的《毛泽东传》持此意见，通道转兵纪

通道转兵塑像

念馆也设在这里。但时为李德翻译的伍修权撰文表示，他没有进县溪镇。其二，芙蓉镇（现为行政村），军事科学院的《中国工农红军长征全史》明确持此意见。其三，牙屯堡镇外寨村，邓颖超的回忆指向了该村正在举行婚礼的一户农民家。其四，下乡乡流源村，此声音较弱。

我把这四个地方都跑了。按照自驾路线，先后顺序为：流源村、芙蓉村、外寨村、县溪镇。

流源村·圣宫学堂

流源村隶属通道县下乡乡（时属绥宁县石岩乡），位于县城东北方约 15 公里处。

时任红 1 军团第 15 师师长彭绍辉在 12 月 11 日日记中写道："我师今日受领掩护'红星纵队'（即军委第 1 纵队）的任务……下午尾随'红星纵队'行进，'红星纵队'到流源宿营，我师超越 20 余里到下乡宿营。"12 月 12 日记载："部队上午 7 时即准备出发，因'红星纵队'未过完，我师也未动。朱、周、博、洛、毛等同志也随'红星纵队'在此通过。"（见《红军长征纪实丛书·日记卷》，以下红军日记皆同一出处。）

如果彭绍辉日记可以证实，那么毛泽东 12 月 11 日应该随军委第 1 纵队在流源村宿营。但通道紧急会议是 12 月 12 日召开的，因此这里不可能是会址。

流源村现有红军遗址两处：一是圣宫；二是兴隆桥，

圣宫二楼的课堂

圣宫，又称"圣宫学堂"

兴隆桥（红军桥）

又名红军桥。

圣宫　位于流源村后约1里路远，是一座典型的侗族建筑，始建于清嘉庆二年（1797）。因曾经用作学堂，所以又称"圣宫学堂"。当地资料显示，当时毛泽东、张闻天和王稼祥入住圣宫，博古、李德、周恩来和朱德等人曾在这里短暂停留。

我去时，圣宫正在维修，工人来自本县双江乡琵琶村。他们告诉我，毛主席当时住在二楼课堂旁边的房间里，现在他们有几个人也住在那儿。我说你们真牛，和毛主席睡一个房间。他们哈哈大笑，自豪的样子。然后说，我们琵琶村也住过红军的，你也去看看吧！

兴隆桥　位于村外一条林木茂密的沟中，不容易被发现。这是一座风雨桥，当年中央红军曾从这座桥上走过，所以又名"红军桥"。桥边有一棵高大的银杏树，铭牌标注树龄100年。

芙蓉村·林木庵遗址

芙蓉村，今属通道县菁芜洲乡，距流源村33公里。红军长征时，这里属于绥宁县蓉江乡，1951年划入通道县。当时，芙蓉由三村八寨组成，有400多户，是个侗族聚居的大村庄，又称芙蓉镇。

史载，1934年12月12日，军委第1、第2纵队分别由流源、辰口和双江（今通道县城）出发，向西进至芙蓉

《中国工农红军长征全史》

12月11日，中央红军先头部队第1军团第2师占领了通道县城，第1军团主力和第9军团于12日集结通道及其附近地域；第3军团主力进到长安堡地域，第5、第8军团由源流、辰口、麻隆塘之线西移；野战司令部、军委纵队到达芙蓉镇。

会合，并在芙蓉及附近的金殿之间宿营。此后两天，军委第1、第2纵队一起行军宿营。

芙蓉村后不远处有一座庙庵，独立于半山上，叫木林庵。当时这里有17间房，可容纳200多人，因年久失修，1958年被拆毁。现在的几间砖房，是在遗址上后建的。这里被认为就是通道会议的会址。

通往林木庵的山道。由芙蓉村老支书杨盛栋带路指引，从这条小径步行上山

林木庵遗址。山门旁矮石上刻有"红军长征通道会议会址"几个字，极模糊，几乎看不出来

《中国工农红军长征全史》明确写道："中共中央于12月12日在湘南的通道县芙蓉镇召开了紧急军事会议，讨论中央红军的进军方向等问题。当时，参加会议的有：毛泽东、张闻天、王稼祥、周恩来、朱德、博古、李德等7人。"《红军长征史》未明说，但提到会议当天的12月12日，"野战司令部、军委纵队到达芙蓉镇"。

从 20 世纪 70 年代起，怀化地区和通道县党史工作人员历经十多年寻访和取证，于 1986 年 10 月出版了《红军长征过通道》一书。从书中看，当时只认定芙蓉木林庵是通道转兵会议会址，没提到其他地方。

牙屯堡·外寨村的吴家老屋

牙屯堡，在芙蓉村的东南方向，相距 14 公里，途经红军宿营地金殿村。当年这里是贵州省黎平县的一块飞地，1951 年划入湖南省通道县，1956 年置乡，1996 年设镇。外寨村，位于牙屯堡镇中心小学之北、牙屯堡村之南。

这里也是通道会址的争议地点之一。1971 年 7 月，邓颖超曾转述周恩来的回忆，会议是在城外附近农村一户农民的厢房里举行的，当时这家正在举行婚礼。索尔兹伯里在《长征：前所未闻的故事》中引用了此说。而据外寨村老人回忆：当时，村民吴文用正在自家厢房举行婚礼，还请红军到他家吃喜酒；随后，红军在厢房周边布岗，不允许任何人通过。因此推测，这里正在举行"通道会议"。

据村委会原主任吴河鲆介绍，吴文用家的老屋在过街门楼的右侧（照片左侧），后来失火焚毁了，现在的房子是后来新盖的。门楼正中挂着一块大匾，上书"红军长征的通道转兵会址"。据说，当年红军就是从这里进村的。

牙屯堡及其外寨村驻扎过红军，这个不用怀疑。但我认为，作为通道会议会址是可质疑的。细读军委 12 月 12 日晚发出的"万万火急"电报，其中有："一军团……其第一师如今日已抵洪州司，则应相继进占黎平，如尚在牙

索尔兹伯里《长征：前所未闻的故事》

当部队到了位于贵州边界上的通道县城时，召开了一次仓促的非正式的会议，主要的军政首脑人物都出席了……根据周恩来夫人的回忆，会议是在城外附近某处一家农民的厢房里举行的，当时这家农民正在举行婚礼。李德说，这次会议是领导军队的党的机构——军事委员会的紧急会议。两年多以前，毛泽东曾被军委撤职，而现在，他又被请回来参加会议，并且立即起了主导作用。

作者为美国著名作家和记者，曾任全美作家协会主席

外寨村口，中间是过街门楼，两侧为凉亭

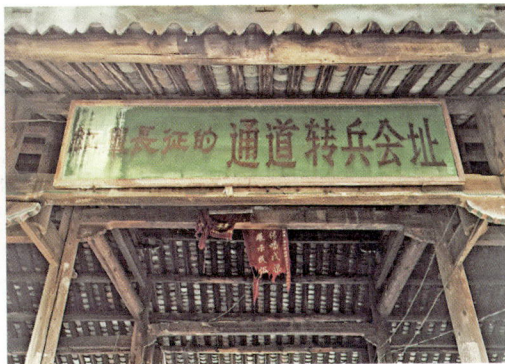

屯堡则应进至洪州司，向黎平侦察警戒，并须于十二时前全部（离）开牙屯堡。"如果紧急会议在牙屯堡召开，军委领导及参谋们不会不知道红 1 师是否尚在此地（外寨村与牙屯堡镇紧邻），好几千人的大部队呀！另外，也无军委纵队进驻这里的记录。

县溪镇·通道转兵纪念馆

从牙屯堡到县溪镇 32 公里，行车约 1 个小时。选择走 957 乡道（导航第 2 方案），可以少跑 10 公里，也避免了走回头路。

山路弯弯，除了经过村寨外，基本无人无车，路面也不错，会车无碍。下午 5 点钟左右，斜阳穿进山谷，逆光时的感觉迷离玄幻。路边鸡多，经常窜上马路。

县溪镇，从宋崇宁元年（1102）建县至 1958 年，一直为通道县城所在地。

1934 年 12 月 11 日，红 1 军团第 2 师占领县溪镇，红 9 军团也经过这里。现在，通道转兵纪念馆就设在镇上，规模宏大。旁边的恭城书院挂着"通道转兵会议会址"的牌子，为全国重点文物保护单位。

除了中央红军进驻外，县溪镇也是 1930 年 12 月红 7 军、1934 年 12 月红 6 军团途经之地，承载了厚重的历史，

中央文献版《毛泽东传》

博古、李德已因湘江失败而垂头丧气，红军的指挥任务已转移到周恩来肩上。周恩来赞同毛泽东的主张。12 月 12 日，中共中央负责人在通道县城（今县溪镇）恭城书院举行临时会议，参加人员有博古、周恩来、张闻天、毛泽东、王稼祥和李德等。会议由周恩来召集，讨论战略行动方向问题。

通道转兵纪念馆

恭城书院，通道转兵会议会址

也为当地留下了丰富的红色资源，使其成为红色旅游的热门打卡地之一。红军旧址大部分在临河的老街上，包括宝庆会馆（毛泽东王稼祥张闻天住址）、东岳宫（红军总政治部旧址）等，县溪河上有仿制的红军桥。

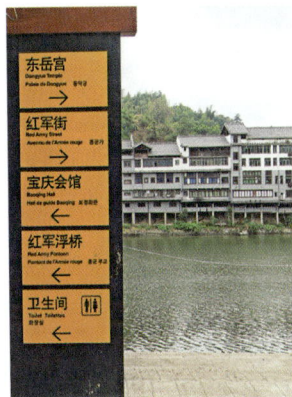

县溪镇一瞥

作为长征史中的"悬案"之一，通道会议开会地点具有考证价值，但不是事件的实质。其实质是，这个会议按照毛泽东的意见开始转兵，并为随后的黎平会议和遵义会议奠定了基础。

英国记者菲利普·肖特在他的《毛泽东传》序中写道："这次会议称为讨论未来战略的会议……而中国人说'千里之行，始于足下'。对于毛，通道镇就成为他登上红军最高领导位置的起点。"

今天除了开车外，又徒步走了2万多步。用了整整一天时间，为了一个重大事件的具体地点进行考察，是长征路上仅有的一次，收获是多方面的。

当晚住县溪镇。镇中心的三角广场正在举行晚会，推销某款国产汽车。由于村村通公路，推动了家用汽车走向农村，很多县城、乡镇辟有集中连片的汽车销售/维修一条街。

县溪镇新华书店

长征路上留存有很多红军桥，大致分为三种：一是木架桥，二是风雨桥（廊桥），三是铁索桥。图为黎平的少寨红军桥，属于第一种

16

由湘入黔　黎平会议定方向

出行日期：2017 年 10 月 / 2019 年 10 月（第 12 天）
自驾路线：播阳—洪州—黎平—少寨
行车里程：约 146 公里

中央红军突然转兵贵州，完全出乎蒋介石的意料，他在湘西北精心布设的重兵随之成了废棋。红军则一骑绝尘，快意西进，行动异常顺利。12 月 13 日，军委纵队分两路离开芙蓉、金殿，14 日已挺进贵州省的洪州境内。

洪州河畔·湘黔分界处

追随着红军的脚步，开车从通道的县溪镇出发，途经播阳、黄垢、流团。

湘黔分界处，位于通道县流团村与黎平县鸡公咀之间。在前后几百米路段上，有牌坊、界碑等明显标志。

湖南一侧，是横跨公路的牌坊，为侗族风雨桥式样。牌坊额书："红军长征镇　通道转兵纪念地欢迎您"。

贵州一侧，在 249 省道终点处，立一石碑，上书："红军长征入黔第一镇　黎平洪州"。

进入贵州了。陈云在《随军西行见闻录》中写道：

> 一入贵州，除见居民之贫困而外，尚有三事，为长江流域所未见者，即是：一为鸦片满地；一为天天下一丝丝的毛毛雨；一为处处是高山峻岭，找不到如湘赣两省之平地，更说不上江浙之平原矣。所以地图上有形容贵州地方情形之言曰："天无三日晴，地无三里平，人无三分银。"确符事实。入黔两月，未尝连晴三天。

湘黔交界处，黎平洪州"红军长征入黔第一镇"碑

湖南一侧的牌坊，额书"红军长征镇通道转兵纪念地欢迎您"

现在鸦片是见不着了，高山峻岭中有大小公路相连，开车如履平地。唯有天气不变，雨天比晴天多。好处是凉快了，不再顶着烈日寻访；缺点是常下雨，爬山踩点时颇为狼狈，拍照出片也不理想。

中央红军在贵州，前后 4 个多月，即从 1934 年 12 月 13 日先头部队由湘入黔，至 1935 年 4 月 25 日全部进入云南，是长征路上征战时间最长的一个省。在此期间，上演了强渡乌江、四渡赤水、兵逼贵阳等精彩绝伦的战争大戏，并通过遵义会议，开启了具有历史意义的伟大转折。

草坪·红军入黔第一村

草坪村，隶属贵州省黎平县洪州镇，距湘黔分界处约 12 公里，被誉为"红军入黔第一村"。

该村的红军遗址主要有两处：红军桥、红军鼓楼。

红军桥 位于草坪村旁的洪州河上，是一座木架桥。桥头木牌介绍：当年军委第 1、第 2 纵队和红 3、红 5、红 8 军团途经草坪村，过此桥前往黎平。

当时，洪州河上没有桥，村民来往仅靠船只摆渡。红军搭建了木桥，从上面走过后，桥便留下了，成为村民过河的必经之路。此地雨季易发洪水，木桥被冲毁多次。每一次，村民们都尽量把木板捞起，很快又添材加料把桥搭建起来。就这样，度过了 80 多个春秋。

草坪村红军桥

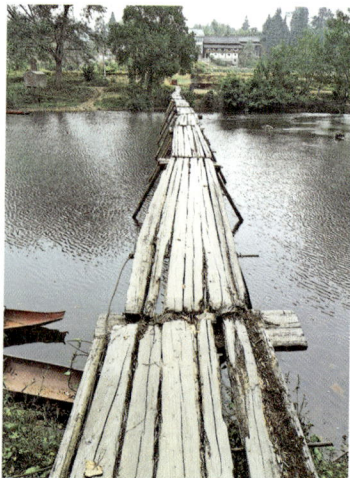

前些年，政府在距离木桥几百米的地方，建起了一座双曲拱公路桥；不久，村里就有了私家车。我也是开着车，从新桥上进村出寨的。

老桥与新桥，从此厮守相望，隔着80载时空。

红军鼓楼 位于草坪村的刺蓬（茨缝）寨内。这是座三重檐的侗寨鼓楼，内有火塘。据说，中央红军到草坪村后，朱德总司令和警卫员们曾在鼓楼内的火塘烤火取暖。另有报道，当时警卫团一名叫刘贵祥的班长，因负重伤，在此养病，朱总司令曾来探望。刘伤愈后，因无法找寻部队，便留在了村民石华大家，后来石家还把女儿许配给他。新中国成立后，刘贵祥成为草坪村的第一任村长，带领群众搞土改、献公粮、办合作社，直至1960年去世。

据黔东南新闻网刊文介绍，中央红军途经黎平时，留下了一些伤病员，有的被国民党军杀害，有的被苗侗群众收养救治。新中国成立后调查登记，共有10位散留的老红军幸存，其中包括刘贵祥。

草坪村"红军鼓楼"

鼓楼内的火塘

黎平古城·战略转兵决策地

从草坪村出发，越野车贴着洪州河在山谷中穿行，驶向黎平。

黎平位于贵州省东南部，是黔东南州面积最大、人口最多的县，也是中国侗族人口最多的县。

据《中国工农红军长征全史》记述：通道会议后，周

雨中的黎平翘街

恩来"即离开军委纵队，随红1军团第1师先头部队行动。12月15日，红军先头部队攻占黎平，周恩来亦随部队进驻黎平，为即将召开的中共中央政治局会议做准备"。

12月17日下午，军委纵队进入黎平城，在翘街驻扎。这时，中央红军已甩开国民党军约三天路程。

翘街，两头高，中间低，形似翘起的扁担，因此得名。

黎平会议纪念馆（西门），位于翘街胡氏荣顺店对面，进门后，有一浮桥长廊连通展厅，名曰"红军桥"

12月18日，中共中央在翘街的胡氏荣顺店召开政治局会议。讨论的核心，是从老山界就开始的、通道会议又悬而未决的问题：中央红军向何处去？

会议从白天开到深夜，争论很激烈。最终，以政治局决定的形式，正式采纳毛泽东的主张：避敌重兵，放弃北上与红2、红6军团会合；西渡乌江，向以遵义为中心的黔北地区进军。史称"黎平转兵"。

黎平会议的重要意义，可用"三个第一次"来概括：

——中共中央退出中央苏区后，召开的第一次政治局会议。

——中共中央第一次以政治局决定的形式，否定了博古、李德顽固坚持的军事路线，从根本上改变了红军的进军方向，避免了全军覆没的危险。

——在长达三年时间里，第一次结束了毛泽东在中央受排斥的地位，开始形成政治局内绝大多数人，包括过去反对过他的人，转而支持、拥护他的正确主张的局面。

　　《中国工农红军长征全史》这样评价："没有黎平会议，就不会有遵义会议。如果说遵义会议是中国共产党历史上生死攸关的转折点，那么，黎平会议就是这个转折点的奠基石。"

　　现在，黎平翘街已成为涵盖周边街巷的大景区，红军遗址与古建筑并存。主要有：胡氏荣顺店（黎平会议会址）、进士第（毛泽东等住处）、福音堂（博古、李德住处）、曾氏宗祠（陈云旧居）、中央红军教导师旧址、干部休养连旧址、红军广场（荷花塘），以及黎平会议纪念馆、两湖会馆等。

　　胡氏荣顺店　位于黎平翘街的主轴线上（二郎坡52号），正对着黎平会议纪念馆。该店始建于清嘉庆元年（1796），分三进，有九个大小不同的天井，并置后花园。红军进驻黎平后，总部即设于此。现为全国重点文物保护单位，包含黎平会议会址，军委一局作战室，周恩来、朱德、叶剑英住室等。

黎平会议会址内景

胡氏荣顺店，黎平会议会址外观

　　进士第　位于胡氏店铺后面的马家巷14号。1934年12月17日至18日，毛泽东、张闻天、王稼祥在此居住，并一同出席黎平会议。这里曾是清朝嘉庆年间黎平府父子进士胡秉钧、胡长新的宅院，为侗族传统的"窨子屋"样式，兼收徽派风格。此处地势较高，可以俯瞰翘街的一片屋顶。

进士第，毛泽东、张闻天、王稼祥住处

福音堂，博古、李德住处

福音堂 是一幢外表欧式风格、内部中国庭院布局的建筑，时为德国传教士郁德凯的传教行医之所。中央红军占领黎平后，博古、李德就住在这里。

李德没有出席黎平会议，因病宅在福音堂。会后，周恩来将政治局新决议的译文送给他看，李德阅后大怒。周恩来的警卫员范金标回忆：两人用英语对话，"吵得很厉害。总理批评了李德。总理把桌子一拍，搁在桌子上的马灯都跳起来，熄灭了，我们又马上把灯点上"。

斯人已去，福音堂仍在，这段历史细节一直被人津津乐道。

在黎平期间，中央红军还干了一件大事——完成了自通道开始的大整编：军委第1、第2纵队合编为军委纵队。撤销红8军团建制，除营以上干部外，其余人员编入红5军团。将干部团、保卫团编成军委纵队直辖的独立作战部队。

还有一个明显的变化，原来受到打压的一批干部陆续恢复工作。如，被李德降为红5军团参谋长的刘伯承调回军委，复任总参谋长兼军委纵队司令员；邓小平出任中共中央秘书长。他们后来都参加了遵义会议。

这是第二次到黎平。前一次是2017年夫妻同行，也是10月，住在翘街附近。那次下雨，今次阴天，贵州的天气就这样。但是，黎平之行，绝对不虚。

八舟河上·少寨红军桥

少寨村，又称上少寨，地处黎平城北高屯镇的八舟河上。河上有一座著名的红军桥，长70米、宽约1米。据桥头木牌介绍：

> 1934年12月，中国工农红军长征过少寨时，原有的木桥已被闻讯逃跑的伪军拆毁。少寨村民冒着严寒点着火把，扛来杉木和枋板与红军一道连夜架桥。次日清晨，红军得以踏桥前进。此桥后被命名为"红军桥"，至今仍是上少寨群众出行要道，也是八舟河湿地物资运输和文化沟通的要道。

八舟河水很清澈，桥边的水也不深，有人在挽裤徒涉戏水。河对岸有大片的鹅卵石滩，走过1米宽的木架桥后，可在这里小坐。周边群山环绕，竹林摇曳，风姿绰约。

这是今天见到的第二座木架桥。红军已经远去，木架桥则成为山水田园中的最亮丽的风景。

八舟河上，少寨红军桥

镇远县　红9军团、红15师
12.25.攻克镇远

三穗县
竹编艺术之乡

鼓楼坪
（鼓楼关）

毛泽东送寒衣处

1934年12月25日，毛泽东途经剑河县中都村陡寨，将身上毛衣，并布被单一条、白米一斗，送与饿倒路边的老妇和童子。

施洞镇
塘坝
偏寨
毛泽东长征行居
12.26.军委

剑河县（革东）

清

下白斗

锦屏县

水

台江县
（台拱）

中都村
陡寨组

柳川镇
（原剑河县城）

柳寨

柳基（柳霁）

江

河口战斗

瑶光村（中寨）
毛泽东长征行居

12.22.新台

南加镇

大田角村

八瓢村

隆里古城

敖市镇

红军桥　少寨村

黎平县
12.15.攻占黎平
12.18.黎平会议

● 红军途经或宿营地（经过）
○ 红军途经或宿营地
✕ 重要战役战斗发生地
🔻 毛泽东长征行居
━ 自驾路线

17

过黔东南　隆里、瑶光、中都、施洞

出行日期：10月8日至9日（第13-14天）
自驾路线：隆里 - 瑶光 - 中都 - 施洞
行车里程：约250公里

中央红军自1934年12月13日前锋进入黎平，到1935年1月1日后卫红5军团前往瓮安（隶属黔南州），历时20天，足迹踏遍黔东南的黎平、锦屏、剑河、榕江、台江、镇远、施秉、黄平8个县的广大地域，行程1000多里。

我穿越黔东南用了3天，分成两篇择要叙述。

隆里古城·红军两次途经地

当年，中央红军攻占黎平后，前锋向北延伸至隆里古城和邻近的八瓢寨（村），建立起拱卫黎平的防御纵深。

隆里古城隶属黔东南州锦屏县。600多年前，这里是一座军事屯堡。明洪武时，朝廷调集江南九省官军镇压当地的农民起义，在隆里设千户所，同时兴建城垣。因此，这里的居民多为明代屯军的后裔，其祖先来自江南诸省。2013年，隆里古建筑群被列为全国重点文物保护单位。

一位当地人对我说：文物保护太晚了！90年代的时候，我们隆里有明代建筑80多栋，后来拆了，盖新房子了，现在只剩下20多栋。我心想，幸好还有20栋，不少了！

1934年，红军两次经过隆里。

第一次是9月中旬，先遣探路的红6军团进入古城。当时居民见军队开来，能跑的全跑了，几乎留下一座空城。红军离开后人们返回家中，发现财物丝毫未损，还看到了很多标语，于是记住了这支队伍叫"红军"。

【友情提醒】

从黎平出发往镇远方向，导航默认路线是绕行锦屏县、三穗县，基本避开了红军长征之路。解决办法：（1）点击"不走高速"。（2）如果手机仍然不认，必须逐地分段导航。

隆里古城夜景

隆里古城街巷

隆里古城有 72 口井，散落于街巷和宅院。开凿这么多水井，即是生活必需，也是军事需要，战时可解决军民的饮水、浣洗和灭火问题

第二次是 12 月中旬，长征中的红 9 军团来到古城宿营。这次隆里的人民非但没有跑，还自发组织起来，欢迎红军的到来。

隆里古城的东门外，有一块红军长征过隆里碑。除此之外，城里找不到任何红军标记。这样也好，任何一座历史悠久的老房子，你都可以认为是红军住过的。

古城不收门票，但也不让进汽车。东门外有很大的停车场，停车费每小时 3 元，过夜一次性 20 元。我在这里住了一晚。

河口瑶光·毛泽东长征行居

从隆里到瑶光村（中寨）约 50 公里，先走一段无名路，然后顺着下乌江转入美丽的 311 省道，上行即到。

瑶光村，现隶属锦屏县河口乡，红军长征到来时，这里是瑶光乡公所驻地。

与隆里一样，也有两支红军过瑶光寨：一支是红 6 军团，一支是中央红军主力。

12 月 18 日，中央红军先头部队在此击溃黔军 2 个团，歼敌 200 余人，红军亦牺牲数十人。红军随后占领河口和瑶光寨，打通了西进贵州的通道。21 日下午，军委纵队抵达瑶光宿营，红军总部设在寨中巨富姜志远家，毛泽东则

风光绮丽的瑶光村中寨

红军河口战斗纪念碑，位于瑶光村上寨。河口战斗遗址原在瑶光村寨脚的乌下江与清水江交汇处，2006 年 1 月三板溪电站大坝蓄水后，遗址被淹没

另选寨脚相对静僻的草医兼塾师李志熙家居住。

李家大屋始建于清代嘉庆年间，是一座三层重檐结构的苗式木楼，由横屋和侧屋组成。土改时，李家成分是地主，但横屋仍留给了李志熙，现由其孙子李文辉（76 岁）居住。

我见到了房主李文辉。他告诉我：毛主席住的房间，

位于中寨的毛泽东长征行居

是老宅原来的侧屋。当时毛主席患痢疾，爷爷用中草药帮他治疗。临走时，毛主席非常感谢爷爷。他还说：1958 年村里发生一场很大的火灾，总理、总司令住的姜家大院被烧掉了，而我家老宅因毛主席住过，在群众扑救下得以幸存。

柳基·清水江畔荒没的古城

伴着清水江继续西行，出锦屏县，入剑河县。开始下雨了。

途经南加镇里合村境内时，看到路边有一座长亭（凉亭），上书"红军渡江遗址纪念亭"。根据碑文介绍，这里是红 6 军团北渡清水江的遗址。原渡口在公路的下面，已被水库淹没，亭子处应该是红军渡江前的集结地。

【清水江】

主要位于贵州省东南部，源于都匀，流经麻江、凯里、台江、剑河、锦屏等市县，在天柱县流入湘西，至黔阳古城（洪江）汇入潕水后称沅江。干流全长 459 公里。流域面积 17145 平方公里，包括黔东南州、黔南州的 16 个市县。沿江群峰叠翠，风光旖旎，江水澄碧，船过浪清。红军长征时，多次渡清水江。

伴清水江逶迤的 311 省道

这一路长亭很多，有的建在村口，有的建在桥头，很自然地想起了那首歌，"长亭外，古道边，芳草碧连天……"。现在，公路已代替古道，蜿蜒在清水江畔，与长亭一起，构成一道美丽壮阔的风景。

不久来到柳基。长征时，军委纵队和多路红军经过柳基西去。红军没有留下痕迹，我到这里主要看古城遗址。

柳基时称"柳霁"，为剑河县柳霁分县驻地，现在是隶属该县南加镇的行政村。

村庄依山而建。清朝雍正年间，朝廷为对清水江流域的苗民实施有效统治，在此设镇远府天柱县"柳霁分县"。初为土城，乾隆年间改建为石城，设有东、南、西、北四个城门。1947年撤销柳霁分县。后随着村庄向公路边下移，位于山上的古城逐渐被废弃。

看古城遗址就得爬山。雨中石阶有些湿滑，一会儿，鞋和裤脚都被草打湿了，后背也出了汗。

古城只留下断壁残垣，还有层层梯田。从残垣荒径走过，不禁心生感慨，不到百年，一座兴盛的古城就这样湮没了，曾经的家长里短、悲欢离合也随风而去。

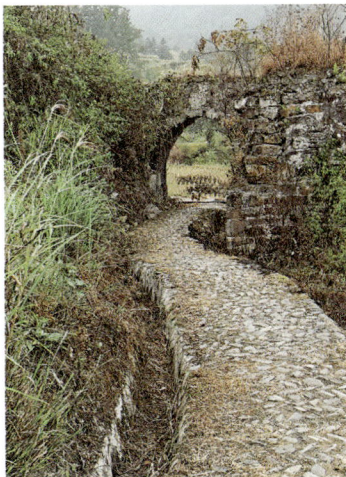

柳霁古城遗址。红军从这座门洞、这条路走过吗？

中都陡寨·毛泽东送寒衣处

在距柳基荒城68公里处，过柳川镇；再行约10公里，见到了"中都村"的路牌。

史载，1934年12月24日，军委纵队途经中都陡寨，"毛主席长征路上送寒衣"的故事，就发生在这里。陈云在《随军西行见闻录》中记载：

> 当我等行经剑河县附近之某村落时，见路边有一老妇与一童子，身穿单衣，倒于路边，气息尚存。询之，始知为当地农家妇，秋收之后，所收获之谷米，尽交

中都村陡寨路旁，毛主席送寒衣处

清水江畔，红军小道与311省道交会处

绅粮（地租），自己则终日乞食，因今日气候骤寒，且晨起即未得食，故倒卧路旁。正询问间，赤军领袖毛泽东至，告以老妇所言。当时毛即时从身上脱下毛线衣一件及行李中取出布被单一条，授于老妇，并命人给以白米一斗。

现在，省道311从中都村中穿过，陡寨位于公路一侧的山上，是隶属中都的自然寨。在寨前一条坡道旁，竖立着一块石碑，上书"毛主席送寒衣原此"。这就是陈云所述故事发生地。

这条红军走过的坡道，宽约1米，逶迤向下，在接近清水江转弯处与现在的公路重叠。站在高处俯瞰，公路上不时有车辆驶过，江中有小船在摆渡。

这段清水江又叫仰阿莎湖，"仰阿莎"是苗语音译，意为"水边的小姑娘"。此湖是随着下游三板溪水电站建成蓄水而形成的，当年红军的遗迹很多被淹没在湖下，无从寻找了。

陈云《随军西行见闻录》

贵州居民之贫苦真是远非我等居住于江浙十里洋场者所能想象。做庄稼的（农民）冬穿单衣，且无完整者。每人有一件已补缝千百次的"家常衣"，小孩则隆冬还是一丝不挂。当我等行军经过时，立于路边之小孩，正在发抖。而居民唯一御冬之物，即为"烤火"。也真是"天无绝人之路"，在这个贫穷的地域中，煤炭却到处可得。上海卖三十余元一吨之无烟煤，那里只要一吊钱，而且一元大洋要兑二十余吊。

离开中都村时，已是下午 5 点 50 分。先后过剑河、台江两县城（红军遗址无存），一路不再停留，晚上 7 点 30 分赶到施洞镇住宿。

施洞镇·毛泽东度过 41 岁生日

施洞镇位于"天下苗族第一县"台江县的最北端，是台江苗族人文景观集大成之地，每年展示苗族风情的节日就达 19 个之多。施洞的银饰和刺绣名播天下，苗族服饰中也数施洞的最为华丽。

我两次到施洞。第一次是 10 年前，来看苗族银器作坊和盛装的苗女；这一次为走长征路，主要看红军遗址。

1934 年秋冬之际，多支红军部队经过施洞：9 月 29 日，先遣探路的红 6 军团到此宿营，然后渡过清水江，进入施秉县和黄平县。12 月 22 日，红 3、红 5 军团在施洞会合；23 日，红 1 军团主力分别进抵紧邻施洞镇的偏寨和塘坝村。

12 月 26 日，毛泽东及军委纵队来到施洞。这一天，适逢毛泽东 41 岁生日。

施洞，盛装的苗女

施洞，美丽的清水江畔

偏寨村石家寨军委
纵队驻地旧址

陆定一《长征大事记》

12月25日　阴

一军团欠第二师经平寨，到翁谷垅。

三军团主力进至施洞口，向黄平前进。

五军团进大田角，九坑。

九军团与第十五师会合，向镇远前进。

军委纵队到革东（今剑河）。

12月26日　阴

一军团主力占领施秉。

三军团向新黄平前进。

五军团到台拱（今台江）。

九军团之第四十三团占领镇远。

主力及第十五师向镇远前进。

军委纵队到施洞口。

施洞一带的苗寨，几乎都住过红军。现有两处红军遗址：一是毛泽东长征行居，即军委纵队驻地旧址。二是镇子北边的白枝坪村，红军渡口旧址。

毛泽东长征行居　位于镇子南边的偏寨村石家寨。在军委纵队进驻施洞前，先头部队已到此踩点，选定清水江畔的石三林家（今为其子石定录继承）为总部宿营地。这是一幢苗寨传统的木板楼，已被政府保护起来。门楣挂着"军委纵队驻地"的牌子，门外台阶处立着文物保护碑。

碑文介绍："1934年12月，毛泽东等领导的右路军中央纵队长征经过施洞，先后三天以石定录老宅作为行营住宿与办事处。"

我是上午9点到的，老宅门锁着。问邻居，说房主人石定录一大早进城看牙了，下午才能回来。真是遗憾，没看到内部的毛泽东住室和红军标语。

石定录家新居紧靠旧居旁,是一栋灰色的三层砖石楼,比老房子高出一大截,也气派多了,但已失去了苗家的传统风貌。周边的新房也是如此,十年前见到的鳞次栉比的苗式吊脚楼已所剩无几。

施洞红军渡 位于紧邻施洞镇的白枝坪村。这儿明末清初起就建有大码头,是货物集散地,也是兵家必争之地。随着 2006 年施洞大桥正式通车,这里又被称为"贵州最后的公路渡口"。

当年红军工兵在老百姓帮助下,用半天时间搭成三座百米长的浮桥,红军一部渡过清水江到对岸施秉县马号乡,几位船工和苗民做向导,带领红军前往临近的镇远。

我从施洞大桥跨过清水江,下一个目标也是镇远。

从偏寨村瞭望施洞镇

施洞大桥旁的红军渡口旧址

红军渡口文物保护碑

余庆县

天主堂：一张地图
天后宫：毛泽东行居

12月26日，红1军团2师、15师经平寨、白溪（杨柳塘）围攻施秉县城，在城外击溃宋华轩团。占领施秉后，分三路进入黄平县境。

12.25.攻克镇远

镇远县

旧州镇
（原黄平县城）

施秉县

太翁铺

黄平县
（新州）

杨柳塘

鼓楼坪
（鼓楼关）

黄平战斗

尖山坡

黄飘

谷陇镇

清

水

江

施洞镇

塘坝

偏寨

毛泽东长征行居
12.26.军委

剑河县（革东）

12月27日，红3军团进至黄飘。28日，攻打新州（今黄平），激战终日，占领该城。毛泽东、周恩来、朱德等于午夜进驻新州。

台江县
（台拱）

中都村
陡寨组

凯里市

千户苗寨

雷山县

● 红军途经或宿营地（经过）
○ 红军途经或宿营地
✕ 重要战役战斗发生地
🔴 毛泽东长征行居
━━ 自驾路线

18

过黔东南　镇远、施秉、黄平、旧州

出行日期：10 月 9 日（第 14 天）
自驾路线：镇远—施秉—黄平—旧州
行车里程：约 150 公里

　　从施洞镇出发，有两条道可选：一是西行，经谷陇镇、黄飘乡去黄平县城，这是当年毛泽东及军委纵队走的路线。二是过清水江北上，沿着红 1、红 9 军团的路线前往镇远。我决定北上。

镇远古城·红军曾在此激战

　　施洞到镇远一路都是山，很壮观。中途有一个古楼坪村，即长征史上有名的"鼓楼关"，红军曾在这里击溃黔军"九子枪营"，向镇远追击前进。

　　镇远，是国家重点历史文化名城，中国最美的十大古城之一，来黔东南旅游的人一般不会忽略这个地方。

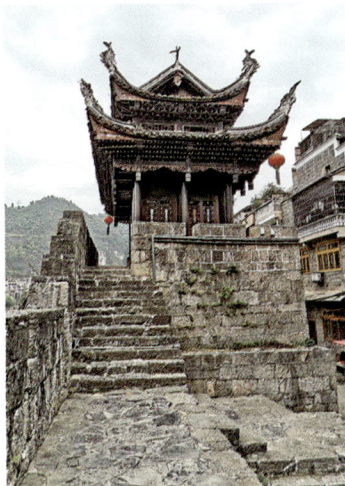

镇远古城墙及其城楼

前往镇远的路上

西门遗址。红军夺取的老西门城垣和码头已被拆除，原址建了一座双曲拱大桥，连接府城和卫城

1934 年 12 月 25 日，红 9 军团主力与红 1 军团第 15 师一部协同，在镇远打了一场艰苦的攻坚战。战斗从卫城开始，红军采取突防加包抄，首先夺取潕阳河南岸的西门城垣。由于守敌立刻炸毁了通往府城的浮桥，红军遂绕道青龙洞，飞奔祝圣桥，在此击溃阻敌，最终占领整个县城。现在，青龙洞一带是镇远的核心景区，祝圣桥更是标志性景点，不在这儿留个影都不算来过镇远。

现存的杨柳湾码头卫城老城门

攻克镇远和随后的镇远阻击战，还有一个重大意义，就是为中央红军进行物资大补充提供了保障。陈云在《随军西行见闻录》中这样描述：

> 赤军由湖南转入贵州，此时确缴获不少。侯之担部至少一师人被缴械，并连失黎平、黄平、镇远三府城，尤其镇远为通湘西之商业重镇，赤军将各城市所存布匹购买一空。连战连进，此时赤军士气极旺，服装整洁。部队中都穿上了新军装。在湘南之疲劳状态，已一扫而空矣。

以前两次来过镇远，到过青龙洞和祝圣桥，其中一次是夫妻同行。这一次，重点寻访红军激战过的卫城城垣，并从杨柳湾上城墙，往老西门码头走了一个来回。原老西门已拆除，码头处新建了一座双曲拱大桥。离它最近的另一座城门（临杨柳湾码头）保存完好，可以一窥原卫城城垣的风姿。

红军曾经夺取的祝圣桥

从潕阳河远眺青龙洞。青龙洞是一座道观，始建于明代，现与祝圣桥一起为全国重点文物保护单位

施秉·今非昔比山水美

从镇远古城的西门街出发，途经红军曾御守的文德关，到施秉县城约 37 公里。

施秉县，因有巴施山和秉水，各取一字合称"施秉"。县城三面环水，一面临山。境内喀斯特地貌种类丰富，是世界自然遗产"中国南方喀斯特"的重要组成部分。

1934 年 12 月下旬，红 1 军团和红 9 军团相继进驻施秉。红 9 军团供给部长赵镕在当天日记中写道："施秉是个很小的县城，城里大都是破旧的茅屋草舍，男女老少穿得破旧不堪，甚至有的半身裸体，蹲在墙角下面晒着微弱的太阳。"

我这是第二次到施秉。10 年前第一次来时，游了潕阳河、爬了云台山。这次来之前没有查到红军遗址，因此只到城里转一圈，算是路过。

施秉曾经是贫困县，今日楼房林立，环境整洁，市面繁华而不喧嚣。2019 年 4 月，施秉正式退出贫困县序列。

施秉，潕阳河景区

旧州古城·一张地图和一次密谈

离开施秉后，很快便进入黄平县境。曾收入小学六年级语文课本的《旗手的责任》，讲述了红军争夺黄平之战。战斗遗址在县城东南的小尖山上，有一块"中国工农红军黄平战斗遗址"碑，孤零零的，有些残破。站在这里，可以俯视山下的公路，眺望半个县城。

旧州是黄平的老县城，别名"且（jū）兰古国"——古代贵州境内一个神秘的酋长国，与"夜郎"齐名。汉代以后直至民国，这里相继成为郡、州、府、司、卫、县等治所。2006 年，"旧州古建筑群"被列为全国重点文物保护单位；2008 年，又被评为中国历史文化名镇。

红军长征两次到旧州，留下了后人津津乐道的"一张地图"和"橘林密谈"故事。现在，毛泽东行居、红军总部、红 6 军团司令部等原址还在，是长征路上红军遗址最多、保护最好的地方之一，也是最有故事的地方之一。

红 6 军团司令部旧址，是一幢二层小楼，原为旧州天主教堂起居堂

天主教堂 / 一张地图的故事 1934 年 10 月 1 日，先遣探路的红 6 军团攻克旧州。

进城后，军团司令部设在天主教堂。在这里，意外发现一张 1 平方米大的法文版贵州地图，但没人看得懂。军团长萧克立即把前一天在太翁铺（今太翁村）扣留的外国传教士勃沙特（中文名薄复礼）请来。两人就着烛光，勃沙特口译，萧克用中文在地图上标注。

当时，红 6 军团行军打仗靠的是一张中学生用的地图，只有 20 平方厘米大。多年后，萧克回忆说："得到这样一张一平方米大的贵州地图，我们多么高兴啊……我们后来

旧州天主教堂主堂（诵经堂）

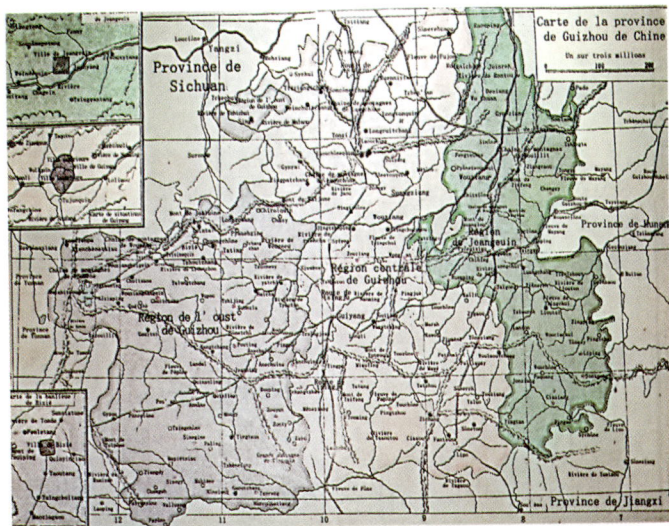

法文贵州地图

传教士勃沙特，第一位参加
红军长征的外国人

转战贵州东部直到进入湘西，其间几年全是靠这张地图。"

在秉烛翻译法文地图的那个夜晚，军团长萧克 25 岁，牧师勃沙特 37 岁。随后，勃沙特携夫人跟随红军长征，历时 18 个月，直到云南，成为第一个参加红军长征的外国人。

如今，天主教堂的门口立着一尊勃沙特的半身雕像。那张法文地图，已被中国人民革命军事博物馆收藏。

在旧州时，红 6 军团还召开了济贫大会，其旧址仁寿宫尚在，与天主教堂一样，也是全国重点文物保护单位。

东门外 / 橘林密谈的故事　1934 年 12 月 28 日，中央红军第 1 军团第 2 师攻占旧州。第二天，军委纵队到旧州宿营。走到东城门旁的茹家坪橘林休息时，张闻天与王稼祥之间有一段对话，被称为"橘林密谈"。

1990 年 8 月 29 日，在纪念张闻天诞辰 90 周年座谈会上，耿飚回忆说：当时，张闻天和王稼祥因为身体不好或有伤，都躺在担架上，头靠头说话——

王稼祥就问张闻天，我们这次转移的最后目标中央究竟定在什么地方？张闻天忧心忡忡地回答说：

旧州东门外

旧州导览图所指的"橘林密谈"遗址，位于东门外西侧。这是一片重新打造的观光林，栽种的并非都是橘树

咳，也没有个目标。这个仗看起来这样打下去不行。接着就说："毛泽东同志打仗有办法，比我们有办法，我们是领导不了啦，还是要毛泽东同志出来。"对张闻天同志这两句话，王稼祥同志在那天晚上首先打电话给彭德怀同志，然后又告诉毛泽东同志。几个人一传，那几位将领也都知道了，大家都赞成开个会，让毛泽东同志出来指挥。

......首先告诉我这个情况的是当时担任红一军团参谋长的左权同志，接着刘伯承同志也把这个情况告诉了我。

旧州橘林中的这段对话，被认为是遵义会议上改变红军领导人的最初酝酿。金一南在《苦难辉煌》一书中说："幸亏有耿飚的回忆。谁能知道我们有多少珍贵的资料甚至未来得及留下只言片语，就散失消隐在奔腾不息的历史长河之中了？"

从旧州开始，让毛泽东出来指挥，已成为大家心知肚明的共识。两天后，在猴场，李德被限制了决策权和指挥权；半个多月后，在遵义，毛泽东进入了最高领导层。

天后宫 / 毛泽东旧州行居 天后宫始建于清道光十七年（1873），原为福建会馆，是旧州保存较好的古建筑之一，现为全国重点文物保护单位。1934年10月2日，红6军团到达旧州，在天后宫设立临时医院。同年12月28日，中央红军进驻旧州，毛泽东、张闻天和王稼祥在这里宿营。

旧州街头一瞥

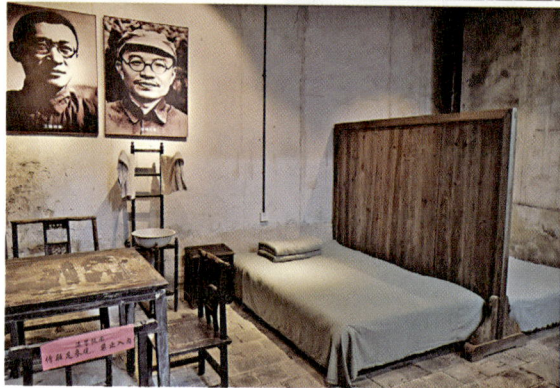

天后宫，毛泽东、张闻天、
王稼祥旧居

毛泽东住左边的第二个厢房里，张闻天和王稼祥则在旁边同住一屋。

据旧居处的文字介绍：长征初期，被编在军委第1纵队所属中央队的毛、张、王三人大部分时间住在一起，经常探讨第五次反"围剿"和湘江战役失败的原因，交流党

中央红军司令部旧址

和红军的前途命运问题，逐步形成了以毛泽东为核心的"中央队三人团"。他们思想和行动渐趋一致，推动了红军战略转兵和最高指挥权的改变。

文昌宫 / 红军总部旧址 中央红军长征到达旧州时，红军总部设在文昌宫，朱德、周恩来也在此居住。文昌宫始建于清乾隆五十一年（1788），后经修缮，构架有所改变，但基本保持清代原貌。

离开旧州时，晚霞烧天。这是自进入贵州后难得的一个晴日，心情格外好。贵州就是这样，要么阴雨连绵，偶尔云开日出，惊艳了你！

下午，初见旧州时

傍晚，离开旧州时

自驾路线图　**强渡乌江 剑指遵义**

猴场会议排除了李德的决策权和指挥权，
决定红军兵分三路，强渡乌江，占领遵义

◉ 桐梓县

❌ ▲ 娄山关

● 板桥镇

🔴 泗渡镇
观坝村

◉ 绥阳县

1935.1.15-17.

遵义会议　**遵义市**

遵义人民举行盛大仪式欢迎
红军。毛泽东、周恩来、朱德
等从这里进城。

◉ 丰乐桥

◉ 湄潭县　红9军团驻守
东线拱卫遵义

红花岗区 ◉　● 桑木垭

❌ 深溪镇
（深溪水）

1935.1.2-6　强渡乌江

◎ 播州区
（懒板凳）

▲ 1935年1月2日至6日，中央红军分别从
回龙场、江界河、茶山关突破乌江。

▲ 毛泽东从江界河过江。

团溪镇

● 鲤鱼塘大桥

红渡村
（回龙场）

三合镇

彭德怀率红5师
驻守刀靶水

● 茅栗镇

🔴 珠藏镇

❌ 刀靶水

● 尚嵇镇

江界河镇

❌ 大乌江镇
红1军团1师1团

❌ 茶山关
茶山村　红3军团5师

● 乌江镇

红1军团2师4团

1934.12.31-1935.1.1.

猴场会议

在猴场，毛泽东第一次住
上了宿营地最好的房子

🔴 猴场镇

🔴 老坟嘴

◉ 瓮安县

◉ 旧州镇

● 高寨乡
久场村

图例

● 红军途经或宿营地（经过）

◯ 红军途经或宿营地

❌ 重要战役战斗发生地

🔴 毛泽东长征行居

—— 自驾路线

19

乌江两岸 从猴场到三大渡口

出行日期：2018 年 6 月 / 2019 年 10 月（第 15 天）
自驾路线：猴场 — 回龙场 — 江界河 — 茶山关
行车里程：约 230 公里

猴场·伟大转折的前夜

离开旧州镇后，不久出黔东南境，进入黔南州的瓮安县，第二次来到古镇猴场。前次来是 2018 年 6 月，双人行。

猴场又称草塘，有着千年历史，获誉颇多。镇上的草塘大戏楼，是迄今世界上最高、占地面积最大的木质结构戏楼，获得基尼斯世界记录认证。当然，使我们感兴趣的，还是因为红军来过、毛主席住过。

长征期间，红军三次经过猴场。

第一次是 1934 年 10 月上旬，先遣探路的红 6 军团从黄平旧州出发，经老坟嘴（今属永和镇）到达瓮安猴场，随后往黔东与贺龙的红 2 军团会合。

草塘大戏楼

第二次是 1934 年底，中央红军进入瓮安境内。毛泽东及军委纵队也是从旧州出发，经老坟嘴宿营，31 日下午进抵猴场。在这里，中共中央政治局开了个会，即著名的猴场会议。

第三次是 1936 年 1 月下旬，会合后的红 2、红 6 军团从湘西刘家坪突围长征，经过瓮安猴场，然后占领县城，过了春节。

草塘大戏楼外的民俗雕塑

猴场会议会址 位于猴场镇以西 1 公里的下司村宋家湾，原是商人宋泽生的私宅，四周是高墙，内为四合院，俗称"一颗印"。军委纵队进入猴场后，这里被选为总部驻地，大部分领导人住这儿。宋宅始建于 1912 年，1948

陆定一《长征大事记》

1935 年 1 月 1 日

朱总司令命令：每人发元旦菜钱两角，以资慰劳。

一军团第二师进到江界河，实行架桥。第一师进至袁家渡（实际在回龙场，今大乌江镇）架桥。十五师及军团部到龙溪。

三军团第四师进至平龙，场坝，又州，侦察清水口渡河点，主力进至瓮安城。

军委纵队在猴场，庆祝新年。

猴场会议会址

会址内景。一楼正中为会议室，左右两侧为军委各机构办公室；二楼是周恩来、朱德、博古、张闻天、王稼祥等领导人住室

猴场会议会议室

年因产业纠葛，遭拆卖。1997 年起，当地政府将原房部分构件收回，并在原地按原貌修复。现为全国重点文物保护单位。

黎平会议后，中央红军从根本上实现了战略转兵，但博古特别是李德一路上杂音不断，仍坚持回头与红 2、红 6 军团会合。于是，在猴场召开了长征路上的第二次政治局会议，从 1934 年最后一天下午开到 1935 年元旦凌晨，一会跨两年。会议作出《关于渡江后新的行动方针的决定》，再次明确渡乌江北上建立新苏区。

这次会议还"排除了李德，不让李德指挥作战"（周恩来语），因此在思想上、组织上、军事上为遵义会议的召开做了准备，被周恩来称为"伟大转折的前夜"。

会址的对面，就是草塘大戏楼，地方很好找。

毛泽东长征行居　猴场会议期间，毛泽东没有和其他领导人住在一起，而是在 1 里路外的傅家祠堂宿营，从 12 月 31 日住到次年 1 月 3 日。红军突破乌江江界河渡口后，毛泽东离此北上，前往遵义。该建筑始建于清代乾隆年间，1964 年在一场大火中毁坏，2006 年修复。现为省级文物保护单位。

傅家祠堂前的红星广场上，矗立着毛泽东与警卫员陈

傅家祠堂，毛泽东长征行居

昌奉的塑像，基座上写着：

> 1935年1月1日凌晨，猴场会议结束后，时任中共中央政治局委员、中华苏维埃政府主席的毛泽东怀着激动的心情与警卫员陈昌奉披星戴月回到住所——傅家祠堂。

在毛泽东旧居内，挂着一幅《调寄忆秦娥》手迹，引起我们的兴趣。据旁边的文字介绍：开完政治局会议后，毛泽东回到傅家祠堂驻地，连夜写出这首词，并注明时间是1934年。1935年2月红军再夺娄山关后，毛泽东将此词原第二三句"梧桐叶下黄花发。黄花发"改成"长空雁

毛泽东与警卫员陈昌奉的塑像

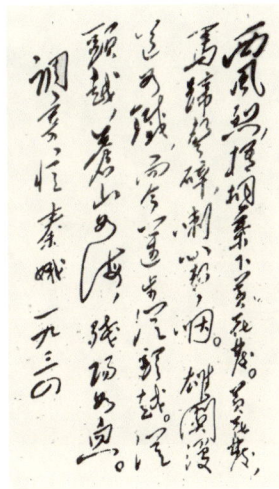

毛泽东居室及《调寄忆秦娥》手迹

【乌江】

长江上游南岸最大的支流，贵州省第一大河，古称黔江，元代始称乌江。发源于乌蒙山东麓，横贯贵州中部及东北部，至重庆涪陵汇入长江，全长 1050 公里（贵州 848 公里，重庆 188 公里），落差 1787.46 米。由于地势高差大，切割强，素以流急、滩多、谷狭而闻名于世，被称"天险"。中央红军曾两次强渡乌江，第一次在遵义会议前，第二次在四渡赤水后。

乌江震天洞峡谷

回龙场北岸，当年红军激战处

叫霜晨月。霜晨月"，题为《忆秦娥·娄山关》。

猴场现有的遗址和纪念地，主要是中央红军的，除了猴场会议会址、毛泽东行居外，还有红军总政治部旧址、干部休养连旧址等，以及其他名胜古迹。不一一介绍了。

天险乌江·三大渡口

乌江，是贵州第一大河，也是长江上游最大的支流，因江水乌绿而得名。

来到乌江边，不禁为它浑然磅礴的气势而折腰——江水在深谷奔流，两岸似刀劈斧削。民间有"横走天下路，难过乌江渡"的说法，此言不虚。

1935 年 1 月 1 日起，中央红军分三路抢渡乌江。三处渡口自东向西分别为：回龙场、江界河、茶山关。我们是分两次走完的：第一次双人行，跑了回龙场和江界河；第二次单枪匹马，独闯茶山关。

回龙场渡口　位于今余庆县大乌江镇红渡村。当年 1 月 1 日，杨得志、黎林率领红 1 团奔袭至此，白天与扼守对岸的黔军交火，夜间组织偷渡，拉起了跨江绳索；次日下午，在强大火力掩护下，红军从 30 多只竹筏搭成的浮桥上，一举突破乌江。至 4 日，红 1 军团主力和红 9 军团由此渡江完毕。

乌江回龙场渡口

从猴场至大乌江镇56公里。镇外大桥两侧有小路，可开车至回龙场南北渡口。渡江指挥部旧址在红渡村（由回龙场和岩门村合并而成），上山约7公里，我们在村里住了一晚。此地有梯田、溶洞和瀑布，风景绝佳。

江界河渡口　位于今瓮安县江界河镇，是强渡乌江的重点方向。主攻力量为耿飚、杨成武率领的红4团，并加强军委工兵2个连，由红2师师长陈光、政委刘亚楼统一指挥。

刘亚楼在《渡乌江》一文中描述："江面宽约二百五十米，水流每秒一米八，南岸要下十里之极陡石山，才能到江边，北岸又要上十里之陡山，才是通遵桐的大道，其余两岸都是悬崖绝壁，无法攀登"；"两岸少有沙滩，很难上岸"。

江界河红军抢渡乌江战斗遗址碑

已淹入水下的江界河战斗遗址（左侧悬崖下）

战斗从1月2日持续到次日。冷雨微风中，红军在老渡口佯攻引敌，在新渡口实施偷渡、奇袭和强攻，经16小时浴血奋战，终于突破乌江，架起浮桥。3日下午，毛泽东及军委纵队从这里过江，前往遵义。

从回龙场出发，到江界河战斗遗址 62 公里。由于下游建有水电站，当年红军强渡乌江的原址已淹没在水库中了。不过，在附近的江界河大桥上，可以凌空俯瞰气势磅礴的乌江震天洞峡谷，不失为一种补偿。

茶山关渡口 位于今遵义市播州区尚嵇镇茶山村东南。李天佑、钟赤兵率领的红 3 军团第 5 师，在此与敌激战，抢渡乌江。战斗犹酣时，拥有坚固工事的守敌闻讯回龙场、江界河渡口已经失守，不战而逃。至 1 月 6 日，红 3 军团全部渡过乌江。现在渡口之上，建有红军烈士墓和纪念碑。

从江界河渡口到茶山关，最佳路线是沿着 205 省道分段导航，途经点有珠藏镇（时称猪场，红军夺占之地）、团溪镇（刘伯承亲率红 6 团奇袭深溪水、智取遵义城的出发地）、茅栗镇、尚嵇镇等，约 90 公里。否则，将绕行高速，约 180 公里。

红军突破乌江的三处遗址中，回龙场和江界河均能开车到江边，有码头可停车。茶山关则必须步行下去，山道很陡，上下 1 个小时。也许是年龄的关系，走得极累，浑身被汗水湿透。但是此乃红军走过的路，代入感很强，想想就值得了。半途坐石阶上收汗，只有一个想法：红军真不容易！

茶山关红军烈士墓和纪念碑

茶山关红军抢渡乌江遗址

第五篇

遵义丰碑
赤水苍茫

自驾路线图
智取遵义城
攻克娄山关

两河口
红军桥

松坎镇

石壕镇　红军墓
红1军团部旧址

1月15日红军占领松坎，建立防御阵地，从正面拱卫遵义。

温水镇

夜郎镇　新站镇　红1军团一部击溃敌2个团

大河镇
石牛村
石牛栏战斗

神州第一弯
72道拐

九坝镇山堡村
娄山关战斗
军委指挥部
（二渡赤水后）

二郎乡

荣德山　桐梓县

风水乡

两克娄山关
1935.1.9/2.26

娄山关　红1军团　红3军团

绥阳县

板桥镇

1935.1.15-17.

泗渡会议
泗渡镇观坝村

茅台镇

遵义会议

两占遵义
1935.1.7/2.27

仁怀市

遵义市

红6团1营智取遵义

丰乐桥

红花岗区　桑木垭

深溪镇　红6团奇袭深溪水
（深溪水）

播州区
（懒板凳）

刘伯承在团溪靠前指挥

团溪镇

- ● 红军途经或宿营地（经过）
- ○ 红军途经或宿营地
- ✕ 重要战役战斗发生地
- 🔴 毛泽东长征行居
- ━ 自驾路线

20

遵义古城　伟大转折立丰碑

出行日期：2017 年 10 月 / 2019 年 10 月（第 15 天）
自驾路线：茶山关—遵义
行车里程：约 55 公里（不走高速）

　　这是第三次到遵义。第一次是 2017 年 10 月，从赤水河绕道遵义，夜宿娄山关；第二次是 2018 年 6 月，由北向南，先到娄山关，再到遵义住宿。前两次都是双人行，此次则独自一人，从乌江北上，经红花岗入城。

　　遵义是贵州的第二大城市，首批国家历史文化名城。市区比想象的繁华和时尚，人多车多，绿化不错，夜景也漂亮。当地人说话，带有浓重的川渝味儿。

　　中央红军曾两占遵义。第一次是突破乌江后，智取遵义，并在这里开了个影响深远的会议；第二次是二渡赤水后，发起遵义战役，打了长征以来最大的一场胜仗。

何涤宙《遵义日记》

第四天　欢迎朱毛

早起街上闹哄哄的，挤满着人，知道是欢迎朱毛的……丁字路上人挤不动了，都是想看朱毛是怎样三头六臂的群众。一个小宣传员站在桌子上向挤满着的群众宣传。"娃娃都说得那样好，红军真是厉害"，听的群众惊奇的私语。

十一点多钟，队伍都来了，都是风尘仆仆的，一列一列过着。"朱毛来了没有？"群众问着。谁知我们的毛主席、朱总司令，正在前面经过，只怪我们的毛主席朱总司令，为什么不坐四人轿，不穿哔叽军衣，使群众当面错过。

何涤宙，时任军委干部团上级干部队教员

车行遵义市区

　　1935 年 1 月上旬,总参谋长刘伯承亲率红 6 团(团长朱水秋、政委王集成)冒雨疾进,奇袭距遵义约 15 公里的深溪水(今深溪镇),全歼黔军王牌"九响团"1 个营,无一漏网。随后,红军化装成黔军并利用俘虏去诈城。1 月 7 日凌晨,完全占领遵义。

　　1 月 9 日下午,毛泽东及军委纵队从城南丰乐桥进城,遵义人民在当地党组织的动员下,举行了盛大欢迎仪式,"欢迎红军""欢迎朱毛总司令"的口号喊得震天响。群众似波浪般向前拥,都想一睹"朱毛"尊容。

　　如今在遵义,与红军有关的遗址和纪念地主要有:遵义会议会址及纪念馆、毛泽东旧居、红军山烈士陵园等。

遵义会议会址·纪念馆

遵义会议会址内景(选自遵义会议纪念馆官网)

　　遵义会议会址位于老城子尹路 96 号,原系黔军第 2 师师长柏辉章的私邸,建于 20 世纪 30 年代初。当年建这座两层楼房,耗资 3 万多银元。红军占领遵义后,柏公馆被作为总部驻地,周恩来、朱德、刘伯承等也住在这里。

遵义会议会址

遵义会议会址一楼的红军总部作战室
（军委一局）

　　1月15日，中共中央在柏公馆的二楼小客厅召开政治局扩大会议，连开三天，气氛紧张激烈。会议过程，读过党史的都能说出一二，这里从略。

　　遵义会议的标志性成果，是增选毛泽东为中共中央政治局常委，取消了原"三人团"。不久通过扎西、苟坝等系列会议，事实上确立了毛泽东在党中央和红军的领导地位，开始形成以毛泽东为核心的党的第一代中央领导集体，在最危急关头挽救了党、挽救了红军、挽救了中国革命。这在党的历史上是一个生死攸关的转折点。

遵义会议会址大门

　　遵义会议，也是中国共产党从幼稚走向成熟的开始。邓小平曾两次谈到，"以前的领导都是很不稳定，也很不成熟的。从陈独秀起，一直到遵义会议，没有一届是真正成熟的"。"我们党的领导集体，是从遵义会议开始逐步

遵义会议纪念馆内

遵义会议纪念馆内，会议参加者群像
（局部）

形成的"。

1961 年，遵义会议会址被列为第一批全国重点文物保护单位。2018 年，入选"中国 20 世纪建筑遗产项目"。现在，包括小客厅（会议室）在内的整个二楼，由于安全原因早已不开放了，另在纪念馆里仿制一个会议室。

遵义会议会址是整个长征路上参观者最多的地方，以致要在旁边等很久，才能抢拍到一张背景清爽的照片。

从会址前的广场继续往里走，有一座规模宏大的纪念馆，是新中国建立最早的 21 个革命纪念馆之一，首批国家一级博物馆。目前馆藏文物 1551 件，其中原物 726 件，内有国家一级文物 11 件。展陈内容丰富，包括各种行军路线图、作战要图和敌我双方的电令影印件，概述了红军长征的全过程，值得细看。

根据展板图文介绍，红军在贵州留下的重要遗址遗迹，共有 1029 处。

在遵义会议会址后门外的杨柳街上，还有博古和李德住址、红军总政治部旧址、红军遵义警备司令部旧址等，属于全国重点文物保护单位——遵义会议会址的组成部分。

这条街上人也很多，从会址出来的参观者，基本上都集中在这里。

幸福巷·毛主席住居

位于中华南路幸福巷 28 号（时为新城古式巷 19 号），原系黔军旅长易少荃的私宅。四周高墙围护，门额上有"毛主席住居"几个大字，内部建筑格局与遵义会议会址大体相仿。中央红军长征到遵义后，毛泽东、张闻天、王稼祥在此居住了 10 天左右，是他们在长征途中滞留时间较长的地点之一。其中，毛泽东的住室于 1963 年对外开放，张闻天、王稼祥住室于 1978 年以后对外开放。

当时，怀有身孕的贺子珍与毛泽东住在一起。李敏在《长征路上的父亲母亲》中根据贺子珍的回忆写道：

位于今幸福巷 28 号的"毛主席住居"

雨中，沿着穿城而过的湘江边行走

　　1月16日，会议进入第二天，也是最紧张最关键的一天。在静悄悄的黑夜中，妈妈等呀，等呀，一串熟悉的脚步声显得格外清晰，又格外轻松地传来。是他的脚步声。妈妈急速地打开房门，还没等爸爸双脚跨进屋，她便急切地问道："会开完啦？你，你怎么样？"她紧张得语无伦次了。爸爸知道她关心自己的处境，就笑笑答道："不错，今后有发言权了。"

　　毛主席住居距遵义会议会址约1.5公里，驾车10分钟，步行20多分钟。我们第一次是步行去的，蒙蒙细雨中，沿着穿城而过的湘江行走。与很多地方不同，这条城中河是允许游泳的，并修建了相关设施。当时，一些人在中流击水，为城市增添了一道生动美丽的风景。

红军山·有故事的烈士陵园

　　红军烈士陵园，位于杨柳街一侧的小龙山上，与当年红军鏖战的红花岗、老鸦山遥遥相望。这里集中了新中国成立后在遵义各处找到的红军遗骨，当地人习惯叫红军山，有纪念碑、邓萍墓、红军坟及其雕塑。登红军山，除了祭奠烈士外，还可俯瞰遵义市容。

　　陵园正中是红军烈士纪念碑，镌刻着邓小平题写的"红军烈士永垂不朽"八个大字。环绕纪念碑有四座头像，代

红军山纪念碑

表老红军、青年红军、赤卫队员和女红军。

红军山上，吸引大批游客的还有两个地方：一是邓萍墓及情景雕塑；二是红军坟及女红军雕塑。这两处之所以吸引人，因为都有悲壮感人的故事。

邓萍时任红 3 军团参谋长。1935 年 2 月，在二打遵义的战斗中，他率部迫近老城边侦察，部署夜间战斗。突然，敌人一颗子弹将邓萍击中，他一头倒在身边的第 11 团政委张爱萍肩上，没来得及说完话就牺牲了，时年 27 岁，是中央红军长征中牺牲的最高级别将领。邓萍墓前的情景雕塑，复原的就是他牺牲时的场景。

红军坟和女红军雕塑，则讲述着一个十分感人的故事。碑文上的简介写道（节略）：

> 1935 年 1 月，红军长征到达遵义，有位年轻的红军卫生员，医术精湛，药到病除。一天夜晚，他翻山越岭为患伤寒的乡亲治病，第二天回来时，部队已紧急转移，他在追赶部队途中，不幸被敌人杀害。乡亲们悄悄掩埋了他的遗体，因不知这位红军小战士的姓名，只好在墓碑上刻了"红军坟"三个字，后来人民把他做为红军"菩萨"来祭拜。

邓萍烈士墓及墓园中的情景雕塑

红军坟和女红军雕塑

1953 年"红军坟"从桑木垭迁入红军山烈士陵园，并根据红军女卫生员形象塑了铜像。

1965 年，第三军医大学原校长钟有煌（原红 3 军团军医）带领学员拉练到遵义，听到"红军坟"的来历后，经多方调查考证，最终确认这里长眠的正是他的战友——龙思泉，男，中共党员，牺牲时年仅 18 岁。

遵义，在红军长征中的地位，乃至中国共产党历史上的地位，是无可比拟的。今日遵义，也因此成为旅游重镇，无论是在遵义会议会址、纪念馆，还是在红军山上，全国各地慕名而来的人非常多。尤其在会址一带，交通为之堵塞，停车都很困难。

遵义还有一个特点，街上见不到自行车，也没有慢车道。

娄山关碑石

21

雄关如铁 从娄山关到桐梓

出行日期：2017年10月 / 2019年10月（第16天）
自驾路线：板桥—娄山关—桐梓
行车里程：约67公里（不走高速）

傍晚6点多离开遵义，一路向北。路过泗渡镇观坝村，原计划要去看看的。当年中央红军离开遵义后，曾在泗渡召开政治局会议，制定北渡长江的计划。由于战情变化，这个计划并没有实施，导致历史差点将它遗忘了，遗址也基本无存。此处是备选项，因为天黑，遂放弃。

7点多钟赶到板桥镇住宿。这儿距娄山关关口约10公里，距游客中心仅2公里。

板桥是红军进出娄山关的必经之地，先后有多支部队驻扎。现在的板桥镇托红色旅游之福，发展得风生水起，街面繁华而时尚，有吃有住，还有各种专卖店。

彭雪枫《娄山关前后》

从川南到黔北的遵义，桐梓县是大门，娄山关是二门，主要的还是娄山关。倘若占领了娄山关，无险可守的遵义县，就是囊中物。所以娄山关便成为兵家必争之地了。

娄山关雄踞娄山山脉的最高峰。关上茅屋两间，石碑一通，上书"娄山关"三个大字。周围山峰，峰峰如剑，万丈矗立，插入云霄，中间是十步一弯、八步一拐的汽车路，正所谓"一夫当关万人莫开"。

彭雪枫，时任红3军团第13团团长，二打娄山关时该团为前锋

夜宿板桥镇娄山关路

娄山关关口，至今仍是交通要道

从制高点西风台（海拔 1775 米）
俯瞰大娄山

娄山关·雄关漫道真如铁

出板桥镇后，按指示牌西行，前往娄山关。沿途依次有娄山关大捷实景演出景区、毛泽东诗词馆、娄山关红军战斗遗址陈列馆等。

娄山关位于遵义与桐梓的交界处。这是个两山对峙的隘口，跨山矗立着一座关门，朝南一面额题"娄山关"，朝北一面额题"黔北第一关"。国道 210 从关门穿过。

娄山关战斗遗址为全国重点文物保护单位，也是个热门景区，参观游览者很多。游客的面貌可用两个字概括：兴奋。

遵义会议之前和之后，中央红军两克娄山关。

第一次，1935 年 1 月上旬，红军占领遵义后，红 1 军团第 4 团奉命追歼北窜之黔军侯之担部。1 月 9 日，红军从板桥出发，冒着枪林弹雨攻上娄山关，经白刃格斗，占领关口。随后，克桐梓、占松坎，建立起黔北防线，保障遵义会议的安全召开。

第二次，红军二渡赤水，回师黔北。2 月 25 日，红 3 军团先头第 13 团攻占娄山关点金山制高点。敌乘红军立足未稳，调集 6 个团的兵力反扑，红 12 团随即投入战斗。双方在点金山至大尖山一带的山梁上反复争夺。26 日，在彭德怀、杨尚昆统一指挥下，红 3 军团与红 1 军团协同作战，以正面进攻加两翼迂回对敌形成包围。敌一部被歼，余部

娄山关的标志石和热门打卡地，等很久才能轮到你拍照

溃逃。娄山关之战，揭开了中央红军长征中主动发起的最大一场战役——遵义战役的序幕。

此战红军英勇顽强，也蒙受了较大伤亡。其中，红12团政委钟赤兵（扎西整编前为红5师政委）右小腿被子弹穿透，在没有麻药的情况下三次手术，锯掉了整条右腿，后艰难到达陕北；第12团作战参谋孔宪权身负重伤，被留在了当地，新中国成立后担任遵义会议纪念馆第一任馆长。

红军二克娄山关后，毛泽东激情澎湃，写下《忆秦娥·娄山关》：

西风烈，长空雁叫霜晨月。

霜晨月，马蹄声碎，喇叭声咽。

雄关漫道真如铁，而今迈步从头越。

从头越，苍山如海，残阳如血。

娄山关景区内的毛泽东塑像

【友情提醒】

娄山关景区凭身份证免费参观。可以到游客接待中心乘坐观光车前往（到关口8公里，到山顶再行2-3公里），车费35元，来回接送，沿途停靠所有景点。如果自驾前往，只可行车至关口，不能上山，且停车困难。我们两种方法都使过，推荐第一种，既方便又省事。

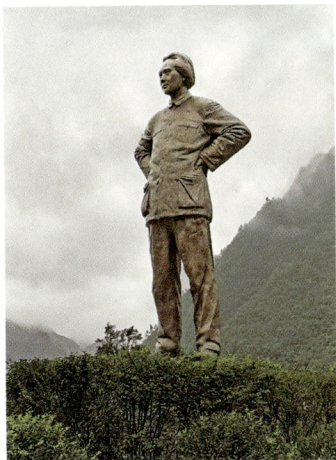

毛泽东《忆秦娥·娄山关》诗碑，碑面用396块云南大理石嵌成

三次到娄山关，一次阴，两次雨。特别想看"苍山如海，残阳如血"的壮美景色，但始终未能如愿。每每想起，一声长叹！

桐梓城·老红军津津乐道的地方

驾车到桐梓县城，从游客中心出发约 24 公里，从娄山关口出发约 15 公里。在关口下山时，坡陡弯急，但是路很好，车也不算多，驾驶感挺爽。

红军长征时，夺娄山关必占桐梓。桐梓县城，也是被很多老红军津津乐道的地方。

1935 年 1 月 9 日，红 4 团攻克娄山关后，又一口气追了 30 多里，占领桐梓。桐梓是贵州军阀王家烈的老巢，其繁华程度给团政委杨成武留下了深刻印象，他回忆道：

> 它不亚于我们先前见过的遵义城。这里，街道整齐，市面繁荣，虽四面环山，却还有电灯……小洋楼特别多，一幢幢、一座座，相当讲究，据说贵州省的许多军阀、官僚、富商发了财都在这里建一幢别墅，一则炫耀自己的财富，二则金屋藏娇，在这世外桃源的山城，也可闲来享乐。待红军进城时，这些达官贵人早

今日桐梓城

荣德山革命烈士陵园

已逃之夭夭，留下一座座的空楼了，这正好为我们腾出了营地……我们命令，每排分住一座洋楼。

陈云、耿飚、萧锋、童小鹏等许多老红军，凡是进过桐梓县城的，都留下了类似的回忆。可惜的是，现在的桐梓城里已难寻这些小洋楼了，也没查到红军驻扎的旧址。

在城西的荣德山上，有一座烈士陵园，安葬着长征时牺牲的红军，以及解放桐梓和剿匪斗争等不同时期牺牲的烈士。主入口处有一座长 60 米的浮雕墙，讲述着红军长征过桐梓的故事。

荣德山下的红军浮雕墙（局部）

陈云 1935 年秋回忆起经过桐梓的情形："县城不大，自南至北只一里余。"当时正值下雪，路上湿且滑，"当我上桐梓西门外之高山时，见赤军领袖毛泽东正手提竹杖步行上山，两脚污泥及膝，且满身沾泥，恐系路滑跌于污泥中所致。"

现在的桐梓县城有众多马路，每一条都不止一里；西门外之高山——荣德山，也已成为城中山了。

有碑记言：一座荣山有幸，常埋忠骨；几多烈士无名，光照汗青。

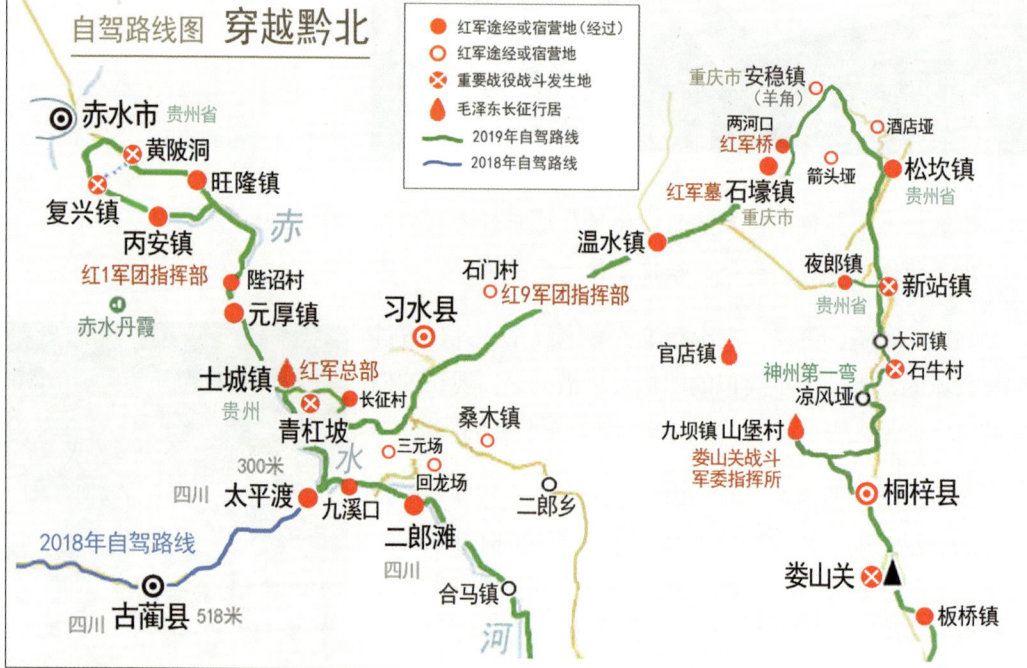

自驾路线图　**穿越黔北**

图例：
- 红军途经或宿营地（经过）
- 红军途经或宿营地
- 重要战役战斗发生地
- 毛泽东长征行居
- 2019年自驾路线
- 2018年自驾路线

赤水市 贵州省
黄陂洞
旺隆镇
复兴镇
丙安镇
红1军团指挥部
陛诏村
赤水丹霞
元厚镇
土城镇
贵州
红军总部
长征村
青杠坡
三元场
桑木镇
习水县
石门村
红9军团指挥部
温水镇
石壕镇
红军墓
红军桥
两河口
重庆市 安稳镇（羊角）
酒店垭
箭头垭
松坎镇
贵州省
重庆市
夜郎镇
新站镇
贵州省
大河镇
石牛村
神州第一弯
凉风垭
官店镇
九坝镇山堡村
娄山关战斗军委指挥所
桐梓县

300米
四川　太平渡
九溪口
回龙场
二郎滩
二郎乡
四川
合马镇
娄山关
板桥镇

2018年自驾路线
四川　古蔺县　518米

河

自驾路线图-18

22

黔北之北　从九坝到石壕

出行日期：10 月 11 日至 12 日（第 16-17 天）
自驾路线：九坝—新站—夜郎—松坎—石壕
行车里程：约 220 公里（含多处往返）

山堡村·娄山关战斗指挥所

九坝镇山堡村，位于桐梓县西北 24 公里处，须偏离国道走县道，但路不错。

1935 年 2 月 25 日，红军二渡赤水后，军委纵队来到这里驻扎。当天，军委三局副局长伍云甫在日记中写道："由官店经河村至九坝……山峻路滑甚难行，行 60 里。"在此前后，红 1、红 5、红 9 军团分别经过或在此宿营。

红军总部旧址在今山堡村皂角组（皂角树），当初是一户杨姓烟农的房子，毛泽东、朱德在这里指挥了红军二克娄山关战斗。旧址为平房，刚修葺一新。

山堡村平均海拔 1385 米，青山绿水环绕，夏季气温在

娄山关战斗指挥所旧址，
位于九坝镇山堡村皂角组

20℃左右。如今，这里成了外地人、尤其是重庆人避暑的胜地，被誉为"天然氧吧""静卧在云中的田园"。全村870多户，超半数办起了乡村旅馆，夏季常住避暑者超过2万人次。此地原来的支柱产业是烤烟，现在已被旅游业代替。真是应了那句话：绿水青山，就是金山银山。

因为吃旅游饭，这里的居民大多很富裕，路边是一幢幢漂亮的楼房，面貌不输江浙一带的农村。相比较而言，红军总部旧址因为是旧式平房，显得很矮小。

凉风垭——神州第一弯

凉风垭·神州第一弯

神州第一弯即七十二道弯，位于桐梓城以北18公里处的大娄山凉风垭上（距山堡村30公里），属于包南线／国道210的一部分。最高处海拔1450米、最低处约800米，因在水平3平方公里内有72个回头弯，故名，是国内有名的"魔鬼路段"。

凉风垭下的兰海高速。远处是楚米镇，中央红军途经并宿营的地方

此路始建于1934年，1935年至1939年改线至凉风垭，成为滇黔公路的重要通道。原为砂石路面，又陡又窄，1980年代拓宽减坡，改造为沥青路面。2005年底，由于兰海高速从凉风垭下面的隧道穿过，上山的车辆大为减少，七十二道弯几乎成了旅游公路。路旁悬崖上建有观景台，游客可驻足俯瞰层层弯道和如海峰峦。

没找到红军翻越凉风垭的记录。但是，一克娄山关后，

红 1 军团曾途经山下的楚米铺；二克娄山关前，红 3 军团一部在此宿营。楚米今为桐梓县建制镇，是上凉风垭的必经之地。

新站·红军激战处

走完七十二道弯后，按计划要去大河镇石牛村。杨成武在《忆长征》中称其为牛栏关，由于地名的歧义，害我们在各种地图上苦苦寻找了好长时间。这儿以奇石闻名，曾是南北必经的关隘，现已远离大路，成为偏僻之所了。

1935 年 1 月 10 日，红 1 军团攻占桐梓城后，前锋红 4 团奉命继续北上，途经石牛村。这里只有四五户人家、十来间茅屋。当晚，全团官兵披着满天星斗，在房前屋后和树林里酣然入梦。1 月 15 日，红 1 军团指挥机关移驻石牛村，部署指挥新站战斗。

从凉风垭下山后，因为导航总是错乱，来回几次都不行，遂放弃石牛，直接去了新站镇。仍然走大山中的包南线，行 23 公里。

新站自古是黔北进入重庆的一道关口，也是川盐入黔的重要集散地。1935 年 1 月 15 日，红 1 军团主力在此打了一仗。红 4 团团长耿飚后来回忆："拂晓前，在新站与敌人两个团进行了一场激烈的战斗，从早上 8 时许开始一直打到黄昏。"团政委杨成武回忆："我们利用居高临下

前往新站的路上，途经吊丝岩，有趣的地名

黔北的地貌

新站镇一角

新站镇太白碑亭

的地形，猛冲下去，给敌人来个措手不及，与敌人战斗一天，消灭了两个团。"

第二天，红15师到此接防。独臂师长彭绍辉在日记中写道："今日出发时，路上结冰，很滑，不好走。"该师到新站后，开仓放盐，群众用篓子背、用衣服兜，个个都说红军好！

今日新站镇，红军遗址无存，反正要路过，下来看一看。该镇几乎都是新房子，主打的是"太白文化"，据传李白来过、住过。主街上搭起两座长棚，专供人打麻将。

黔北这一带，原本属于四川省，清朝雍正年间划归贵州省管辖，所以无论是人们的口音还是生活习俗，足足的川渝味儿。

松坎·红军入黔最北点

离开新站后，先到西边的夜郎镇转了一圈。这里是中国目前唯一以"夜郎"命名的行政区域，曾为唐、宋夜郎县城遗址。传说唐代诗人李白曾流放此地，留下了"我寄愁心与明月，随君直到夜郎西"等诗句。后来被赦，乘舟东下时又写了"朝辞白帝彩云间，千里江陵一日还。两岸猿声啼不住，轻舟已过万重山"。在红军攻打新站期间，红2师曾从夜郎迂回，但未留下遗迹。

到夜郎时，在一个下坡急弯处为避行人，撞了个石墩，车头局部破损。于是无心久留，冒雨前往松坎镇住宿。

松坎，今隶属桐梓县，被称为黔北的门坎，也是中央红军到达贵州的最北点。

彭绍辉日记

1月17日　阴
行军。
今日由新站到松坎宿营，行程约50里。

1月18日　阴
在松坎。
上午全师干部会餐，并进行整编的解释工作。随后将四十四团、四十五团编入红二师，师直连队充实军团直属部队，四十三团已留清水溪编入红一师。我于今日将手续弄清，结束少共国际师的工作，暂调军团司令部教育科工作。原教育科长周昆调任军团副参谋长，我由师长当了科长。萧华同志调任红二师政委，冯文彬同志调一军团政治部工作。

1月19、20日
在松坎。
我到军团教育科工作……周昆交待，军团教育科同时还要兼管队列工作。部队整编后，我心中总有些不安，我想到这次长途行军是从未有过的，部队掉队也是空前的。

彭绍辉，先后任少共国际师（第15师）师长、红1军团教育科科长

夹河而立的松坎镇，红军曾在此驻扎

松坎最大的特点是狭长，全镇夹松坎河而立，长约 2 公里。镇子南口有一座革命烈士纪念碑和烈士墓，当地人也称其为红军烈士陵园，安葬有红军无名烈士和新中国成立初期剿匪中牺牲的解放军烈士。

1935 年 1 月 15 日，红 1 军团前锋红 4 团占领松坎，随后与主力一起，建立起防御阵地，从北面拱卫遵义。至 20 日，红 1 军团主力撤离松坎，经石壕前往赤水。

在松坎期间，为增强部队的灵活性和机动性，红军进行了整编。

红 1 军团第 15 师被取消番号，所辖三个团分别编入第 1、第 2 师，其中一个团充实到第 2 师第 4 团。

红 4 团团长耿飚接到了调任红 1 师参谋长的命令。多才多艺的耿飚，那时正迷恋吹口琴，团政委杨成武总能顺着口琴声找到他。临行前，依依不舍的耿飚把自己的骡子送给了腿伤刚好的杨成武。新团长初为卢子美，不久换成王开湘。

松坎红军烈士陵园

与新站镇一样，松坎也没有明确的红军遗址。我琢磨个中原因是：地处交通要道，发展变化快，所以老房子难以保存下来。还有就是，大部分红军遗址的保护比较晚，很多从 20 世纪 90 年代其至新世纪后才开始，老房子早就没了。

石壕·中央红军入川第一站

石壕镇，位于重庆市綦江区最南端，与贵州省桐梓、习水两县接壤。《綦江县志》描述其"地介川黔，山高地险，

石壕镇禹王庙旧照，红1军团司令部曾在此驻扎

石壕小学内，正在上体育课的学生

历尽兵事"。

1935年1月20日，红1军团从黔北的松坎出发，于21日下午到达今属重庆的石壕镇，当晚红1军团部及随军的周恩来、董必武等在此驻扎。次日红军开拔，再入贵州。

石壕镇，因此成为中央红军长征入川第一站，重庆析为直辖市后又成为中央红军在重庆的唯一过境地。现有红1军团司令部旧址、红军桥、红军烈士墓等。

红1军团司令部旧址 位于石壕镇老街43号。此地原为建于清代的禹王庙，距今已有200多年历史。1980年代为建小学，将庙拆除，只留下连排的5间平房和部分基石。

红军抵达石壕后，红1军团司令部就设在这里。在此宿营的有周恩来、董必武，以及军团首长林彪、聂荣臻、

石壕红军桥。1935年1月，周恩来、董必武及红1军团8000将士从此桥经过

左权和朱瑞等。据老人们回忆，红军来时，院内拴有很多高头大马，还架有多条天线。院外是条老街，北高南低，当年很多红军战士在此宿营，因此又称红军街。

据最新报道，原石壕小学已迁新址，更名为"石壕长征红军学校"，原址将改造为红色教育培训基地。

石壕红军桥　原名两河口大桥，位于石壕镇两河口的香树村和高山村之间，是一座风雨廊桥。该桥始建于清同治十一年（1873），距今有140多年历史。1935年初，红1军团从松坎转移至石壕时从此桥经过。后改名红军桥。

2016年纪念红军长征胜利80周年时，该桥进行过修缮。跟前些年照片相比，桥本身变化不大，但周围环境更好了，有了临河栏杆，树了碑。尤其是详细的碑文介绍，使该桥承载的历史文化更易被人了解。

石壕红军烈士墓　红军经过石壕时，先后有5名战士在龙门村、兴隆村、北果树村牺牲。1976年至1983年，当地政府将5位烈士遗骨集中迁葬至镇西猫儿山麓，树碑纪念。1991年，烈士墓扩建升级，并铸造了5位红军铜像。主体纪念碑镌刻有聂荣臻、杨成武、张爱萍等将帅题词。

在牺牲的红军中，有一则感人的故事：红1军团撤离石壕时，一位司务长和两名战士留了下来检查红军纪律，归还借用居民的用具，并用银元兑换回战士购物时付给群众的苏区纸币。这时，突遭川军和盐防军袭击，一名战士牺牲，另一名战士负伤后突围，掩护战友的司务长不幸落入敌手。司务长忍受多种酷刑，始终未透露红军的半点信息。当晚，敌人将司务长押到龙门村，在一棵桑树上吊了整整一夜。村民赵兴五见其伤重饥寒，悄悄送饭送菜，司务长怕累及群众，坚辞不受。第二天，敌人又将司务长押到石壕茅坝坪，残忍地将其杀害。

司务长牺牲了，为了红军铁的纪律，为了共产党人始终秉持的初心——即使牺牲自己，也绝不让老百姓吃亏！

石壕人至今会唱一首歌谣："石壕哪年不过兵，过兵百姓不安宁。唯独当年红军过，一来一去很清静。不拿东西不拿钱，走时地下扫干净。"

牺牲在石壕的5位红军塑像及烈士纪念碑

【友情提醒】

到石壕镇前，见图示路牌，请先左转去红军桥，然后再去石壕镇。否则还要掉头，多跑十几公里，比如我。

石壕红军桥

23

黔北之西　从黄陂洞到丙安

出行日期：2018 年 6 月 / 2019 年 10 月（第 17–18 天）
自驾路线：黄陂洞—复兴场—丙安
行车里程：约 180 公里

　　遵义会议后，中央红军的计划是：由松坎、桐梓、遵义迅速转移至赤水城、土城镇（属习水县）一带，渡过赤水河，然后在宜宾至泸州之间的蓝田坝、大渡口、江安一线北渡长江，与红四方面军会合。中央红军在向赤水城进军时，在黄陂洞、复兴场一带与川军发生激烈战斗，北进受阻；其后，随着土城战斗失利，不得不暂时放弃北渡长江，开演了"四渡赤水"的逆袭大戏。

黄陂洞红军战斗
遗址

黄陂洞·红军激战留遗骨

黄陂洞红军战壕遗址

黄陂洞位于赤水市天台镇星光村。从石壕镇出发，大部分是高速，全程 145 公里。自由自在地走了几天山路，忽然有了限速和违章拍照，颇不适应。

1935 年 1 月 25 日晚间，红 1 军团第 1 师到达距赤水城约 25 公里的旺隆场（今旺隆镇），获悉敌人命各乡村往城里送稻草，遂决定化装奇袭。26 日拂晓，约 2 个排的红军战士扮成老百姓挑着稻草前行，大部队相隔半里跟进。到达距县城约 12 公里的黄陂洞时，因口音不同暴露身份，随即与川军 2 个团发生战斗。敌军持续增援，红军占领黄陂洞高地顽强阻击。战斗十分激烈，双方伤亡惨重。当晚，红军乘夜幕撤出战斗，回到旺隆场。此战，红军牺牲 300 余人，一些未及撤离的受伤者被川军用铁钉钉头或浇上汽油烧死。几十年后，当地政府修建烈士纪念碑时，仍清理出 102 具红军遗骨。

扩建中的黄陂洞战斗纪念碑

黄陂洞战斗遗址位于一座海拔 400 多米的山上。导航将车带到山脚，问了一位老者，才找到上山的路。不太好走，需要穿过多石的土路和一片灌木丛，然后拾级爬到山顶。满山是竹林。山头有纪念碑、战壕遗址等，整个园区正在修葺扩建。

现在的山头处看不到山下，都被连片的竹林和松树遮挡了。我想，按照现在的植被，这个山头是没必要争夺的，因为没有视界，不能俯控山下的道路。这说明，林子是后来绿化的。

我问正在忙活的工人，路很不好走，你们是怎么上来的？他们说，后山修了一条大路，下次你就可以从新路上来了。我建议说，最好竖几个路牌，山下岔路多，不好找。

复兴镇·硝烟散尽是繁华

复兴镇也隶属赤水市，在黄陂洞的西边，开车约 12 公里，若步行只需 7 公里。中央红军长征时，这里称复兴场。

复兴是赤水的经济文化重镇。北宋年间曾为仁怀厅治所，辖今赤水、习水、仁怀三市县地域。明代惨遭兵祸，仁怀治所他迁，复兴则习称"老仁怀"。因为正当水陆要冲，历来是兵家必争之地。

复兴场红军战斗遗址纪念雕塑

1935 年 1 月 26 日，红 1 军团第 2 师进抵复兴场附近，计划协同第 1 师占领赤水县城。27 日晨，红 2 师向占据复兴场的川军发起进攻，一度冲进复兴场，但遭激烈抵抗，战果未能扩大。此时，川军增援部队从黄陂洞赶来，在侧后迂回夹击。红军遭受较大伤亡，且退且战，不久奉命停止进攻，经丙安到猿猴场（今元厚镇）集中。

现在，赤水河谷旅游公路穿镇而过。路边有一座红军雕塑，基座上写着"复兴场红军战斗遗址"。雕塑并不显眼，不留点神容易错过。

镇子沿街很繁华，楼房多，店铺多，过往车辆多，已经找不到昔日战场的感觉了。

复兴镇一角，左边可见红军雕塑

镇后老街上，正在实施新居民区及配套设施建设，当地人称为集中搬迁工程。从彩绘的规划示意图看，建成后与大城市的高档小区没什么区别。

丙安古镇·红 1 军团陈列馆

沿着赤水河谷旅游公路继续向南，行 12 公里，即达丙安古镇。看看天晚了，就在赤水河边找一家旅店歇脚。年轻的老板刚从山上回来，很兴奋地给我介绍他新采的小竹笋和野菜。我说就在你家吃了，20 块钱你随便做。随后到赤水河边走了走，拍几张夜景。回来时，桌上有了一盘青蒜竹笋炒肉丝，一盆野菜什么的鸡蛋汤，超好吃。

赖传珠日记

1月24日
到土城宿营（90），先头部队已将敌击溃。

1月25日
到猿猴（元厚）宿营（30）。

1月26日
过赤水河，到丙滩宿营。

1月27日
打转回到猿猴宿营（60）。

1月28日
我们仍在猿猴未动。三军团、干部团、一军团二师等部在丰村坝（青杠坡战场东线）打击四川追击之敌。

1月29日
因敌增援，战斗形成对峙，对我不利。撤过赤水河，向古蔺城前进。到达马路坝宿营，后面部队在山上露营。

赖传珠，时任红1军团第1师政委

赤水河畔的丙安古镇

从红军桥进入丙安古镇

住宿费60元。

这是第二次到丙安。上次是2018年6月，两个人，参观完后品尝了"红军黑冰粉"。没有住。

丙安镇，古称丙滩，因位于赤水河中游的大险滩而得名。现隶属赤水市，是赤水八大景区之一，中国历史文化名村，全国100个红色旅游经典地之一。镇外有红军渡、红军桥，镇内有全国唯一的红1军团陈列馆。

1935年1月25日，在陈光、刘亚楼率领下，红2师占领丙安，将师部设在一王姓地主家中。次日，红1军团部进驻丙安，军团长林彪、随军行动的李德也住在这里。28日晨，在北进赤水城受挫后，红1军团离开丙安，经元厚回援青杠坡战场。29日，从元厚镇一渡赤水。

在丙安时，晨起有太阳，蓝天白云。在贵州见到阳光，是一件很爽快的事，又因为是重游，山山水水都感到很亲切。

这是出行的第 18 天，全天沿着赤水河边行走，仿佛在历史隧道中穿越。

丙安渡口的红军桥

丙安镇红 1 军团军团部驻址，现为全国唯一的红 1 军团陈列馆

▲ 1月17日至20日，红1军团驻守松坎，迷惑抑留綦江、合江之敌。
▲ 1月20日，中革军委下达《渡江作战计划》，拟分三路由松坎、桐梓、遵义地域转移至土城、赤水一带，然后从宜宾、泸州间北渡长江，与川陕根据地的红四方面军会合。
▲ 1月24日，红1军团占领土城，25日占领元厚，26日军团部进驻丙安；27日，红1、9军团遇川军顽强阻击，进占赤水受挫。
▲ 1月27日，军委纵队进驻土城。
▲ 1月28日，以红3、5军团为主，发起土城战役，失利。29日，一渡赤水。

泸州市
蓝田坝
合江县
大渡口

红军原计划从蓝田坝至江安一线北渡长江

川军2个旅先于红军占领赤水城在黄陂洞、复兴场阻止红军北进

赤水市
黄陂洞
复兴镇　旺隆镇
红1军团指挥部　丙安镇
元厚镇　陛诏村
赤水丹霞
1月29日 土城 元厚

兴文县（古宋）
土城
习水县
石门村　红9军团指挥部

一渡赤水　轻装向西
红军总部

水田至太平渡156公里
海拔下降1000米

青杠坡　长征村
三元场　桑木镇

300米　太平渡
九溪口　回龙场

二渡赤水　四战连捷
2月18日 二郎 太平

叙永县

二郎滩
二郎乡
四渡赤水　回师黔北
3月21日 二郎 太平 九溪口

合马镇

两克娄山关
1935.1.9/2.26
娄山关

古蔺县

贺子珍在白沙生了个女儿毛泽东未及谋面，就送给了一户孤寡老人。

双沙镇（白沙场）
2月15日至16日，白沙会议：制定二渡赤水作战计划，停止李德的军事指挥权。

1336米
水田镇　石坝彝族乡（石厢子）
花房子

2月3-5日凌晨，叙永石厢子会议（新年）

扎西会议
领导更替

2月5日，扎西水田寨会议

3月17日 茅台　茅台镇
三渡赤水　再入川南
仁怀市

鲁班场
3月15日 白家坳战斗遗址

神州第一弯　凉风垭
官店镇
九坝镇山堡村
娄山关战斗军委指挥所

泗渡会议
泗渡镇观坝村

遵义会议
两占遵义
1935.1.7/2.27
遵义市

红军桥
红军墓　石壝镇　箭头垭　松坎镇
温水镇
夜郎镇　新站镇
石牛村

桐梓县

丰乐桥
红花岗区　桑木垭
深溪镇（深溪水）
播州区（懒板凳）

苟坝会议　新三人团
3月12日

成立毛泽东、周恩来、王稼祥新"三人团"，全权指挥军事

金沙县（打鼓新场）

苟坝
鸭溪镇旧址损毁

三合镇
茅栗镇
刀靶水
茶山关　尚嵇镇

1935.3.31　钱壮飞烈士陵园
南渡乌江
后山镇

3月31日，中央红军主力从金沙县后山乡的梯子岩（毛泽东和军委纵队）大塘、江口三处南渡乌江。

梯子岩
江口　大塘
流长镇
鹿窝镇

乌江镇

九庄镇
息烽县

自驾路线图　四渡赤水

● 红军途经或宿营地（经过）
○ 红军途经或宿营地
⊗ 重要战役战斗发生地
🔴 毛泽东长征行居
—— 自驾路线
—— 2018年自驾路线

2018年自驾路线

24

一渡赤水　元厚、土城、扎西

出行日期：2018 年 6 月 / 2019 年 10 月（第 18 天）
自驾路线：元厚—土城—青杠坡；扎西（2018 年另行）
行车里程：约 56 公里（含扎西约 280 公里）

中央红军占领以遵义为中心的黔北地区后，蒋介石迅速调集 148 个团共约 40 万人的兵力，分路进逼，企图围歼红军于川黔边地区。这时中央红军经过补充，约有 3.7 万人。敌众我寡，形势严峻。

1935 年 1 月 27 日，军委纵队抵达土城一带，毛泽东决定在附近的青杠坡打一仗，击破川军的追堵。28 日，红3、红 5 军团及干部团在彭德怀、杨尚昆统一指挥下，发起土城战役。红 1 军团一部后来也投入战斗。战况激烈，川军遭到重创，红军亦付出很大代价。这时，敌后续部队源源不断赶到，形势对红军越来越不利。毛泽东果断决策退出战斗。

赤水河土城段

后来，毛泽东总结此战失利的原因时说：一是情报有误，原以为对方是四个团，实际超出一倍；二是低估了川军实力；三是兵力分散，不该让红 1 军团北攻赤水城。

1 月 29 日，中央红军分别从土城、元厚之间一渡赤水，向川滇边的扎西地区集结。长征中最精彩、最惊心动魄的军事行动——四渡赤水的战幕就此拉开。

元厚·一渡赤水渡口

从丙安古镇出发，沿着赤水河谷旅游公路南行 30 多公里，先到元厚镇。沿途有赤水竹海、世界自然遗产赤水丹霞等风景名胜区。

元厚镇，红军一渡赤水渡口。全国重点文物保护单位

当年，红1军团进攻赤水县城受阻后，从元厚（时称猿猴场）一渡赤水，西进川南。在此渡河的还有红9军团及军委纵队第2、第3梯队等。

元厚镇今属赤水市。镇边的赤水河上有两座大桥，红军渡口在新大桥的下面，入口在桥西。循石阶而下，渡口处建有台阶式广场，边上竖着一块纪念碑，碑题"红军渡"，这是赤水河上第一座红军渡口纪念碑。

前往土城

土城·四渡赤水缘起地

土城今属遵义市习水县，距元厚13公里。

这是一座千年古镇，幽长深邃的石板老街上，散布着船帮、盐帮、布帮、丐帮等浓郁的"十八帮"文化，以及融入日常生活的街市景观。之前来过两次，都在此住了，几乎成为我们游走赤水河畔的驿站。2018年6月第二次住土城时，恰遇惠民宫（红军总参谋部驻地）内举行《长征组歌》群众汇演，听着"战士双脚走天下，四渡赤水出奇兵"的合唱声，心潮随着赤水河涛一起澎湃。

这一次是路过，在隔河的制高点遥拍了几张照片。

土城浑溪口。1935年1月29日，红军在此架设浮桥，轻装西渡，揭开了四渡赤水的序幕。河边的巨石，据传是毛泽东等候朱德从青杠坡前线归来的地方

　　土城是重走长征路必到的重镇。当年红军长征至此，毛泽东亲自部署了土城战役；青杠坡战斗打成胶着后，又在土城果断决策：撤出战斗，轻装西进。随后，红军从土城上下游的浑溪口和罗染坝，一渡赤水。

　　土城老街上，至今保存着毛泽东、周恩来、朱德等旧居，红军总参谋部（惠民宫）和总政治部旧址（船帮会馆），全国唯一的女红军街，以及随处可见的红军宿营地，是长征路上红军旧址保存最多的地方之一。在历经80多载春秋后，很多红军宿营地仍然是当地群众的居住生活之所，一如从前。

毛泽东、周恩来旧居，位于老街原绸缎铺爱华商店的后院。全国重点文物保护单位

红军总参谋部驻地，也是四渡赤水纪念馆。前身是惠民宫，百姓们看戏的地方，当年陈云、刘伯承、叶剑英在此居住。全国重点文物保护单位

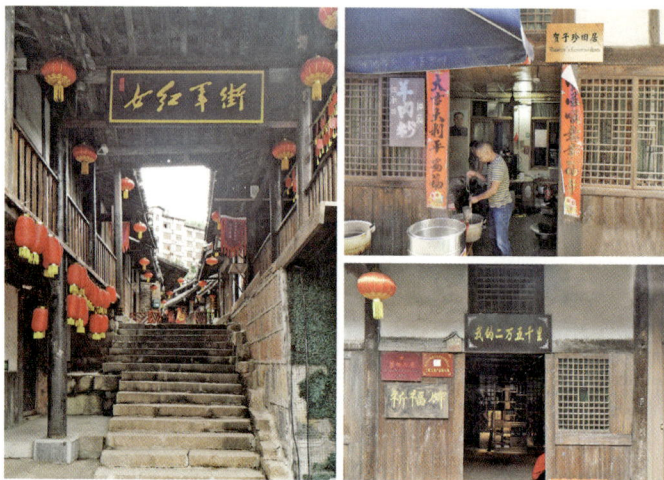

中国唯一保存的女红军街。当年参加长征的 30 位红军女干部，除康克清外，全部住在这里。右上图为贺子珍旧居，右下图为蔡畅旧居

土城已成为热门旅游地，外围在不断地扩张，所以每次来都有变化——不变的是依山而建、古韵犹存的老街，"高低俯仰皆成画，前后顾盼景自移"，让人流连忘返。

青杠坡·当年红军鏖战地

青杠坡位于土城东南约 5 公里处（行车最短距离）。这一带两侧是群山，中间为平坝，形成一个葫芦形隘口，是当年土城到习水县的必经之路，扼守川黔通道的咽喉，也是红军与川军的鏖战之地。

去过两次，南北高地（车行）和中间谷地（步行）分别跑了一趟。红军烈士纪念碑在南边，矗立在山巅之上。山谷中是层层菜地，中间有条小河，河上有一座历经沧桑的石拱桥，名黄石桥。北面的山腰有蓉遵高速经过。

有资料统计，当年在前后方参与青杠坡战斗的，有后来党的 2 代领导核心、3 任国家主席、1 任总理、5 任国防部长、7 位元帅、200 多名将军。青杠坡之役，因此被称为我党我军有史以来参战级别最高的一场战斗。

青杠坡下，不再有枪炮声，不再有硝烟。

淋漓的雨中，山川静寂。青青河边草散发着野芳，烟雨中偶有小鸟划过。

青杠坡红军烈士纪念碑

从青杠坡谷地察看昔日战场

扎西·鸡鸣三省之地

扎西（今云南省威信县）不在本次走长征路的计划中，因为以前去过，是夫妻同行。

2018 年 6 月 11 日，我们在黔西爬过二十四道拐后，冒雨北上，穿越磅礴的乌蒙山区，前往威信。广义上说，乌蒙山区特指曾经的"乌蒙山集中连片特困地区"，包括云贵川的 38 个县（市、区），威信也在其中。

纵贯 500 里的乌蒙山，除了"磅礴"，找不出更精当的形容词。当年，红 9 军团作为战略奇兵纵横于此，掩护中央红军主力南渡乌江、佯攻贵阳；第二年，红 2、红 6 军团在这里打了漂亮的千里回旋战，跳出国民党军的围堵，留下了很多传奇故事。

陈昌奉·忆青杠坡战斗

1935 年 1 月 27 日，川军郭勋祺旅在丰村坝（青杠坡战场东线）追近我们，原计划是在青杠坡一带歼灭尾追之敌一部或全部。28 日一早正式开战。早饭后，毛主席就沿街上走，从铁炉沟小路街后的山坡疾走。虽然天气很冷，但由于山陡走的快，不一会儿就冒汗了。走了一华里多，到了大垭上（今白马山上）的山垭口。由于雾大，只听见青杠坡方向密密的枪声，看不清地形，主席说再往前面走，一直顺山梁走到离第一个垭口约一千多米的山头上，主席才停住脚步。这里地势高，加之雾也渐渐散开，站在此处即能清楚的看见青杠坡，毛主席就站在这儿指挥战斗。当时和主席一同上山的有周恩来、张云逸、李富春、左权等首长。

……

毛主席是在指挥地点吃的午饭，饭是警卫排在大垭上右侧山沟农民家煮来挑上去吃的。

——陈昌奉，时任毛泽东警卫员

气势磅礴的乌蒙山区

在乌蒙山腹地，现有世界上最多、最高的桥梁，被誉为"世界桥梁博物馆"。置身其中，唯有震撼！雨中，云蒸雾罩，常生"路在此山中，云深不知处"的感慨。左图为世界最高的桥梁——北盘江第一桥

当天住在威信县城，看了扎西会议会址及纪念馆。

中央红军一渡赤水后，分三路西进，先后来到云贵川结合部的云南扎西一带集结。在此期间，中共中央政治局召开了一系列会议，统称"扎西会议"。其中最重要的内容，是完成了遵义会议后的"常委分工"：以张闻天代替博古主持中央工作，以毛泽东为周恩来在军事指挥上的帮助者。权威观点认为，由力主毛泽东"出山"的张闻天在中央负总责，保证了毛泽东的军事指挥，也在实际上确立了毛泽东在全党全军的领导地位。此后，"以中革军委或朱德名

威信县城的扎西会议旧址，内含政治局会议会址、红军总部旧址和纪念馆

义发出的行军作战命令，均经毛泽东看过后，由周恩来签发"（中国军事博物馆编《读懂长征》）。在扎西，还通过了张闻天起草的《中共中央关于反对敌人五次"围剿"的总结决议》，即"遵义会议决议"。

第二天，冒雨前往 39 公里外的水田镇花房子。这个群山环绕的地方，号称"鸡鸣三省"，当地人称"博古交权处"，百度地图上标注为"中央红军总部驻地旧址"。

水田寨花房子，政治局常委会议旧址，中共中央在此实现了领导更替

1935 年 2 月 5 日，就是在这里，中共中央实现了领导更替。同时，对留在中央苏区的中央局和党在白区的工作等进行研究部署，结束了长征以来中央对全国革命工作"无指示"的被动局面。

开车过来，先到水田镇，再向西南沿沥青公路行约 1.5 公里，就是花房子，一脚油门即到。当年这里可难走了。时军委三局副局长伍云甫日记载："由石相［厢］子出发，经水田寨，团匪据炮楼二座扰乱，绕山道，至花房子宿营，路甚难行（三里路行了约三小时）。"

花房子因远离村镇，很幽静，环境也美，鸟语花香的。

看过会议旧址后，循石阶爬到山头，可看到一座"鸡鸣三省"雕塑，气势雄壮，与环境相融，极富感染力。我们在这里呆的时间最长，看看景拍拍照，顺便休息。

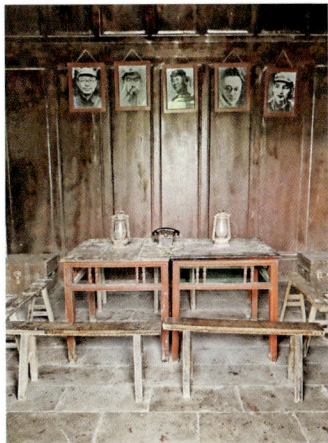

花房子会议旧址内景

从赤水河边到水田镇花房子，行车距离 150 多公里，一路都是上下坡，弯道极多。当时看了一下海拔高度，水田镇 1336 米，而赤水河畔的太平渡口只有 300 米，落差达 1000 米。可以想见，当年红军一渡赤水集结扎西时，行路比较艰难；而从扎西突然掉头二渡赤水时，徒步是相对轻松的，所以进军神速。地理是战争的重要考量因素。

从我们走长征路的角度看，扎西之行不算太完美。由于行前功课做得不充分，也因为雨大路滑，有的该去的地方没去（参见自驾路线图），引为憾事。

鸡鸣三省雕塑，位于花房子后山上

赤水河畔的太平古镇，红军曾在这里二渡、四渡赤水

【赤水河】

长江上游支流。古代名称多变，明清时改称赤水，因河水含沙量高、呈赤黄色而得名。发源于云南镇雄县境内的乌蒙山区，曲折东流至贵州茅台后，又逶迤流向西北，在四川的合江县汇入长江。全长444.5公里，其中194公里为川黔两省界河。流域大部分地处山区，总落差1588米，两岸陡峭，多险滩激流。沿河盛产美酒，又因红军长征时"四渡赤水"而名闻天下。

25

二三四渡　太平、二郎、茅台

出行日期：2017 年 10 月 / 2019 年 10 月（第 18 天）
自驾路线：太平渡—二郎滩—茅台镇
行车里程：约 98 公里

赤水河谷·醉美旅游公路

轻风飘送，微雨扑窗。又一次走在了赤水河谷旅游公路上。

三次到赤水河，走的都是这条路。

这是全国第一条河谷旅游公路，起点在中国第一酒镇茅台，终点在有着丹霞地貌景观的赤水市，中间串起红军四渡赤水的所有渡口。

旅游公路并行着汽车道和自行车绿道。汽车道全长 154 公里，自行车绿道全长 160 公里，沿途设置 12 个驿站、26 个露营地、23 个观景台 / 休憩点。我们此前经过的复

赤水河谷旅游公路

从赤水河谷旅游公路旁的阳雀岩观景台，俯瞰赤水河

兴（汽车道终点）、丙安（红1军团部驻地）、元厚（一渡渡口）、土城（红军总部驻地和一渡渡口）等，都是较著名的驿站，其中土城还新建了房车露营基地。

继一渡赤水后，1935年2月至3月，中央红军化被动为主动，又先后三次渡过赤水河：

2月18日至21日，红军在太平渡、二郎滩、淋滩等地二渡赤水，突然回师黔北，再克娄山关和遵义，歼敌2个师又8个团，取得了长征以来最大的一次胜利。

3月16日至17日，红军在茅台镇及附近大张旗鼓地三渡赤水，再入川南，佯作北渡长江姿态，诱敌西进。

3月21日晚至22日，就在蒋介石指挥各路"追剿"军奔向川南时，红军在二郎滩、太平渡、九溪口等地秘密四渡赤水，再次折回贵州，随后冒雨疾进，南渡乌江，跳出了蒋介石苦心设计的包围圈。

太平古镇·红军二四渡口

从土城出发，沿着赤水河谷旅游公路南下，到太平镇26公里。有雨，时下时停。

太平镇位于赤水河西岸，隶属四川省古蔺县。镇子依山而建，正当赤水河与古蔺河的交汇处。80多年前，红军在此驻扎并二渡、四渡赤水。现在，镇内有多处红军遗址，并建有纪念碑、陈列馆。为国家历史文化名镇、4A级旅游区。

红军太平渡口纪念碑

红军遗址大部分在赤水河边，紧靠大路，包括红军渡口遗址和纪念碑、二渡赤水时毛泽东渡河处、太平阻击战遗址，以及著名的老鹰石等，很容易找到。

在赤水河几大渡口中，太平镇是唯一竖碑明确毛泽东渡河点的地方。据碑文介绍：1935年2月19日，毛泽东经古蔺县白沙方向奔赴太平渡，在驻地召开紧急会议，了解二渡赤水准备情况。红1军团军团长林彪作了具体汇报。当晚9时，毛泽东从这里乘船渡过赤水，再入贵州。

在百度上搜索，全国叫太平镇（或乡）的地方超过60个，其中四川省11个；有130多个村叫太平村。

红军固定浮桥用的老鹰石

二渡赤水时，毛泽东及红1军团部过河处

二郎镇·红军二四渡口和古驿道

二郎镇距太平镇16公里。这一段路，贴着赤水河，不停地在四川和贵州两省之间转进转出。当时，迎着扑窗而来的雨，听着导航絮叨，感觉挺玄幻。

途经一个地方叫"红军宿营地"，其实并没有红军驻地遗址，而是赤水河谷旅游公路的一个驿站，有餐厅和超市，可以休息补充。

二郎镇也隶属四川省古蔺县，以出产郎酒闻名。红军渡口在镇外，叫二郎滩，河边有民居挡着，很容易错过。第一次去时，两个人睁大眼睛，来回跑两趟才找到；第二次就轻车熟路了。

循着石阶下到河边，临水突兀而起一块大石头，上面刻着"二郎滩渡口"几个描红大字。这就是红军渡的标志。渡口对岸，是贵州省习酒镇的一个简易码头，也是当年红军的渡口之一。不远处有一座双曲拱大桥，连通二郎

从太平镇到二郎滩的路上

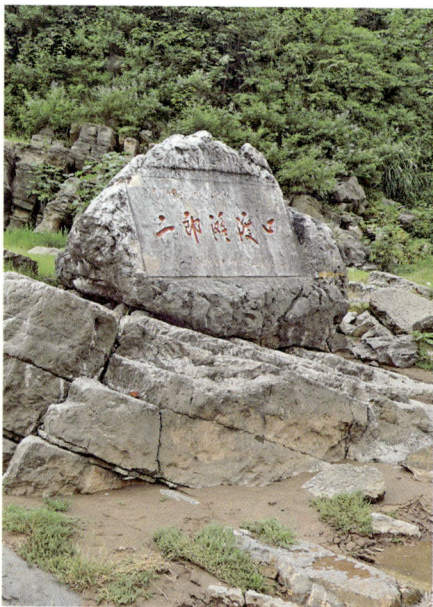

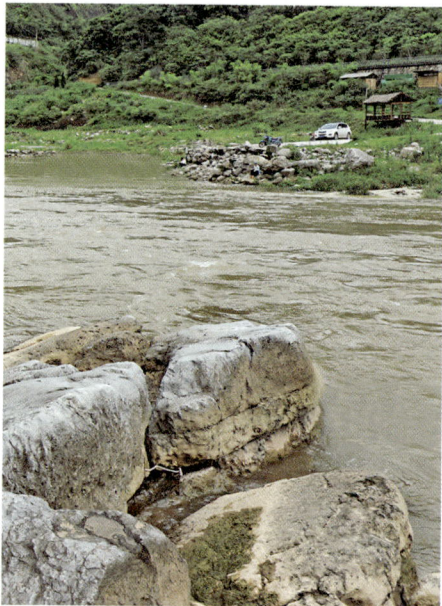

二郎滩渡口。这块大石头是红军渡口的标志，当年红军扎浮桥时，曾在上面拴过缆绳

赵镕日记

2月20日 星期三 雨 二郎滩

二郎滩街道沿赤水河岸建筑，市面尚繁荣，鸦片烟、以致不少日用品、副食品都有卖的……

我军团工兵连奉命先行到此架桥。因水流太急，系舟的麻绳、铁丝几经冲断，一时没有架好。郭（天民）参谋长把工兵连长大骂一顿，还用手中的木棍打了该连长三棍。可见军情急迫，首长们心如火燎，也不禁犯了打人骂人的作风。这里的老百姓见我们把桥架好，说：不久前国民党中央军也在此架桥，一整天也没有架好，你们不过花了几个钟头的时间就架好了，红军先生架桥本领比中央军高多了。

镇（四川）和习酒镇（贵州）。渡口处绿草如茵、乱石铺岸。可以想象，当年这片草地和石头上，曾坐满待渡的红军。

二郎滩渡口的上方，有一条茶马古驿道，今称红军街。这条古驿道上，当年住满了红军，很多老房子的门楣上标注"红军驻地旧址"，房门标注"浮桥门板"。2013年，二郎古驿道与红军渡口同时被列为全国重点文物保护单位。

二郎红军街

茅台镇红军四渡赤水纪念园

茅台镇·红军三渡渡口

二郎滩到茅台镇 52 公里。公路也是紧贴着赤水河，但在过美酒河镇不久，赤水不再是川黔省界，两岸都隶属贵州。

第一次来茅台是 2017 年秋天，呆了半天。镇子很大，传统与时尚相融，现代与老旧共存，繁华程度超乎想象。街上有公共汽车，如同县城一样。如今，这里着力打造两种文化：

一是酒文化。境内酒业兴盛，被誉为"中国第一酒镇"。赤水河东岸建有"1915 广场"，以纪念茅台酒在巴拿马万国博览会上获得金奖。这里是茅台镇酒文化的展示中心。

二是长征文化。1935 年 3 月 16 日至 17 日，中央红军在撤出鲁班场战斗后，从茅台三渡赤水。现在赤水河西岸的渡口处，建有规模宏大的红军四渡赤水纪念园，包括纪念塔、纪念馆、渡口纪念碑等。对岸就是"1915 广场"，有吊索桥相通。

因为下雨，这次没有在茅台镇停留，闻着酒香从镇中穿过——上次呆得够久了，照片多多，记忆犹新。

三年里三次走过赤水河，穿越在历史中，浸润在美景里，仿佛再见熟悉的老友，一次比一次亲切。也许还会再来，也许不会了。

茅台渡口纪念碑

茅台镇一角

茅台镇"1915 广场"的酒文化雕塑

自驾路线图
三渡赤水前

图例：
- 红军途经或宿营地（经过）
- 红军途经或宿营地
- 重要战役战斗发生地
- 毛泽东长征行居
- 自驾路线

太平渡
二郎滩
四川
合马镇

赤水

桐梓县

娄山关
板桥镇
泗渡镇
泗渡会议

3月17日 茅台
茅台镇　三渡赤水 再入川南

仁怀市

遵义市
丰乐桥

红花岗　桑木垭

3月15日 鲁班场
白家坳战斗遗址
长岗
（长干山）

马鬃岭
苟坝

苟坝会议　新三人团
3月12日

鸭溪镇
旧址损毁

播州区
（懒板凳）

金沙县
（打鼓新场）

三合镇

刀靶水

茶山关

钱壮飞烈士陵园
梯子岩
江口　大塘
乌江镇

乌江

26

峰回路转 从鲁班场到苟坝

出行日期：10 月 13 日至 14 日（第 18—19 天）
自驾路线：鲁班场—苟坝
行车里程：约 80 公里（有高速和县道可选）

从茅台镇南下后，目标是鲁班场和苟坝。一路上，看到很多酒厂招牌——赤水河畔，不仅有茅台，还有多得不计其数的酒厂，空气中到处弥漫着酒香。

重走长征路时，四渡赤水这一段，很难根据红军迂回穿插的顺序来走。按照既有路线，我是先到鲁班场，再到苟坝，而当年红军进军路线是相反的。

鲁班场·白家坳战斗遗址

鲁班场，是红军三渡赤水前通往茅台渡口的要隘。今隶属仁怀市，曾叫鲁班镇，现在改称鲁班街道。鲁班场战斗的主要纪念设施，大多建在街上，包括红军战斗指挥所复原地及陈列馆、烈士公墓等，由于靠近穿镇而过的省道，有利于群众瞻仰和举行活动。

我直接去了白家坳战斗遗址。

白家坳位于一处深山谷地，距鲁班街道约 1.5 公里。这里沟壑纵横，丘峦起伏，地形复杂。在山口处，立有"鲁班场战斗白家坳战斗遗址"碑，旁边有关于这场战斗的简介。

二渡赤水后，为寻求新的机动，中央红军主动向鲁班场之敌展开进攻，各主力军团几乎都投入了战斗。

白家坳是主战场之一。当时，国民党军周浑元纵队（辖 3 个师）占据有利地形，构筑坚固工事，居高临下防守。周部是"中央军"的精锐嫡系，装备好。而红军弹药少，

鲁班场战斗白家坳遗址碑

又是无依托裸攻，所以打得很艰苦，进退往复中多次白刃格斗，战况惨烈。

鲁班场战斗打了一整天，红军毙伤敌 1000 余人，自身也有很大损失。据 1953 年所撰《鲁班烈士墓记》："鲁班场一战，红军伤亡 489 人，其中亡团参谋长、参谋、营长各 1 人，连长 3 人，排长 6 人。伤营长 1 人，连长 4 人，排长 10 人。"

但这一仗，红军是假戏真做，始终掌握主动。由于周纵 3 个师猬集一团，在难以寻隙突破后，红军主动撤出战斗。受到重挫的敌人狐疑不定，迟迟不敢追击。3 月 16 日至 17 日，红军从容不迫地从茅台三渡赤水河。

在遗址碑一带拍完照后，开车绕到白家坳东边的一个小村庄，停在一户门前问路。出来一位老汉，听说我来意后，执意带我去踏勘红军进军路线和战场地貌。看我有些犹豫，他说你放心，我是党员，也是这里的村民组长，给很多记者带过路。于是跟他离开水泥村道，翻沟越岭。

这是长征路上的第三次，听给我带路的人说"我是党员"。顿时，信任感倍增。

上了一座隘口，老汉回过身来，指着村庄说：这里叫龙洞沟，是个自然村。又指着东北方向说：下面是枇杷湾（村），红军从那边过来，经过我们村朝白家坳那边去，一个本地人当向导。红军走到这个沟口时，敌人的机枪突然扫过来，向导吓得躲在一边再也不敢出来。守在那边的是中央军，有工事，武器好得很，红军吃不少亏。

由村民组长李明刚做向导，踏勘红军进军路线和战斗遗址

　　我夸他知道得多。他笑呵呵地说，从小经常听老人们摆龙门阵，自己也特别喜欢历史，还去过茅台、土城、遵义，你问别人还真说不清。

　　老汉叫李明刚，今年 67 岁。我们互留了电话，他没有手机微信。

　　回来查资料，证实李老汉说的靠谱，当年红 1 军团就是从坛厂镇出发，经枇杷湾向这里进军的，每支部队都由当地人带路——在那纵横交错的山沟里，无向导必迷路。

　　2006 年 5 月 25 日，国务院在公布茅台渡口为全国重点文物保护单位时，明确鲁班场战斗遗址也是其组成部分。

　　原计划再去看一两个地方的，但离开白家坳时已过下午 5 点了。李老汉说，等你找到地方，人家也下班关门了，明天去吧。于是冒着断断续续的小雨，直接去了苟坝村。

苟坝·毛泽东小道与新三人团

　　离开白家坳后，经茅坛公路，从红军征战过的坛厂镇拐上蓉遵高速（G4215），到苟坝村 47 公里。由于天黑有雨，没敢再走山路（县道），因此也错过了红军曾驻扎的长岗镇（又名长干山）。

　　苟坝村，位于枫香镇马鬃岭山脚下，东距遵义市 50 公里，北距茅台镇也是 50 公里。这是一块高山环绕中的平旷之地，平均海拔 1240 米，风光迤逦。

苟坝会议会址，习称"新房子"，
也是张闻天和中央机关驻地

红军长征时，曾在苟坝驻留7天，召开了中共党史和
军史上著名的苟坝会议。

二渡赤水后，根据红1军团军团长林彪、政委聂荣臻
的"万急"电报建议，中共中央总负责（总书记）张闻天
主持召开20多人参加的中央会议，讨论是否进攻黔军1个
师驻守的打鼓新场（今金沙县）。会议从早上开到夜间，
与会者都同意攻打，唯毛泽东坚决反对。他在分析敌情后
认为：打鼓新场易守难攻，周边还有可驰援的强敌，这样
的攻坚战对红军极为不利。会议根据多数人的意见，通过
了进攻打鼓新场的决议。毛泽东一时发急，辞去了刚担任
一周的前敌司令部政委一职。

毛泽东回到住地后，怎么也睡不着，索性提着一盏马灯，
沿着田间小道来到周恩来住处，说服他停止签发作战命令。
恰好周也收到情报，敌各路兵马正向打鼓新场调动，证明
了毛泽东白天的判断是正确的。周恩来被说服后，两人又
一同说服了住在隔壁的朱德。第二天继续开会，最终改变
作战计划，避免了红军可能遭受的重大损失。

苟坝会议会址内景

毛泽东住地,位于苟坝会址的侧后方

鉴于战场情况瞬息万变,不可能每次都召集那么多人来开会,根据毛泽东、张闻天提议,政治局在 3 月 12 日决定,成立毛泽东、周恩来、王稼祥三人"军事指挥小组"(又称"新三人团"),代表中央政治局全权指挥军事。

我在苟坝村住了一晚。第二天看完大部分红军遗址后,冒着蒙蒙细雨专门走了一趟"毛泽东小道"。当年,毛就是沿着这条乡间小路,提着马灯去找周恩来的,从而改变了红军的命运,也改变了中国革命的命运。所以,这条小道又被誉为"用马灯点亮中国的地方"。

路牌标注是 1.5 公里,感觉不止,来回走一趟挺累的,也许跟下雨地滑有关。顺便说一句,有红军回忆录说是 5 华里。

毛泽东小道

周恩来、朱德住地，也是"毛泽东小道"的终点。这是个很大的院落，由于正房是六列五间结构，所以习称"长五间"。在此宿营的还有"长征四老"董必武、林伯渠、徐特立、谢觉哉，以及邓颖超、贺子珍、康克清、金维映等红军女干部

除了上述地点外，苟坝村还有很多红军遗迹，包括陈云驻地、红9军团总部、红军医院旧址（黑神庙）等。

有不少介绍文章说，中央会议会址在苟坝村，而红9军团总部在马鬃岭山脚下，仿佛是两个地方。这是不准确的。其实，绝大部分红军驻地都在马鬃岭脚下，红9军团总部与中央会议会址、毛泽东住地等紧靠在一起，现在称"红军村"。唯周恩来、朱德住的"长五间"和红军医院离会址比较远，更靠近苟坝村村委会。

今日苟坝村，长征文化与自然风光融为一体，是个既能走进历史又能放松身心的理想去处。一路过来饭店宾馆很多，因为是旅游淡季，再加上下雨，当时游客不多。

住在农家旅馆，一晚60元。

苟坝红军医院及直属机关和修养连驻地（原黑神庙）

第六篇

南下贵阳
西进云南

南渡乌江 佯攻贵阳

坛厂镇

鲁班场 ⊗

长干山 马鬃岭

苟坝

白腊坎 鸭溪

4月4日，红9军团菜籽坳战斗
击溃敌7个团，俘1800余人。

金沙县
（打鼓新场）

木孔镇 ⊗

安底镇 沙土镇

三合镇

刀靶水 ⊗

乌江镇

1935.3.31

钱壮飞烈士陵园

后山镇 梯子岩

江口 大塘

流长镇

红军南渡乌江纪念碑

南渡乌江

红军主力从梯子岩（毛泽东）
大塘、江口三处南渡乌江。

鹿窝镇

九庄镇

息烽县

蛇卡互通

兰海高速

狼鸡岭

南渡乌江后到达的最东
点，造成东渡清水江与
红2、6军团会合的假象

◎黔西县

息烽集中营

白马洞

◎开阳县（紫江）

大木村 马头村

高寨久场

久长镇

龙岗镇（羊场）

4月4日，红1军团进驻羊场

谷堡镇 扎佐镇

坝子村（坝子新场）

修文县 ◎

红军总部进驻坝子新场，
毛泽东作出"调出滇军，
西进云南"的决策

巴江乡

洗马镇

● 红军途经或宿营地（经过）
○ 红军途经或宿营地
⊗ 重要战役战斗发生地
🔴 毛泽东长征行居
━━ 自驾路线
━━ 自驾备选路线

贵定县 ◎

贵阳市 ◎

乌当区

红军占领倪儿关后，击溃
赶来"救驾"的孙渡纵队。

▲ 三路红军佯攻贵阳的集中
地，遭敌机多次轰炸。
▲ 原籍安徽休宁县王家村，
明代屯田于此。

倪儿关 ⊗ 谷脚镇

王关村 ⊗

观音山战斗遗址

龙里县 ◎

为掩护主力西进，红1军
团先头部队在观音山与
敌激战一昼夜。

花溪区 ◎

比孟村

佯攻贵阳 1935.4

水场乡

骑龙村

红军在龙里、贵阳之间东冲
西突，目的是通过佯攻贵阳
实现毛泽东提出的"调出滇
军，西进云南"的战略。

青岩镇

中院

4月10日凌晨，红3军团
不战而取青岩。11日晨
往定番前进。

广顺镇

生联村

惠水县 ◎
（定番）

长顺县
（长寨）

坝羊乡 摆所村

27

南渡乌江　红军渡口与钱壮飞墓

出行日期：10 月 14 日（第 19 天）
自驾路线：苟坝村—后山镇—流长镇
行车里程：约 100 公里。

《长征组歌》中有这样的歌词："战士双脚走天下，四渡赤水出奇兵。乌江天险重飞渡，兵临贵阳逼昆明。"其中的"乌江天险重飞渡"，就是指中央红军南渡乌江。

四渡赤水后不久，中央红军分成两部分，或者说做出两个动作：一是以红 9 军团伪装主力，向长干山（今长岗镇）和枫香坝（今枫香镇，苟坝以西）佯攻，吸引国民党军北上。二是主力迅疾南下，在鸭溪、白腊坎之间 15 公里宽的空隙

乌江大塘渡口

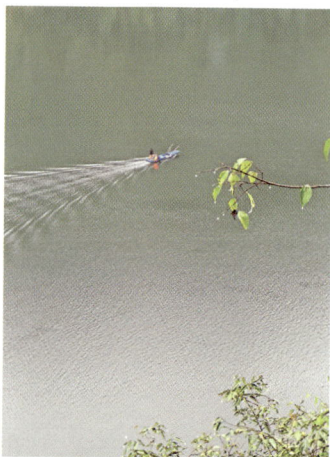

乌江偶拾

穿越敌封锁线，冒着狂风暴雨进至乌江北岸，随后从大塘、梯子岩、江口南渡乌江，进入息烽地域。至此，红军主力巧妙地跳出了蒋介石精心设置的合击圈，将几十万国民党军甩在了乌江以北。南渡乌江，可以说是四渡赤水的收官之作，是毛泽东军事指挥运用之妙的又一体现。

后山镇·寻找红军渡口

从苟坝到后山镇78公里。途经鸭溪立交，旁边就是鸭溪镇，即二渡赤水后毛泽东任前敌司令部政委的地方。由于事先查明旧址无存，所以没有停留。

过三合镇后离开大路，开始连续翻山，弯道短而急促。换了几次S档，让汽车控制住不安的情绪，免得甩手溜坡。

最后15公里，即官田乡至后山镇，百度地图用蓝线标注，意为路况差。其实不用担心，全程沥青路面，好得很。长征路上，百度地图犯糊涂的地方很多，高德地图也一样。

红军南渡乌江的渡口，从上游往下游依次是江口、大塘、梯子岩，分别相距约1公里，均在金沙县后山镇（时属黔西县）境内。我只找到了大塘和梯子岩，江口没找到。当时稀里糊涂搞错方向了，后来一路上也没看到指示牌。

大塘渡口 位于后山镇以东不到三公里的幸福村，这是个乌江库区移民村。从村子下到江边还有一公里，路窄坡陡弯急，开车须小心翼翼，但无大危险。因下雨，江边

大塘红军渡口

都是水坑，路烂极了。

当年，红1军团主力、军委纵队一部先后从这里过乌江。

渡口已经被废弃。岸边有一块枣红色的牌子，额书"大塘渡口"，并有文字详细介绍了沿江三个渡口的过去和现在，以及红军夺取渡口和渡江的经过。

江中静卧着几只船，无人，形同野渡。雨中，唯有一群鹅与我作伴，偶叫一声，空谷回响。

梯子岩渡口　百度地图上没有标出准确位置。可以导航"大塘渡乌江大桥"，或按照路牌往"流长"方向走，在大桥边（不过桥）停车即可，这里有明确的指示牌。红军渡口位于大桥旁的绝壁下，上下一趟半个多小时，看各人体力和驻留时间而定。

梯子岩绝壁小道

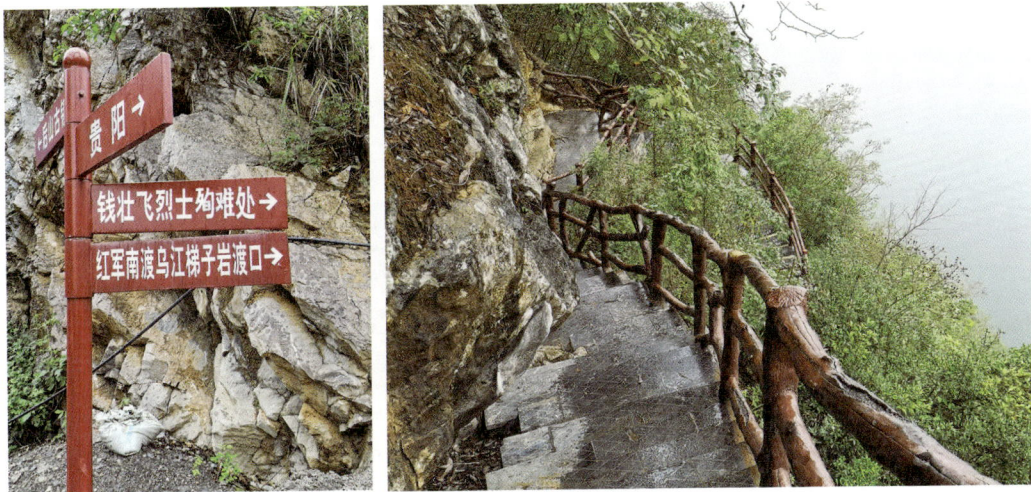

1935 年 3 月 29 日，红军前锋首先从梯子岩冒雨强渡，用米袋结绳攀上对岸悬崖，攻破守敌。随后包抄攻占江口和大塘渡，搭建浮桥，迎接主力过江。这是一种说法，也有说是首先从江口突破的。不过，目前重点打造的纪念地是梯子岩一带，旅游和纪念设施更加完整，目测江面也最窄，可能性更大一些。当年，毛泽东、周恩来、朱德等随军委纵队一部从这里南渡乌江，从此过江的还有红3军团主力。

红军渡江时下雨，我来时也下雨。类似情境下，在陡峭湿滑的石阶上攀爬，更能体会到红军夺取渡口时的艰辛和英勇——那时没有这么好的路，头上还有敌机盘旋轰炸。

钱壮飞烈士殉难处

梯子岩一带，也是"谍海奇侠"钱壮飞的殉难处。

据临江处的碑文介绍：钱壮飞从上海转移到中央苏区后，历任军委政治保卫局局长、军委二局副局长、总政治部副秘书长。红军主力南渡乌江时，国民党军飞机前来轰炸，正在生病的钱壮飞为躲避敌机，掉队了。后遇土顽袭击，被推下30多米高的悬崖摔死。红军主力过江后，周恩来指示红5军团保卫局局长欧阳毅设法寻找，终无果。2001年，中共中央党史研究室、国家安全部经过调查取证，最终确认钱壮飞牺牲，时间为1935年4月1日。关于钱壮飞牺牲的细节，有不同的说法，但地点出入不大，基本判定在后山镇梯子岩。

位于后山镇的钱壮飞烈士陵园

梯子岩临江处，立有两块碑：一是"红军烈士之墓"，二是"钱壮飞烈士殉难处"

钱壮飞是个多才多艺的人。毕业于北京医科专门学校，行过医，擅长书法和绘画，教过美术，演过电影，学会了无线电。后打入国民党内部，成为中共隐蔽战线的"龙潭三杰"之一，为保卫中共中央机关的安全做出了重大贡献。不可思议的是，他还无师自通具有设计天赋，中央苏区瑞金留下了不少他的杰作，包括著名的中央政府大礼堂。他的牺牲，令人痛惜。

由于人物的传奇性，钱壮飞殉难处和烈士陵园，已成为当地最热门的旅游资源。

流长镇·红军南渡乌江纪念碑

从梯子岩过乌江后，即进入息烽县流长镇（时称牛场）

地域。1935年3月30日，红3军团进驻这里；3月31日，毛泽东随军委纵队过江后，也在流长驻扎，部署佯攻贵阳。

现在流长一侧的江边，矗立着一座"中国工农红军南渡乌江纪念碑"。纪念碑的一侧，有红军烈士陵园，安葬着11位南渡乌江时牺牲的红军战士。

自过江后，皆为临崖公路，百度地图上全程标蓝线，其实是柏油路面，很好走。从纪念碑上行一个大S弯后，可在路边居高临下俯瞰乌江，遥望北岸的大塘渡口和梯子岩渡口，以及刚走过的乌江大桥。秋雨中，有薄薄的烟雾，眼前景象雄浑壮美，拓胸开怀。

1983年，乌江下游建成大型水电站，蓄水后老渡口都被淹没了。现在的红军渡江遗址均在原渡口上方。2015年，在后山镇至流长镇之间建起跨江大桥后，渡口基本不再使用，主要作为红军南渡乌江的遗址纪念地。

至此，两年时间里，跑了红军两次强渡乌江的五个渡口，从东到西分别是：回龙场、江界河、茶山关、梯子岩和大塘渡。历史上，乌江被称为难以逾越的天险，红军长征时江上没有一座桥。现在，几乎所有渡口处都建有桥梁，有的地方还不止一座；两岸既有县道和省道，也有国道和高速，交通极为便利。

往事如昨，乌江弥烟；萧瑟秋风今又是，换了人间！

乌江南岸流长镇境内的"中央红军南渡乌江纪念碑"

俯瞰烟雨迷蒙的乌江。左为北岸，即金沙县后山镇；右为南岸，即息烽县流长镇

从马头寨俯瞰禾丰乡（底窝坝），南渡乌江后，多路红军途经这里或在此驻扎

28

佯攻贵阳 从开阳到龙里

出行日期：10 月 15 日（第 20 天）
自驾路线：马头寨—脚渡河—倪儿关—观音山
行车里程：约 250 公里（多路可选）

中央红军南渡乌江后，先后有两大集结地：

一是开阳县的底窝坝（今禾丰乡）、羊场（今龙岗镇）一带。军委纵队进驻坝子新场（今龙岗镇坝子村），毛泽东在此做出"调出滇军，西进云南"的部署。随后，红军一部佯渡清水江，造成与红 2、红 6 军团会合的假象，吸引国民党军东扑。

二是进入贵阳东南方向的龙里县域。红军以王关一带为中心，东冲西突，频繁调动，摆出佯攻贵阳的架势。当贵阳城里的蒋介石急调滇军前来"救驾"时，红军则向着兵力空虚的云南疾进。

毛泽东挥师佯攻贵阳时，蒋介石在贵阳城里的住处就叫"毛公馆"——原贵州省主席毛光翔的官邸。这是一种巧合，却很有趣。

马头寨·红军标语和土司衙门

过流长镇后，我原来的计划是：向南走，先看息烽集中营，然后去开阳县禾丰乡的马头寨（村）。因途遇修路，在雨中绕了一段烂泥塘后，被迫向东改走兰海高速，行 79 公里，当晚住禾丰乡。

禾丰乡，又称底窝坝，地处开阳十里画廊，地势开阔，绿水环绕。紧邻其旁的半山上，有一座古老的村庄，以前叫马头寨，现在叫马头村。在红军文献中，底窝坝和马头

禾丰乡"马头寨古建筑群"，是中国唯一的布依族全国重点文物保护单位。红军长征途经和驻扎之地

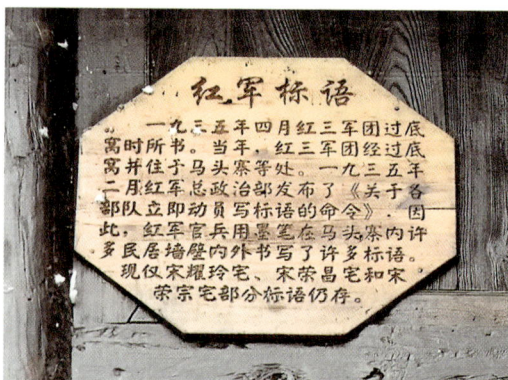

红军在马头寨书写的部分标语（宋耀玲宅内）。可清晰辨认的一条是"打倒不准士兵抗日的国民党军阀"，其中"倒"字很小，是后加的

寨基本上是一个地方。

1935 年 4 月上旬，中央红军第 1、第 5 军团从息烽县东南翻越狼鸡岭，进入开阳县境，兵分两路到底窝坝。其后，第 3 军团一部也到这里，并在马头寨宿营。陈伯钧（时任红 5 军团参谋长）日记载，红 5 军团进入底窝坝时，由于前行红 1 军团部队尚未过完，道路拥堵，只好绕道；途中"又与友军交叉"，后卫部队半夜才到宿营地。可见过此地的部队之多。

1936 年 1 月 30 日，后继长征的红 2、红 6 军团一部途经底窝坝并宿营马头寨，次日袭占了扎佐镇和修文县城。

红军驻扎马头寨时，刷写了很多标语，目前保存下来的有三处，分别位于宋耀玲、宋荣昌、宋荣宗三家老宅内。据一位村民说，以前好多外墙上都有，也没当文物保护，后来拆旧房盖新房，慢慢地就没了。

从旅游的角度，马头寨最为人所知的是古建筑群，尤其是土司衙门遗址。

马头寨中的"宋氏土司总管府遗址"。据铭牌介绍，从元初至明末，马头寨作为土司衙门历时 348 年，直至革除宋氏土司，设立开州（今开阳县）。几百年过去了，房子肯定不是原来的，此处的价值在遗址，不在建筑

该遗址俗称"大朝门"，即元代底窝紫江、明代底窝马头总管府旧址，是黔中地区仅存的元明时期土司衙门，全国重点文物保护单位。因为路口没有指示牌，院墙外也无任何标志，很容易错过。苦寻中两次经过这里，不认为它就是。村中的其他古迹也没有指示路牌，寻找费劲。

这很让人费解！当很多地方拼命造假文物招揽游客时，马头寨却守着这么好的"真材实料"，漠然置之！

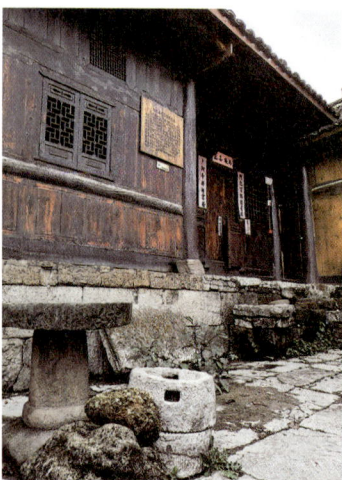

龙岗镇·脚渡河 / 坝子村

离开马头村时下大雨，所以没有走最近的山路（31 公里），而是绕行高速（44 公里）前往龙岗镇。

龙岗镇，时称羊场。1935 年 4 月 4 日，红 1 军团进驻这里。现在镇上已无红军遗址，唯有前几年在一堵外墙上发现的红军标语，但是我没有找到。问了镇政府的工作人员，又问了旁边派出所民警，都说不晓得。不过，他们均告诉我一个地方：大荆村——红军过脚渡河的渡口，一位民警还给我看了手机上的照片。这是一个意外收获，因为我行前未查到具体位置。

今日龙岗镇（羊场）

于是，放弃看标语，前往脚渡河渡口，随后又去坝子村。

脚渡河渡口 又称顺岩河渡口，距离龙岗镇约 10 公里，位于大荆村公路一侧。渡口开辟于清初，原为两岸土绅捐资所建的私渡。1935 年 4 月 6 日至 7 日，中央红军主力在羊场附近击溃敌一个团后，顺利地从脚渡河、干坝河等地南渡，进入贵阳东南的龙里县境。1936 年 1 月底，红 2、红 6 军团也在这里渡河，不过是北渡。两路红军长征的大方向一致，由于战场态势的不同，局部往往是相逆的，特别是红 2、红 6 军团很擅长打回旋战。

从大路边到谷底的渡口，要走较长一段路，上下一趟一个多小时。由于下雨，路不太好走。有的路段其实是行水沟，须小心翼翼踩着石块往下，可以想见当年红军行路

前往脚渡河的山道

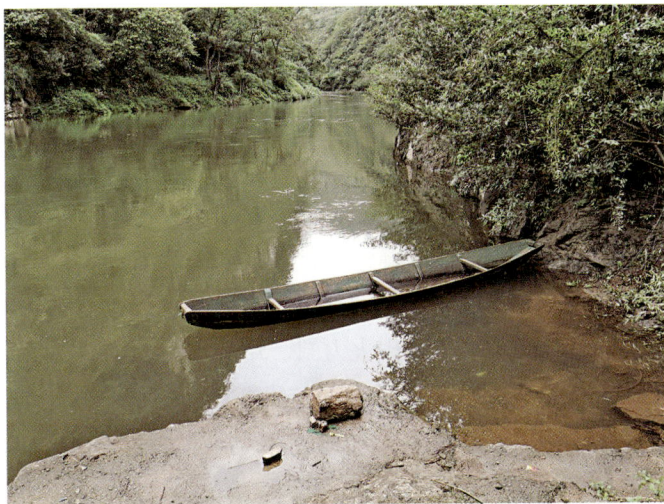

脚渡河红军渡口

之难。还有一点需注意，途中岔道多，逮着人就问，可少跑冤枉路。

坝子村 即坝子新场，距离大荆村约 8 公里，是当年红军总部驻地。该村几乎都是新房子，水泥铺路，干净整洁。村里有一块石碑，上书"贵阳市美丽乡村示范点"。我从村口找到村尾，问了很多人，都说晓得红军来过，但没有红军遗址。临离开时，还有个小伙子追上来说，附近有个快 80 岁的老奶奶，要不要去问问。我说不问了，红军来时她应该还没出生呢！他说那倒是。

回来后又补查资料，红军总部当时设在坝子新场的老君庙。庙早已不在了，据说尚存一段 20 多米长的围墙。翻照片，在村外确实有这么一段围墙，石砌的，很突兀地立于田边。

坝子村一瞥。当年，毛泽东曾在这里部署佯攻贵阳

可惜了！毛泽东曾在这里运筹帷幄，指挥红军兵逼贵阳、调出滇军。如果旧址还在，或将是长征路上最重要的纪念地之一。

龙里县·佯攻贵阳激战地

中央红军南渡脚渡河后，直插贵阳东南的龙里县境。当时，国民党军几十万重兵已被诱至清水江以北和以东地区，贵阳及附近只有 4 个团的兵力。正在贵阳城里督战的蒋介石吓坏了，急调滇军前来增援。1935 年 4 月 8 日至 9 日，红 1、红 3 军团各一部在倪儿关（军委电报称"梨儿关"）、观音山等地阻击滇军，掩护主力南移。

倪儿关战斗遗址 距贵阳城区 30 公里，距龙里县城 20 公里。当时，奉命"救驾"的滇军孙渡纵队赶至倪儿关一带时，与红 1 军团前锋遭遇，双方激烈交火。孙渡乘坐汽车狂奔十余里，途中又遇红军伏击，卫兵 1 死 3 伤，汽车被打烂。孙渡侥幸冲出火力圈，弃车逃入龙里县城。在后来的战斗中，红 3 军团一度从这里打到距贵阳 20 公里处，并在墙上刷出大标语："攻打贵阳城，活捉蒋介石！"

这个孙渡，后来官至兵团司令、热河省主席；新中国

倪儿关战斗遗址

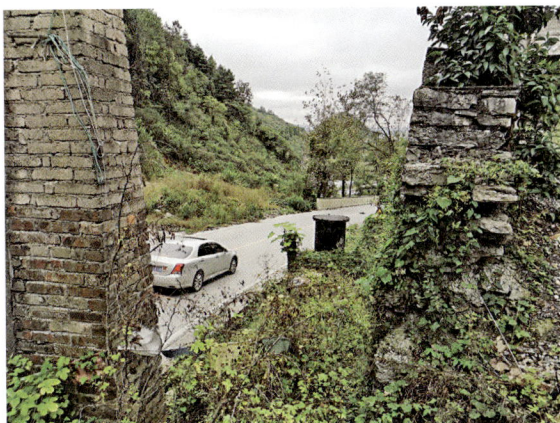

战斗遗址旁，连接龙里与贵阳的劈山公路（今 210 国道）

成立后被捕，特赦后任云南省政协委员。

观音山战斗遗址　距倪儿关约 12 公里，战斗遗址就在路边。当年，红 1 军团先头部队在观音山遇到敌人阻击，随即发生激烈战斗。红军击退敌多次反扑，牢牢控制住阵地，保证了主力安全通过湘黔公路（今 210 国道），西进云南。

这一带道路，与百度地图上的反差很大——标注粗黄线条的 210 国道，实际是条双向两车道的小路；标注细线条的贵龙大道，则是双向八车道的大路。加上导航上的"观音山"并非战斗遗址处，所以我有点蒙。好在找到了！

观音山战斗遗址。为掩护主力西进，红军一部在此与敌激战一昼夜

龙里还有一处重要的地方，即倪儿关与观音山之间的谷脚镇王关一带，当年是多路红军佯攻贵阳的集结地，遭敌机多次轰炸。可惜的是，当年红军总部进驻的王关村已经不在了，导航带你去的是一片建设中的新楼盘，周边的村庄也已被荡平。

这里距贵阳龙洞堡国际机场不到十公里，处于大数据引领的黔中经济区核心圈内，是贵州省经济发展的"桥头堡"之一，有沪昆高速凌空穿越，又有宽阔气派的万豪大道、贵龙大道贯穿南北东西，一片蓬勃发展的新气象。

剑指西南 渡过北盘江

● 安顺市

青岩镇

○ 中院

广顺镇
（时为县）

惠水县（定番）

生联村
● 红军标语

龙宫景区

鸡场乡

4月14日，毛泽东等
宿营于此（无遗址）

长顺县
（长寨）

黄果树

镇宁县

紫云县坝羊乡

○ 摆所

芦山镇

关岭县

锅厂

龙场 ○

○ 中坝乡

北

邓华：紫云是个很小的
县城，不过三百家人家

紫云县

4月12日，红2团以120里
急行军，夺取紫云县城

红军分四路进入紫云县境，历
时五天四夜，足迹遍布今10个
乡镇、195个自然村

中洞苗寨

花江铁索桥

红11团一部
在此桥驻守

格凸河镇羊场村
红军长征烈士纪念碑

盘

红11团在花滩徒涉
过江，夺取渡口

王平：红军裸渡北盘江

○ 巴铃镇

贞丰县

1935.4.16-18

渡北盘江

4月中旬，中央红军主力分别从花滩、白层、
者坪渡北盘江。毛泽东及军委纵队前梯队
从白层古渡过江，进驻贞丰县城。白层古渡
是电影《我的长征》拍摄地之一。

⊗ 花滩渡口（坝草村）

白层古渡红军纪念碑

白岩关 ● 白层渡口

红11团第1营与守军
谈判，智取渡口

红11团到北盘江时，发现水不深，侦察排和
第3营的勇士们脱光衣服，手举着枪，头顶子
弹和衣服，裸渡过江。刚登上对岸山头，发
现敌人正从背面拼命往上爬。于是红军衣服
也来不及穿，从山头压下去，光着身子追出
20里。老百姓见此，非常惊奇。

● 者坪渡口

红军一部在此过江

● 安龙县

江

望谟县

● 红军途经或宿营地（经过）
○ 红军途经或宿营地
⊗ 重要战役战斗发生地
● 毛泽东长征行居
—— 2019年自驾路线
—— 2018年自驾路线

册亨县

29

剑指西南　从青岩到北盘江

出行日期：10 月 16 日（第 21 天）
自驾路线：青岩镇—生联村—羊场村—北盘江
行车里程：约 300 公里

中央红军佯攻贵阳、调出滇军后，主力分左右两路，以每天 120 里的速度绕过贵阳，向黔西南方向疾进。在 4 月 10 日不战而取青岩后，又连克定番（今惠水）、广顺、长寨（今长顺）、紫云等县城。当蒋介石发现红军真实行踪后，急令已东扑的国民党军主力掉头西追。由于往返奔波，各路追军疲惫不堪且大量减员，行动迟缓。

4 月中旬，红军较轻松地渡过北盘江，为进军云南、抢渡金沙江赢得了有利战机。

红军所走这一路，喀斯特地貌发育极为丰富。现在，无论奔高速还是走村道，突兀的群峰始终不离左右。景美，心情就好，即使在滂沱的大雨中。

青岩·不战而取的古镇

青岩古镇，位于贵阳市南郊 29 公里处，从龙里县观音山到此约 45 公里。

1935 年 4 月 9 日傍晚，中央红军第 3 军团主力、第 5 军团和干部团一部从不同的方向齐聚青岩南门（定广门）外，扎营休整。国民党青岩区区长彭仁斋惧怕红军攻城，趁夜带着家眷潜出西门，向花溪方向逃跑。4 月 10 日凌晨，红军不费一枪一弹占领青岩。

红军在镇内休整补充一天，4 月 11 日清晨继续开拔。

如今的青岩古镇，是国家 5A 级旅游景区、第一批中国

青岩镇南门（定广门）。始建于明朝，清代多次增修；1993 年和 2000 年再次修葺。青岩是古时贵阳南面最重要的军事屯堡

特色小镇。最好看的是南门，一弯碧水映带，有古朴的城门和城墙、长而弯曲的石阶。主街上几乎家家开店，游人如织。

遗憾的是，现在除了南门，镇里已经找不到任何红军遗迹了。不过，在电影《长征》中，青岩南门以及老街的石牌坊、街道，则成了红军攻打遵义和大部队进城的标志性外景地，多次出现。

入晚，碧水映带的青岩古城

青岩老街的石牌坊

生联村 · 红军标语纪念馆

生联村隶属长顺县种获社区，青岩到此 57 公里。它地处群峰环抱之中，一路过来都是喀斯特美景。村中有红军标语及纪念馆。

红军长征来到生联村时，队伍前不见头、后不见尾。该村只有 30 户人家，大部分战士只能在田坝和山林中露营，做饭的大锅从村里一直排到山垭。

当时，红军在席姓村民的院前架起大锅做饭，有的砍柴、烧水，有的打草鞋。饭做好后，战士和乡亲们一起在锅里盛饭吃。与此同时，几位红军在席家老屋的两面外墙刷上巨幅标语："拥护苏维埃中央政府对日作战！""打倒不去抗日专来屠杀中国工农红军的国民党！"标语落款都是"红机 11"，代表红军机关和写标语的日子。

红军走后，国民党军和保长逼村民把标语都刮掉。席家村民在标语上刷了道熟石灰，使其保存至今。标语是用一种矿灰和锅烟搀杂起来写的，历经风雨，仍不褪色。

生联村红军标语文物保护碑

如今，席家老屋被建成"长顺红军标语纪念馆"，收集有长顺县境内的很多红军标语及红军使用过的物件。其中红军留下的"红星政府升"，原物已被中国人民革命军事博物馆收藏，现展陈着复制品和收藏证书。

村第一书记黄芪中热情地接待了我，为我讲解，为我拍照留影。黄是驻村干部，原职黔南州工商联会员部部长。我因为也有挂职扶贫经历，所以两人有共同语言，互加了微信朋友。

这一带都是莽莽大山，脱贫工作的难度要比其他地方大得多。黄芪中说：现在路也通了，吃穿也不愁了，愁的是提高可支配收入，让农民手头有钱。当地就业渠道少，挣钱不容易！

在大雨中分别。望着他打伞的背影，我大声喊：今天遇上你真幸运！他转身挥挥手：你还会遇上的！

生联席家老屋暨红军标语纪念馆

生联村的红军标语之一

大雨中前往紫云

紫云街头的巨幅标语牌

紫云羊场·红军惨遭轰炸

下一个目标是羊场村，80 多公里，先后途经红军占领过的长顺和紫云两座县城。

其中，紫云是全国唯一的苗族布依族自治县。当年，先遣红 2 团在政委邓华率领下，奔袭攻占紫云，他后来回忆：

> 紫云是个很小的县城，不过三百家人家，几十家小商店。原驻有土著军队一个营……约莫午后四时光景，便到了城边，敌人已先进入阵地。经过点把钟的战斗，将敌全部击溃，缴了几条单响枪，便占领了紫云县城。群众很好，满街都插了红旗，欢迎红军，都打开了铺面做生意；敌人做了二百套军衣未拿走，缝工也报告了我们，我们除了厚给工人工资外，不客气地打了一个收条。

毛泽东是否在紫云城里宿营，有不同的说法。在黔西南这一带，毛泽东多为秘密住宿，当地党史部门历时多年查找，仍留下很多空白。

中央红军过境紫云历时 5 天 4 夜，足迹遍布今县域内 10 个乡镇、195 个自然村，其中包括羊场村。

羊场位于紫云县城以东 12 公里处，村委会与格凸河镇（原水塘镇）镇政府同处一条街。村中矗立着一座红军长

山谷中的城市——紫云

征烈士纪念碑。据碑文记载：1935 年 4 月中旬，中央红军进入紫云县境，先后 6 次遭敌机轰炸，尤以 4 月 16 日在羊场的轰炸最为惨烈，牺牲 7 名红军战士，其中 1 名女性，多人受伤。

当天，经过羊场的是红 1 军团和军委纵队，包括总卫生部干部休养连。周恩来夫人邓颖超也在其中，她后来在《漫谈长征》中回忆：

> 一天下午，我们刚走到贵阳西南距离紫云县城不远的山脚下，大队人马正准备爬山，忽然飞来敌机数架，疯狂投弹、扫射，有一些同志被炸伤炸死……

羊场村，中央红军长征烈士陵园及纪念碑

邓颖超当时隐蔽在半山坡上的小树林里，躲过了这场灾难。敌机飞走后，红军掩埋了牺牲的战友遗体。几天后，国民党军追来，挖开土坑，将死者身上的遗物搜刮一遍，扬长而去。

为缅怀红军英烈，2002 年 8 月，紫云县在羊场村修建了红军长征烈士陵园及纪念碑。纪念碑坐落于高榜坡半山台地，碑高 19.35 米，寓意 1935 年红军长征到此。

红军过羊场时，这里只有一条羊肠小道。现在，省道 209 穿村而过，不远处还有紫望高速。羊场小道，已变身通天大道了！

在羊场以东 20 多公里处，有被誉为"中国最后的穴居部落"的中洞苗寨。本打算去看看的，因雨大，不便于徒步爬山，遂放弃。

花滩渡口·红军裸涉追敌

花滩渡口，位于镇宁县西南角的坝草村，隔北盘江与贞丰县的坡门村相望。从羊场到此 97 公里。

花滩是中央红军主力过北盘江的三个渡口之一。1935 年 4 月 16 日，红 3 军团先遣第 11 团经一天一夜急行军，赶到花滩渡口。在这里，上演了一出"裸涉追敌"的奇观。时任红 11 团政治部主任王平回忆：

前往花滩渡口的路上

> 北盘江是珠江的上游，水面约有二百米宽，水不深，流速平稳。我们看水势可以徒涉，于是侦察排和第三营的勇士们脱得光光的，一手举着枪，头顶着子弹、衣服和背包向对岸徒涉过去。

> 刚登上对岸的山头，侦察排就发现敌人正从山的背面拼命往山上爬。真是险啊，如果我们过河晚一步，山头就被从贞丰开来封锁渡口的敌人一个团占领了。这时侦察排和三营的同志们什么也顾不上，连衣服也不穿就从山上压下去，光着身子追出二十里地，老百姓看到这种情景都非常惊奇。

坝草村的布依族妇女。在这一带，着传统民族服装的大多是中老年人，尤以妇女居多，年轻人较少穿

坝草花滩渡口

追击战的地点在今坡门村，当时叫坡扪，所以史称"坡扪追击战"。击退敌人后，红11团在江上架设一座宽2米的浮桥，迎接主力过江。

如今，花滩渡口已很少见到船只，人们改走更方便的桥梁了。旁边的坝草村也大多是砖瓦新房，基本是二层楼，木头老房子难觅踪影。这很遗憾，但也是发展的必然。

花滩红军渡江纪念碑

红军裸涉追敌的北盘江花滩段

白层渡口·毛泽东过北盘江处

白层渡口，位于花滩渡口以南15公里处。早在夜郎古国时这里就是交通要道，清嘉庆年间辟为官渡，是北盘江上最古老的一个码头。渡口不仅商贾云集，且地势险要，

远眺白层古渡及红军纪念碑

历来为兵家必争之地。

红 11 团夺取花滩渡口后，派出第 1 营南下占领白层渡口。过程颇有戏剧性。

当晚，在营长田维扬的率领下，第 1 营沿江赶到白层渡口东岸。经了解，西岸由当地保商团的一个营驻守，所有船只都被拉到了对岸渡口停泊。红军一面做好架设浮桥的准备，一面送信给敌营长叶清文，劝其让出渡口。叶自知不是红军对手，暗派副官过江与红军商谈，表示让出渡口和船只可以，但要求红军"假打"一下，以便搪塞上司。于是成交。时任红 11 团政委张爱萍在《抢渡北盘江的前后》中回忆：

> 半夜的时候，渡船一只一只地从河的那岸摇过来了，同时间对岸敌军（似乎也是"友军"了）的灯光也燃起来了……我军也就不客气的驾上船一船一船地渡过去，依约假打了几枪。

北盘江白层段

白层古渡红军纪念
碑及纪念广场雕塑

　　就这样，红军不费吹灰之力控制了白层渡口，并架设
好浮桥。

　　4 月 18 日，毛泽东、朱德率领军委纵队从白层渡口跨
过北盘江，经白岩关进驻贞丰县城。在此过江的还有红 1
军团第 2 师、红 3 军团一部，以及后卫红 5 军团主力。

　　白层古渡纪念碑位于大山环抱中的一座小山头上，入
口在白层大桥旁，很不好找。有石阶小路通达，上下来回
约 1 小时。

　　2006 年 10 月 20 日，在纪念红军长征胜利 70 周年之际，
"白层古渡红军纪念碑"建成并举行揭碑仪式，中央电视
台《我的长征》行动团队正好到此，参加了这一活动。

　　白层渡口也是同名电影《我的长征》的外景地之一。

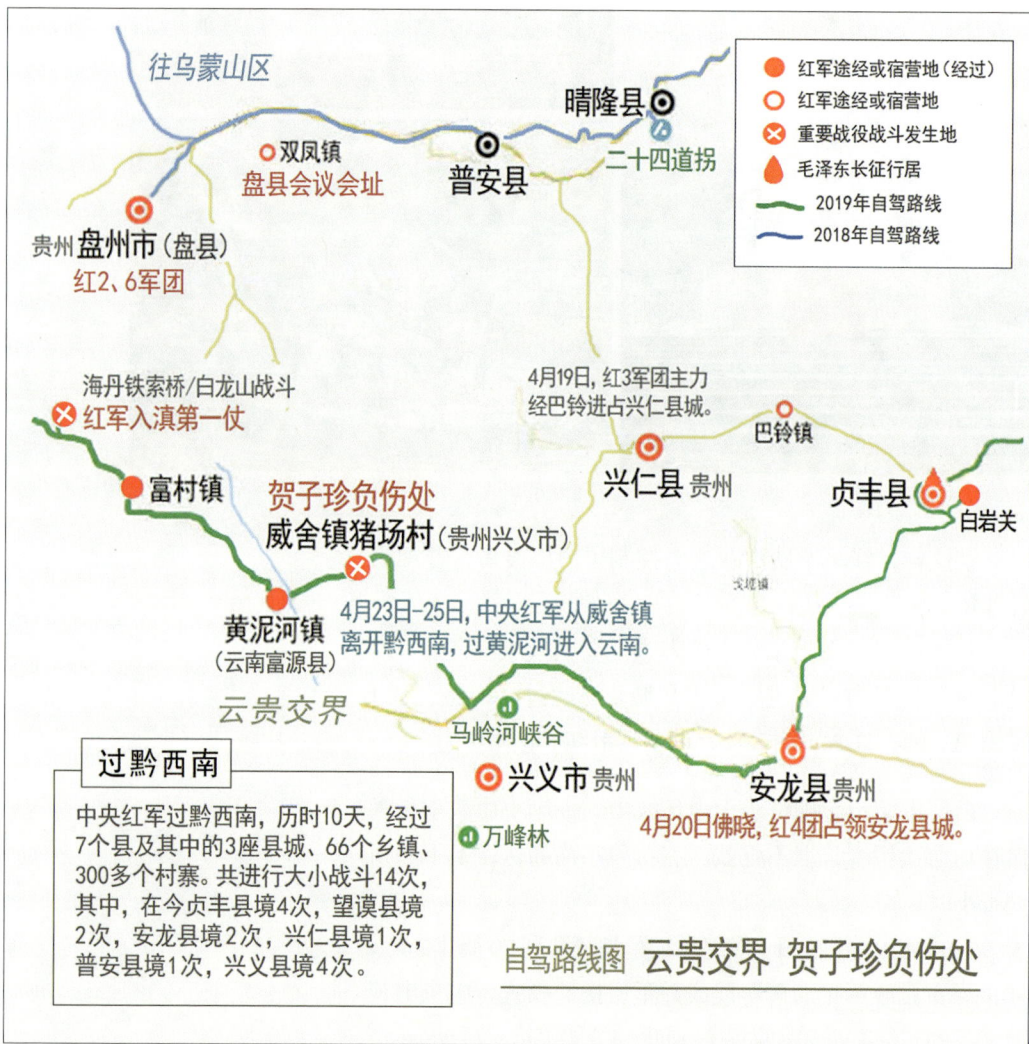

往乌蒙山区

晴隆县

○ 双凤镇
盘县会议会址

◉ 普安县
二十四道拐

●	红军途经或宿营地（经过）
○	红军途经或宿营地
✕	重要战役战斗发生地
🔴	毛泽东长征行居
——	2019年自驾路线
——	2018年自驾路线

贵州 **盘州市**(盘县)
红2、6军团

海丹铁索桥/白龙山战斗
✕ 红军入滇第一仗

4月19日，红3军团主力
经巴铃进占兴仁县城。

● 富村镇

巴铃镇

贺子珍负伤处
威舍镇猪场村(贵州兴义市)

◉ 兴仁县 贵州

贞丰县
白岩关

✕

黄泥河镇
(云南富源县)

4月23日-25日，中央红军从威舍镇
离开黔西南，过黄泥河进入云南。

云贵交界

马岭河峡谷

过黔西南

中央红军过黔西南，历时10天，经过
7个县及其中的3座县城、66个乡镇、
300多个村寨。共进行大小战斗14次，
其中，在今贞丰县境4次，望谟县境
2次，安龙县境2次，兴仁县境1次，
普安县境1次，兴义县境4次。

◉ 兴义市 贵州

万峰林

安龙县 贵州
4月20日佛晓，红4团占领安龙县城。

自驾路线图 云贵交界 贺子珍负伤处

30

过黔西南 贺子珍勇救伤员

出行日期：10 月 17 日（第 22 天）
自驾路线：贞丰—安龙—威舍—营上
行车里程：约 250 公里

中央红军过北盘江后，即进入了黔西南，这是红军在贵州的最后一段路。

4 月 18 日，毛泽东率领军委纵队前梯队进驻贞丰。

4 月 20 日，红军占领安龙。

4 月 23 日，红军进入兴义县（今为市）威舍镇猪场村，遇敌机轰炸，贺子珍负伤。红 1 军团一部及军委纵队从黄泥河入云南境。

至 4 月 25 日，中央红军全部离开黔西南，进入云南。

穿越黔西南的 210 省道

白岩关·贞丰的天然门户

昨晚住贞丰县城。晨起，冒雨先去城东 8 公里处的白岩关。雨一直很大。

白岩关，是崖口山通往贞丰县城的一座关隘，两边依山修筑城垣。清道光《兴义府志·名山洞石》形容这里："群山环峙，中开一径，岩石嶙峋，天然门户。"关外的石径，曾直通白层古渡，也是明清时由黔入两广的主要通道之一。

1935 年 4 月 18 日，毛泽东率军委纵队前梯队和红 5 军团，沿着黔桂古驿道来到白岩关，与驻守的黔军发生短促遭遇战，双方均有伤亡。关口附近有红军阵亡烈士坟茔数座，所以当地百姓又称白岩关为"红军丫口"。2006 年 10 月，中央电视台《我的长征》行动团队曾徒步古驿道、穿过白岩关进入贞丰县城。

白岩关

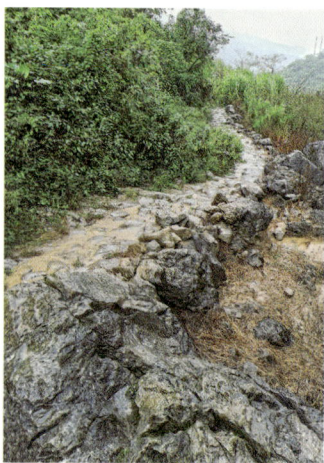

白岩关外古驿道，全长 12 公里

这一段古驿道的保真度很高，因为它在民国时就废弃了。住在附近的一位老乡说：当年，关外不远的路上突然疯长一种带刺的茅草，半人高，覆盖住路面。都是连环刺，勾住了拔都拔不掉，要通过，必须带镰刀边走边砍。

地上，雨水顺着石块缝隙往下流，道路比较泥泞；山风带着雨雾吹过，尽管打着伞，仍半身湿透。

在哗哗的雨声中，在呼哨的风声里，人会恍惚，依稀听见马蹄声碎、喇叭声咽。

重走长征路上，不时袭来的幻觉总是红军。

安龙·红军总部和烈士陵园

从白岩关到安龙县城 53 公里，走 210 省道。一路峰峦

安龙县城远眺

叠嶂，气象万千，忍不住多次停车拍照。

中央红军于 4 月 19 日进入安龙县境。20 日拂晓，红 1 军团前锋红 4 团占领县城。上午 10 点多，毛泽东、朱德、周恩来、张闻天等随军委纵队进城，总部设在原国民党参议会会所（今草纸街 71 号），在此宿营的还有李德。红 1 军团司令部设在龙山镇北乡村。

红军长征 15 年后，陈赓、宋任穷率第二野战军第 4 兵团进抵安龙，也驻扎同一座楼，在此制定了接管云南省的各项大政方略。因此，安龙也被称为"中共云南省委"诞生地。

新中国成立后，旧址一度由安龙县人武部使用，后移交党史部门，作为红军长征纪念地。

安龙县红军总部旧址

安龙红军烈士墓

安龙县城还有一处红军纪念地，即烈士陵园，位于城区东北的一座山上。有 4 座红军烈士墓，以及 137 座先后为安龙解放事业等牺牲的革命烈士墓。山头是烈士纪念塔，巍然耸立。站在塔旁，可以俯瞰山水环绕的安龙县城。

红军在安龙县境，足迹遍布 14 个乡镇，合计行程约 500 华里。

威舍猪场·贺子珍勇救伤员处

从安龙城到威舍镇猪场村 100 余公里，先后走高速和省道，跨越号称"地球上最美丽疤痕"的马岭河峡谷。一路上看到很多有趣的地名，如下笔冲、上母奶、尾巴田等。

猪场村，位于贵州省西南边陲的兴义市威舍镇，是中央红军转战贵州的最后一站，也是贺子珍为救伤员不幸负伤的地方。

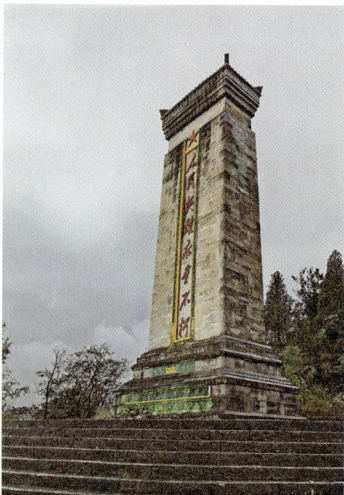
安龙县革命烈士纪念塔

1935 年 4 月 23 日上午，红 1 军团第 5 团为掩护军委纵队通过，在村外寡妇桥与尾追的国民党军展开激战。其间，敌机轮番轰炸。当时贺子珍随干部休养连正在猪场村。当一架敌机俯冲下来时，贺子珍看见不远处田地里搁着一副伤员担架，担架员一名牺牲一名负伤。她立即从隐蔽处冲过去，扑在担架上。轰炸声过后，贺子珍倒在血泊中昏迷不醒，担架上的独腿伤员钟赤兵（红 3 军团第 12 团政委）则安然无恙。事后，在对贺子珍进行手术时，共检查出 17 块弹片，其中 3 块嵌入较深，永远留在了体内。

猪场村，贺子珍受伤处及纪念碑

贺子珍的英勇事迹被广为传颂，每天都吸引很多人来此参观，猪场村也成为远近闻名的"红军村"。

贺子珍受伤处及纪念广场，位于村后小山下的空旷之地，山脚有一块简易石碑，上面镌刻着受伤经过。据说这儿原有一棵被炸断的树，因年久腐朽消失了。

另外，村中还建有红军长征纪念碑、纪念馆，保留着红军电台指挥部、红军洞等遗址。

红军电台指挥部旧址。当时是村民余伦启家，贺子珍负伤后被抬到这里抢救

红军激战过的寡妇桥，距猪场村约 3 公里，原是一座古老的石桥，是红军进入威舍猪场前往云南的必经之路，因为是一位姓张的寡妇出资修造的，故名。据传，毛泽东、周恩来曾在桥上休息，毛泽东还给警卫员详细讲解桥头的碑文。后来，修建了木浪河水库，蓄水后因老桥影响行船，就炸毁了，在旁边新建了木浪河大桥，当地人仍习惯称其为"寡妇桥"。

村后的红军洞。敌机轰炸时，部分红军曾疏散隐蔽于洞中，并在此包扎伤员

至此，中央红军结束了在贵州历时 4 个多月的征战，顺利进入云南境内。

我也于当天下午从贵州的威舍镇进入云南的黄泥河镇，再到海丹村寻找红军入滇第一仗遗址，转到天黑无果。遂住到附近的营上镇（民家村），当年，红 1 军团和军委纵队先后在此驻扎。

【友情提醒】

百度地图上无"寡妇桥"地址，导航时可设置"木浪河大桥"，老桥遗址即在旁边。切记！否则找起来很费劲。

木浪河边的寡妇桥战斗遗址

寡妇桥遗址旁新建的木浪河大桥

云南 **宣威市** ◎

1935年4月28日，
红9军团占领宣威

我野战司令部已抵曲靖西之上下西山宿营，
沿马路俘获昆明开来汽车一辆，内有龙云
送给薛岳敌之云南十万分之一比例地图
20余份，白药1000包零400瓶及副官一。据
云：马龙尚有汽油、滑油、望林、聂速派员
检查，并派出小部伪装白军，沿马路向昆明
活动截击，或尚有汽车来，因龙云估计我
军今日不能过曲靖。

朱德电文

4月26日，敌机轰炸王官营
红3军团20多人牺牲，军团
政委杨尚昆负伤

富源县（平彝）　　　**红2、6军团**

贵州 **盘州市**（盘县）

● **白水镇**

白水阻击战 ❌ 王官营村

沾益区 ◉

4月24日，红1军团部到
溪流水宿营

西流水
（溪滢水）

三元宫会议遗址 🔴

营上镇
（民家村）

红军入滇第一仗
❌ **海丹铁索桥**

龙云献图处　● **曲靖市**

车心口战斗 ❌

关下村　　　　　三台村

马龙区 ◉　　　　　海葽村　　　　　● **富村镇**

至4月25日，军委纵队及红1、3、5军团
全部进入曲靖地区。28日，担负诱敌
的红9军团占领宣威。

4月24日，军委纵队
进至富村一带宿营

汈口镇

曲靖境内

从1935年4月23日开始，中央红军主力从贵州
兴义、盘县入云南曲靖境内，以1军团为左翼，
3军团为右翼，军委纵队居中，5军团殿后，
经富源，过沾益、曲靖（今麒麟区）、马龙，
29日抵寻甸，5月1日出曲靖，经川滇交界处的
皎平渡口抢渡金沙江。

● 红军途经或宿营地（经过）
○ 红军途经或宿营地
❌ 重要战役战斗发生地
🔴 毛泽东长征行居
—— 自驾路线

31

西进云南 入滇第一仗 云龙献图

出行日期：10 月 18 日（第 23 天）
自驾路线：营上镇—王官营—关下村
行车里程：约 160 公里（局部往返）

海丹铁索桥·红军入滇第一仗

由于昨晚寻找海丹铁索桥未果，今天又回头继续找。经一民警指点，才知铁索桥其实不在海丹村，而在块泽河畔的水文站旁。这一趟来回，多跑了 20 公里。

此地隶属云南省富源县（原平彝县）营上镇，其地为乌蒙山支脉，沟谷纵横。

1935 年 4 月 24 日下午，红 1 军团前卫第 2 团（团长刘瑞龙、政委邓华）跨过块泽河上的海丹铁索桥，与滇军李菘独立第 2 团遭遇。滇军占据白龙山有利地形，拼命阻击红军前进，激战数小时。战至天黑后，红军利用夜幕，

铁索桥旁，立于 1987 年的红军长征过富源纪念碑，碑面斑驳，凑近才能看清文字

海丹铁索桥。当年，该桥是过块泽河前往曲靖的必经之路

从两翼包抄，终将守敌击溃。紧接着，红军又连夜追击至车心口（今三台村），次日上午将敌全歼，仅李菘带少数人逃入曲靖城内。

此战，被誉为红军"入滇第一仗"。4月25日，毛泽东、朱德、周恩来及军委纵队走过海丹铁索桥，到营上（民家）、海夏一带宿营。在这里，中革军委发出《关于消灭沾益曲靖白水之敌的指示》，准备预设阵地歼灭追敌。

海丹铁索桥，成为红军"入滇第一仗"的历史见证。该桥长30多米，始建于1930年。2013年因发大洪水，原铁索被冲断。现在铁索已连接上了，但不知是不是原来的，铁索上没有木板，无法通行。不过无所谓了，因为不远处就有可以走汽车的新大桥。

在营上镇，红军还留下"一枚铜元"的故事。当年，红军来到该镇大树脚村，村民方有娣一趟一趟挑水给红军喝。红军为感谢她，临走时给了一簸箕铜元。后来这些铜元被地主恶霸抢走，仅剩下1枚。她一直珍藏着，新中国成立后交给人民政府，成为珍贵的历史文物。

王官营·白水阻击战遗址

从营上镇到白水镇王官营村，最经济的路线是先后走205省道和沪昆高速（G60），共65公里，比纯粹走省道节约12公里、近1个小时。当然，要缴12元过路费。

途经富源（平彝）县城，没有资料表明红军占领过该城。所以我也不进了，一路开到王官营。

雨后初晴，天朗气清，气温17℃。一出贵州就放晴，你说怪不怪？

进村前有段路积水较多、坑洼不平，颇难行。后来发现走错了（准确地说是导航错了），不应该提前拐入小路，而应先到白水镇，再去王官营，全程柏油路面，好得很。

在偏远的地区，导航往往不认新路，而那些失修的老路，零零碎碎，硬坑多，比山间土路还难行。遇到很多次了，徒叹无奈！

王官营，时称王官坟，距白水镇4.5公里。在村外的一座山坡上，有"红三军团白水阻击战遗址"纪念碑。碑文介绍：

一九三五年四月二十六日，中央红军长征经平彝(今富源)，与国民党保安团在车心口发生激战，红军伤亡百余人，击毙敌人三百余人。杨尚昆、彭德怀执行中央指示，率红三军团在白水小鹰窝阻击追兵，掩护毛泽东所在干部团从马场、岗路一带向南通过。当红三军团移至王官营时，遭敌机轰炸，杨尚昆在轰炸中负伤，红军战士伤亡数十人。

据介绍，当敌机飞来时，军团副参谋长伍修权的白马受惊嘶鸣，敌人遂发现目标，连续投弹。一位红军战士扑在政委杨尚昆身上，当场牺牲，杨尚昆腿部被弹片击中。一些负重伤的红军战士后来留在了王官营。

从战斗遗址处循石阶而上，在山腰平旷处，建有红军烈士墓和纪念碑。看碑文，是 1977 年白水人民公社竖立的。当时，公社组织调查挖掘，收集到部分红军遗骨，于是集

通往王官营村的旧道。雨后初晴，水坑较多。另有新建的柏油路通往王官营（途经白水镇）

王官营，白水阻击战遗址

王官营红军烈士墓

中安葬，立碑纪念。

现在，整座山都被茂密的松林覆盖。我想，当年应该没有这片密林，否则敌机是很难发现目标的。都说现在的植被不如从前，但在长征路上得不出这样的结论！大部分红军征战地，以前基本无树或少树，现在则茂林修竹、灌丛密布。

曲靖之西·云龙献图处

"龙云献图"，是红军长征中的著名故事之一，所有版本的长征史都会提及。

中央红军自进入云南后，神速向西疾进。薛岳率"中央军"尾追入滇，由于没有云南军用地图，便请"云南王"龙云提供。龙云本拟派飞机送去，因机师忽病，只好改用卡车，随车还满载宣威火腿、云南白药、普洱茶等。当车从昆明行至曲靖以西10公里处的关下村时，被红军截获，满车"宝贝"都成了红军的战利品。尤其是20张十万分之一云南军用地图，对苦于没有大比例精准地图的红军来说，如获至宝。

"龙云献图"的具体地址，今为曲靖市麒麟区西城街道西山社区，位于三江大道两侧。自东向西：道路左侧有"西山红军战斗遗址"牌，其后高台上矗立着"红军战斗纪念塔"，地名是关下（村）居民小组；道路右侧也有一座"红军战斗遗址"碑，碑后是一个村庄，居民门牌是关上村。

曲靖西郊，昔日龙云献图处，今已变身为双向八车道的三江大道

位于关上村的红军战斗遗址碑。碑的背面是"红军长征途经西山路线图"。此处紧靠大马路边，容易被发现，所以很多人只来过这儿拍照

截获龙云军车的当天下午，毛泽东、周恩来、朱德等进驻附近的三元宫，立即披阅缴获的军用地图。当晚，在此召集中央政治局和军委联席会议，重新部署抢渡金沙江的行军路线。

军用地图是套色的，很精致。毛泽东高兴地说："当年刘备入川是张松献地图，如今我们过云南入川，是龙云献地图，好兆头啊！"

位于关下村的红军战斗纪念塔。碑身文字介绍了红军入滇和"龙云献图"的经过

三元宫红军总部旧址，位于"龙云献图"处以北，行车 1.7 公里

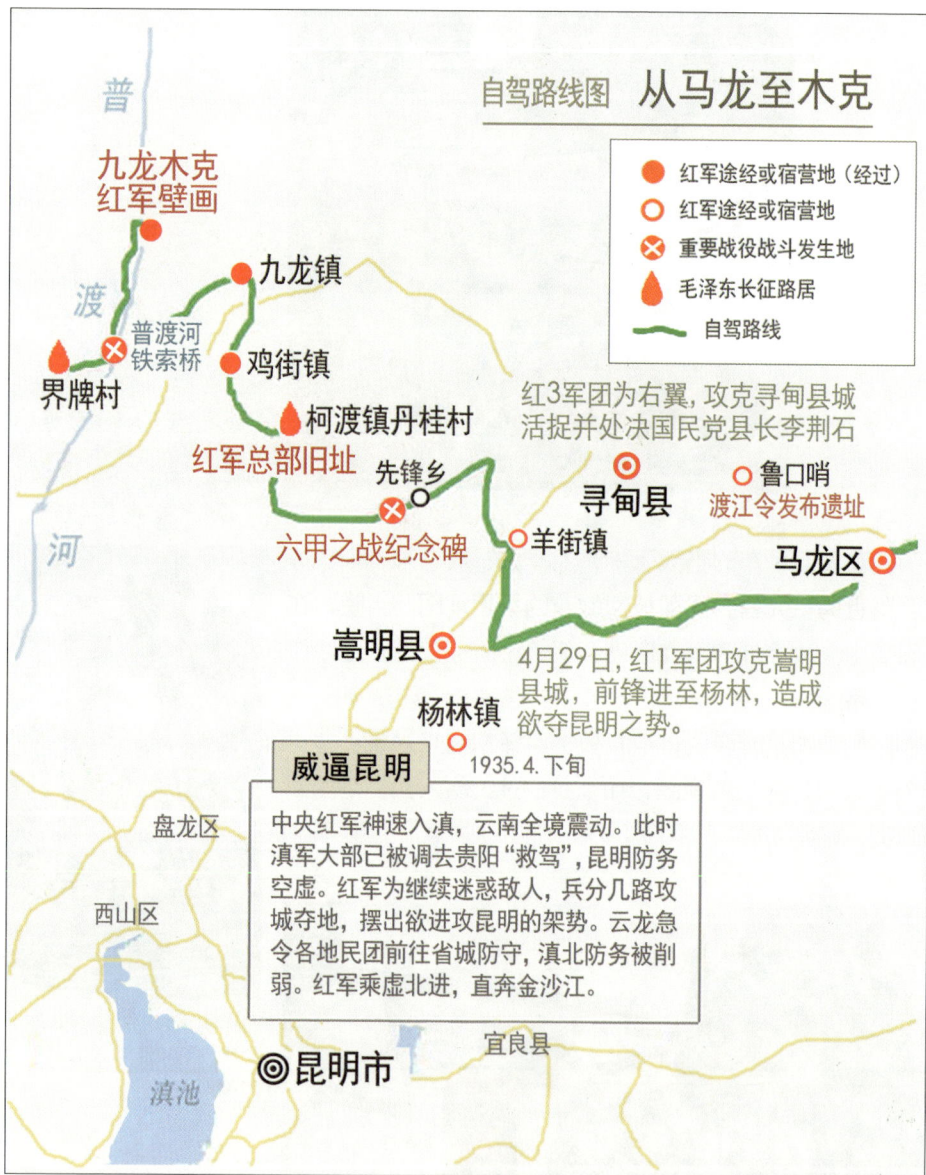

自驾路线图　**从马龙至木克**

普

九龙木克
红军壁画

渡

九龙镇

普渡河
铁索桥

鸡街镇

界牌村

柯渡镇丹桂村
红军总部旧址

河

先锋乡

六甲之战纪念碑

图例	
●	红军途经或宿营地（经过）
○	红军途经或宿营地
⊗	重要战役战斗发生地
▮	毛泽东长征路居
——	自驾路线

红3军团为右翼，攻克寻甸县城
活捉并处决国民党县长李荆石

寻甸县

鲁口哨
渡江令发布遗址

羊街镇

马龙区

嵩明县

4月29日，红1军团攻克嵩明
县城，前锋进至杨林，造成
欲夺昆明之势。

杨林镇

威逼昆明

1935.4.下旬

盘龙区

西山区

中央红军神速入滇，云南全境震动。此时
滇军大部已被调去贵阳"救驾"，昆明防务
空虚。红军为继续迷惑敌人，兵分几路攻
城夺地，摆出欲进攻昆明的架势。云龙急
令各地民团前往省城防守，滇北防务被削
弱。红军乘虚北进，直奔金沙江。

◎昆明市

宜良县

滇池

自驾路线图—25

32

穿越寻甸　从马龙到九龙木克

出行日期：10 月 18 日至 19 日（第 23—24 天）
自驾路线：六甲 — 丹桂 — 普渡河 — 木克
行车里程：约 230 公里

"龙云献图"之后，中央红军经马龙西入寻甸县境。

1935 年 4 月 29 日，中革军委在寻甸鲁口哨发出《关于我军速渡金沙江在川西建立苏区的指示》。与此同时，红 3 军团攻克寻甸县城，活捉并处决国民党县长李荆石；红 1 军团攻克嵩明县城，前锋进至杨林，造成威逼昆明之势。

杨林现在是个建制镇，距昆明长水国际机场 20 多公里，红军遗址无存。我在嵩明附近北上，穿越寻甸，先后走过六甲之战地、丹桂红军村、普渡铁索桥，来到禄劝县的九龙木克，寻访珍贵的红军壁画。

石腊它丫口·六甲之战遗址

从三元宫经马龙到寻甸县境内的六甲之战遗址，行 113 公里，约 2 小时，其中一段约 30 公里县道，不是蹚水就是扬灰，颠簸是主旋律。

六甲之战，是红军长征史上的著名战斗之一。

1936 年 4 月上旬，后继长征的红 2、红 6 军团在抢渡普渡河时，受到滇军主力孙渡纵队的前后夹堵，随时可能被包围。贺龙、任弼时果断决定停止渡河，命红 6 师（师长郭鹏、政委廖汉生）返回 50 里，在六甲一带阻击尾追之敌，掩护主力转移。红军攻占六甲阵地后，滇军在炮火支援下一次次反扑，双方展开激烈的争夺战，战况惨烈。关键时刻，贺龙派红 5 师第 14 团突然从敌后杀出，一直扑到敌指挥所

从杨梅山俯瞰石腊它丫口，当年红军激战地

六甲之战纪念碑

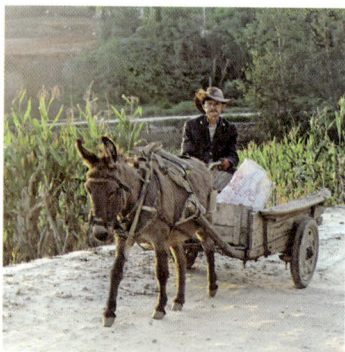

六甲一带的公路上，汽车渐少，骡马车渐多

跟前。敌军阵脚全乱，纷纷溃退。正面坚守的红军趁势跃出战壕，向敌军发起猛攻。

六甲阻击战，红军歼敌700余名，使滇军不敢沾尾追逼。红2、红6军团遂跳出敌人的夹堵，在南下佯攻昆明调敌回防后，再次西进，毫无阻拦地过了普渡河。

在今先锋乡附近的杨梅山上，矗立着六甲之战纪念碑，山下就是红军最先接敌的石腊它丫口。站在纪念碑旁，可以俯瞰弯曲的沟谷，感受昔日战场的地貌。现在，金柯一级公路从中穿过，但过往车辆不多。

有个感觉，自进入寻甸后，马路上汽车渐少，骡马车渐多。也许，马路就该走马。

丹桂村·红军总部驻地

昨晚住寻甸县柯渡镇，距六甲26公里。传说当年诸葛亮南征时来到柯渡河边，向前一指：可渡——柯渡之名由此演变而来。

丹桂村紧邻柯渡镇，从镇政府到村委会行车1.5公里。

丹桂又叫"红军村"，是中国革命史上的名村。村中有红军总部和毛泽东等领袖驻地旧址等，是由当时毛泽东与周恩来的警卫员吴吉清、范金标重走长征路时认定的。1977年，云南省文化厅在村中建立红军长征柯渡纪念馆；2005年，该村入选全国红色旅游百个经典景区；2013年，被确定为全国重点文物保护单位。

红军总部驻地，是一个很大的院落，里面有一座颇洋

丹桂村头的雕塑

丹桂村红军广场

中央红军总部驻地旧址

气的楼房，原为地主何本恩家。在这里，中革军委召开军事会议，决定兵分三路抢渡金沙江。同时决定，以总参谋长刘伯承率领干部团一部为先遣队，奔袭皎平渡，抢控渡口。周恩来亲自向干部团团长陈赓、政委宋任穷传达会议精神，交代具体任务。

当晚，毛泽东沿着田埂步行到柯渡街，看望了受伤的贺子珍，以及长征"四老"徐特立、谢觉哉、董必武、林伯渠等。

毛泽东的住处，紧邻红军总部，是一进两院的四合院落和三间两层的广式阁楼，原为村民杨家郎（参加过北伐并担任营长）的宅院。张闻天也住在这里。

在丹桂村，流传着一个"八音钟的故事"。当时，毛泽东的警卫员陈昌奉在住地看到一只会报时的八音钟，心想主席经常熬夜工作，拿这个来提醒他休息多好啊，出发时就带上了。渡金沙江前，毛泽东发现了这只钟，询问来历后，责令警卫员立即返回，物归原主。当时皎平渡到丹

毛泽东住室。这是个里外套间，警卫员住外间，毛泽东住宿办公在里间

毛泽东、张闻天宿营的宅院

桂村直线距离140公里，因为军情紧迫，经几位首长劝说后，才把八音钟留在了金沙江边的老乡家，托其转交。

后来，这只钟辗转回到了丹桂村，成为红军长征纪念馆的镇馆之宝。也是因为这只钟，1975年，毛泽东的警卫员才最终确认了渡江前军委开会的地址——丹桂村。

我没有看到八音钟。因为一大早进村的，纪念馆还未开门；出村时走另一条路，沿途拍着风景，错过了。

普渡河铁索桥

普渡河是金沙江南岸的一条主要支流，如今河上有好几座铁索桥。作为红军战斗遗址的"普渡河铁索桥"，位于禄劝县翠华镇头哨村村委会附近。在这里，"普渡河"也是个地名，是隶属头哨行政村的村民小组。

该桥始建于民国十六年（1927），桥身由8根铁索并列，桥长32米，两头各有桥头堡。以前这里是禄马、禄甸驿道的唯一通道。红军长征曾两次经过这里。

1935年5月1日，毛泽东率军委纵队从寻甸鸡街进入禄劝县境内，顺利通过普渡河铁索桥，进抵今翠华镇界牌村宿营。

1936年4月9日，红2、红6军团进军云南，在铁索桥与设防的国民党滇军发生激战（前述六甲之战时已提及）。此次战斗，红4师政治部主任萧令彬等79名红军干部战士牺牲。现在，桥旁建有红军烈士墓，墓碑上有"激战铁索桥"的详细介绍。

距铁索桥不到百米的地方，平行着一座双曲拱砖石桥，

普渡河铁索桥临街入口

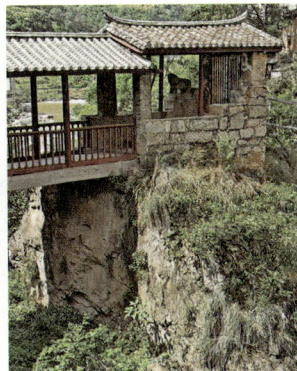

普渡河铁索桥
及桥头堡

桥上可以双向走汽车。扶栏处，既可一览铁索桥全貌，亦
可俯瞰激流奔腾的普渡河，遥想那军号声切、弹飞如雨的
岁月。

从这一带村容村貌看，相对还比较落后。除过往汽车
外，路上常看到马车，还有农民赶着大群的羊，都是山羊，
精瘦腿长的那种，呼拉拉占满整条道路。

九龙木克·珍稀的红军壁画

到九龙镇木克村，全程贴着普渡河向北，一路都在翻山。
导航20公里/37分钟，实际走了1个小时。沿途一次又一
次地闪出蓝色警示牌："全路段弯急坡陡路面窄，请谨慎
驾驶！"对于喜欢开快车的我来讲，难得慢于导航预计的
时间，实在是心有余而力不足！

路面还是不错的，属于"村村通"等级的水泥道路，
就是窄。会过几次车，过来的都是小卡。当地司机人好，
总是先停下来，指挥我慢慢地擦身而过。

1935年5月初，右翼红3军团经九龙前往金沙江，途
经木克村宿营。该村地主张有功闻风而逃，携家眷躲进山
上的崖洞里。红军就住在了他家，并在二楼大仓房的墙壁
上画了2幅漫画，写了5条标语。红军走后，地主回来了，
赶忙叫长工清除掉壁画和标语。长工傅朝向等人不忍心毁
掉它，就把仙人掌汁涂在壁画和标语上，又在表面刷上石灰。
由于仙人掌汁具有隔离作用，经历80多年风雨后，壁画和
标语依然完好无损地保存了下来。

新中国成立后，张氏老宅一度改为村里的小学。年长

前往木克村的山路。当年彭德怀率领
的红3军团沿着这一路前往金沙江

位于村委会一侧的原张氏老宅，后辟为
木克村小学。红军壁画在右边二楼上

木克红军壁画

日久，由于课桌磨蹭，墙上的外层石灰脱落下来，师生们这才发现了藏在里面的"秘密"，于是就传开了。现在还能清晰看到墙上留下的课桌擦痕。

长征路上，留存下来的红军标语很多，红军壁画难得一见，尤其是保存得这么完好的。这两幅画，有传说为黄镇所作，因为他当时就在红 3 军团。

村委会的工作人员还告诉我一个故事：当年大仓房地板上铺着很厚的茅草，红军晚上就寝时感觉有东西硌着慌，手伸下去一摸，竟然是一排排的腊肠。战士们喜出望外，全部取了出来，留作干粮。我问：红军留下钱了吗？答：农民家的东西给钱，地主家的东西没收！

这里是大山深处，木克村几乎在山顶上。村中问路，人家不说前后，只说在上面，或者在下面。不管在上面还是在下面，甚至只有两三户人家，现在都有水泥道路相连。这是"村村通"工程的一个缩影，一路上走过很多村庄都这样，只是木克给我留下了最深的印象。

村村通公路后，有两个显见的优点：一是带动了山区汽车销售，沿途不少农家门口停着小轿车或皮卡；二是水泥建材都能运进来了，大部分人家盖起了砖瓦楼房。也有一个显见的缺点：木质的老房子几乎绝迹。

感慨于人类的生存能力，感慨于红军的艰苦卓绝，也感慨于"村村通"工程，把路修到了这么不可思议的地方。

第七篇

金沙水拍
大渡桥横

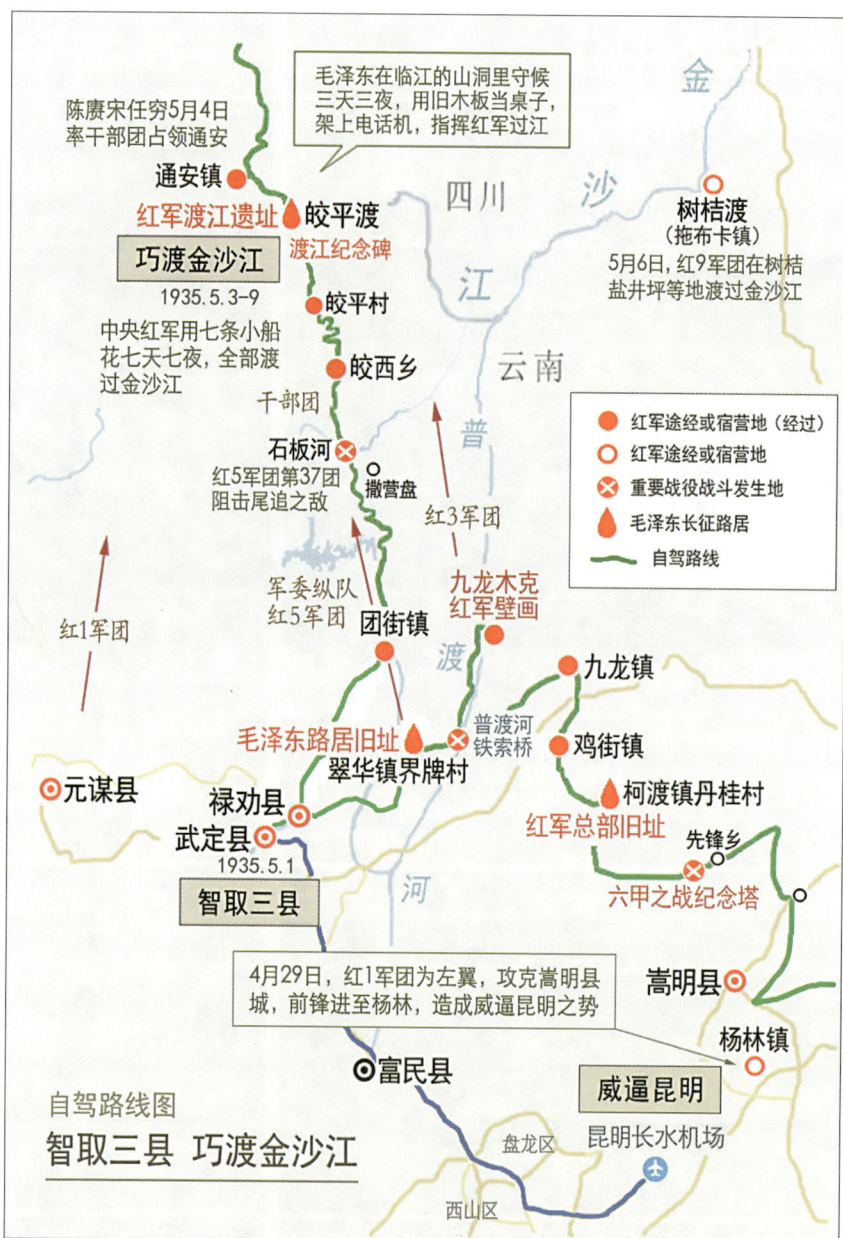

陈赓宋任穷5月4日
率干部团占领通安

毛泽东在临江的山洞里守候
三天三夜，用旧木板当桌子，
架上电话机，指挥红军过江

通安镇

红军渡江遗址　皎平渡

巧渡金沙江

渡江纪念碑

1935.5.3-9

皎平村

中央红军用七条小船
花七天七夜，全部渡
过金沙江

皎西乡

干部团

金沙江

四川

云南

树桔渡
（拖布卡镇）

5月6日，红9军团在树桔
盐井坪等地渡过金沙江

石板河

红5军团第37团
阻击尾追之敌

撤营盘

普渡

红3军团

● 红军途经或宿营地（经过）
○ 红军途经或宿营地
✕ 重要战役战斗发生地
🔴 毛泽东长征路居
━ 自驾路线

军委纵队
红5军团

红1军团

团街镇

九龙木克
红军壁画

河

九龙镇

鸡街镇

毛泽东路居旧址　普渡河
　　　　　　　铁索桥

翠华镇界牌村

柯渡镇丹桂村

元谋县

禄劝县

武定县

1935.5.1

智取三县

红军总部旧址

先锋乡

六甲之战纪念塔

4月29日，红1军团为左翼，攻克嵩明县
城，前锋进至杨林，造成威逼昆明之势

河

嵩明县

威逼昆明

杨林镇

富民县

自驾路线图

智取三县 巧渡金沙江

盘龙区

西山区

昆明长水机场

33

智取三县　巧渡金沙江

出行日期：10 月 19 日至 20 日（第 24—25 天）
自驾路线：界牌—禄劝—昆明—皎平渡
行车里程：约 400 公里（含机场往返）

翠华镇界牌村·毛主席长征路居

从木克村到翠华镇（红军文献又称小仓街）约 30 公里，其中 20 公里是回头路，须再次经过普渡河铁索桥。

翠华一带是中央红军长征路上的重要节点。以这里为标志，中央红军结束了半年多的西进，此后一路北上，经四川、甘肃、宁夏，直抵陕北。

渡金沙江前，毛泽东曾在翠华镇界牌村宿营，现保存有"毛主席长征路居旧址"。

据旧居旁的简介：1935 年 4 月 29 日，军委纵队和红 5 军团从寻甸柯渡出发，沿鸡街、九龙三哨，跨过铁索桥。"5 月 1 日，

翠华镇界牌村毛泽东长征路居

部队到达翠华镇界牌村宿营。毛主席在一汪姓老乡家住宿办公。第二天凌晨，在嘹亮的军号声中，红军队伍又浩浩荡荡地向团街、金沙江皎平渡进发"。这一旧址，为研究红军长征历史提供了实物佐证。

界牌村其实就在翠华镇上。导航把你带到街上后，还得问路。毛主席旧居在旁边一条小巷中，因为没有路牌，不问人不易找到。旧居是当地典型的民居样式，有门楼，带院子，里面是二层木楼。廊柱上有一副对联："小屋长留领袖迹，大风永奏凯旋歌。"

正是秋收季节，满街晒着玉米，有搓成粒的，有联结棒子的。与一位带着小孩剥玉米的妇女聊天，得知她家还养了26头黄牛，出栏时，每头可卖2万元。与其他地方一样，村里的男人基本上出去打工了，留下干活的都是女人。

这里村民非常好客，无论问路还是聊天，都笑脸相迎，爽直得很。

禄劝·智取三县第一城

下午5点，离开界牌，前往西南方的禄劝县城，行程27公里。导航标注的行车时间是45分钟，我跑了一个多小时，因为停车拍照。一路太美了！行至一处盘山道时，可以俯瞰禄劝城。正当日落时分，阳光从云层的裂缝中喷射而出，云蒸霞蔚，光影秒变。看着拍着，久久不忍离去。进城天已黑。

杨成武在《忆长征》书中，专辟"智取三县"一节。

"三县"指的是禄劝、武定、元谋，地处滇中高原北部，是左翼红1军团前往金沙江的必经之地。当时，前锋红4团抽出3个连化装成国民党"中央军"，由团长王开湘、政委杨成武率领，分两路向禄劝、武定进发。杨成武一路先抵禄劝，受到县长和官绅军警的热烈欢迎，并享用了一顿丰盛的午宴。席中，红

俯瞰禄劝县城

军让县长打电话给武定县长，说"中央军"马上就到，结果王开湘一路在武定县受到更加热情的款待。红4团随后用相同的方法，顺利进入元谋。当红军最终亮出身份时，大小官绅如五雷轰顶，一个个目瞪口呆，束手就擒。就这样，在一天中，红军不发一枪拿下三座县城，为开辟北渡金沙江的前进通道，赢得了宝贵时间。

禄劝县城一瞥

禄劝县的红军遗址主要在皎平渡、九龙镇、翠华镇等地，城里没有留下痕迹。但我对县城印象不错，街道整洁，绿树成荫，年轻人朴素帅气漂亮。

金沙江南岸这一带，是诸葛亮在《后出师表》中所说的"五月渡泸，深入不毛"之地。这么偏远的、大山深处的县城，环境和人都拾掇得这么好，有点意外。

在禄劝城里住了一夜。逛街时，在路边看到一则二手房广告：××天苑128平米，3室2厅2卫双阳台，高档装修，售价52万元。这价格在南京主城，恐怕连像样的厨房都买不到。

住到禄劝还有一个目的，便于第二天前往昆明长水国际机场。

会合北上·金沙水拍云崖暖

2019年10月20日，自驾长征路的第25天。上午以休息为主，整理一下车厢，午后前往昆明长水国际机场。在这里，两口子按约会合。从此，长征路上不再孤单，一个主驾一个副驾，可以轮换开车，一起聊天，互相拍照。

前往金沙江的盘山路

昆明机场至金沙江皎平渡233公里，行车加拍照约五个小时。沿途崇山峻岭，道路崎岖，风光无限。

红军过金沙江，通常称"巧渡"。巧在哪儿？巧在调虎离山。《长征组歌》中有这样的歌词："调虎离山袭金沙，毛主席用兵真如神。"

中央红军入滇、兵逼昆明后，云南全

境震动。当时滇军大部已派往贵阳"救驾",昆明防务非常空虚。龙云大惊失色,一面急令滇军主力孙渡纵队回援,一面急调云南各地民团前往昆明防守。这样,滇北的防务便被削弱了,红军乘虚北进,分三路奔袭金沙江。

5月3日至9日,在37名船工和7条船的帮助下,中央红军主力历时7天7夜,从容不迫地从皎平渡口渡过金沙江。在此期间,红3军团第13团从洪门渡、单独行动的红9军团在东川的树桔渡一带渡过金沙江。至此,中央红军甩脱了几十万国民党军的围追堵截,真正跳出了敌人的包围圈。

金沙水拍云崖暖

据当地史料记载:毛泽东于5月5日渡江时,先遣司令刘伯承在江北迎候。毛泽东下船就说,"来到你们四川了,你拿啥子招待哟?"刘伯承回答,"肉要留着船工吃,只能一人吃一碗羊杂汤了。"

红军全部渡过金沙江两天后,即5月11日,国民党"追剿"军的前锋才赶到金沙江边,除了捡到一只草鞋外,连个红军影子都没看到。迟至5月19日,国民党军才开始渡江。由于被红军飘忽不定的战术搞怕了,过江后国民党军迟迟不敢向前推进。

皎平渡,是我们计划的重头戏之一,原准备当天住在此,早晚利用低色温拍一下"金沙水拍云崖暖"的感觉。当我们赶到渡口时,发现这里已成为一片大工地,皎平渡大桥的东侧,在建一座更大更高的桥梁,江边的房子也在拆除搬迁。

原来,金沙江下游正在建设乌东德大型水电站,建成蓄水后,皎平渡

毛泽东等宿营的山洞遗址

将军石

红军渡口

毛泽东宿营的穿山洞旧照。当年，毛泽东在这里守候三天三夜，指挥红军渡金沙江

金沙江畔一家子。小伙是北岸四川人，媳妇是南岸云南人，有一个可爱的儿子。他们家在江对面高耸的中武山上，当年红军渡江后就是翻过这座山，继续北上的

的所有红军遗址将被淹没。其中，渡口"将军石"的淹没深度达 104 米，毛泽东等住过的山洞也将被淹至 79 米水下，原遗址正被一圈水泥墙封住，拟永久保存。听说，以后会在水库上方复原遗址，渡江纪念碑也要易地重建。

很遗憾，没有看到全部红军遗址，但渡口尚在，其标志"将军石"仍伫立江边，传说这是红军总参谋长、渡江总指挥刘伯承经常站立的地方。一对年轻的夫妇带路把我们引到那里，热情地为我们指点周边地名，讲述各种故事，言语间，很为红军来过自己的家乡而自豪。

也许还是幸运的，毕竟渡口整体面貌还在。要不了多久，镜头里的一切都会变样，大山深谷将变成高峡平湖。

由于皎平渡已无法住宿，我们便前往 27 公里外的通安镇。刚转上北岸的盘山路，天就开始黑了。在路边，可以俯瞰皎平渡大桥。下车勉强拍下最后一组镜头，我们知道，即使有机会再来，也看不到眼前这一切了！

建于 1991 年的皎平渡大桥，已于 2020 年 3 月 26 日炸毁

德昌县 ◎
（1945年正式建县）

自驾路线图
皎平渡至德昌

● 红军途经或宿营地（经过）
○ 红军途经或宿营地
⊗ 重要战役战斗发生地
🔻 毛泽东长征路居
— 自驾路线

米易县 ◎

外北乡 ○

铁厂村
会理会议遗址

1935.5.12
会理会议

会理县 ◎⊗
红3军团攻打会理城，连续
多日爆破强攻，
伤亡大，未克。

◎ **会东县**

会理会议由林彪的一封信引起。
会议批评了少数人怀疑毛泽东
军事指挥、反对机动作战的言行，
肯定了遵义会议以来的军事路线。
被认为是遵义会议的继续。

为了扩大防御纵深
陈赓宋任穷5月4日
率干部团占领通安

四川

通安镇 ●

红军渡江遗址

皎平渡 ●

江

金 沙

34

进军会理 一场硬仗和一次会议

出行日期：10 月 21 日（第 26 天）
自驾路线：通安—会理—铁厂—德昌
行车里程：约 210 公里

通安·红军入川第一镇

通安是四川省最南边的一个镇，金沙江皎平渡的北岸即属该镇，所以通安又被称为红军入川第一镇。元代时，这里曾为通安州治所，故名，现隶属会理县。

1935 年 5 月 3 日，先遣干部团占领皎平渡后，除留一部控制渡口外，又翻越中武山，在山隘击溃阻敌，于次日晚占领通安。此举，既为红军主力抢渡金沙江扩大了安全纵深，又打开了北进通道。当时徒步有 40 里，红军爬山时酷热难耐、汗流浃背。

5 月 9 日，时军委三局副局长伍云甫日记载："由中屋（武）山出发，在通安大休息。"据此判断，毛泽东及军委纵队也曾在通安驻扎。三局是全军的通讯联络中枢。

据镇上老人回忆，红军来时，大部分人跑到山上躲藏起来。一天后有人悄悄回来，发现红军睡在地上，家里东西一样都不少，凡是为红军做饭、洗衣服的，都给钱。

红军占领通安后，曾在四方街召开群众大会，成立贫农团，还写下很多标语。现广场一侧有关于红军的介绍，但墙砖残破，内容已看不全。

我们昨晚约 8 点才住进镇内，晨起吃早点，逛镇容。80 多年过去了，街上没有留下完整可信的红军遗址或旧居，尽管红军驻扎过。

行前曾查资料，说镇边的山坡上有一块不大的"红军

莫文骅《"五一"的前后》

通安是靠在山边的一个普通的小镇，前卫营到时，一个猛攻，便入街了。敌人四散向后山逃走。当时我军缴获了一些枪炮，因为兵力薄弱及情况不明，只见右边山头似有增兵的样子，于是将队伍迅速退出街道，占据山顶，以待主力。

主力到了，重整阵容，布置攻击。那时，敌人因我军退出而恢复了通安，占了几个据点。

冲锋号"嘀打"……一群戴钢帽，上刺刀，拿手榴弹，雄赳赳的英雄们，飞速的不顾一切的向敌人猛扑。

……

结果，敌人完全败北了，伤亡遍地，被俘六百余，其中有团长一只，其余四散走了。那时才知道敌人有两个团，其中有一个副师长。

莫文骅，时任军委干部团政治处主任

通安镇四方街广场，红军曾在此召开群众大会

长征巧渡金沙江纪念碑"，还有红军墓。我们离开时一路留意，没找到。也许在昨晚来的路上，天黑了，除了车灯洞开出一条光明的隧道，周边什么也看不清。

路上·会理的石榴红了

离开通安后，像当年红军一样继续北上，挺进会理。车行 52 公里。

过金沙江进入四川后，原来的撒皎线就变成了 213 省道，路面平坦，弯道飘逸，车也不多。

走着走着，大山渐渐朝两边退去，眼前出现开阔的盆地。盆地中是连绵起伏的岗坡，坡上坡下，长满了石榴树，一丛丛，一片片。正当时节，石榴红透。

来了才知道，会理是全国石榴第一大县，有"中国石榴之乡"的美誉。远在唐朝时，会理石榴就被唐玄宗相中，钦定为朝廷贡品，每年中秋由南诏王送入宫中。2007 年，会理石榴被定为中国国家地理标志产品。

停车路边买石榴时，村民说：先尝一个，会理石榴天下第一！果然好吃，尤其是软籽石榴，味甜汁多，连籽儿一起吞了，好爽！买了 20 斤，此后差不多每天吃一个。

会理石榴是国家地理标志产品。图为作者之一在石榴园拍照留影

可以确认，当年红军没有品尝到石榴，因为他们是 5 月过境的，10 月已到陕北。

会理古城·红军激战七天七夜

　　会理在西汉时就建县了，距今已有 2100 多年历史。但当时的县境与今不同，先后叫会无、会川等，隶属多变。清初为会理州治所，民国初年改为会理县，今隶属四川省凉山彝族自治州，是国家历史文化名城，仍保留着很多明清建筑。

　　中央红军主力进抵会理地区后，把尾追的国民党军远远甩在金沙江以南，为自己赢得了一周多的休整时间。5 月 9 日，中革军委决定：以红 3 军团为主、干部团为辅，围攻川军一个旅防守的会理城；红 1、红 5 军团在会理以北阻击可能增援的川军。同时电令牵敌的红 9 军团，继续执行"掩护主力行动的任务"。围攻会理的目的是为了获

会理小瀛洲，始建于清光绪年间，曾是北方五省会馆的园林

会理北门（拱极楼），始建于明初，是会理现存最古老的建筑。图为作者之一在北门前留影

红军长征过会理纪念碑

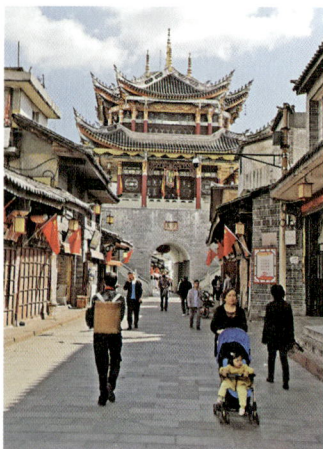

会理老街，前景为兴仁门

得补给。

攻城行动持续 7 天 7 夜，多次爆破强攻，红 3 军团承受了重大伤亡。由于久攻不克，中革军委遂下令撤围。

会理一战，使守城的川军旅长刘元瑭一夜成名，蒋介石派飞机在战场空投嘉奖令，火线提升为中将。刘元瑭知恩图报，此后尾追红军一直到丹巴。

会理一战，也使红军领袖意识到，仅凭简陋武器，不适宜攻打会理这样工事坚固、重兵设防的城镇。此后的长征路上，红军不再进行类似的城防攻坚战。

现在，县城里建有红军长征过会理纪念碑和纪念馆，分别位于绿地广场和环城西路中段。红军进行爆破的东关和西关已经不在了，其中间的北门（拱极楼）尚存，是会理保留下来的最古老建筑，游客也最多。

铁厂·会理会议遗址

中央红军到会理后，还干了一件大事，即召开政治局扩大会议，史称"会理会议"。

会理会议遗址位于县城以北 10 公里处的铁厂村，有专门的旅游公路通达，行车 20 多分钟。沿途草木葱茏，层林叠翠，在高处可俯瞰会理城。

会理会议是由林彪的一封信引起的，掀起一场不小的风波。《中国工农红军长征全史》写道：

自遵义会议以来，由于毛泽东实行了高度的机动灵活的作战方法，中央红军在连续行军和作战中，的确十分疲劳，再加上土城战斗、鲁班场战斗没有打好，给部队造成了一些损失，引起了一些指战员的不满。其中，红1军团军团长林彪表现得尤为突出。他一直埋怨说：红军尽走"弓背路"，要求走"弓弦"，走捷径，并给"三人军事指挥小组"写信，提出由毛泽东、周恩来、朱德随军主持大计，请彭德怀出任前敌总指挥。

5月12日，中共中央在铁厂村召开政治局扩大会议，参加者有中央政治局委员和候补委员，以及红1、红3军团首长。时任红3军团政委的杨尚昆回忆说：

前往铁厂沿途的雕塑

会理会议纪念碑（局部）

因为军情还很紧急，这个会只开了一天。张闻天（时任中央总负责）在报告中肯定了毛主席的军事指挥，严厉批评部分同志的右倾情绪，特别指出了林彪给中央写信，对毛主席的军事领导表示怀疑和动摇……我看了林彪的信，才感到问题很严重。

会上，周恩来、朱德也发言支持毛泽东。会议着重总结了红军四渡赤水、抢渡金沙江以来的行动，进一步阐明在国民党军重兵围堵情况下实行机动作战的必要性，统一了战略思想。会理会议被认为是遵义会议的继续，巩固了毛泽东在党中央和红军中的领导地位。

会议还讨论了下一步行动计划，决定继续北上，抢渡

会理会议遗址。棚屋是后来恢复的，石墩则是原址原物。据讲解员说，屋里屋外，都是开会的地方

作者在会理会议遗址留影

大渡河。

会议遗址在一个湖边的小山上，植被茂密。张闻天夫人刘英回忆说："会理会议的情形我记得比较清楚。会议是在城外临时搭起的一个草棚子里开的，因为怕有飞机来轰炸扫射，所以采取这样的措施。军团来的负责人就住在这个草棚子里，就地打铺，地上铺了卧草。喝水、吃饭都由我带警卫员送去。"

会理会议后不久，中革军委组成以刘伯承为司令员、聂荣臻为政委的先遣队，向彝族区进发。刘、聂均为四川人，这是充分利用他们熟悉地理民情和在川军中的声望，为全军开路。

我们午后离开会理，往西昌、礼州进发，途经德昌县。

当年，红1军团先头第1师第1团从会理出发后，冲破川军1个旅的拦截，于17日攻占德昌，俘虏200余人，缴枪200余支。同一天，红1师全部到达德昌，并向西昌派出侦察部队。1935年时，德昌是个镇，为西昌县第三区；1945年正式建县。

因为没有查到红军遗址，我们未进城，路边拍拍照继续前进。先后走京昆线（G108）和京昆高速（G5），沿途河谷狭窄弯曲，很多路段是双向错层，似神龙腾跃，赏心悦目。

童小鹏日记

5月17日

到德昌（60里）。此地系分县。

距城数里之安宁河上架有一铁索桥，系全用铁链条连接而成，上架木板过人。

适当日起暴风（为从来未有，迎风而走，简直不能开眼、呼吸），桥上人马拥挤，吹得左右摇荡，嘎嘎作响，人在其上几乎欲倒之势。此种桥虽在云南及金川桥看过，但工程之大远不及此。

童小鹏，时任红1军团政治保卫局秘书

德昌路上

自驾路线图
礼州改道 彝海结盟

5月25日，军委纵队进驻拖乌

🔴 拖乌乡

彝海 🔴 ● 彝海结盟纪念碑

彝海结盟
○ 大桥
1935.5.22

🔴 越西县
（越嶲）

冕宁县 ◉ ◎ 灵山风景区

凉山红军长征纪念馆
红军广场（滨河路）

1935.5.22（21）

第一次提出"万里长征"

5月22日，以朱德名义颁发的《中国工农红军布告》中，第一次使用"万里长征"一词。

5月26日，红9军团在泸沽阻击敌人。

🔴 泸沽镇

西昌卫星
发射中心

礼州会议会址 🔴 ● 礼州镇

礼州会议采纳刘伯承、聂荣臻发来建议，决定由越嶲改向冕宁、拖乌北进，在安顺场一带过大渡河。

5月21日，红9军团在礼州与主力会合，结束近2个月的单独行动，担任全军后卫。

小庙 🔴 ◎ 西昌市

红军未取西昌直接北上

西昌—泸沽湖 253公里/5:43

邛海

四开乡

● 红军途经或宿营地（经过）
○ 红军途经或宿营地
❌ 重要战役战斗发生地
🔴 毛泽东长征行居
—— 自驾路线

🔴 螺髻山彝寨

▲ 螺髻山风景区

35

过大凉山　礼州改道和彝海结盟

出行日期：10 月 21 日至 22 日（第 26—27 天）
自驾路线：西昌—礼州—冕宁—彝海
行车里程：约 220 公里

西昌·邛海彝风

西昌是凉山彝族自治州的首府，从德昌到此 66 公里。

当年，由于西昌城防坚固，又有重兵把守，红军除派一部监视外，主力绕城而过，经小庙向礼州前进。小庙在城西北，现在已是西昌市区的一部分了，出城时正好经过。

我们到西昌，一是游邛海，即西昌的标志性景区；二是到市中心看彝海结盟纪念碑，即刘伯承和小叶丹的塑像。过程略去，贴上两张照片。

1950 年，解放战争最后一场战役——西昌战役打响。

当时，西昌是国民党在大陆统治的最后一座城市，蒋介石命胡宗南按照"政治台北，军事西昌"的战略，据险坚守，等待"第三次世界大战"爆发。从 3 月 12 日起，解

市中心的彝海结盟纪念碑。1986 年 1 月 1 日落成，以纪念"彝海结盟"50 周年，是西昌城的标志性雕塑

邛海，位于西昌城东南，国家级风景名胜区

西昌解放纪念碑

放军先后渡过金沙江和大渡河，南北夹击，向敌进攻。国民党军迅速溃败，胡宗南及西昌警备司令贺国光乘飞机逃跑。3 月 27 日，第 15 军第 44 师（师长兼政委向守志）占领西昌。至 4 月 7 日战役结束，解放军共歼敌 1 万余人，解放大军所到之处的会理、冕宁、泸定等 18 座县城也随之解放。

回想 1935 年时，中央红军人疲马乏，一路向北，国民党军在后面追击；15 年后，解放大军势如破竹，国民党军土崩瓦解。同样的邛海彝风，同样的崇山峻岭。

兴亡谁人定？盛衰岂无凭！

礼州·全军会聚　主力改道

礼州镇田坝村一角

礼州镇位于西昌以北，距市中心 26 公里。从 2100 多年前汉武帝设苏祁县开始，这里曾七朝设县郡，五代置州所，留下了"蜀军安营驻戍，太平军筑台吊鼓，工农红军打富济贫"等史话。

我们在礼州住了一宿。此地乃交通要道，沿街宾馆、饭店很多。

礼州，在长征史上具有特殊意义。

1935 年 5 月，中央红军长征经过礼州，前后驻扎 6 天，是红军在西昌境内停留时间最长、驻军最多的乡镇。其间，作为"战略奇兵"的红 9 军团在完成近两个月的诱敌任务后，进至礼州与主力会合。这样，礼州就成了中央红军长征出发以来，军委纵队和各军团的又一次汇聚地。

礼州会议会址（原土官庄边氏宗祠），位于今礼州镇田坝村六组

　　毛泽东随军委纵队住在镇北的土官庄（今田坝村）。5月21日上午，先遣队司令员刘伯承、政委聂荣臻发来侦察报告：鉴于敌军已判定红军将经越嶲（今越西）至富林（今汉源）过大渡河，必然重点防守，建议主力改道。中央和军委负责人立即在土官庄召开军事会议，采纳刘、聂的建议，决定主力改由冕宁、大桥、拖乌彝族聚居区北进，在安顺场一带抢渡大渡河；同时分兵一部，由左权、刘亚楼率红5团进入越嶲，经甘洛佯攻富林，掩护主力。史称"礼州会议"。

　　会后，朱德发出"万万火急"改道电报，并严令，必须"绝对保持改道秘密"，"泸沽至冕宁道上严禁被敌

毛泽东住址（边家大院），位于今礼州镇田坝村七组。时为边氏族长家宅，原大院有5座天井，现仅存其中一部分。据铭牌介绍，礼州会议后，毛泽东曾在这里请与会者"打牙祭"

西禅寺（祖师庙），位于礼州镇东城门口。始建于隋代，几经兵燹，屡毁屡建。红军到礼州时，周恩来曾在此下榻

文昌宫，红军宿营地之一，位于礼州小学背后

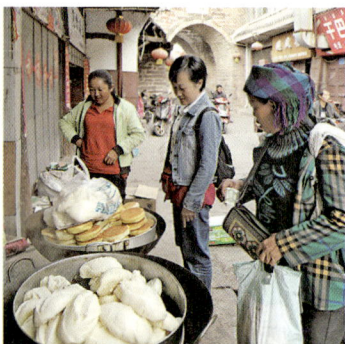

礼州老街上的点心铺。当年，朱德在礼州改道电令中，要求各部队"在冕宁礼州之线补充粮食"，"带足三天"。我们也进行了补充，但只带了一顿，中午在车上吃

人发现目标、挂露天标语"，沿途"断绝行人出入"。

礼州改道决定，为此后红军在安顺、泸定强渡大渡河、飞夺铁索桥埋下了伏笔。

现在的礼州，红军遗址众多。大体分两个地方：一是镇北 2.6 公里处的田坝村，是礼州乃至西昌市主要的红色纪念地，有红军广场、礼州会议会址、毛泽东旧居、红军井，以及西昌解放纪念碑等。二是镇上的老街，有周恩来居住的西禅寺、红军宿营地文昌宫、广生堂等。

冕宁·创红军入川多项第一

礼州会议决定改道后，中央红军在冕宁县南边的泸沽分兵，主力经冕宁城向安顺场进军，担负牵敌掩护的红 5 团奔东北方向的越西。

毛主席接见彝族代表处，同时也是红军长征纪念馆

位于安宁河畔的红军广场，群雕人物分别为：毛泽东、朱德、周恩来、张闻天、王稼祥、陈云、刘伯承、聂荣臻。他们都是与冕宁的红色历史直接有关的人物

当年，从泸沽走越西一线是大路，走冕宁一线是小道。今日相反，主要公路均走冕宁，去越西则是县道。

红军改道这一史实，在西昌市强调的是礼州会议，在冕宁县突出的是泸沽分兵。这是"屁股决定脑袋"在地方史中的又一诠释。一路过来都是这样，能够理解。

冕宁县位于凉山州的北部，是中央红军入川后占领的第一座县城。

红军主力驻扎城厢后，建立了入川的第一个县级党组织——中共冕宁县工委，第一个县级政权——冕宁县革命委员会，第一支革命武装——冕宁抗捐军。

现在，城里的纪念地有两处：一是"长征时毛主席接见彝族代表处"，位于城厢东街，主席在这里会见了彝族代表果基达约，又接见了新成立的中共冕宁县工委的同志。二是红军广场，位于安宁河畔，有红军领袖群雕。城外的纪念地主要在彝海。

在冕宁，中共中央以红军总司令朱德的名义颁布了《中国工农红军布告》，其中有"红军万里长征，所向势如破竹；今已来到川西，尊重彝人风俗"。这是"长征"一词首次在正式文字中出现，此后被广泛引用。据说，这一布告是陆定一起草的，由中央领导审定认可。还有一说，红军布告是在礼州最先发布的。

冕宁县城不大，城厢 3.5 万多人，几乎没有来旅游的外地客。正因为如此，这里一切都显得那么安静、淳朴和自然。当时正下雨，在红军广场，可看到山上汹涌翻滚的云瀑。

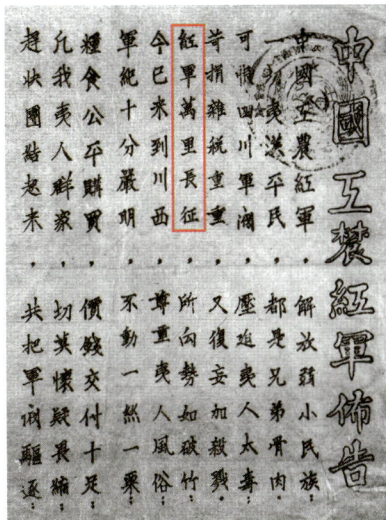

以朱德名义颁布的《中国工农红军布告》，首次提出"红军万里长征"

彝海·歃血结盟

彝海，位于冕宁城北 40 余公里的羊坪山上，是一个群山环抱的淡水湖，海拔 2300 米。

到彝海镇后，穿过"彝海胜地"牌坊，上山再行六七公里即到。路窄弯多，好在车少。

百度百科上介绍，彝海结盟遗址位于冕宁县拖乌区（原拖乌乡），这是不确切的。实际上，遗址在彝海镇境内，而拖乌远在 15 公里外。

彝海，位于冕宁县羊坪山上，属高山深水湖泊

彝海结盟遗址。根据碑文介绍，三块石头为原址原物。当时，刘伯承坐在稍高的石头上，小叶丹相向而坐，祭司坐在两人中间主持仪式

彝海结盟纪念碑前，正在做活动的彝族学生

1935 年 5 月 22 日，在彝海边，红军总参谋长、先遣队司令员刘伯承按照彝族习俗，与沽基（鸡）家族首领小叶丹歃血盟誓，结拜为兄弟。红军还赠送武器弹药，帮助成立"中国彝民红军沽基支队"并授予队帜。第二天，小叶丹亲自带路，使红军顺利通过了彝族地区，为抢渡大渡河赢得了宝贵时间。

刘伯承后来回顾历史说："如果不结盟，再推迟三天，蒋介石的重兵就调到大渡河堵住我们了，就有可能是石达开的下场。"

彝海现在是个大景区，从海子边逐级往上，依山而建，主要包括：彝海结盟遗址、彝海结盟纪念碑（江泽民题写碑名）、彝海结盟纪念馆（刘华清题写馆名）、歃血结盟取水点（海子边）、红军林，以及遍布各处的红军雕塑。游客很多。

在彝海边，第一次展示我们的"军旗"，为重走长征路抹上了壮丽的色彩，也增添了仪式感。

旗帜是行前就设计的，忙到最后忘记做了。随后副驾在网上订制，从南京带到昆明。原准备首先在金沙江皎平渡使用，因遗址已成工地，遂放弃。

这面旗帜很受欢迎，游客纷纷借去合影。

据介绍：在冕宁共有 200 多人参加红军，其中 16 人到达陕北。

刘伯承与小叶丹结盟取水点。当年结盟时没有酒，刘伯承说："只要心诚，水也可以当酒。"于是派人从海子里舀来一碗水，以水当酒，歃血为盟

在彝海边展示我们的"军旗"

折多山
垭口 4298米

天全县 ◎

甘孜藏族自治州

康定市 ◉

1935.5.29

G318
二郎山隧道
G4218

白家乡

红4团 　飞夺泸定桥 　◉ 泸定县

二

杵坭 ●● 冷碛
3666米
牛背山 ⊗

三合乡 ◯

郎

山

兴隆镇 ●

化林坪 ⊗

6月4日，毛泽东行军至荥经县三
合乡（今牛背山镇）水子地时，遭
国民党飞机轰炸扫射，警卫班长
胡长保为掩护毛泽东不幸牺牲。

贡嘎山
7556米 ▲

飞越岭 ▲⊗

天主教堂 　磨西镇 🔴

毛泽东住地、磨西会议旧址

大

清溪镇 ◎
（原汉源县）

磨西会议

海螺沟

化林坪-飞越岭战斗，打开了
大渡河上游峡谷的通道，为大
渡河之役划上句号。

1935.5.29

渡

G108

G5

S211

汉源县 ◉
（富林镇）

河

大树镇（堡）
红5团佯攻富林

红1团 　强渡大渡河 　⊗

石棉县 ◎

1935.5.25 　安顺场

● 红军途经或宿营地（经过）

◯ 红军途经或宿营地

⊗ 重要战役战斗发生地

🔴 毛泽东长征行居

━ 自驾路线

自驾路线图

安顺场—泸定桥

G5

G108

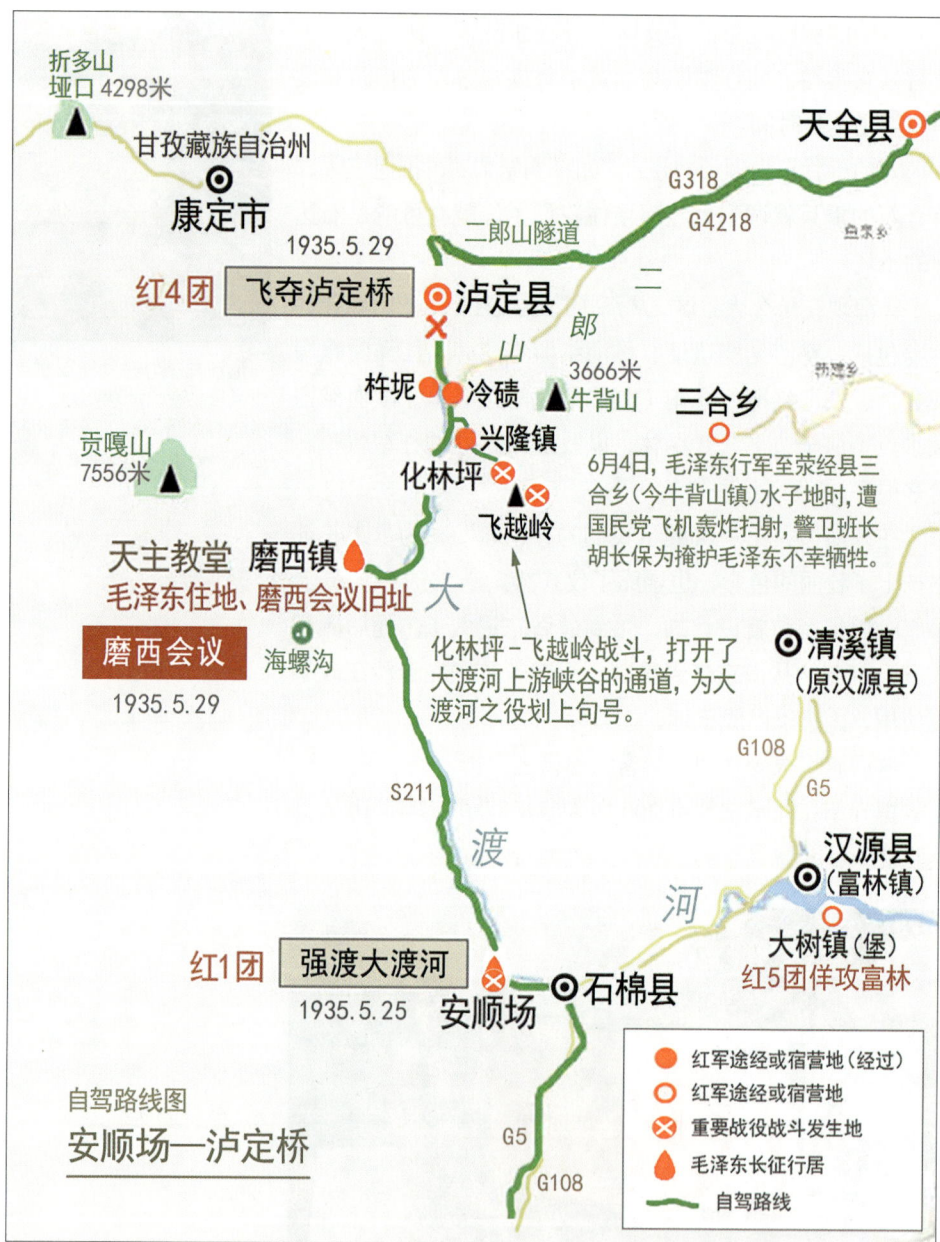

自驾路线图-29

36

大渡河畔　从安顺场到泸定桥

出行日期：2017 年 7 月 / 2019 年 10 月（第 27—28 天）
自驾路线：安顺场—磨西—化林坪—泸定
行车里程：约 240 公里

从彝海到安顺场，有国道（京昆线）和雅西高速（京昆高速雅安至西昌段）两选。国道 88 公里 /2 小时，高速 95 公里 /1 个半小时。

我们选高速，不仅因为时间短，还因为这一路的风光更好，拖乌山至石棉县 50 多公里几乎全是弯道和长下坡，被称为"魔鬼中的魔鬼路段"，尤其还要穿过世界首创的逆天杰作——双螺旋隧道。

可惜的是，过隧道那会儿下雨，又不知最佳摄影点在哪，没捕捉到满意的镜头。但是，一路双向错高的雅西高速，还是给我们留下了很深的印象，回味无穷。

安顺场·红军强渡大渡河

安顺场，即红军强渡大渡河遗址，位于石棉县以西 12 公里处的大渡河拐弯处。这是第二次来。第一次是 2017 年 10 月，与一帮同事到此，在纪念碑前合影留念，到大渡河边捡鹅卵石，记忆犹新。两次来路上都下雨，好在到地头雨就停了。

安顺场被称为"翼王悲剧地　红军胜利场"。翼王即太平天国名将石达开。150 多年前，石达开率领 4 万太平军到此，受困于南岸，最终全军覆没。80 多年前，中央红军到此，蒋介石调集重兵向大渡河围堵，认定红军将成为"石达开第二"。

红军走的路线与太平军的基本相同，但历史没有重演。

童小鹏日记

5 月 26 日
到安顺场（50 里）。
渴望要渡的大渡河已到跟前，因只一只船故渡不及，正在速架浮桥。此河也是天险难过，宽幅仿若金沙江，但流水比以前任何江河要急，故渡船极难来往。

5 月 27 日
因为此地水急船少，不能架桥，决定迁回到泸定过铁索桥。今日已开始行动，到田湾宿营（80 里）。前头部队消灭敌一营。

5 月 28 日
出发，爬两个大高山，到距磨西 15 里处宿营。大雨，夜后始感到很冷（约 85 里）。

安顺场红军渡口碑

安顺场正当大渡河与松林河交汇处，奔腾的河水呈现出两种颜色

2017 年 10 月，与同事们在红军强渡大渡河纪念碑前合影留念

在红军渡口，最引人瞩目的是一艘翘首木船复原品。这种船是大渡河上独有的，翘起的船头有利于在波涛中减小阻力，加速行驶。红军 17 名勇士强渡大渡河时，使用的就是这种船

同样是 5 月，刘伯承、聂荣臻指挥先遣红 1 团（团长杨得志、政委黎林）冒雨奔袭 160 里，赶至安顺场南岸，歼敌 2 个连后，缴获翘首木船 1 只。第二天，第 1 营营长孙继先率领 17 名勇士组成突击队，乘坐仅有的 1 只小船，冒着密集的弹雨，奋勇冲上对岸，占领渡口。

被国民党军认为插翅难飞的大渡河防线，终于被红军打开了缺口。

安顺场现在是国家 4A 级景区，红色文化与自然风光融为一体。红军纪念地主要有：红军强渡大渡河纪念碑和纪念馆、红军渡口、毛泽东旧居、红军指挥楼、红军标语墙、机枪阵地遗址等，以及孙继先骨灰抛撒处。当地民居别有风貌，也是一景。住宿很方便，农家旅馆到处都是。我们第一次来时住了一晚，第二次重游拍照后继续前进。

红1团强渡大渡河成功后，由于河宽水急，难以架设浮桥，当时仅找到4只小船，其中3只需要修理，全军数万人无法在短期内过河。第二天毛泽东来到渡口，立即决定分两路夹河而上，夺取泸定桥。

安顺场到泸定桥，昔日走山间小道是160公里，如今开车是93公里。

我们追随红军的脚步，继续北进。沿途看到很多红军遗址。

红军指挥楼，背后为毛泽东住所

磨西·毛泽东宿营地

贴着大渡河的道路，主体为211省道，有隧道、有桥。公路基本在西岸（红4团奔袭路线），有时过桥到了东岸，然后又折回。车不多，好走。

一上路又下雨，但到磨西镇就停了。当晚住在镇上。

磨西镇隶属泸定县，如今是前往海螺沟景区的重要驿站，宾馆饭店林立。有一条老街，户户开店，与大多数"老街"一样。镇中最醒目的建筑，是天主教堂，也是毛泽东的宿营地和磨西会议旧址。据铭牌介绍：

> 毛泽东住地旧址是天主教堂的座房——神父楼，红一方面军主力途经磨西，毛泽东、朱德、周恩来、陈云等中央领导宿营磨西教堂，在神父楼召开了著名的磨西会议。毛主席住地和磨西会议旧址至今保存完

如今大渡河上有很多公路桥，也有不少方便行人过河的吊索桥。图为2017年10月与同事合影

磨西天主教堂，1918年由法国传教士主持建造。1935年5月29日红军长征到达磨西，毛泽东、朱德、周恩来、陈云等宿营教堂，并于当晚在神父楼召开会议，决定下一步行动方针

磨西的红军雕塑

好，2004 年被列为省级文物保护单位，被国家 14 个部委列入全国红色旅游经典景区第一批名录。

磨西会议主要研究决定两件事：一是红军主力夺取泸定桥后，向北走雪山一线与红四方面军会合；二是拟派陈云到上海恢复白区党组织，并设法恢复与共产国际的联系。10 天后，陈云在宝兴县灵关镇秘密出发。

在天主教堂附近，还有磨西红军长征陈列馆。在陈列馆面前的红军广场上，散布着很多红军雕塑小品，是我们一路走来见过的最好的雕塑，形象生动，很喜欢。

磨西镇早晚较冷。

第二天晨起大雾，8 点时只有零星二三小店开门。过 9 点后，雾稍散，鼓起勇气继续赶路。有雾，说明今天将放晴。果然！

泸定·大渡桥横铁索寒

按照实际行车路线，我们先到化林坪，然后北上泸定桥；红军则是先夺取泸定桥，然后折返占领化林坪。为贴近历史面貌，下面按照红军的战斗时序来陈述。

出磨西镇不久，过大渡河大桥，又一次从河西来到河东。沿途经过石门坎战斗遗址（德威大桥）、兴隆镇化林坪、冷碛镇、杵坭乡。走到半途，雾已散尽，蓝天白云。

途经杵坭乡。红 4 团飞奔泸定桥时曾经过这里。当时是晚上，大雨滂沱，行路极困难。恰在此时，见对岸冷碛的敌增援部队打着火把行军。红军立即将旁边村庄的竹篱笆全部买下来，也打起火把前进，并通过喊话骗过敌人，直奔泸定桥。在我们途经两个月后的 12 月 23 日，杵坭乡并入冷碛镇

途经石门坎战斗遗址。位于大渡河东岸，距磨西镇 20 公里。在左路红 4 团飞夺泸定桥的当天，右路军在此击溃敌 1 个团的阻拦，于当晚赶到泸定城与左路军会师

我们是第二次到泸定。第一次是前年与同事们去川西，途经这里，很兴奋地到泸定桥上走了一圈。也是 10 月，也是个晴天。

泸定桥始建于清康熙四十四年（1705），次年建成，是大渡河上的第一座桥梁。康熙帝亲自取名"泸定桥"，并立御碑于桥头。"泸"是大渡河的旧称，"定"意为平定准格尔之乱。从此，该桥成为连接川藏的交通要道。

1935 年 5 月 29 日，团长王开湘、政委杨成武率领的红 4 团，一昼夜强行军 240 里，奔袭到此，随后 22 勇士徒手飞夺铁索桥，占领泸定城，为主力北上打开了前进通道。

强渡大渡河，飞夺泸定桥，已成为红军长征路上最传奇的故事之一，广为传颂。

2017 年 10 月，与同事在泸定桥头合影

今日泸定桥与泸定城

泸定桥头固定铁链的将军柱

【泸定铁索桥】

长 100 余米，宽约 3 米。有 9 根铁链为底栏，上铺木板，两边各有 2 根铁链为扶栏，合计 13 根。每根铁链由 862 至 997 颗铁环相扣而成，全桥共有铁环 12164 颗。13 根铁链，象征当时募捐的 13 个省。

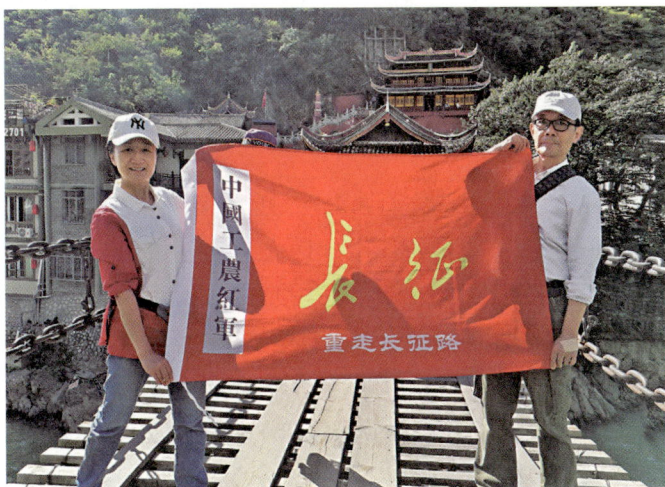

在泸定桥上展示我们的"军旗"。这是第二次到泸定桥

　　1961 年，该桥被列为第一批全国重点文物保护单位。

　　今日，泸定城内外有好几座桥梁，铁索桥已成为纯粹的观光景点，游客多，拍照不易。由于周边道路狭窄，停车比较困难（一次收费 20 元），挺伤脑筋。当然，在摇晃的铁索桥上俯瞰奔腾的大渡河水，还是挺刺激的，何况还有传奇的故事在。

化林坪·渐被遗忘的战场

　　红军占领泸定后，主力并没有向北，而是折返东南，攻占化林坪、激战飞越岭。此役，是红军过大渡河时最为激烈的战斗，30 多名红军战士长眠于此。

通往化林坪的山间公路

俯瞰今日化林村

伍云甫日记

6月1日　晴
6 时由泸定经安乐坝，在冷碛大休息，至龙八布（今兴隆镇）宿营（行50 里，沿大渡河下行）。

6月2日　雨
7 时出发，10 时至化林坪（县治）。

6月3日　晴
在化林坪休息。前梯队预备出发未果。下午敌机在山背掷弹，二、九分队经过。

6月4日　阴
5 时由化林坪出发，经大桥头、宝兴场至水子地宿营（约 105 里）。途遇敌机轰炸，局伤三人一马。

伍云甫，时任军委三局副局长

【友情提醒】

从化林坪到飞越岭的道路现在应该修通了。如果你也想走长征路，建议先到泸定桥，再经兴隆镇折返化林村，翻越飞越岭后，经荥经县到天全县。这是当年连接川康的大道，也是毛泽东和部分红军主力走过的道路。途中的牛背山镇（原三合乡）水子地一带，是警卫班长胡长保为掩护毛泽东牺牲的地方，其烈士墓在荥经县烈士陵园。

毛泽东及军委纵队经化林坪前往天全县，在翻过飞越岭途经荥经县三合乡（今牛背山镇）水子地时，遭遇敌机轰炸和扫射。警卫班长胡长保为掩护毛泽东，不幸牺牲。

化林坪今为村，属兴隆镇。历史上，该村曾被誉为"川边第一重镇"和"西陲首府"，是从雅安入藏的重要驿站。清初设军营，康熙起置参将，一度升至协，其地位远在康定（打箭炉）、泸定之上。随着康定地位上升，化林坪日渐式微。1922 年，军阀在你争我夺中，将清代的衙署、兵营、庙宇劈作柴薪，几乎烧光。1941 年 11 月川康公路通车后，化林坪就此沉寂。

不像泸定那样正当 318 国道，游客如潮，化林坪隐于深山，知者较少，鲜有人来。

我们开车进抵化林村时，茫然不知所向，幸遇一位叫杨柳的高中生，主动带我们游览，看了不少清代遗存，包括雍正朝时果亲王留下的诗碑，还有茶马古道。

红军来时曾住满村内外，遗憾的是，没有留下标志性遗址和遗迹。

在向红军激战的飞越岭（垭口海拔 2830 米，距化林村 15 公里）跋涉途中，我们在一岔道口误判方向，钻进了去娘娘山的崎岖小道，越走越难，车被茂密的树枝刮擦无数次。山中遇一村民，才知道跑反了；进一步得知，飞越岭垭口正在修路，根本过不去。好在，垭口可以眺望，算是弥补了一点遗憾。待回到化林村，已耗时 2 个小时。

在化林村有一个意外收获，就是看到了海拔 7000 多米的贡嘎雪山，比以前在折多山垭口看得还要清楚。峰回路转，贡嘎雪山总是在那，总是雄峙于白云之上。

从化林坪远眺飞越岭垭口

古代，从雅安运茶入藏的背夫和马帮，都要在化林坪休整或交易，所以进山的路又称"茶马古道"或"营盘古道"。长征时，毛泽东率领红军从这儿走过

在化林坪眺望贡嘎雪山

自驾路线图
泸定-天全-宝兴

一到天全、芦山，就象到了天堂一样。虽然只不过是原西康省的两座小县城，平坝子也不多，可是没有大山了，能见到各种蔬菜和从四川运来的各种物资。我们在天全县政府里休息了一天，部队吃得饱饱的，搞了一天卫生工作，突击治疗病号，补充了一些给养。主要是利用这个时间动员大家做好翻越夹金山的准备工作。

聂荣臻回忆

大熊猫发现地
◎邓池沟
●蜂桶寨
○民治乡

翻越夹金山纪念馆
宝兴县◎
○红军桥
太平镇胜利村
▲天台山景区

陈云秘密出发地　灵关镇●
朱砂溪⊗灵关阻击战
红四方面军总部　芦山县
程家窝●　◎上里古镇
◎6月8日红1军团

甘孜藏族自治州
康定市●
两河口○
天全县●
红军纪念馆
6月7日红9军团
百丈关⊗
(名山区)

1935.5.29
飞夺泸定桥⊗泸定县●
二 郎 山
高速公路
雅安市◎

杵坭●　冷碛●
3666米
▲牛背山
三合乡●　●新庄
荥经县◎

打火把与敌隔岸并行
兴隆镇●
化林坪●⊗

贡嘎山
▲7556米
飞越岭▲
6月4日，毛泽东行军至荥经县三合乡水池子时，遭敌机扫射轰炸。警卫班长胡长保为掩护毛泽东，不幸牺牲。

天主教堂　磨西镇🔥
毛泽东住地、磨西会议旧址
海螺沟◎
富庄●
清溪镇◎
(原汉源县城)

● 红军途经或宿营地(经过)
○ 红军途经或宿营地
⊗ 重要战役战斗发生地
🔥 毛泽东长征行居
—— 自驾路线

37

天全宝兴　两路红军久驻之地

出行日期：10 月 23 日至 24 日（第 28—29 天）
自驾路线：天全—灵关—宝兴—邓池沟
行车里程：约 220 公里

1935 年 5 月 30 日，朱德发出《通过大渡河向天全地域集中》的电令。6 月 2 日，中央红军全部过大渡河，主力经荥经前往天全、芦山、宝兴三县。

天全·红军两度占领之地

从泸定桥到天全县，现在走雅康高速最快，70 公里，约 1 小时 10 分钟。其实也可回头走 318 国道绕行到天全，途经大渡河大峡谷、二郎山观景台（海拔 2199 米）等，但要耗时 2 小时 30 分钟。这两条道都不是红军主力行走路线，但与红 9 军团殿后的一个团撤退路线部分重合。

天全县城一角

红军两次占领天全——

1935 年 6 月 7 日晚，中央红军第 9 军团先头部队在红 3 军团策应下，占领天全县城。同年 11 月 10 日，红四方面军南下后，右纵队在倪志亮、许世友指挥下攻占天全，随后总部进驻县城附近的程家窝，直至次年 2 月。中央红军和红四方面军在天全驻留合计超过 110 天。

在天全县，我们看了三处红军纪念地：红军广场；红军烈士陵园；程家村，即红四方面军总部旧址。

红军广场　位于县城东南的向阳路，靠近天全中学。广场中心是"长征火炬"主体雕塑，周边有几组反映红军征战生活的情景雕塑。广场一侧，是占地 2200 平方米的红军纪念馆，主要展陈红一、红四方面军在天全的史料。

红军广场中心的长征火炬雕塑

红军群雕之一

天全县红军烈士陵园　位于城北的苦蒿山，是当年红军攻克天全的战场之一。分前后两部分。陵园前部排列着 110 块有名有姓的烈士墓碑，其中职务最高者是名山战斗中牺牲的红 93 师师长陈有寿。陵园高处矗立一座纪念碑（红军救治伤员雕塑），其侧后是红军无名烈士墓。据碑文记载，当时仅红军总医院埋葬的无名烈士就有 200 多人，还有被反动派杀害的红军伤病员、苏维埃干部、红军家属、游击队员近百人。

苦蒿山上松树多，特别是无名烈士墓那儿，松林荫蔽，地上和台阶上长满了青苔，使环境更加悲凉肃穆。站在陵

红军烈士陵园

无名烈士墓（红军坟）

园之上，可以俯瞰正蓬勃发展中的天全县城。

程家村 时称程家窝，位于天全城北 7 公里处。1935 年 11 月至 1936 年 2 月，红四方面军在天全战斗生活近四 个月，总部即设在程家窝的两个四合院内，朱德住前院，

程家村红四方面军总部旧址群

红军总医院

红四方面军总部旧址群

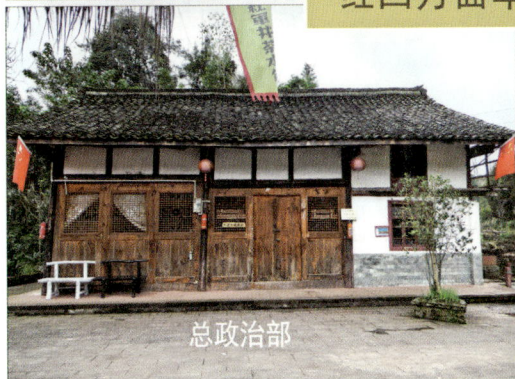

总政治部

红军大学

张国焘住后院。在程家窝及其周围，还设有红四方面军总政治部、红军医院、红军大学，驻扎第4军、第9军大部万余人。

程家村因红军遗址比较集中，故又称"红军村"。村内的"红四方面军总部旧址群"为四川省文物保护单位。这里风光宜人，徜徉在树林、池塘、民居之间寻访红军遗迹，即使天近傍晚又有蒙蒙细雨，仍然感到挺舒心。

灵关镇·陈云秘密出发地

灵关镇，时称灵关殿，位于宝兴县城以南17公里处，为宝兴、芦山、天全的接合部。

从程家村到此26公里，仍然走351国道。这条线路，是红军前往雪山的要道，也曾经是2008年汶川大地震后的救灾运输生命线。听说当时百姓在沿途设了很多摊点，一直绵延到夹金山上，过往卡车司机下来喝水吃点心，一概不收钱。

陈云长征旧居内景

陈云长征旧居，位于灵关镇新场村（宝兴河西岸）

冒着小雨进镇，天已黑，当晚就住在这儿。

1935年6月8日，红军突破敌芦山、宝兴防线，当晚前锋进至灵关殿（时属天全县）。6月12日，红9军团在灵关西南的朱砂溪占领阵地，阻击川军杨森的追击纵队，战斗异常激烈。两天后黎明，红9军团悄然向北撤退。

就在红9军团阻击追敌的第一天，陈云从灵关秘密出发，前往上海。任务有两项：一是恢复白区党组织，二是

红军烈士陈列馆（灵关观音寺旧址），
门前道路是"宝兴茶马古道"的一部分，
四川省文保单位

去苏联向共产国际汇报遵义会议前后中国革命的情况。

陈云出发时，由中共地下党员席懋昭和陈梁护送，从宝兴辗转雅安、成都到重庆。陈云到重庆后乘船去上海，又于 8 月上旬离沪赴苏。席懋昭当时的公开身份是灵关小学校长，在护送陈云出川后，回到雅安继续从事地下工作，1948 年由于叛徒出卖被捕，1949 年 11 月牺牲于重庆渣泽洞，时年 37 岁。

今日灵关镇是宝兴县的副中心，市面很繁华。陈云旧居不在镇上，而在宝兴河对岸的新场村（可将此作为导航地址），是一幢二层木楼，门前空地很窄，几乎无法拍照。村里还建有一座红军烈士陈列馆，位于观音寺旧址上。门前水泥路原为"宝兴茶马古道"，也是红军途经之地，现为四川省文物保护单位。

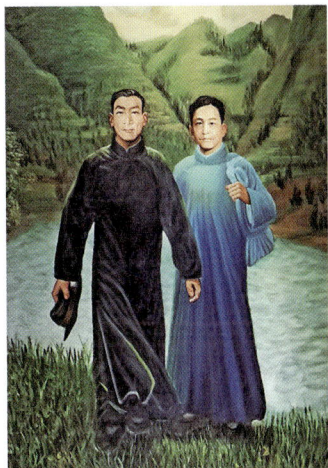

油画《陈云出川图》，展陈于天全县红军纪念馆

宝兴·熊猫故乡　红军留踪

宝兴地处邛崃山脉中段、夹金山南麓，属四川盆地与青藏高原接合部。县城依宝兴河而建，是一座山城，没有自行车。境内蜂桶寨，是世界上首次发现大熊猫的地方，宝兴因此被称为"大熊猫的故乡"，城里随处可见大熊猫的标志。

宝兴也是红军两次集结、三次翻越夹金山之地。

1935 年 6 月 8 日，中央红军进入宝兴县境，9 日通过宝兴县城，10 日晨到达野猫坪、蜂桶寨，11 日中午先遣团

依山傍水的宝兴县城

红军长征翻越夹金山纪念馆

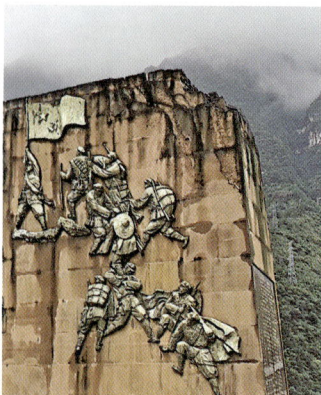

宝兴河畔的雪山丰碑

抵达硗碛藏寨，12 日起开始翻越夹金山。宝兴是红军翻越
雪山前最重要的物资补充地。同年 10 月 27 日，红四方面
军在与中央红军分道扬镳后，南下执行《天芦名雅邛大战
役计划》，翻过夹金山攻克宝兴，在此驻留 120 多天。次
年 2 月 28 日全部撤离，再次翻越夹金山北上。

进入群山环抱的宝兴城后，小雨时下时停，天气渐趋
寒冷，街上有人穿羽绒服。

县城里有红军长征翻越夹金山纪念馆，位于沿江路 24
号。纪念馆前是红军广场，有一座"雪山丰碑"主题雕塑，
一座跨宝兴河的"红军廊桥"。在广场旁边，还有一尊法
国神甫阿尔芒·戴维雕塑——是他，第一次将大熊猫介绍
给世界。

邓池沟·第一只大熊猫发现地

追着红军的脚步、贴着宝兴河继续北上，前往蜂桶寨乡。
以前这儿叫盐井乡（坪），红军各路人马从宝兴城出发后，
走 50 里山路，先后到此宿营。

现在的蜂桶寨是国家级自然保护区，以大熊猫闻名，
核心景区在邓池沟，距乡镇约 10 公里。因夏天洪水肆虐，
沿途多处路段损毁。

邓池沟有一座因大熊猫而出名的天主教堂。1869 年 3
月至 11 月，法国神甫、著名博物学家阿尔芒·戴维（中文

邓池沟

名谭卫道）来到邓池沟，就住这所教堂。在此期间，他发现并捕捉了一只大熊猫，将其做成标本带回法国，在世界上引起轰动。从此，蜂桶寨邓池沟被称为"世界第一只大熊猫科学发现地"，宝兴县则被誉为"熊猫老家"。

邓池沟天主教堂。这是一座类似四合院的中国传统建筑，主堂在侧边（车头正对处）

邓池沟教堂是四川历史最长、保存最完整且全木构筑而成的古教堂。但它很奇怪，看外形是中国传统风格的大屋顶房子，进入主堂又完全是欧洲哥特式的风貌。我们初次看它不以为是，撇开另寻，冒雨找了一大圈又回到这儿。当地人笑着说：刚才就叫你下车，你不肯。这就是教堂！

邓池沟现有两只活体大熊猫，在临近山头的熊猫园里。据说，这儿就是150多年前第一只大熊猫发现地

蜂桶寨邓池沟路口的指示牌

大熊猫记源馆里的展陈

熊猫园里的两只大熊猫谱系介绍

熊猫园里的阿尔芒·戴维雕塑

紧邻教堂有一个"大熊猫记源馆",详细展陈了大熊猫的进化历程、发现经过和传奇往事,图文并茂,内容生动。

大熊猫在世界上出名后,一批又一批的西方探险家、游猎者来到四川搜寻、猎捕这种珍奇动物,包括1927年时美国总统西奥多·罗斯福的两个儿子。1941年,宋美龄向美国赠送了一对大熊猫。1957年,出生于宝兴县的大熊猫"平平"和"碛碛",被作为国礼赠送给苏联,成为新中国"大熊猫外交"之始。自那以后,宝兴县共为国家提供了123只活体大熊猫,用于外交和科研。

2006年7月,包括蜂桶寨、卧龙、四姑娘山、西岭雪山等"四川大熊猫栖息地",被列入世界自然遗产名录。

邓池沟景区风景如画,可惜下雨,不便下车多跑。

傍晚,赶至宝兴县北端的硗碛藏寨住宿。红军翻越夹金雪山前,曾在这里集结。

第八篇

翻越雪山
走过草地

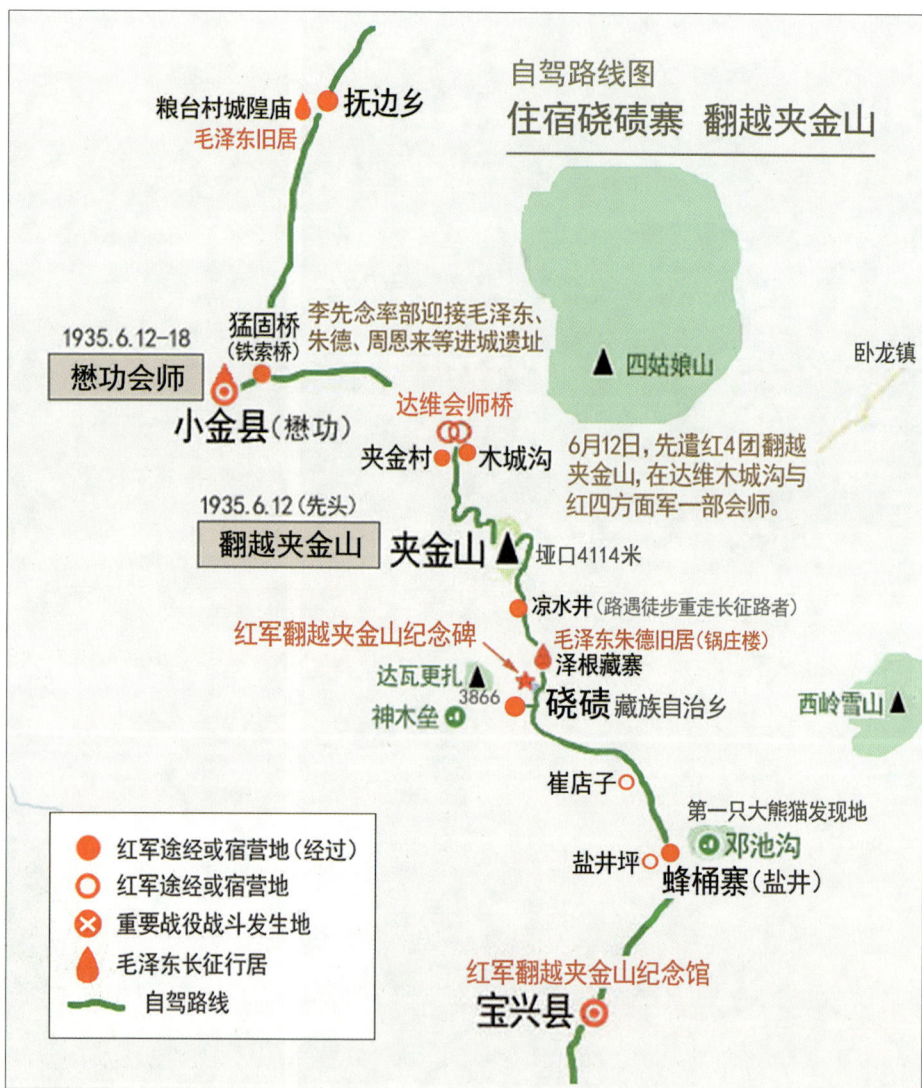

住宿硗碛寨 翻越夹金山

粮台村城隍庙 ● 抚边乡
毛泽东旧居

▲ 四姑娘山

卧龙镇

1935.6.12-18
懋功会师

猛固桥
（铁索桥）

李先念率部迎接毛泽东、
朱德、周恩来等进城遗址

小金县（懋功）

达维会师桥

夹金村 ● 木城沟

1935.6.12（先头）

6月12日，先遣红4团翻越
夹金山，在达维木城沟与
红四方面军一部会师。

翻越夹金山 夹金山 ▲ 垭口4114米

凉水井（路遇徒步重走长征路者）

红军翻越夹金山纪念碑 毛泽东朱德旧居（锅庄楼）

达瓦更扎 ▲ 泽根藏寨

3866

神木垒 ● 硗碛 藏族自治乡

西岭雪山 ▲

崔店子 ○

第一只大熊猫发现地

○ 邓池沟

盐井坪 蜂桶寨（盐井）

● 红军途经或宿营地（经过）
○ 红军途经或宿营地
✕ 重要战役战斗发生地
● 毛泽东长征行居
—— 自驾路线

红军翻越夹金山纪念馆

宝兴县 ◉

38

硗碛藏乡 过雪山前集结地

出行日期：10 月 24 日至 25 日（第 29—30 天）
自驾路线：硗碛寨—泽根村—扎角坝—新寨子
行车里程：约 70 公里

风雨兼程 · 入住硗碛藏寨

硗碛（qiāo qì）是藏语，意为"高寒的山脊"，位于宝兴县北部的夹金山麓，距县城约 60 公里。这是个嘉绒藏寨，也是宝兴县唯一的少数民族乡——硗碛藏族乡政府驻地。红军文献中，亦称此地为"大硗碛"。

当年，红军先遣队向硗碛进发时，行军很艰苦，其中一段（崔店子一带）是筑在悬崖上的栈道和独木桥，已被破坏。红军战士用绑腿布和被单做成"索道"，艰难地爬过去，随后将木桥和栈道修复，以保障后续主力安全通过。

即使这样，由于沟深路窄、风雨交加，红军主力用了七天七夜才过完。

现在沿河建有 351 国道（原 210 省道升级），直通夹金山。这本来是条好路，因今夏发洪水，加上山体滑坡、巨石滚

陈伯钧日记

6 月 24 日 早阴，继晴，晚微雨。驻军休息。大硗碛。

这一带地区的气候，早晚较凉，正午较暖，高山上四时均有积雪，一年之中只有半年可以耕种，其余时间则为雨雪所苦，植物不能生长。

6 月 25 日 时阴，时晴。驻军休息。大硗碛。

各部除补充给养外，军事方面则学习进攻战斗，干部讨论总结灵关战斗的经验与教训。

沿途被损毁的公路

当年的硗碛藏寨，已淹入硗碛湖（水库）中。我们来时，正是一年中最美的时节，硗碛湖水澄碧，四围层林尽染

硗碛新藏居

落，把路给砸了。开车从邓池沟到硗碛寨，走一段颠一段。也是风雨交加，但雨不大。

1935年6月11日，红2师师长陈光率领先遣红4团抵达硗碛，立即向喇嘛和群众宣传红军的纪律：一、不进老百姓的住房；二、保护寺院；三、不随便吃群众的东西；四、不拿走"夷家"一点财物。同时给红军指战员立下严规：不准任何人进入喇嘛寺的经堂。此举颇得人心。继日，红军主力进驻硗碛时，群众鸣放鞭炮，喇嘛吹起莽筒唢呐，还挂起鲜花树枝牌坊欢迎红军，场面热烈。

随着旅游业的兴起，硗碛藏寨——这个当年红军过雪山前的集结地，现已成为往返神木垒景区、达瓦更扎神山和夹金山的主要驿站，街上几乎家家开旅馆。我们住的藏家旅馆在寨尾，多层，有电梯。女主人操一口流利的普通话，心直口快。她说，今年生意特别不好，因为夏天发大水，路断了，景点全关了，根本没人来，"十一"长假过完了路才修通。

她还告诉我们：夹金山上下雪了，你们要小心点！

我们却很高兴。夹金山上如果没有雪，怎么能叫过雪山呢！

夹金山下·遍布红军遗址

在硗碛乡，从湖边往夹金山方向走，红军纪念地和遗址依次有：红军翻越夹金山纪念碑、毛泽东朱德长征旧居、凉水井（红军井）、红军翻越夹金山起点处等。

中国工农红军翻越夹金山纪念碑　耸立于硗碛湖西侧一个半岛上。在进硗碛藏寨之前，隔着湖水就能看到它，但是找到不容易，得绕着湖边一路问人。路正在修，泥泞得很。纪念碑的上半部是红军军旗形状，下半部是红军过雪山雕塑，因为临湖，显得很有气势。这是第二块碑，第一块因建水库拆了，2006年易地重建。也是这一年，中央电视台《我的长征》行动团队曾到硗碛"安营扎寨"。

第一次住藏家，晚饭后与女房东聊天

中国工农红军翻越夹金山纪念碑

毛泽东朱德长征旧居　位于硗碛乡的泽根村，是两座藏式锅庄楼。这两座楼原来不在这里，原址因处在水库淹没区，后整体搬迁至此，保持了历史原貌。从硗碛乡到这儿须绕行水库，车行13公里，是前往夹金山必经之地。

据旧居前碑文介绍，现在的泽根村，当年叫"头道桥"。

碛碛乡泽根村，毛泽东（右）、朱德（左）居住的锅庄楼

凉水井

又据《红军长征史》记述："在开始爬雪山前，中央红军在大碛碛附近头道桥的空地上，召开了动员大会。然后，红军指战员经过简单的准备，如用柏树皮、干竹子扎起一个个'火照'，砍来竹竿、树条做成拐杖，把从天全、芦山一带买来的干海椒发给每个人御寒，便向夹金山前进。"

凉水井 位于泽根村夹金组扎角坝，是由石块垒砌的水窝，水从石缝流出，很不显眼。据介绍：在先遣队翻越夹金山的第二天，红军一部 7000 人到此扎营，并举行誓师大会；毛泽东、朱德、周恩来等领导人也曾在这里休息。后来，当地人称凉水井为"红军井"，称扎角坝为"誓师坪"。

在凉水井，偶遇一位徒步重走长征路者，叫姜正雄，52 岁，湖南宁乡人，自称是个农民。他说，过完春节就离

姜正雄展示的红旗，是江西于都户外俱乐部"长征营"赠送的。另一合影者是泽根村夹金组的村民，姜正雄在他家投宿

家了，从江西于都正式出发，已经走了8个月。

与他交流，发现他对红军长征的历史如数家珍，谈吐不俗。便问：你确定你是农民？他笑着说：确实是农民，但年轻时在39军当过兵，从小爱军事、爱地理，重走长征路是夙愿。我们想带他一起过雪山。他说：我就是要徒步走到底，一坐车，前功尽弃了！

我们钦佩不已，赞他为壮士，路上经常念叨他。

后来在网上看到，另一拨重走长征路的人在黑水县碰到了姜正雄，那时他已经翻过了三座雪山，尚未进入草地。时值11月中旬。也就是说，我们开车到黑水县用了不到4天，他徒步用了20多天。

翻越夹金山起点处 从凉水井开车前行不足10分钟，就到了红军翻越夹金山起点处。在红军文献里，这儿又叫新寨子；在百度地图上，标注为"红军长征夹金山纪念地"。根据老红军赖传珠和伍云甫的日记来判断，红1军团军团部（6月14日）和军委纵队（6月16日）上山前，先后在这一带宿营。

起点处距硗碛寨20余公里，海拔2800米。路口建有纪念碑、休息亭和停车场。一路过来，就数这儿人多，无论是准备上夹金山的还是刚下来的，都要在这里停留、拍照。

看到入口处奔腾而下的一条小河，秒懂红军为什么要从这儿上山了，在深山老林中远足，顺着河走就不会迷路。

我们进去走了一小段。出来后，一位刚停好车的游客问：这是什么地方？回答：红军上雪山入口。他啊啊地惊叹几声，激动地说：我也去走走！

姜正雄与作者在扎角坝红军井前合影

赖传珠日记

6月14日 经硗碛到达距新寨子一里地处宿营。

6月15日 今日过夹金山。此山全为凝结之雪山，空气稀薄，天气变幻无常，下30里。初次见喇嘛庙，雄伟壮观。到达距达维五里处宿营（70）。与四方面军会面。

赖传珠，时任红1军团宣传部副部长

红军翻越夹金山起点处

夹金山，中央红军翻越的第一座雪山

39

一过雪山　翻越夹金山到懋功

出行日期：10 月 25 日（第 30 天）
自驾路线：夹金山—达维—小金
行车里程：约 105 公里

　　红军为什么要翻越雪山？这是由多重因素决定的。以中央红军过夹金山为例，当时有三条路线可选：一是夹金山以西康定一线，为藏民聚居区，那时候民族关系紧张，容易引起摩擦；二是夹金山以东，靠成都较近，容易遭到优势国民党军的围堵；最后决定走中路雪山，虽然路途艰险，但相对最安全。

如愿以偿　终于翻越夹金山

　　开始上夹金山了！山下五彩斑斓，山上风雪弥漫。
　　夹金山，是中央红军在长征中跨越的第一座大雪山，主峰海拔 4930 米，垭口海拔 4114 米。那时候，夹金山终

笮箕窝的军号雕塑，基座有一行文字：挑战极限，不胜不休。从起点处（新赛子）行车到此约 35 分钟，有红军在日记里称其为"烧鸡窝"

从夹金山麓的这个弯道，开始翻越雪山

年积雪，高寒缺氧，气候变幻无常，没有人烟，也没有道路。现在有沥青公路盘山而过，使险峻的夹金山成了自驾者的天堂。

越往上走雪越多，经常钻入浓雾之中，气温越来越低

对大部分生长在南方的红军来说，翻越高海拔的大雪山，是件极苦的事。

6月12日，曾飞夺泸定桥的红4团仍为前锋，率先过雪山。这是支兵强马壮、装备精良的部队，尽管途遇暴风雪和冰雹袭击，走得很艰辛，但无一人掉队。

6月15日，红1军团部过雪山。军团长林彪因身体弱，数次晕过去，在警卫员的协助下才一步步地下了山。正生病的聂荣臻政委被担架抬着，半途下来，坚持把担架让给因病落后的左权参谋长。

6月17日，毛泽东及军委纵队翻越夹金山。综合各种回忆资料：毛出发前喝了碗辣椒汤，身穿夹衣夹裤，拄着木棍向山顶攀登，布鞋不久就湿透了。途中，毛泽东和朱德都将马让给了伤病员。警卫员戴天福因患疟疾实在走不动了，毛泽东说："来，我背你走！"另一位警卫员吴吉清抢先把战友背起，毛在后面托扶着，一步步翻越垭口。年近50岁的朱德则形同战士，背着干粮袋跋涉。周恩来与朱毛一样，将担架让给了受重伤的机要参谋，下山后就一直咳嗽，过草地时大病一场。

与此同时，红1军团第1师从硗碛西边的程胡岭垭口翻越夹金山。此路因不是主力，一般较少提及。

我们一路上走走停停，看景拍照，约 1 小时 40 分钟后，终于登上夹金山垭口——王母寨。这里也是宝兴县与小金县的交界处。海拔 4114 米，气温 −1℃。

除了我们外，还有 5 位重庆来的年轻朋友，是开着枣红色的北京越野车从小金方向上来的。大家都很激动，兴奋地交谈，互相拍照，最后还展开我们的"军旗"，一起在夹金山标志石碑前合影留念。

怎么能不激动呢！

爬雪山过草地，几乎是红军长征的代名词，夹金山则是红军爬雪山的标志，长征精神的一个图腾，崇高又神秘，亲切而遥远。今天，我们上来了，多年夙愿实现了！

王母寨垭口，是红军爬雪山时牺牲人数最多的地方。红 3 军团有两位炊事员来到这里，卸下大锅为战友们煮姜汤驱寒，汤烧好后，两人都倒下了。

1937 年时，"长征四老"之一的董必武向史沫特莱回忆起爬雪山的情景：

夹金山王母寨垭口，是宝兴县与小金县的分界岭

夹金山上，与重庆来的朋友合影

伍云甫日记

6 月 17 日　微雨、夜间雨

5 时自新寨子经烧鸡窝越夹金山至达维宿营。夹金山地势甚高，山顶积雪，南面的已化。空气稀薄，行进时呼吸迫促。据土人云，至山顶时不可声张，否则起狂风，生命危险，此系迷信语。高山气压低，时起狂风，当然之理。又云在山顶附近不可睡，如睡即不醒，这或许是实，因山顶附近倒毙的确不少。是日下山后，很多人头疼，身体不适。土人言，下午四时后不可过山，否则危险，想非虚言（是日上山 30 里，下山 50 里）！

过垭口后，停车俯瞰下山的路。当年，一些红军战士走不动了，就坐下来往下滑，有的安全"着陆"，有的再也看不见了

空气越来越稀薄，呼吸越发困难。讲话是完全不可能的事，冷得人连呼气都冻了冰，手和嘴唇冻得发紫。有些人和牲口一步没走稳，就掉在冰河中，从此诀别。

提起这座山的最末一个山头，真令人胆寒……我们的人在这里一死就是好几百。他们想坐下歇歇腿、喘喘气，就从此站不起来了。

我俩还好，因为以前上过高原，比较适应。当然，红军战士是全副武装徒步攀登的，上下70里，路又难行；我们则是驾车上来的，车里还开着暖气。根本不能比！

夹金山北的下山道，部分路面因塌方受损。这里距山脚约半小时车程

我们下山时，重庆的小伙丫头们还呆在小木屋里，围着火炉烤土豆。其实他们不该这样，在山上呆得越久，滞后的高反就会越严重，炉中火也会消耗本已稀薄的氧气。

刚下山一段，坡陡雪厚。在一个急弯处甩了一次车头，立即换挂低速四驱，耐着性子慢慢走，再无险情。

随着海拔降低，地上的雪渐渐变少，路边也能见到树了。穿过一片大雾后，突然阳光普照，蓝天白云。真是一山隔出两世界：山南植被茂密，层林尽染，阴雨绵绵；山北裸岩遍布，树少林稀，晴空朗朗。

下山后，穿越木城沟峡谷，途遇第一个村寨叫夹金村，被誉为"夹金雪山第一村"。与硗碛寨一样，这儿也同属嘉绒藏区。村口有一座红军翻越夹金山纪念碑。红军曾途

夹金村口的红军爬雪山雕塑

经这里，但没有更多的记载。

小金县·两大主力会师地

过了夹金山垭口就是小金县，红军长征那会儿叫懋功县。中央红军翻越雪山后，在这里与红四方面军会师，史称"懋功会师"。

从山脚达维到县城的一路上，现存红军遗址和纪念地有：达维会师桥、猛固桥、三关桥、红军懋功同乐会旧址、懋功会师纪念碑等。

达维会师桥 位于达维镇外的沃日河边，是一座木桥，距夹金村约6公里。杨成武在《忆长征》中称"达维"为"大维"，当时是个近百户人家的村庄。

当年6月12日，先遣红4团从夹金山下来，在达维桥上与红四方面军前来接应的第25师第74团意外相逢。该桥因此被称为"达维会师桥"或"懋功会师桥"。

6月15日，张国焘、陈昌浩、徐向前代表红四方面军全体指战员，致电"毛主席、朱总司令、周总政委、中央红军全体指战员"，热情洋溢地说："懋功会合的捷电传来，全军欢跃。"两天后，毛泽东等中央领导人走过木桥来到达维，当晚举行了两军会师联欢会。

达维会师桥，现为全国重点文物保护单位。木桥的上方原来有一座纪念碑。我们去时，原址已成一片工地，正在重建纪念设施，现场比较乱，好在残旧的木桥未波及。沃日河依旧流淌，河旁的"中国熊猫大道"车来车往——

沃日河边的"会师桥"标志牌

达维会师桥。80多年前，先遣红4团从桥上走过，毛周朱和中央红军主力也从桥上走过

往东 20 公里，是四姑娘山；往西 34 公里，是我们将去的小金县。

猛固桥 位于达维镇与小金县城之间，距达维桥 27 公里，距县城会师广场 7 公里。猛固桥也是个地名，包含猛固桥和马路对面的马鞍桥。两桥正当沃日河与抚边河的交汇处，是以前小金县通往成都的必经之所。

猛固铁索桥和立于桥头的李先念迎接毛泽东等记事碑

懋功红军会师纪念碑

红军懋功同乐会旧址（天主教堂），现为全国重点文物保护单位

猛固桥有两件事被载入史册：一是 1935 年 6 月上旬，为迎接中央红军，红四方面军第 25 师在这里与川军发生激烈战斗，夺占此要隘。二是 6 月 18 日，毛泽东、朱德、周恩来等随中央红军主力前往懋功，红 30 军政委李先念率部在此迎接。这是李先念第一次见到毛泽东。

现在，猛固桥与马鞍桥之间辟出一片很大的广场，停了很多车，路边有饭店和一长溜卖水果的棚子，游客很多。顺便说一句，小金县的苹果很好吃，我们买了不少。

小金红军会师广场 位于小金县城内。广场南侧有一座纪念碑（红军雕塑），基座上刻着"懋功红军会师纪念地"，由时任总书记胡耀邦题写。广场北侧是一座法式天主教堂，即"红军懋功同乐会旧址"。党中央领导机关进驻懋功后，为庆祝两军会师，在天主教堂召开了中央红军与红四方面军干部同乐联欢会，"至下午 5 时聚餐"（伍云甫日记）。

毛泽东等领导人在懋功休整 3 天，住在教堂院内的厢房里。

三关桥 位于县城西北的小金川峡谷中。红一、红四方面军胜利会师后，为西进康巴藏区以及金川县等地，曾在这里与国民党守军展开激烈的战斗。如今，桥头堡上的累累弹洞依稀可辨。

劈山而出的小金川

站在三关桥上，可以眺望对岸的小金县城，饱览小金川河的雄奇风光。小金川为大渡河左岸一级支流，干流长151 公里，自然落差 2340 米。

清代，曾在小金县域发生平定大小金川战争，位列乾隆帝自诩的"十大武功"之二。此战历时十余年，清军损失惨重，代价远超其他"武功"。其成果是，将这一地区重新纳入中央王朝的统治，巩固了自雍正以来"改土归流"的成果。

烽火早已消散。暗淡了刀光剑影，远去了鼓角铮鸣，县城已面貌一新。不变的是，群山依旧环绕，小金川照样奔腾。

小金川上的三关桥战斗遗址

小金-卓克基

沙石多

红军墓 刷金寺
3400米

马河坝

芦花沟

▲ 亚口夏山 4800米
中央红军第三座雪山

马尔康市
阿坝藏族羌族自治州
1956年设县

红军长征纪念馆
卓克基会议旧址(土司官寨)

亚口夏山红军烈士碑

卓克基
2684米

马塘
3169米

梭磨乡

米亚罗风景区

梦笔山
垭口4114米
路途4158米

▲ 中央红军翻越
第二座雪山

1935.6.26-28

抚

玛嘉沟

两河口会议

两河口,长征途中毛泽东
与张国焘首次会面的地方

金川县

两河口 毛张会面

6月24日,中央率军委
纵队抵达两河口

两河口
3085米

这里自古就是交通要道,乾隆
出兵大小金川时曾在此屯兵

毕棚沟景区

边

抚边乡居住着藏羌回汉苗多民族
很多人是乾隆攻打金川后留下戍
边的清军后代,从乡名可看出

抚边乡
粮台村

城隍庙
毛泽东旧居

河

八角镇

●	红军途经或宿营地(经过)
○	红军途经或宿营地
⊗	重要战役战斗发生地
🔴	毛泽东长征行居
—	自驾路线

1935.6.12-18

懋功会师

猛固桥
(铁索桥)

李先念率部迎接毛泽东、
朱德、周恩来等进城遗址

红军会师广场

▲ 四姑娘山

小金县 2367米
(懋功)

达维会师纪念碑

达维会师桥

夹金村

40

二过雪山　从两河口到卓克基

出行日期：10 月 26 日（第 31 天）
自驾路线：抚边—两河口—梦笔山—卓克基
行车里程：约 134 公里

我们在小金住了一晚。第二天是周六，从这天起，当地全民放假三天，庆祝羌历年。这是羌族人在秋收后向神还愿的日子。

上午从小金出发，沿着红军的足迹一路向北，途经抚边乡，进抵两河口，翻过梦笔山，夜宿卓克基。全天有雨，过梦笔山时下雪。

抚边·多路红军宿营地

抚边乡距小金县城 43 公里。途中遇三车相撞，把路封堵。排队等了一个多小时，实在忍不住，便斜着车身从低洼的路边通过。幸亏底盘高，有惊无险。

抚边城隍庙的戏台子。红军曾在这里演出文明戏，吸引了众多乡亲。据传毛泽东登台讲话，号召有志者跟红军一起北上，有 61 名青年报名参军

中央红军离开县城向北进军时，多支部队先后在抚边驻扎。据说毛泽东也在这里宿营，住了四天。现存的红军遗址，在山腰的粮台老街城隍庙里，包括戏台子和毛泽东住址。

毛泽东在城隍庙的住址

张国焘在开过两河口会议后，也曾到抚边宿营。在几十年后的回忆录中，他把开会地点错记为抚边，可见此地给他留下了很深的印象。

抚边还是清代大小金川战争的主战场之一，领兵的大将军温福（武英殿大学士兼兵部尚书）及3000多清军遇土司武装突袭，战死在这里。清廷换将再战，致大小金川血流成河、万户萧疏。现在很多村民，就是后来留下戍边的清军子孙，从"抚边"地名也可看出。

问了几位在溪边洗菜的村民，他们都说自己是汉族人，生于斯长于斯，对祖上的事听说过，但不甚了了。

两河口·长征中毛、张首次会面

两河口，是长征中毛泽东与张国焘首次会面的地方。这是两大主力会师后最重要的一场会面。随后，召开了载入史册的两河口会议。

1935年6月24日，毛泽东等中央领导人先到两河口。次日下午，张国焘冒雨从茂县赶来，他在《我的回忆》中写道："毛泽东率领着中共中央政治局委员们和一些高级军政干部四五十人，立在路旁迎接我们。我一看见，立即下马，跑过去，和他们拥抱握手。"

雨中的两河口。当年毛泽东等与张国焘会面时，也是下雨

两河口距小金县城 70 公里，因地处梦笔河（抚边河）与虹桥河交汇点而得名，实测海拔 3060 米。境内有沟深峡幽的玛嘉沟、清代小金川战场遗址等，而重点打造的，则是"两河口会议纪念地旅游景区"，包括两河口会议会址、纪念馆、烈士陵园、红军领袖群雕等。210 省道穿镇而过，游客较多。

两河口会议会址。原是关帝庙，主体建筑已毁，仅存一所房子，现为全国重点文物保护单位

1935 年 6 月 26 日至 28 日，中共中央在两河口召开政治局扩大会议，连开三天。会议确定了中央红军和四方面军共同北上、在川陕甘创建根据地的战略方针。据此，中革军委制定了《松潘战役计划》，准备消灭松潘地区的胡宗南部，打开北上的通道。29 日，又召开政治局常委

会址前的毛泽东汉白玉雕像和红军领袖雕塑群（部分）

会议，通过了上述战役计划，决定增补张国焘为中革军委副主席，徐向前、陈昌浩为中革军委委员。

两大红军主力会师时，中央红军尚余2万多人，但保存的干部多，枪支多。张国焘在回忆录里说："当时四方面军人数在四万五千左右，步枪两万多支，人数远远超过枪支的数量。这是因为川北的情况特殊，获枪颇感不易，而兵源的补充倒不是困难的。"

现在通行的说法是，两大主力会师后，总兵力达10万之众，其中红四方面军约占八成。两河口会议期间，张国焘通过与周恩来、朱德交谈，对中央红军的实力摸了底，开始不淡定了。《聂荣臻回忆录》中说：

两河口会议纪念馆

> 两河口会议是张国焘野心暴露的起点。这时，经过万里之行的中央红军，军衣破破褴褛，五光十色，在张国焘的眼里，还不如"他的"队伍有战斗力。本来不管哪个方面军，都是中国工农红军，都是党的部队，谁有战斗力都是好事，可是张国焘他动了野心。我们当时看到四方面军的队伍人员比较充足，除五万多部队外，还从川北带来一些帮助他们运东西的男男女女，总共约有八万人。张国焘把这些都看成是他闹独立的资本。

两河口会议结束后，为执行《松潘战役计划》，中央红军和红四方面军分编为左、中、右三路开始北进。中央和军委纵队随即翻越梦笔雪山，前往卓克基。

雨仍在下。我们离开两河口，沿着相同的道路前进。

梦笔山·红军翻越的第二座雪山

梦笔山在两河口以北30多公里处，是小金县与马尔康市（阿坝藏族羌族自治州首府）的分界岭，也是中央红军翻越的第二座雪山，顶峰海拔4470米，垭口4114米。不知不觉上了山，不知不觉下了山。不是很险峻的那种，就是路面破碎，经常要减速。

山麓下雨，山头飘雪，风景比夹金山逊一筹。垭口处风大雾大，感觉很冷，拍了几张照片，手快冻僵了。车载

梦笔山麓

海拔 4114 米的梦笔山垭口

测温 −2℃，感觉不止，也可能是处于风口的原因。副驾下来留个影，迅速逃回车里。

重走长征路回来后，又翻看了一些老红军的日记，发现有相同的感受。

童小鹏（时任红 1 军团政治保卫局秘书）6 月 27 日写道："很久听得的梦笔山今日要爬了，出发时大家都着急，以为很高有雪，不觉得回忆起夹金山那样的难爬。到上时，哪知道只几里且坦平的上，山顶也并没有雪（只邻峰才有），只是有点冷风袭人而已。"

伍云甫（时任军委三局政委）6 月 30 日过梦笔山时记载："该山雪已融，山顶不甚高，平平上，但整个位置高，登越困难。前头部队经过，见倒毙者六七人之多。"

中央红军过梦笔山时，改由红 6 团担任前卫，红 4 团跟进，主力随后。

老红军们多回忆翻越夹金山之夺命般艰苦，提及梦笔山者较少。我想，一是梦笔山没那么险；二是适应了，有了更充分的心理和物质准备。

步行道"雪山红路"尽头的雕塑

卓克基·红军长征的重要驿站

从梦笔山垭口到卓克基 29 公里，开车近一个钟头。路上常看到一些美丽的藏寨，越往北藏味越浓郁。因为下

雨中，车拍沿途藏居

雨中的卓克基

雨，隔着车窗拍了一些照片。

卓克基，藏语意为"至高无上"，现在是马尔康境内的交通枢纽，也是藏族人文景观和自然风光糅为一体的旅游胜地。梭磨河穿镇而过。

懋功会师后，红军曾三进三出卓克基，在《松潘战役计划》和后来制定《夏洮战役计划》中，都明确提出"以卓克基为总后方"。

卓克基最著名的是土司官寨。红军夺取官寨的战斗颇有戏剧性：

索尔兹伯里《长征：前所未闻的故事》

这座土司宫是一座用石块砌成的七层塔楼，所用木料都经过工匠的精心雕镂，远远望去，宛如一座拔地而起的亚洲比萨塔。这是红军在六千英里远征中所见到的奇景之一。土司宫四周筑有坚固的石堡，有三四层楼高，上面砌有诺尔曼城堡那样的炮眼和箭垛。土司宫面积极大，据说，它的房屋和庭院可以容纳五千到六千人。

土司官寨外观

　　前卫红6团翻越梦笔山后，遭遇土司索观瀛（兼任国民党"三土游击司令"）所率土兵的阻击。土兵枪法很准，将带路的通司（翻译兼向导）打死，红军被迫还击，形成对峙。时降大雨，土兵的火药枪因受潮而影响使用，遂退守官寨，凭坚顽抗。深夜，红6团为联络后续部队，向天空发射数颗信号弹。土司和土兵们以为红军会施展法术，吓坏了，急忙弃寨而逃，躲入深山。

位于卓克基的马尔康红军长征纪念馆

　　土司官寨现为全国重点文物保护单位。1984年，美国著名作家索尔兹伯里沿着长征路来到卓克基，次年在《长征：前所未闻的故事》一书里，用了四大段文字详尽描述这座"城堡式的藏民土司官"。可以想见他当时的震撼。

纪念馆前的红军雕塑：北上

土司官寨二楼的卓克基会议会址

毛泽东住室——蜀锦楼，原为土司索观瀛的书房。据介绍，室内的八仙桌和坐床是毛泽东读书时使用过的

卓克基西索民居

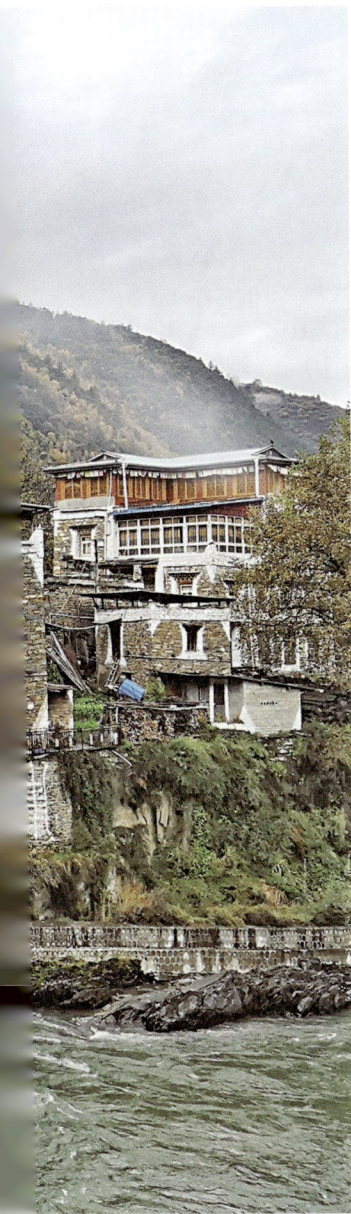

　　1935年7月1日，毛泽东、张闻天、周恩来等率中央机关进驻卓克基土司官寨。那是雨后的第二个晴天。7月3日，中央政治局在官寨召开常委会议，制定在少数民族地区红军行动的方针政策，通过了《告康藏西番民众书》。同一天，总政治部发布训令，要求全军重视筹粮。此后，一直到走出草地，解决吃饭问题都是红军的头等大事，并开启了与吃有关的"牦牛革命"。

民居家门

　　卓克基会议会址，以及毛泽东、张闻天、周恩来等领导人的住室均在土司官寨的二楼。毛泽东在此住宿一周，发现了索观瀛书房里的《三国演义》，读得津津有味，至今传为佳话。

　　当年拼命抵抗红军的土司索观瀛，最后还是选择了共产党。1952年，他在北京受到毛主席的接见，并在中南海一起吃饭。主席评价他是"一个开明的土司"。

　　卓克基还有一大亮点，就是土司官寨对面的"西索民居"，为嘉绒藏区典型的"垒石为室"建筑风格，鳞次栉比，壮观夺目。时下居住在此的，多为原土司的差人以及当时为土司服务的商人、民间手工艺者的后代。

　　我们到卓克基时，这里还是一个建制镇，现在已划归马尔康镇（市区镇）管辖。梭磨河边，有很多宾馆、饭店和茶室，洋溢着"红色小资"的气息——红色映照历史，小资追逐时尚。

自驾路线图
卓克基至黑水
连续翻越雪山

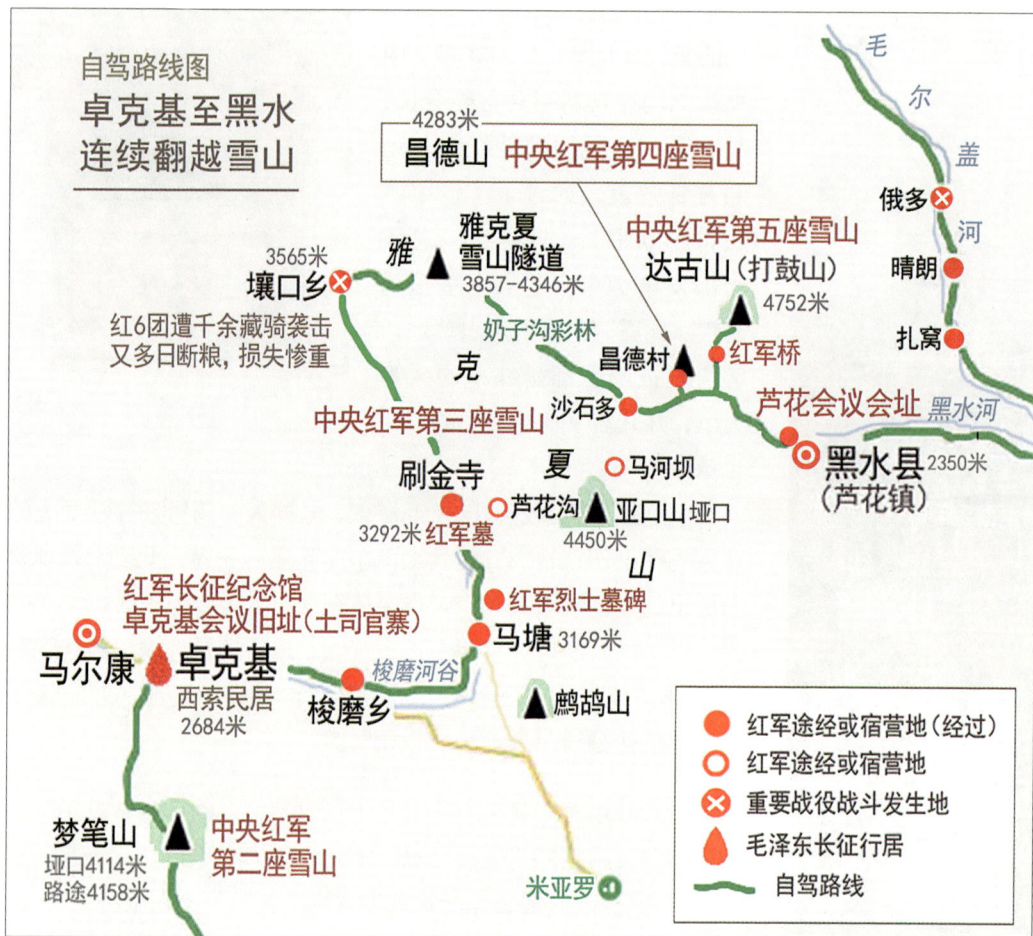

4283米
昌德山 **中央红军第四座雪山**

毛尔盖河

俄多 ⊗
晴朗
扎窝

雅克夏
雪山隧道
3857-4346米

中央红军第五座雪山
达古山（打鼓山）
4752米

3565米
壤口乡 ⊗
雅
克

红6团遭千余藏骑袭击
又多日断粮，损失惨重

奶子沟彩林
昌德村 ▲ 红军桥

中央红军第三座雪山

沙石多

芦花会议会址 黑水河

黑水县 2350米
（芦花镇）

刷金寺
3292米 红军墓

夏

○ 马河坝

芦花沟 ▲ 亚口山 垭口
4450米

山

红军长征纪念馆
卓克基会议旧址（土司官寨）

红军烈士墓碑
马塘 3169米

马尔康 ▲ 卓克基
西索民居
2684米

梭磨河谷
梭磨乡

▲ 鹧鸪山

梦笔山
垭口4114米
路途4158米

▲ **中央红军
第二座雪山**

米亚罗

🔴	红军途经或宿营地（经过）
⭕	红军途经或宿营地
⊗	重要战役战斗发生地
🔻	毛泽东长征行居
〜	自驾路线

41

梭磨河边　牦牛大道和红军墓

出行日期：10 月 27 日（第 32 天）
自驾路线：卓克基—马塘—刷金寺—壤口
行车里程：约 100 公里（不含部分往返）

迷路时盼向导，阴雨时盼太阳。天遂人愿，今天云开
雾散，一路阳光。

梭磨河谷·牦牛大道

从卓克基出发，紧贴着梭磨河向东行，海拔渐次抬高。
路在河谷中，河有多少弯，路就有多少弯。不久过梭磨乡。

红军从卓克基出发前往梭磨时，徒步 60 华里，因路
被水淹，至夜才赶到宿营。现在开车 22 公里，中途有隧道。
这是梭磨河谷最美的路段之一。据说，当初是开发商"发
现"了这段峡谷，不是看上风景，而是想建水电站，但是
本地政府拒绝了，保住了梭磨河的原始生态。我们沿着红

梭磨河上，连接土司官寨与红军纪念
馆的索桥。我们从这儿再出发

梭磨河谷（车中拍摄）

赵镕日记

7月3日　星期三　晴　卓克基

流经卓克基的梭磨河里鲜鱼既多又肥。藏民迷信，说鱼是神种，只能喂养，不能捕食，假若谁吃了神鱼，神灵就会降灾。他们每年定期到大金川、小金川里捞些鱼到梭磨河放生，还定期向梭磨河投放粮食给鱼吃。我们为了补充粮食之不足，想钓点鱼吃，便由缝纫班想办法，用缝衣针弯成勾勾开始垂钓。人常说："姜太公钓鱼，愿者上钩"，可梭磨河里的鱼游来游去，就是不上钩，甚至把鱼饵食去，照样滑脱逃走，你说气人不气人！

军足迹走过无数的山谷，早已审美疲劳，却仍然真切地感受到这里的美。

从梭磨经马塘至刷金寺，又被称为"牦牛大道"。

梭磨河上的毗卢遮那吊桥

梭磨到刷金寺的"牦牛大道"

这里的"牦牛大道"与红军有关，跟青藏铁路上设置的"藏羚羊通道"不是一个意思。这一带也属青藏高原，位于东段的阿坝地区。当年，红军在这里大的战斗不多，头等任务是筹粮。据不完全统计，红一、红四方面军在进军和驻扎马尔康、红原、黑水等地过程中，先后筹得青稞等粮食 2000 多万斤，宰食牦牛等各类牲畜 20 多万头，解决了数万红军的生存问题。当地藏羌群众缩衣节食，为此做出了重要贡献。新中国成立后，毛泽东曾说，中国革命

某种意义上讲，就是"牦牛革命"。后来，红军走过的这条道，被命名为"牦牛大道"。

在梭磨与刷金寺之间是马塘村，隶属梭磨乡。这里曾经是红军的集结地之一，多路红军在此驻扎。

马塘也是著名作家阿来的故乡。他在散文《春天记》里写道："解放前，我们马塘村是驿道上有一条小街道的大市集。后来，有公路了，这个市集便消失了。我们的爷爷辈还经商开店赶马帮，父亲辈便变成种青稞和土豆为生的农民了。"他还听爷爷辈说，有一年"黑水人拿着快枪，曾经把我们马塘包围过好多天，一把火，就把街上的店铺，骡马店烧毁了一多半"。

刷马路口的红军纪念碑

在马塘村附近有一个三角广场，叫刷马路口，广场上矗立着一座"红军长征经过的大草原纪念碑"。可是放眼四顾，周围都是山，没见草原，也许我们的草原概念比较狭隘，与当地不同。

往东南有条岔路，问一位开越野车过来的人，说是通往鹧鸪山（红四方面军翻过的雪山），再往前是理县、汶川、茂县。

刷金寺·海拔最高的烈士墓

从马塘沿主路继续上行，便进入刷金寺镇的地界。在海拔3169米的路边，立着"亚口夏山红军烈士墓"标志碑。亚口夏山就是雅克夏山，又称马塘梁子，红军长征史中称其为"长板山"，是中央红军翻越的第三座雪山。

红军烈士墓在海拔4450米的垭口（又称垭口山）。关于它，有一个悲壮的故事：

1952年7月，前往黑水剿匪的解放军某部途经这里，在营地附近发现12具遗骨，头北脚南整齐排列，骨架旁有皮带环、铜扣等军用品，还有一块木牌，写明他们是牺牲的红军。12个人恰好是一个战斗班。当时他们可能在此休息，极度疲劳加上高寒缺氧，再也没有站立起来。解放军于是收殓遗骸，造坟立碑，并举行仪式向前辈致敬。这座墓，被认为是世界上海拔最高的烈士墓，现为全国重点文物保护单位。

通往亚口夏山红军墓的入口

车停亚口夏山麓，寻找红军烈士墓

红军烈士墓文物保护碑

位于刷金寺镇南的革命烈士纪念碑和
红军墓

后来为方便群众纪念，在山脚修建了现在的纪念碑。纪念碑东侧有通往垭口的小道，标注距离 13 公里。一位 50 多岁干部模样的人说，这条路平时不让上，开车更上不了。不能上垭口向红军烈士致敬是遗憾的。不过按现在的年龄和身体，要想徒步 13 公里爬到 4450 米的垭口，也不现实。前几年在海拔 4290 米的折多山垭口，下车爬了一段约百米的山头，下山时两腿发飘，在大风中几乎控制不住自己。

刷金寺镇，以前为梭磨土司官庙（老康猫寺）所在地，因大量印刷经文而得名。民国时期其南部和北部分别由理番县（今理县）和松潘县管辖。新中国成立初期，四川省藏族自治区（今阿坝藏族羌族自治州）政府曾驻这里，长达 4 年。现在隶属 1960 年建立的红原县。

刷金寺是红一、红四方面军先后途经和驻扎之地，大部分红军也是从这里出发向东翻越雅克夏雪山的。红军文献里称"康猫寺"或"康庙"。现在的镇子在公路两边，距老康猫村很近。

在即将进镇之前，路右边有一座革命烈士陵园，里面立着一块纪念碑，碑后有一组红军烈士墓。实测海拔 3292 米。

马塘人阿来的《春天记》也提到这里："山那边有一

个解放后才兴起的镇子，叫刷经寺。镇子边有一个烈士陵园。小时候，老师领着我们这些红领巾去参观过那个墓园。墓园中，就有睡在雅克夏山顶没有再起来的那个红军班。"最后这句话有误，那个红军班的烈士墓应该在雅克夏山上，有全国重点文物保护碑的碑记证明。

雪山在右，一路伴行到壤口

　　沿着山谷公路继续向北，梭磨河始终不离不弃；河对岸，就是长长的雅克夏雪山，一路伴行。当地人称它是"不可逼近的神山"。

　　公路是由省道升级的 248 国道，路面平整，车不多，走起来很舒服。这里是高山峡谷向高原草场的过渡地区，海拔越来越高，从马塘的 3169 米，到刷金寺的 3300 米，再到壤口的 3565 米。但我们适应了，感觉不出来，不时停车拍照，蹲下撩一撩清澈冰凉的梭磨河水，站起来眺望对岸的秋林和远处的雪峰。雪峰并不显得很高，因为我们已经在很高的地方了。

在梭磨河边眺望雅克夏雪山

进入壤口乡。这里很少见到楼房，路牌显示前方有雷达测速，小车 70 公里，卡车 50 公里

壤口乡是这一路的拐点。往北直行 40 多公里是阿坝红原机场，离草原最近；往东 60 多公里是黑水县，红军驻扎和开会的地方。壤口没有什么标志性的景点，但我们还是两次停车拍照，因为这里是英雄红 6 团蒙难之地。

早在《松潘战役计划》制定后，为了探明通过草地的道路，前卫红 6 团在朱瑞（红 1 军团政治部主任）、陈光（第 2 师师长）率领下，从刷金寺出发北上。进至壤口一带时，遭遇阿坝土司杨俊扎西的数千藏骑的袭击，战斗至白刃相向。由于对地形不熟，又缺乏与骑兵作战的经验，红 6 团伤亡惨重，师长陈光右臂负伤。在被迫后撤的四天

壤口一带地貌

远处山峰为梭磨河发源地，羊拱山

壤口路上，进山采草药的藏民

里，粮食断绝，冻饿而死者触目皆是。最后因运粮队赶到，全团才免于覆没。过草地后，这支曾智取遵义的主力团被取消番号，从此消失了。

　　鉴于红6团的惨痛教训，毛泽东等领导人对征服草地高度重视，行前进行了长时间的大量的准备工作，重点是筹粮，同时训练打骑兵的战术。

　　壤口这一带已脱离峡谷，地势比较开阔，山与山之间有大片白雪覆盖的平坝，雪化后应该就是草场。这样的地形，是利于骑兵快速机动的。

　　这也解决了我们的疑惑，为什么中革军委在8月初制定《夏洮战役计划》后，红军右路主力没有从壤口直进草原前往夏河流域，而是舍近求远，向东翻越三座雪山再北进草地，艰苦卓绝地绕了一大圈。红6团的严重失利，或多或少影响了中革军委对进军路线的选择。

　　今天的梭磨河谷，雪山映照彩林，公路蜿蜒其间，美如天堂。天堂里，有红军英灵会聚，他们滚烫的目光，正日夜守望。

《聂荣臻回忆录》

到了黑水、芦花一带，部队要四处筹粮运粮。这一带有很多大喇嘛寺。刷经寺是其中最大的。寺里大喇嘛都很阔气，连许多家具都是从上海运来的，藏粮很多，但是不能随便取用。部队到处筹粮。有些藏民又误信敌人宣传，把粮食埋藏起来了，人也跑光了。部队有时不得不起用了藏民的粮食，只得留下几块光洋，写个条子，表示歉意。当时为了掌握政策，团以上都有筹粮委员会，统一筹粮，统一分配。

在黑水县境内,红军连续翻过三座雪山。车停处为昌德山

黑水境内红军翻越的三座雪山

亚克夏山 又称亚口夏山、马塘梁子,红军文献中亦称长板山,中央红军翻越的第三座雪山。主峰海拔4743米。其中,红军翻越的垭口(又称垭口山)海拔4450米;主峰附近建有隧道,洞口海拔3857米,洞内最高4300余米。

昌德山 又称仓德山、拖罗岗,中央红军翻越的第四座雪山。主峰海拔4283米,垭口海拔4164米,不通公路。

达古山 又称打鼓山,中央红军翻越的第五座雪山。主峰海拔4752米,垭口海拔4484米,不通公路。山下辟有达古冰山风景区,红军遗址大部分纳入其内。

42

前往黑水　连过三座雪山

出行日期：10 月 27 日下午（第 32 天）
自驾路线：雅克夏山—昌德山—达古山—黑水县
行车里程：约 135 公里

到壤口后一路向东，先后过中央红军翻越的第三、第四、第五座雪山，穿越奶子沟彩林，终点在黑水县城（芦花镇）——中共中央政治局开会的地方。

雅克夏雪山·天路隧道

中央红军翻越的第三座雪山——雅克夏雪山，是一道长长的山脉，大致南起鹧鸪山（马塘东南），北至壤口乡，直线长约 50 公里。主峰位于北部，海拔 4743 米。这里也是梭磨河与白河（嘎曲）的分水岭。梭磨河往南汇入大渡河，大渡河又汇入长江；白河往西北至川甘边，再汇入黄河。所以，雅克夏山又是长江水系和黄河水系的分水岭。

这是红军翻越次数最多的一座大雪山。1935 年 7 月，

主峰 4743 米
过山隧道
垭口山 4450 米
红军烈士墓
梭磨河谷
以@三晋与嘉线原照为底图

雅克夏山脉及其主峰和红军翻越的垭口（又称垭口山）示意图

雅克夏雪山隧道入口（红原县一侧）

穿越雅克夏雪山垭口。因不能停车（路边有监控），只能
车行拍摄

穿过雅克夏雪山隧道后，进入黑水县域

中央红军主力与红四方面军一部共同北上，先后翻过雅克夏山；当年 9 月，张国焘令红四方面军南下，次年再次北上，又两过此山。无数红军战士永远长眠于此。

如今，在主峰下，有一座隧道贯通雪山。

雅克夏雪山隧道是 2008 年汶川地震后援建的重点项目之一，也是四川省内最后完工的援建工程。全长 3886 米，其中隧洞长 2302 米；洞口海拔 3857 米，洞内最高 4346 米。它在 2012 年 6 月贯通时，曾是中国海拔最高的公路隧道（现在是西藏的米拉山隧道，海拔 4700 多米），被誉为天路。建设期间，由于高寒缺氧、地质复杂，现场作业人员先后更换 5000 多人次，设备更换率为 100%，可见难度之大。

过隧道前后，两边雪峰连绵。据说能看到主峰，但不知是哪一座。过了隧道，就进入了黑水县域。

原先这里是 12 公里的盘山道，坡陡弯急、冰雪覆盖，每年封山长达 8 个多月，现在老路已被封堵。这样，隧道就成了翻越雅克夏雪山的唯一通道，并全年畅通。

这是自驾长征路必经之地。这是一条神奇的天路，从此山不再高，路不再漫长。

奶子沟·八十里画廊

从雅克夏雪山隧道出来，沿盘山道陡降 1000 多米，很快滑入一条峡谷，这就是享誉世界的奶子沟画廊，亚洲最大的 80 里天然彩林。

从皑皑白雪的寒冬，突然掉进了五彩斑斓的金秋，有点猝不及防，又无比惊喜。

任何画笔都难绘其浩然博大、绚丽夺目，任何镜头都难窥其全貌，只能切割局部。她犹如一部气势磅礴的交响乐，高潮迭起，华章频现，你陶醉于其中而无法表达。

根据老红军萧锋的日记，红军曾进抵奶子沟。红军到达的位置应该在东段，靠近现在昌德村的地方，那是 7 月上旬，夏季，还没有满山的红叶。我们则是幸运的，正当醉美时节。

奶子沟彩林（局部）

奶子沟村，在家门口卖山货的藏族老人

昌德村整体搬迁下山后，遗留在山上的老房子，看上去还很新

奶子沟中有多个观景台，都在沿河的公路边，既能看彩林，也能看雪山，还有风情别样的藏寨。

途经奶子沟村时，洗了一回车，这是自渡过金沙江后第一次洗车。旁边，有藏民在家门口卖灵芝等山货。

昌德山·昌德村

昌德山（又称仓德山、拖罗岗），是中央红军翻过的第四座雪山。主峰海拔4283米，垭口海拔4164米，目前没有公路通过。

与红军有关的遗址在昌德村，分新村和老村。新村在山脚的奶子沟公路旁，建有红军广场，以红军翻越雪山为背景打造，游客较多，还看见从上海来的。

老村在昌德山腰部，海拔2768米，走盘山道6公里，路窄弯急。村寨处于一片天然形成的高台上，是红军翻越昌德雪山时驻扎过的地方。一座座石头垒砌的房子看上去很新，但居民都已搬迁到山下了。四周静悄悄的。

昌德村因为地势高，看风景绝佳。俯瞰山谷，是片片彩林；远眺群峰，白雪皑皑，云起云落。

在这里，两次遇到上山的村民：一对年轻夫妻和两位老者。

年轻夫妻骑着摩托车，说是上山采灵芝去。从他们那儿确认了两个信息：一是山上的村庄确实不住人了，已停

位于奶子沟公路边的昌德新村红军广场

通往昌德老村的山道

昌德山上，当年红军就是沿着这条土路翻越雪山的

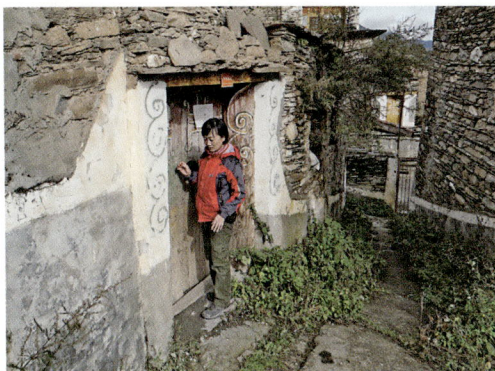
人去楼空的昌德老村，敲了几家门，无人答应。
当年红军来时，也敲过门吗？

偶遇昌德村的才旺老人

水停电；二是旁边的土路汽车过不去，断了我们开车翻山的念头。

两位老者上来看他们圈养的牛。其中一位年龄大的普通话反而说得好，又健谈。他叫才旺，78岁了，他说这个寨子住过好几次红军。我们临走时，他问能不能带其下山，因为岁数大了，走起来有些吃力。我们欣然答应。在车里又聊，他说以前当过和尚。我们问就是喇嘛吗？他说不是，喇嘛是喇嘛，和尚是和尚。他的进一步解释没太听懂。一直以为在藏区，喇嘛就是和尚，后来在网上也没查明白。

现在的昌德村，主业就是红色旅游。这儿地处奶子沟画廊与达古冰山风景区之间，是游客必经之地，又是红军爬雪山时走过和住过的地方，资源丰富，客源不愁。

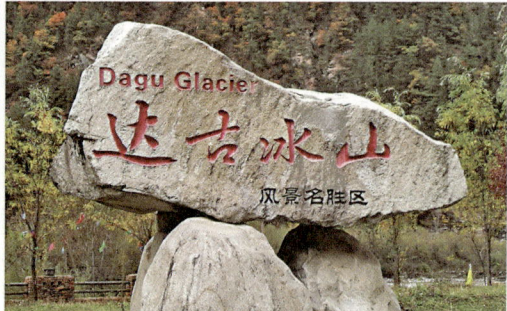

达古冰山风景名胜区

达古雪山·红军谷

达古（打鼓）雪山，是中央红军长征翻越的第五座大雪山。主峰海拔 4752 米，垭口处海拔 4484 米，也未通公路。红军遗址今已被圈入 4A 级的达古冰山风景区内，门票＋观光车等合计 338 元。

景区大门在奶子沟公路北边。我们到达时已经下午 4 点半，只见栏杆高翘，便直接开了进去，没人阻拦和收费。

景区内是条长达 30 公里的峡谷，时见彩林。因为红军走过，峡谷又称"红军谷"，有红军湖、红军桥等。我们一直开到海拔 3600 多米的道路尽头，峰回路转中，达古雪峰历历在目，汽蒸烟腾，磅礴壮丽。

峡谷里有三座藏寨，依海拔高度，分别是下达古、中达古、上达古。老红军赖传珠、伍云甫和童小鹏等人的日记里都记述了在打鼓（即达古）宿营。其中，军委三局政委伍云甫写明从芦花（黑水）附近出发后，翻过昌德山至下打鼓，两天后移驻中打鼓，再经上打鼓翻山"至沙窝宿营"。童小鹏记述爬达古山时下了几十分钟雪，天很冷，

【友情提醒】

百度地图和高德地图上均标注达古冰山景区位于昌德村（昌德山）以南，这是错误的。这一错误，曾给很多重走长征路者带来困扰。经我们实地寻访，证明达古山在昌德山之北，今达古冰山景区内的路线图也是这样标注的。又，1955 年出版的《中国工农红军第一方面军长征记》所附《红一军团长征中经过名山著水关隘封锁线表》中，将翻越达古（打鼓）山与昌德山（拖罗岗）的顺序搞颠倒了，以致在有的长征史书籍中，也误写为红军先过达古山，再过昌德山。根据一些老红军日记，可以确认红军先过昌德山，再过达古山。否则无法解释，为什么红军过了达古山，即进入沙窝、毛儿盖地区。

"俨然如江西 12 月的光景"。

达古雪山是中央红军翻过的最后一座雪山。如果有公路可以翻山，从这里去沙窝和毛尔盖最近，现在得向东绕两倍远的路——不过，那也是红 1 军团一部走过的路，他们没有翻越达古山。

达古（打鼓）山，中央红军翻越的第五座雪山

位于上达古藏寨的红军桥，红军曾通过这里前往雪山

黑水·芦花会议会址

从达古冰山景区出发，到黑水县（芦花镇）约 8 公里。县城海拔 2350 米。

当年红军在翻过雅克夏雪山后来到这里。先头部队抵达芦花镇时，曾与反动头人武装发生两次战斗，红军先后

芦花会议会址

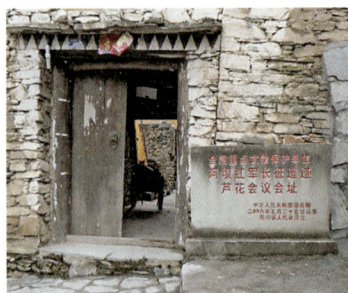

会址大门及文物保护碑

牺牲 20 多人。

在长征史上，黑水因中共中央召开"芦花会议"而著名，开了两次。

两河口会议后，张国焘借口"组织问题"没有解决，按兵不动，既不执行《松潘战役计划》，又故意延宕红四方面军北上，以致错失战机。

1935 年 7 月 18 日，中央在芦花召开政治局常委扩大会议，讨论组织问题。会后中革军委发出通知："奉苏维埃中央政府命令：一、四方面军会合后，一切军队均由中国工农红军总司令、总政委直接统率指挥。仍以中革军委主席朱德同志兼总司令，并由张国焘同志任总政治委员。"会议还决定：原红军总政治委员周恩来调中央常委会工作，并在张国焘未熟悉情况前协助其工作；增补陈昌浩为中革军委常委，博古任红军总政治部主任。

次日，中革军委制定了《松潘战役第二步计划》。随后，又作出决定，设立前敌总指挥部，徐向前兼总指挥，陈昌浩兼政委，叶剑英任参谋长。中央红军第 1、第 3、第 5、第 9 军团，依次改称第 1、第 3、第 5、第 32 军；红四方面军各部番号不变。中央红军抽调张宗逊、陈伯钧、李天佑、李聚奎等一批干部到红四方面军各军任参谋长等职务，红四方面军抽调 3 个建制团 3700 余人补充中央红军。

7 月 21 日至 22 日，又召开政治局扩大会议，集中讨论红四方面军的问题，肯定其发展壮大的成绩，批评其轻易放弃川陕根据地等错误。

芦花会议会址，目前是全国重点文物保护单位，位于黑水老街。房子已有上百年的历史，当年是小头人泽旺家，现由其曾孙苏朗彭初守护。老街道路较窄，车可以开到遗址前，但无专门停车场。

芦花会议后，毛泽东等即翻越仓德雪山和打鼓雪山，前往毛尔盖地区。另一部红军从芦花过猛河后，翻越谷汝山（现地图上找不到地名），经扎窝、晴朗、俄多，沿毛尔盖河一线北上。这一路，与我们的自驾路线基本吻合。

据统计，红军在整个黑水境内，共与敌人进行大小战斗 80 多次，加之疾病、饥饿，行军和爬雪山之劳累，有近万人牺牲，其中红四方面军由于三次往返，牺牲最多。

黑水河畔

黑水革命烈士陵园。位于县城河东吉林大道，合葬着红军在黑水牺牲的近万名先烈的部分遗骨

红军长征纪念碑园（总碑）

★ 川主寺镇 2975米

九寨黄龙机场

3500米

高德导航

曲定桥（屈锦桥）

辣子山（腊子塘）

羊角塘

松潘县 2850米

2850米

1935.8.20.

草原乡

道路残破

热

青云乡

毛尔盖会议会址（毛尔盖镇索花村）

毛尔盖 3235米

燕云乡（卡龙） 2910米

卡亚村

牟尼沟

沙窝会议会址（下八寨乡血洛村）

3345米

俄盖

务

安宏乡

1935.8.4-8.6.

毛

红扎乡

尔

热务沟

红土镇（热窝村）

小姓乡

河

镇江关乡

昌德雪山

达古雪山（打鼓山）4752米

俄多村

红2团团长龙振文遇袭牺牲

雅克夏雪山隧道 3857-4346米

上达古

红军桥

晴朗乡

河

奶子沟彩林

下达古

金猴海

扎窝乡

昌德村

芦花会议会址

黑水河

沙石多乡

4283米

双溜索乡

垭口：4450米

马河坝

黑水县 2350米（芦花镇）

石碉楼

芦花沟

雅克夏山

色尔古

● 红军途经或宿营地（经过）

○ 红军途经或宿营地

✕ 重要战役战斗发生地

▲ 毛泽东长征路居

—— 自驾路线

自驾路线图-34

43

草地边缘　沙窝、毛尔盖

出行日期：10 月 28 日（第 33 天）
自驾路线：黑水—俄多—沙窝—毛尔盖—松潘
导航里程：约 282 公里

　　这一天寻访的重点，是被称为秘境的毛尔盖地区，终点在松潘县城。手机导航显示，全程 280 多公里，行车 7 小时 40 分钟，所以早早就出发了。

　　顺便提醒：此段路百度导航不认。可使用高德地图分段来导，即在黑水与松潘之间加"沙窝会议会址""索花村"和"燕云乡"等为途经地。

红军峡·毛尔盖河谷

　　出黑水县城后，沿着黑水河一路向东，再向北进入毛尔盖河谷。沿途，群山耸峙，风光卓异，堪称地质奇观。长征时，中央红军和红四方面军各一部曾途经这里北上，

从黑水前往毛尔盖的 302 省道（黑水河南岸）

过渔渡坝隧道后不久，向北跨过黑水河，进入毛尔盖河谷

俄多村便民车站

所以该河谷又称"红军峡"。

途经扎窝乡和晴朗乡，来到了俄多村，一个红军战斗过的地方。

黑水县史料记载：1935年8月14日，红1军团第2团向毛尔盖推进时，在俄多一带遭遇土司武装的阻击。红军虽经多次努力，仍未将敌驱散。为避免扩大冲突，尽速前进，红军遂绕道上山。在行动中，团长龙振文胸部被冷枪击中，流血不止。当晚红军在俄多寨宿营。次日上午，龙团长因失血过多，不幸牺牲。

沿途的民房

现在的俄多村与昌德村一样，分新村和老村。新村在山下公路旁，村口有小卖部，还有一座简易的转经房；老村在高耸的山上，村民说上去8公里，开车难走，也没留下红军遗址。

我们只在山下的村寨歇了一会，与村民聊天，还在小卖部买了一些牦牛火腿肠，带在路上吃。

继续前行，仍然是峡谷，道路时好时坏，有的地段很差。视域所在，皆如天堂；车轮碾过，如陷地狱。

同样是藏区，这里的民居与南部的不同。从卓克基直至黑水老街，都是石头砌筑的似堡垒般的房子，此地则是土石木板房，有宽大的屋檐。难道这儿就是嘉绒藏区与安多藏区的分界处？应该是的。

不知不觉走出了森严的峡谷，尽管四周还是山，但地

部分路段，是塌方后临时清理出来的，比较难行

势逐渐开阔。过黑水县的额则（上达盖）不久，就进入了闻名遐迩又神秘莫测的毛尔盖地域。

毛尔盖位于松潘县的西部，是该县最大的藏族聚居地。传统上，它是指毛尔盖河流域的一大片地区，包括下八寨乡、上八寨乡和草原乡。当年红军攻占毛尔盖地区后，前锋一度进至热务河沿线，因此在红军长征的叙事中，往往把这一带也统称毛尔盖。

2018 年 1 月，上八寨乡被撤销，改为毛尔盖镇；2019 年 12 月，草原乡并入。所以，从行政区划上讲，目前毛尔盖仅限于原来上八寨乡和草原乡的管辖范围。

在这片承载着厚重历史记忆的土地上，硬化道路已将各乡镇和村寨连接，但感觉还是很偏僻，过往车辆极少，游客鲜至。从乡村面貌看，仍属于相对落后地区。当然发展也是明显的，村村寨寨都是水泥路面，有路灯，路边还有网络宽带的广告。村民无论老少，自信从容友好，在我们问路时，那高原红的脸庞上总是绽放出灿烂的笑容。

毛尔盖河终年流淌，是当地人民生活和畜牧的主要水源

血洛 · 沙窝会议会址

顺着松黑路上行，穿越下八寨乡，一会儿就到了沙窝会议会址：一栋土石与木板混搭的旧楼。

这地方海拔 3345 米，原称血洛村（俄灯寨），属安多藏区，是毛尔盖 18 寨之一。"沙窝"是黑水嘉绒藏区的发音，向导带着红军从那儿过来，就这样叫了，后来以沙窝会议而著名。

沙窝会议会址

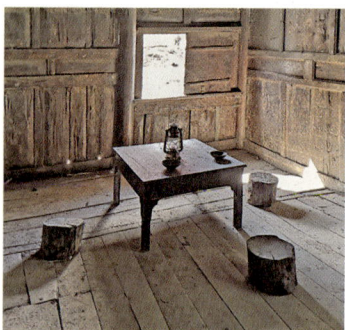

沙窝会议会址内景（二楼）

1935 年 7 月上旬，中央红军先遣红 4 团进抵毛尔盖的沙窝（血洛）。中旬，向据守上八寨索花村的胡宗南部一个加强营进攻，激战 8 天，将敌击溃，占领了整个毛尔盖地区。随后继续东进，在腊子塘（辣子山）、热务河一线建立起防御阵地。7 月底，中共中央、中革军委进驻沙窝。8 月 4 日至 6 日，在此召开中共中央政治局扩大会议。

关于会议前后的情况，在此多交代几句，因为涉及此后红军的行动和我们寻访的缘由，也避免后文赘述。

由于张国焘继续以"政治路线"和"组织路线"未解决为由故意拖延，致使胡宗南部在松潘地区完成集结。因战机已失，中革军委只得再次放弃攻打松潘的计划，于 8 月 3 日制定了《夏洮战役计划》，决定北进甘南的夏河、洮河流域发展新局面。随后，红军总部将两大主力混编为左、右两路军：

左路军，由朱德、张国焘、刘伯承等率领，辖中央红军第 5 军（董振堂、曾日三）、第 32 军（罗炳辉、何长工），红四方面军第 9 军（孙玉清、程海松）、第 31 军（余天云、詹才芳）、第 33 军（罗南辉、张广才），在卓克基、马塘一带集结，北进阿坝后向班佑靠拢。

右路军，由毛泽东、周恩来、徐向前等率领，辖中央红军第 1 军（林彪、聂荣臻）、第 3 军（彭德怀、杨尚昆/后李富春），红四方面军第 4 军（许世友、王建安）、第 30 军（程世才、李先念），以毛尔盖为中心集结，过草地经班佑北上甘南。

为了推动张国焘执行北上方针和《夏洮战役计划》，政治局决定再开会。有两项议程：一是两大主力会合后新的形势和任务；二是组织问题。会议连开三天。

会议形成决议，重申了北上创造川陕甘苏区的决定。会议增补红四方面军一些干部进入中央委员会和政治局；同时决定，恢复红一方面军番号，由周恩来任司令员兼政治委员。

8 月 19 日，在沙窝又召开政治局常委会议。会议指出：在党内矛盾趋于尖锐的情况下，统一领导的权力应集中于常委会。常委内部重新分工，决定由毛泽东分管军事。以此为标志，毛泽东从实质上和名义上都拥有了最高军事决策权和指挥权。史称"沙窝换帅"。

小东巴的孙女趴在文物保护碑上，一定要我们把她拍进去

我们刚停好车，一位藏族小姑娘蹦蹦跳跳地跑过来迎接我们，还领着我们上楼参观，一直很开心。她是房主人小东巴的孙女嘉心措。

小东巴今年 66 岁，是当年房主扎西的孙子。嘉心措 13 岁。小东巴悄悄告诉我们，孙女有一点智障，也没有上学，让我们别介意。我们一点都不介意，非常喜欢她。

小东巴还说，他们家几代人都住在这里，10 年前才搬出，新屋就在旁边。老房子被列为全国重点文物后，政府每年补助 3000 多元，仍由他看管，并负责接待参观者。

斯人已去，老屋犹在。历经 80 多年风雨，沙窝会址还能这样完好地留存下来真不容易，因为周边已看不到一栋原真风貌的藏家老屋了。

在旧址前与房主小东巴交谈

索花村·毛尔盖会议会址

毛尔盖会议会址位于今毛尔盖镇（原上八寨乡）的索花村，距离沙窝 17 公里。这里比沙窝更加开阔，河边有大片的坡形草地，有牛羊在吃草。

索花村海拔 3235 米。主体在公路边，住户密集，路边还有小饭店。另有一条水泥道通往山坡上的老村，这里大部分是寺院，非常多，极其罕见。杨成武在回忆录中，把山坡上一片金碧辉煌的地方叫索花寺，把山下的村庄叫毛尔盖。当时，这里驻守着胡宗南部一个加强营。

索花寺也称为毛儿盖寺，是藏传佛教格鲁派寺庙，始建于明代，据说全盛时喇嘛达到 500 人。当年国民党守军败退时曾纵火焚庙，幸被红军扑灭，但仍有损毁。"文革"时又遭破坏，如今已修葺一新，为全国重点文物保护单位。

红军占领索花村时，喇嘛基本上逃走了，寺院又多又大，为红军宿营腾出了大量的空房。中共中央进驻后，在这里又一次召开政治局扩大会议，还是因为张国焘。

索花村的民居

毛尔盖一带藏族妇女的典型头饰

俯瞰毛尔盖索花村

沙窝会议时，张国焘同意了中央的北上路线，但一回到住地就变了卦。红一、红四方面军协调不起来，中央只好再次开会，着重解决红军的行动方向问题。会议有两项成果：一是通过了毛泽东起草的决议，重申两军会师以来的历次会议精神。二是调整了《夏洮战役计划》的具体部署，将毛泽东所在的右路军改变为北进的主力。后来的历史发展，证明了这一改变的重大意义。

毛尔盖，也是中央红军长征中停留时间最长的地域，自 7 月上旬先遣部队进入毛尔盖，到 8 月 23 日最后一批部队离开，将近两个月。停留这么久的原因：一是需要协调统一红军两大主力军事行动；二是等待青稞成熟，筹足

在转经廊向这位老阿妈问路。她很热情地说了半天，见我们没听懂，遗憾地闭上了眼睛

毛尔盖会议会址——索花寺

索花村的其他寺院（部分）

穿越毛尔盖的松黑路，又称"运粮大道"

路边

曲定桥至腊子塘一带道路。右路红军几乎都经过这里，其中周恩来、林彪、彭德怀等率部从这里北进草地

粮食以过草地。所以穿越毛尔盖的公路，现在又称"运粮大道"。

腊子塘至卡龙·进军草地出发点

沿着河谷继续前进，腊子塘（辣子山）是个拐点，往下就从毛尔盖河变成了热务河，一直到镇江关，都是红军经过的，或扼守或筹粮。其中腊子塘至燕云乡（卡龙），是红军北进草原时的重要节点。这一路的地面支离破碎，经常刹车减速，颠得厉害，以至于怀疑走错了道。

根据长征史记述，毛尔盖会议后，林彪率领的红1军（右路军左翼）以红4团为前卫，通过曲定桥（红军文献又称七星桥，高德导航标注为屈锦桥），在腊子塘进入草地。跟进的有军委纵队、红3军等，病中的周恩来随红3军行动。红1军政委聂荣臻后来回忆：离开毛儿盖北行，"走了二十里地就到了腊子塘，路不好走，晚上把树枝架成棚子宿营"。

从腊子塘往东南再行约20公里，是燕云乡，驻地在卡龙村。红军文献中，也称卡龙为"哈垄"。红军刚进入毛尔盖地区时，此地有胡宗南部的一个兵站。先遣红4团经过一场战斗，将其占领，缴获了一批物资，特别是搞到

燕云乡（卡龙）一带地貌。图中为热务河，又叫热务曲，毛泽东、张闻天、徐向前等率部从这里向草地进发

了当时急需的盐巴和辣椒。进军草地时，这里是右路军右翼的出发点，毛泽东、张闻天、徐向前等随红4、红30军行动，走的就是这一路。

其实，无论在腊子塘还是燕云乡，往北都看不到草原，全是山。红军是在翻过那一片山后，才进到松潘草地的。这与我们来之前的想象完全不同。

继续沿热务河前行。过红土镇热窝村时爆了一次轮胎，折腾很长时间，天黑了才进松潘县城。

热务河谷，有零星的高原草甸

自驾路线图
走进松潘草地

毛泽东居所遗址

甲吉 牙弄
求吉寺 嘎哇

1956年设县
3406米 若尔盖县

九大元帅走
过的草原碑

紧急会议会址
周恩来旧居

班佑
3458米

巴西 2900米

下包座

九曲黄河第一湾

象鼻山
服务区

G248

红军走出草地见
到的第一个村寨

姜冬

包座乡
(上包座)

岷

唐克镇
3449米

松潘草地
(红原大草原、若尔盖大草原)
该地区历史上归松潘管辖，故通称松潘草地

G213

山

草原国家公园
若尔盖风景区

G248

马蹄子

3453米
瓦切塔林

瓦切镇

3535米
麦洼乡

第一次过草地的中点
第三次过草地的终点

年朵坝

三大主力红军过
松潘草地，均途
经年朵坝

红军过草地纪念碑 3441米

S301

色地镇 3509米

G213

G248

第三次过草地时，红二方面军
与红四方面军一部途经地
(朱、张、贺、任)

色

既

色迪坝

尕力台

3595
麦朵岗(分水岭)

红一方面军主力
红四方面军大部
途经地
(周、林、彭、徐)

洞垭 (毛、张、徐)

右路军从辣子山左右
分两翼进入松潘草地

色
迪
坝

3840米

G213

川主寺
红军长征纪念
碑碑园(总碑)

松潘县
2850米

图例
- ● 红军途经或宿营地(经过)
- ○ 红军途经或宿营地
- ✖ 重要战役战斗发生地
- 🔴 毛泽东长征行居
- ⬆ 第一次过草地出发和途经地
- —— 自驾路线

3500米

曲定桥
(屈锦桥)

辣子山
(腊子塘)

草原乡

松黑路

毛尔盖会议会址
(毛尔盖镇索花村)

毛尔盖 3235米

燕云乡(卡龙)
2910米
卡亚村

沙窝会议会址
(下八寨乡血洛村) 3345米

俄盖

松黑路

44

松潘草地　变身美丽大草原

出行日期：10 月 29 日（第 34 天）
自驾路线：松潘—川主寺—松潘草地—若尔盖
行车里程：约 260 公里

松潘·古城与长征纪念碑（总碑）

昨晚 7 点半进松潘，住在觐阳门对面，可隔着岷江观赏古城夜景。次日晨上街吃早餐，无论稀饭还是馄饨，都是高压锅煮的。饭后，先找一家靠谱的店换了两个新轮胎，在这档口进古城转了转，拍了一些照片。

松潘很冷，上午 -6℃。店里换好轮胎后把车洗了一下，放在太阳下晒，水未擦干处仍然结了一层薄冰。

松潘古称松州，是历史上有名的边陲重镇。建城始于明代洪武年，但当地人心心念念的传说却来自唐代，即吐蕃首领松赞干布向唐太宗求婚迎娶文成公主的故事。

如今的松潘老城，最有价值的古遗存是城墙（城门），

松潘古城门外的松赞干布与文成公主雕像

松潘古城墙和城门

现为全国重点文物保护单位。这是一路走来在一个县城见过的最高大的城墙。

红军原计划是要夺取松潘的，如果照计划实施，就可以沿松甘驿道直接北上，不用过吃人的草地了，现今的松潘城也会成为一处重要的红色景区。

红军没有打下松潘，但历史还是选择了它。

在松潘城北 15 公里处的川主寺镇，有一座红军长征纪念碑碑园。该园奠基于 1988 年 6 月，1990 年 8 月落成，邓小平题写园名。2006 年，被列为全国重点文物保护单位。

在园区制高点元宝山上，耸立着一座金色纪念碑。该碑不是为了纪念某一次战斗或事件，而是红军长征的纪念

中国工农红军长征纪念碑碑园及"中华第一金碑"

总碑，被誉为"中华第一金碑"。

据纪念馆工作人员介绍，长征纪念总碑之所以选址在这里，原因主要有三条：

其一，红一、红二、红四方面军长征都经过四川。红军在四川的时间最长，合计达 20 个月；足迹最广，遍及73 个县（市、区）。进行大小战斗数百次，其中巧渡金沙江、强渡大渡河、飞夺泸定桥等声名远播。

邓小平题写的"红军长征纪念碑碑园"

其二，红军翻过的雪山绝大部分在四川，走过的草地都在当年松潘境内。

其三，松潘城北的川主寺临近国道，也是到黄龙、九寨沟风景区的路口，过往人流大，建成后便于中外游人参观。

纪念碑园里的大型群雕（局部）

来园区参观的人络绎不绝，以年轻人为主，是长征路上参观者最多的地方之一。一位工作人员说，现在是淡季，旺季时停车都困难。有一次来了 40 多辆大巴，呼拉拉下来 1200 多人。

昔日魔毯·今天美丽大草原

红军进草地是从毛尔盖地区开始的，我们则是从松潘的长征纪念总碑开始。

先行 45 公里到尕力台。这里海拔 3840 米，是松潘、红原和若尔盖三县的交界处，也是山区和草原的分界点。

在这儿有两选：一是走 213 国道北上，经年朵坝（各

红军走过的松潘草地。图中地点位于草地南部、麦曲河与麦朵岗之间，现属红原大草原

麦曲河，从毛尔盖的腊子塘（辣子山）附近一直蜿蜒至此，红军应该是循着河曲走的，在无明显地标的茫茫草原上不至于迷路。北面的高岗是红军文献中提到的色既坝（今色迪坝）。有资料显示，色既坝并非一个点，而是草原上隆起的一长条脊地，延伸数十公里，从尕力台一直到色地镇一带。沿河曲往南，是红军走过的洞垭（今洞亚卡）。色迪坝和洞亚卡都不能走汽车，但有人骑摩托车踏勘过

麦朵岗（麦拖岗，又称分水岭），海拔3595米。这儿有停车场和一座观景台，地势较高，是观赏草原风景的绝佳位置。据木牌介绍：1936年，红二、红四方面军曾在这里会合。这个表述可能有误。根据一些老红军的日记，以及《红军长征过草地行军路线详考》（周军著），红军三次过草地时，红一方面军主力、红四方面军大部先后途经这里，红二方面军则途经西北面的今色地镇一带

路红军过草地的交汇点），沿着草地边缘前往班佑；二是
往西走 301 省道，经麦朵岗（红一、四方面军途经地）、
色地镇（红二、四方面军途经地）横穿草地，再绕道班佑。

我们选择西行，这样可以进入草原腹地。

这一片草地，红军长征那会儿属于松潘管辖，故称松
潘草地。新中国成立后，在松潘辖地新设立了若尔盖县
（1956）和红原县（1960）。原松潘草地基本上划入两
个新县范围，南部叫红原大草原，北部叫若尔盖大草原。

走进草原后你会发现，这里地势并不平坦，一眼望去
都是连绵不绝的山岗，山与山之间是大片的草甸，中间有
沟壑和溪流，平均海拔在 3500 米以上。我们驾车共跑了
6 个多小时，先从东向西横穿草原的南部，再自西向东横
穿草原的北部。大半天下来，有些高原反应，耳朵常失聪，
脚步渐沉重。

想想红军在饥寒交迫中，在茫茫大草地上连续跋涉了
六七天，不仅要趟过危险的沼泽，还要在高寒缺氧中翻越
一座座山头。

有资料统计，红一、红二、红四方面军先后过草地（其
中红四方面军三进三出），合计损失近万人。一般说他们
死于饥寒或陷入泥沼，我们想，他们中的很多人，一定是
在极度疲弱状态下，没能从高原反应中挣脱出来。《红军
长征史》记述：红 1 团的一个班，在大雨中露宿了一夜，

今日草原公路

第二天吃早饭时连长扯着嗓子喊，没有一个人答应，他们永远地睡着了。红3军某连炊事班共9个人，为使全连同志有热水喝并能烫上脚，轮流挑着那口已跨过万水千山的大铜锅行军。一天，一个炊事员倒下了，第二个挑着继续前进……最后，铜锅落在了司务长的肩上。

红军过草地纪念碑，位于日干乔景区的一个高坡上。风很大，我们的旗帜猎猎飞舞

"爬雪山，过草地"，是红军长征的象征，相对来讲，过草地更难。爬雪山也极其艰苦，但基本上是当天通过，过草地则如在地狱里无休止地煎熬。红军女干部刘英说：走出草地时，"我觉得是从死亡的世界回到了人间"。

过草地，是对人类意志极限的挑战，也是对人类生理极限的挑战。英勇的、一往无前的红军，最终征服了这块吃人的魔毯。

在大草地内，标志明显的纪念设施有两处：

一处是"红军过草地纪念碑"，位于红原草原的日干乔景区，一面题刻碑名，另一面镌刻毛泽东手迹"红军精神永放光芒"。在这里有一个流传很广的故事：红二方面军是最后一支过草地的队伍，在穿越日干乔大沼泽途中，兵站遭到藏骑洗劫，粮食断绝。总指挥贺龙将随身携带的

《聂荣臻回忆录》

我到班佑的前一天，给后面的三军团军团长彭德怀、政委李富春同志打了一个电报……其中有一段是："一军团此次因衣服太缺和一部分同志身体过弱，以致连日来牺牲者约百余人。经过我们目睹者均负责掩埋，在后面未掩埋的一定还有，你们出动时，请派一部携带工具前行，沿途负责掩埋。"十天以后，得到周恩来同志一份电报，他说："据三军团收容及沿途掩埋烈士尸体统计，一军团掉队落伍与牺牲的在四百以上……"嘱咐我们要"特别注意改善给养，恢复体力"。

牦牛干分给战友们，自己则拿起鱼竿去钓鱼充饥。

另一处是"九大元帅走过的草原"碑，位于北部的若尔盖草原东段。有观景台，是拍摄草原公路的理想地点。

由于气候变暖和人为干预，昔日沼泽泛滥、渺无人烟的水草地，已蜕变为美丽的大草原，成为放牧的天堂、旅游的胜地。被誉为国内最美自驾路线之一的301省道，似游龙般在岗坡上蜿蜒；蓝天白云下，牧马、牦牛在静静地吃草。沿着草原公路，先后经过色地镇（3509米）、麦洼乡（3535米）、瓦切镇（3453米）、唐克镇（3449米），海拔都很高。沿途还有茸塔寺、瓦切塔林等，经幡飞舞，庙宇俨然。在唐克以北9公里处，是九曲黄河第一湾。

临近傍晚，阳光斜穿云层普照草原。

朦胧间，仿佛看见一队队红军逆着光从远处走来，有人倒下，但队伍始终在前行。

在他们留下足迹的地方，天高地阔，一片辉煌。

当晚，住进华灯初上的若尔盖县城。

周恩来题写的"红军长征走过的大草原"石碑，位于红军过草地纪念碑对面

若尔盖附近，九大元帅走过的草原碑

草原即景

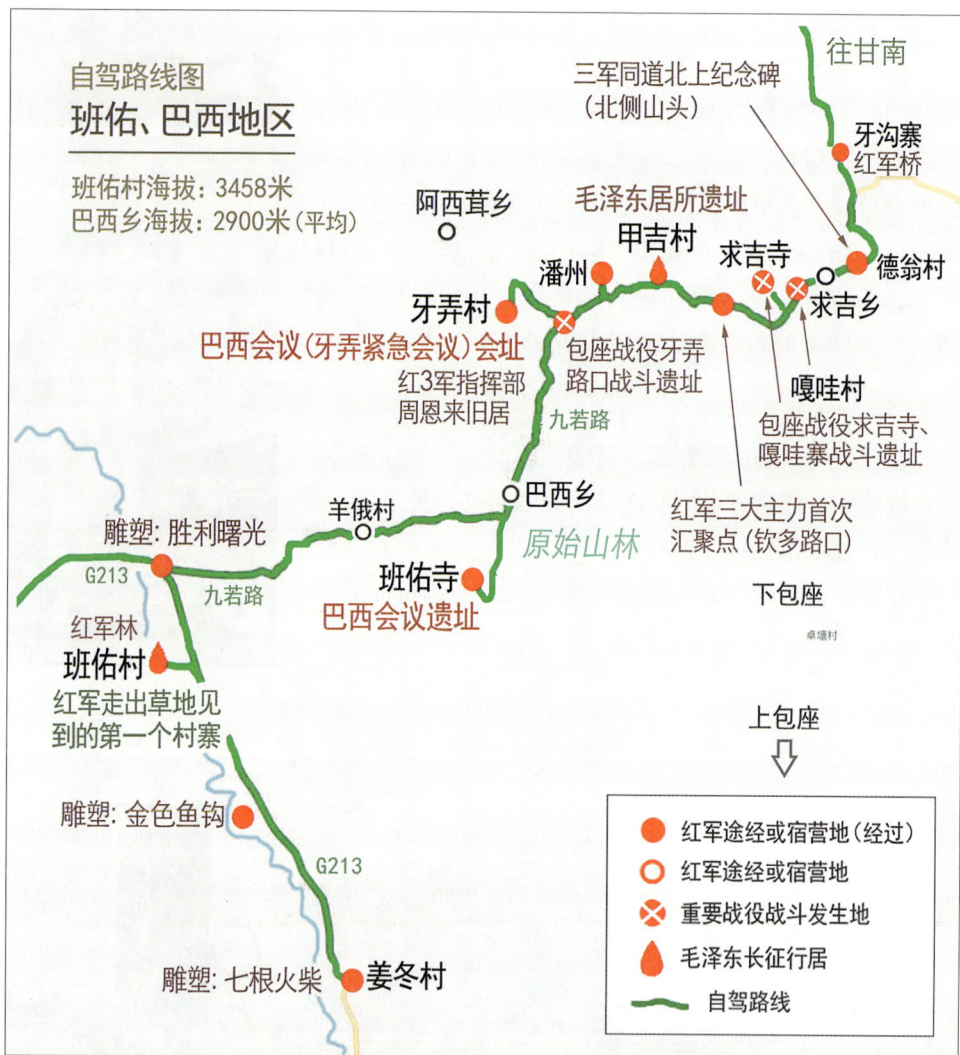

自驾路线图
班佑、巴西地区

班佑村海拔: 3458米
巴西乡海拔: 2900米 (平均)

往甘南

三军同道北上纪念碑
（北侧山头）

牙沟寨
红军桥

阿西茸乡

毛泽东居所遗址
甲吉村

求吉寺

德翁村

潘州

求吉乡

牙弄村

巴西会议（牙弄紧急会议）会址
红3军指挥部
周恩来旧居

包座战役牙弄
路口战斗遗址

嘎哇村

九若路

包座战役求吉寺、
嘎哇寨战斗遗址

羊俄村

巴西乡

原始山林

红军三大主力首次
汇聚点（钦多路口）

雕塑: 胜利曙光

G213

九若路

班佑寺
巴西会议遗址

下包座

卓塘村

红军林

班佑村

红军走出草地见
到的第一个村寨

上包座

雕塑: 金色鱼钩

G213

雕塑: 七根火柴

姜冬村

●	红军途经或宿营地（经过）
○	红军途经或宿营地
✖	重要战役战斗发生地
🔴	毛泽东长征行居
▬	自驾路线

45

草地尽头 从班佑到巴西

出行日期：10 月 30 日（第 35 天）
自驾路线：班佑—巴西—求吉
行车里程：约 120 公里

班佑·草地第一村

班佑村，位于若尔盖县城（达扎寺镇）东南 20 公里处，今隶属巴西镇。海拔 3458 米。

班佑是红军出草地时见到的第一个村寨。红军第一次过草地时，左右两翼起点不同、路线也不尽相同，但各部队先后到达这里，然后前往巴西一带集结*。

班佑村一角。村民们仍有
在草地上晒牛粪的习惯

班佑村：
红军走出草地
见到的第一个村寨

---

* 有一说法，红一、红二、红四方面军过草地，终点都在班佑。但据时在红二方面军的张子意（方面军政治部主任）、陈伯钧（红 6 军军长）、赵镕（红 32 军供给部长）等日记载，红二方面军军直机关及各部队，是从年朵坝经上包座（今包座乡）直入下包座（巴西、求吉一带）的，没有从班佑绕行。又据《红军长征过草地行军路线详考》（周军著），红军第三次过草地时，红二、红四方面军都在年朵坝出草地，沿着包座河谷北上，未经班佑。

由于班佑在长征史上的特殊地位，因而享有"草地第一村"的美誉。

红军第一次过草地时，最先到达这里的，是由叶剑英率领的右路军先遣 3 个团，他们的任务是为主力探路。叶剑英率部到达班佑后，通过侦察向中央建议：放弃经夏河的拉卜楞寺去甘南的原定计划，改从班佑、巴西、俄界向甘南前进。毛泽东等采纳了这一建议。这一改变很重要，它使红军提早结束了草地跋涉，迅速脱离了高海拔地区。

随后，右路军主力分左右两翼穿越草地，前往班佑。红 4 团担任左翼前卫，时任团政委杨成武后来回忆了初见班佑时的情景：

> 当我们又翻过一个高地，视野里出现一两座小山时，远远看到前面升起了烟火，同志们高兴地叫了起来。别说年轻的战士，就是那个连日来坐在担架上的老通司（向导）也高兴得手舞足蹈，从担架上跳了下来。
>
> "班佑，班佑到了！"

班佑村的红军林（红柳林）

班佑村口有一块牌子，详尽介绍了红军到达时的情况，其中写道："当时的班佑寨只有几十间牛粪糊制的低矮棚棚。毛泽东住进了一间比较宽敞的牛粪房子，当晚就睡在一堆干牛粪上。"

今日班佑村，牛粪房子早已不见踪影，代之而起的是一幢幢砖瓦房。当年这个连盗贼都不愿光顾的小寨子，已发展到 250 多户 1700 多人。沥青公路从村旁经过，村内

的水泥道路通达每户门前，有路灯；村内还有篮球场、卫生室、学校。在这里拍摄照片后发到朋友圈，手机信号与其他地方一样快捷。其实一路走来的村庄几乎都一样。

班佑村最美丽的地方，是村后的一片红柳林，现称"红军林"，红军第一次过草地时，徐向前等曾率前敌总指挥部驻扎这里。这片林子很大，红柳因常年忍受高寒压迫，树形倔强扭曲；地上茅草有半人高，全部倒伏，踩上去形同厚厚的地毯，但鞋子和裤脚很快就被霜露打湿了。

我们在红军林徜徉的时间最长，并穿越了整个林子。林外就是草地，远处是一溜小山岗。可以想象，当年红军从那儿下来，欢呼着奔向班佑——在茫茫草地跋涉后，见到的第一个有人烟的地方。

班佑村，现已开发为自驾游营地。图为村口的指示牌

班佑河畔·凝固的红军故事

流经班佑有一条河，正式名称叫热曲，老红军在回忆录里一般称其"班佑河"。这条河从南边的年朵坝（红军左右两翼先后途经地）弯弯曲曲流到班佑，再向北汇入黑河（又称墨曲）。红军穿越草地的最后一程，就是沿着这条河北上的。河边，现有 213 国道穿过。

在班佑河边，有三座著名的红军雕塑，自南向北分别是：七根火柴、金色鱼钩和胜利曙光。它们守望在草地边缘，诉说着红军悲壮的、催人泪下的故事。

七根火柴　位于班佑村南 12 公里的姜冬村口。姜冬，当时叫姜东卡，意为柳树林。

雕塑：七根火柴

《七根火柴》是作家王愿坚在真人真事基础上写的一部短篇小说,1958 年 6 月发表在《人民文学》上。小说描述了红军过水草地时,一位红军战士在生命垂危之际,将党证和夹在里面的 7 根干火柴小心翼翼地放到战友手里。战友继续赶路,部队露营时,他为大家点燃了篝火,并将余下的 6 根火柴和党证交给了指导员。作品洗练朴素,十分感人,先后被收入不同版本的中小学语文课本。

小说里的主人公,原型是杨成武在《向草地进军》(后收入回忆录《忆长征》)中写到的一个叫郑金煜的小宣传队员,16 岁就入了党。在过草地时,他"柴禾拣重的背,工作拣难的做","一路上贴身藏了几根柴禾始终没有淋湿",在最困难的时候使战士们能烤上火。走出草地前,郑金煜因高寒缺氧,耗尽体力而牺牲,年仅 17 岁。

金色鱼钩　位于班佑至姜冬的河滩上,是一组情景雕塑。据碑文介绍:1935 年秋,红四方面军某部进入草地,指导员让炊事班长照顾三位生病的小战士。因为没有粮食,老班长就用缝衣针做成鱼钩,为小战士钓鱼熬鱼汤,而自

雕塑:金色鱼钩

己悄悄吃点剩下的鱼骨。快接近草地边的班佑了，老班长
又去钓鱼，但是，这一去就没有回来。当三位小战士找到
他时，老班长已经奄奄一息……

后来，陆定一根据上面的真实故事，写成《金色的鱼
钩》一文，被收入多个版本的小学课文。那枚缝衣针做成
的鱼钩，现珍藏在中国人民革命军事博物馆。

胜利曙光 位于班佑村以北三四公里处的九若路
口。这是一座大型雕塑，也是"中国工农红军班佑烈士
纪念碑"，为纪念班佑河畔一次牺牲人数最多的红军烈
士而建。

据时任红11团政委的王平回忆：红3军过了班佑到
达巴西后，彭德怀命令他率一个营返回班佑，接应滞留在
后的部队。当他们赶到班佑河边时，发现对岸七八百人背
靠背坐着，一动不动。过河后才发觉，这些红军大多牺牲
了。最后逐个检查时，发现一位小战士气息尚存，但没等
背过河也断了气。王平在回忆录中写道："我默默地看着
这悲壮的场面，泪水夺眶而出。多好的同志啊，他们一步

一摇地爬出了草地，却没能坚持走过班佑河。他们带走的
是伤病和饥饿，留下的却是曙光和胜利。"

这就是"胜利曙光"的来历。碑座上镌刻的这四个字，
由中央军委原副主席、国防部长迟浩田上将题写。

胜利曙光

巴西山谷·红军的至暗时刻

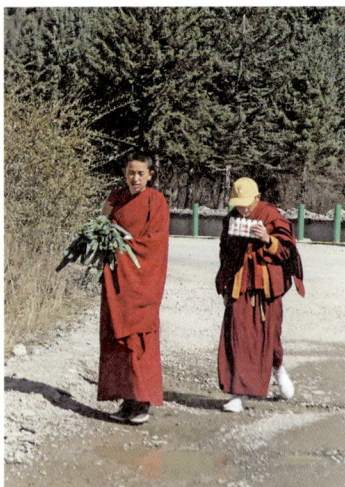

巴西山谷里的小喇嘛，一位抱着大葱，一位喝着酸奶

从草地边缘的班佑到巴西，相距十多公里，却恍若两个世界：班佑（海拔 3400 多米）还是草原，有积雪，除了一小片红柳林外，基本没有树；巴西一带（平均海拔 2900 米）是峡谷，到处是树林，秋意盎然。汽车顺着山道下滑，瞬间转换两个季节。

这里说的巴西，与南美洲那个擅长踢足球的国家没有关系，而是指红军长征叙事中的四川若尔盖县巴西地区，包括原来的巴西乡、阿西茸乡和求吉乡。2019 年 12 月后，巴西乡与班佑乡合并成立巴西镇，镇政府设在原班佑乡；阿西茸乡与阿西乡合并成立阿西镇，镇政府设在原阿西乡。为更贴近历史，所附路线图仍然标注原来的地名，行文大致如此。

巴西一带红军遗址众多，包括：巴西会议会址，牙弄紧急会议会址及周恩来旧居，潘州前敌总指挥部驻地，甲吉村毛泽东住所，包座战役部分战斗遗址，以及三大主力行军首次汇聚点、三军同道北上纪念碑，等等。为突出重点，下面择要叙述。

巴西会议会址　位于巴西乡以南约 3 公里处，原为班佑寺，现仅存大雄宝殿残垣。

据巴西会议会址碑记：班佑寺始建于 1679 年（清康

巴西会议会址（班佑寺遗址）

熙十八年）。1935 年 8 月底，红军右路军到达巴西地区，前敌总指挥部、军委纵队、中央书记处进驻班佑寺院，先后在此召开了筹粮会议、政治局常委会议和政治局会议。

碑记还说："红军大本营开拔后，尾队离开寺院约 4 华里时，班佑寺院突然起火，一座名刹化为灰烬。"

这里所说的"大本营开拔"，并非离开巴西地区，而是移驻北面 12 公里远的潘州（前指驻地）和甲基（毛泽东居所）一带。

毛泽东居所遗址 位于求吉乡甲吉村（时称甲基）。老村已废弃，新村搬迁至山下临近公路的地方。毛泽东住所遗址旁立着一块碑，碑文写道：

徐向前任总指挥、陈昌浩任政委、叶剑英任参谋长的前敌总指挥部潘州驻地遗址

甲基（今甲吉村）毛泽东居所遗址

因整体搬迁而被废弃的甲吉村原址

毛泽东甲基居室复原场景（巴西会议纪念馆展陈）

1935年9月3日，前敌总指挥部从巴西班佑寺搬至潘州，中央书记处与前指一同搬至潘州附近的甲基。9月9日，叶剑英参谋长将张国焘发给陈昌浩的"密电"趁前指开会之际飞快送到甲基毛泽东住处，毛泽东即于当日下午离开甲基经潘州到牙弄召开紧急会议，后连夜北上。毛泽东在甲基普通民居房中共住了7天，这7天被他称为"一生中最黑暗的日子"。

到毛泽东旧居遗址，需离开大路上山，走较长一段路。废弃的老宅已没有屋顶，只剩下残破的土墙，无法想象当初的样子了。残墙内外杂草丛生，有花色艳丽的和土褐色的锦鸡大摇大摆地觅食，突然飞起来，声音很响。

牙弄紧急会议遗址　牙弄是隐在大山深处的一座藏寨，距离毛泽东住地约7公里。紧急会议旧址原为牙弄寨经堂，当时彭德怀率领的红3军指挥部设在这里。现仅剩残墙，墙内曾是牙弄村幼儿园。距此约60米远有周恩来旧居，是一所带院落的藏式民居。牙弄尽管属于阿西乡，但在这里开的会都统称巴西会议。

9月9日那天，毛泽东看到张国焘"南下，彻底开展党内斗争"的密电后，即与张闻天、博古赶到这里，与在此养病的周恩来、王稼祥一起，连夜召开政治局紧急会议。

巴西会议（牙弄紧急会议）遗址

周恩来旧居及巴西会议（政治局非正式会议）会址

包座战役嘎哇寨战斗遗址。嘎哇紧邻求吉寺，两处战斗是一个整体。红军曾占领寨后小山，居高临下夺取嘎哇。求吉寺位于西边的半山上，守敌构筑有坚固工事，易守难攻，红军经激烈战斗，最终放弃

包座战役牙弄路口战斗遗址

　　9 月 10 日凌晨，中共中央率红 3 军和军委纵队迅速离开巴西地区，率先北进。9 月 11 日，到达甘南迭部县的俄界（即高吉村），与先期到达的红 1 军会合。与此同时，发布了毛泽东起草的《为执行北上方针告同志书》。

　　那是极度紧张的一天一夜，一些亲历者的回忆录谈及此，仍唏嘘不已。

包座战役遗址之一的求吉寺

　　包座战役遗址　　包座位于巴西附近，当时由国民党军胡宗南部坚兵据守，成为红军走出草地的拦路虎。包座战役由毛泽东批准，徐向前指挥，红四方面军第 30、第 4 军承担，红 1 军作预备队。战前，毛泽东亲自向担任主攻的红 30 军军长程世才、政委李先念交代了任务。包座之战共歼敌约 5000 人，是红一、红四方面军会师后的第一个大胜仗，打开了红军北上甘南的大门。在巴西地区，现有牙弄路口、求吉寺和嘎哇寨战斗遗址。

　　殊途同归·三军同道之路

　　巴西紧急会议及党中央率领红一方面军主力先行北上，是决定党和红军前途命运的一次关键行动，影响深远。历史已经证明了北上的正确性和南下的不可行。不到一年，红四方面军在南下受挫、兵力锐减过半的情况下，再次爬雪山过草地，与红二方面军一起，相继进入巴西山谷，

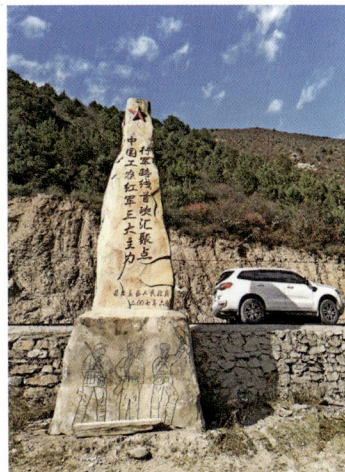

红军三大主力行军路线首次汇聚点

沿着红一方面军主力开辟的道路北上。

所以，巴西至求吉一线，又称三军同道之路。

三大主力首次汇聚点 位于甲吉村与求吉寺之间的三岔路口，南边是钦多桥（巴西水闸），过桥直通包座乡。路口竖立着一座纪念碑，碑名全称"中国工农红军三大主力行军路线首次汇聚点"。据碑文介绍：钦多正当川甘古道咽喉、阿西河与包座河的交汇点。从1935年9月至次年7月，红一、红二、红四方面军各一部，从不同方向先后经过这里，出川北上。这是红军三大主力长征路线首次汇聚于一点。

关于"首次汇聚点"（或称"交汇点"），也有人踏勘后认为，应该在草地边缘的年朵坝，位于今尕力台以北、包座乡以南。但不管怎么说，钦多仍然是一个重要的"汇聚点"，此后三大主力基本沿着同一路线北上。

三军同道北上纪念碑 位于求吉乡德翁村北侧的山头上，距求吉寺1.4公里。碑文为"红军精神万万岁"，由老红军、原武汉、济南军区司令员曾思玉题写。山上，据说有当年的战壕和碉堡遗迹。但我们没爬上去。一天走下来，爬不动了，只能仰望，用远焦镜头抓取了几张照片。

在巴西一带的红军遗址很多，可用星罗棋布来形容；寺院也不少，佛殿密集，规模宏大。主干道叫九若路，红军遗址和寺院基本上在道路两边。将红军遗址全部走到，约5个小时。值得走一走，收获很多，既有沉甸甸的历史，也有鲜活的藏族风情。

中国工农红军三军同道北上纪念碑

第九篇

一路向北
天高云淡

自驾路线图
俄界–腊子口–哈达铺

岷县 ◎

9月18日，毛泽东翻越岷山后
先后宿营旋涡村和绿叶村，开
始创作《七律·长征》

▲ 扎尕那

绿叶村

铁尺梁 ▲
二十七道拐

旋涡村

哈达铺

1935年9月16-17日，
红4团强攻加奇袭，
勇夺腊子口

▲ 大拉梁

红军左翼

纪念馆

红军右翼(毛)

腊子口 ⊗

脚力铺 ◎

岷

大拉

腊子口隧道

南河乡 ○

◎ 迭部县

黑多村 ○

哈达铺发现《大公报》
毛泽东提出：到陕北去！

卡坝

旺藏

麻牙 ○

代古寺

达
拉
沟
峡
谷

茨日那毛泽东故居
仙人桥（红军桥）

西布古 ○

山

俄界会议旧址

俄界
（高吉村）

毛泽东在此下达
夺取腊子口命令

● 红军途经或宿营地（经过）
○ 红军途经或宿营地
⊗ 重要战役战斗发生地
🔴 毛泽东长征行居
— 自驾路线

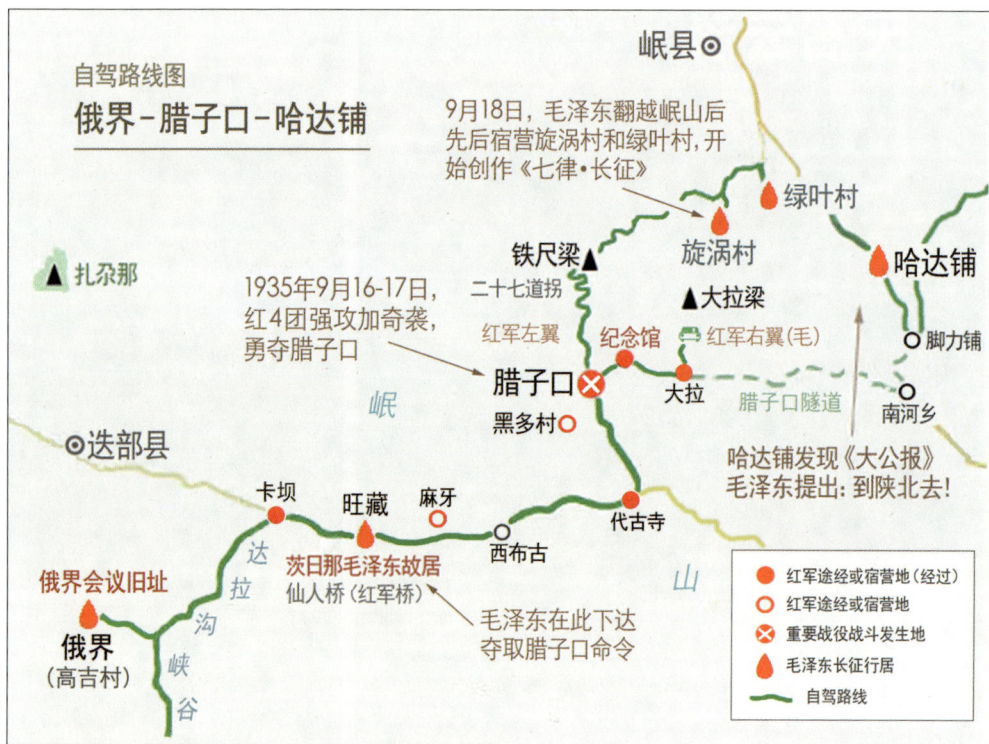

自驾路线图–37

【甘南】

甘南有两个含义：一是指甘肃省南部，涵盖兰州以南的广大地域；二是
特指甘南藏族自治州（1955年设），包括夏河、迭部、合作等七县一市。
红军出川后途经的俄界、旺藏、腊子口等，在今甘南州迭部县（1962年设）
域内；翻越岷山（大拉梁、铁尺梁）后进入的旋涡、哈达铺一带，则已
出今甘南州，分别隶属今定西市岷县和陇南市宕昌县。红军长征语境中
的"甘南"，并非指今甘南州，而是泛指广义的甘南地区。

46

北进甘南　俄界、旺藏、腊子口

出行日期：2017 年 7 月 / 2019 年 10 月（第 35—36 天）
自驾路线：俄界—茨日那—腊子口—哈达铺
行车里程：约 130 公里

达拉沟·一谷通川甘

从巴西地区进入甘南，捷径是走达拉沟峡谷。

达拉沟，南北穿透岷山，有"一谷通川甘"之称。1253 年，忽必烈铁骑过此，远程奔袭云南，次年灭大理国。有专家认为，"达拉"是蒙古军队经过时留下的名字。1935 年至 1936 年，中国工农红军第一、第二、第四方面军先后通过达拉沟出川，进入甘肃南部。

在长约 30 公里的达拉沟里，南端有"元帅桥""红军桥"，北端有俄界会议会址。峡谷中还有几个村庄，其中一个叫下黄寨，彭德怀的外甥罗永佑（红 3 军第 13 团某连排长）

苟均寨风雨桥，又称"元帅桥"，建于清代，是当年松甘古道上的必经之桥。据介绍：1935 年 9 月至 1936 年 8 月，红一、红二、红四方面军主力先后走过这座桥，其中包括共和国的7 位元帅，所以又称"元帅桥"

牙沟寨风雨桥，又称"红军桥"，距"元帅桥"不到 10 分钟车程

负伤后，服从命令留在了这里，被一个叫扎巴的藏民用毛驴带进了深山。新中国成立后，彭德怀写信请外甥上北京，罗永佑谢绝了，他回信说："我习惯了草地，在哪儿都是干革命。"

一路风景奇美。公路是新修的，在临河的崖壁间弯曲蛇行。峡谷中段有一个地方叫"甘沟"，从导航提示得知，这里是川甘的分界线。

2017 年 7 月的达拉沟公路

2019 年 10 月的达拉沟公路

终于出川了！我们从渡过金沙江开始，历时 11 天，纵贯了整个四川——走彝区穿藏乡，爬雪山过草地，想想这一路的经历和所见所闻，无限感慨。

过了甘沟，就进入甘肃省迭部县了。80 多年前，三路红军饥肠辘辘走出川北高原，在迭部得到了尽管很少但极其宝贵的粮食。那时候，藏民用一个三四斤的大烧饼，就可以换一支枪。红军走后，流落了五六百名伤病员、妇女及小战士，他们有的被当地藏民收养，有的联姻，成为藏乡新的居民。

高吉村·俄界会议会址

俄界（即高吉村），是毛泽东率党中央和红一方面军主力先行北上后，进入甘南的第一站。今隶属迭部县（1962年1月设）达拉乡，背靠岷山，前临达拉河，处地虽偏，却幽静美丽。

高吉村口，雨中的油菜花

1935年9月5日，林彪、聂荣臻率领红1军先期到达俄界。由于密码已经更换，又找不到向导，红1军与总部失去联络，陷入困境。后彭德怀派人携带电台、新编密码，凭借指南针找到他们，方解了燃眉之急。

后续部队前往时，因连日下雨，路上异常难行。走到半途，达拉河水"忽然膨涨起来，不仅将路面淹没，而且路面水深数尺"。指战员们"在危崖上冒险攀登，在草丛中挣扎，披荆斩棘"，有的战士失手坠落，被洪水冲走。时任军委纵队政委邓发（笔名杨定华）后来回忆说，"先头梯队到达俄界时，已经下午六时了，直到晚上十二时还是五个一群十个一队的陆续向俄界集中"。中央决定在俄界休整。

因大门锁着，我们冒雨翻越栅栏，进入俄界会议纪念广场

9月12日，中共中央政治局在俄界召开扩大会议，正式作出《关于张国焘同志的错误的决定》。会上，有人提出开除张国焘党籍，但是毛泽东不同意，他建议从大局着眼，采取"特殊的和忍耐的方针"。会议还作出两项决定：其一，成立由毛泽东、周恩来、王稼祥、彭德怀、林彪组成的"五人团"，作为全军最高领导核心。其二，将第1、第3军和军委纵队改编为中国工农红军陕甘支队，以李德、叶剑英等组成编制委员会，负责整编工作。

我们是第二次进入达拉沟。第一次是2017年7月初，从迭部县城前往高吉村，印象最深的是遍地油菜花。这一次因为天色已晚，在恰日寺路口右转，直接去了旺藏镇投宿。

那年到高吉村时，也是下雨，俄界会议纪念馆（纪念

俄界会议纪念碑

毛泽东铜像

广场）和会议旧址都锁着门。我们翻越栅栏到纪念碑前拍了照，又找到会议旧址的房主人家，请他来开了门。他叫年休，有一个3岁的孙子。

俄界会议纪念广场位于村口，有一座高9.12米的纪念碑，环绕一圈是新"五人团"成员的塑像。台阶两侧有"坚定信念""统一思想"八个大字。雨中，满目苍翠。

俄界会议旧址是一圈土墙围成的院落，里面有一座土房和两层小木楼。土房挺大，是当年开会的地方，毛泽东居住在小木楼二层。现为全国重点文物保护单位。

房主人年休说：这是当年寨子里最好的房子。土房完全是原来的，木楼后来失火烧坏了一部分，重新修过的。

我们环顾四周一片新式的藏族民居，发现这幢当年"最

俄界会议旧址

好的房子"现在算是最差的。幸而作为文物保存了下来，否则后人根本就无法想象，先人们是在怎样的环境中居住和生活的。

这种情况并非唯一的。由此想到：文物保护一要早，二要更宽泛一些，否则再想追加保护，它可能就没了。如这座老房子，保护的不仅仅是红军遗址，还保留下来传统的建筑样式，以及更多的历史和文化信息。

在俄界会议旧址，作者与房主人年休及其 3 岁的孙子合影

旺藏·茨日那毛主席旧居

旺藏（红军文献也称瓦藏）位于俄界至腊子口之间，1960 年设麻牙公社，1962 年改为旺藏乡，今称旺藏镇。从俄界到此 40 余公里，都是沥青公路，开车 1 个半小时。当年红军跋涉了近两天，沿途峰峦起伏，道路崎岖，加上雨雪侵袭，行军十分困难。红军抵达后，分别驻扎旺藏村（红1军）和旺藏寺（红3军、军委纵队），毛泽东在居中的茨日那村宿营。

茨日那距旺藏寺 600 多米远，国道 345 从村口通过，路边醒目处矗立着"茨日那毛主席旧居"纪念碑。旧居是村中一幢带院子的小木楼。现在的房主人叫桑杰，50 来岁，读过中学，谈吐文雅。桑杰爷爷尕让当年是个商人，见多识广。毛泽东曾与他秉烛夜谈，了解当地民情，介绍共产党和红军的主张。1968 年爷爷去世后，小楼传给了爸爸郎次力，然后又传给桑杰。1979 年，参加过长征的萧华将军

在毛主席旧居院内，作者与房主人桑杰进行交流

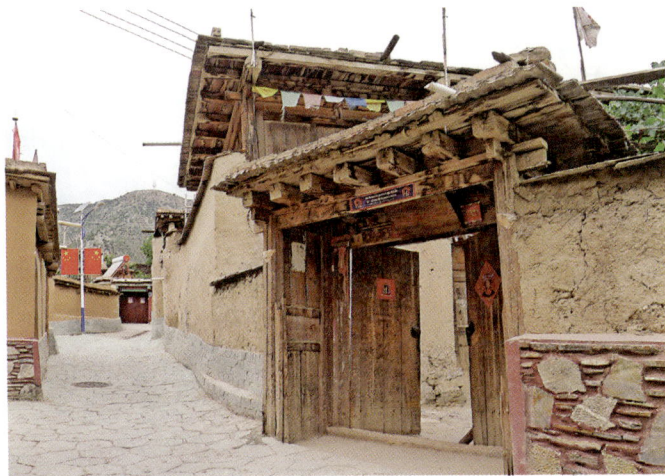

茨日那毛主席旧居

白龙江上的"仙人桥"：（左）2017 年
7 月；（右）2019 年 10 月

和毛主席警卫员陈昌奉来迭部县，对这个小院和木楼进行
了确认。2006 年，旧居被列为全国重点文物保护单位。

毛泽东入住茨日那的当天黄昏，向红 1 军下达了"三
日之内夺取天险腊子口"的命令。次日凌晨，红 1 军前锋
红 4 团出发，向腊子口挺进。

拂晓，毛泽东跨过白龙江上的"仙人桥"，前往腊子
口附近的黑多（黑朵）村，靠前指挥。

白龙江在茨日那村前。我们 2017 年来时，上面有一座
残旧的伸臂式木桥，人称"仙人桥"，一端仅存独木相连。
2019 年再来时，意外发现，该桥已被夏季洪水冲断（见
上图）。

这座桥，是当年红军一部过江的通道，另一部继续向东，
经代古寺北转腊子口，与我们的行车路线相吻合。

天险腊子口

从茨日那到腊子口行车 52 公里，公路仍然在峡谷中蜿
蜒，谷底就是白龙江。

腊子口有两处纪念地：一是关隘处的腊子口战役纪念
碑（通往铁尺梁的省道 210 旁），二是相距 4.8 公里的腊
子口战役纪念馆（通往大拉梁的省道 209 旁）。

1935 年 9 月 16 日，红 4 团进抵腊子口。

腊子口，是迭部县东北部的岷山山口，两侧峰如壁立，
最窄处上宽约 30 米，下宽不足 10 米，仅有腊子河上一座

腊子口之秋

木桥将两山连接。这是红一方面军主力北上的唯一通道。

当时，凭险据守的是国民党军鲁大昌部2个营，筑有碉堡；山口至岷县的纵深，还配置了3个团。红4团先头营从16日下午开始进攻，屡攻不克。后来，一位叫"云贵川"的小战士献策：攀绝壁奇袭。入夜，红军组织敢死队，由团长王开湘亲自率领攀上绝壁，迂回敌后；政委杨成武在正面指挥突击队持续不停地进攻，疲惫敌人，掩护迂回部队。天亮后红军开始总攻，经两小时激烈战斗，终于突破了腊子口。接着，击溃扼守第二道防线的敌军，乘胜穷追90里。此役，成为红军战史上出奇制胜的经典战例。

不到一年后，再次北上的红四方面军、随后跟进的红二方面军也经过腊子口，沿着同样的道路前进。

20世纪80年代，因为修公路，腊子口一侧的山崖被炸掉一些，底部比原来宽了。但徜徉在隘口，仍能感受到"一夫当关万夫莫开"的气势。

腊子河上，红军夺取的小木桥早已不在了，取而代之的是一座涂成黄颜色的水泥桥，感觉不是很协调。用水泥桥没错，因为在山沟里木桥很容易被洪水冲毁，不过，还是应该做得更仿真一些，更契合历史！

我们两次到腊子口。第一次是夏天，把周边都转了一圈后，当晚就住在关口旁。第二次是深秋，山谷里五彩斑斓，可惜雨太大，跳下车拍几张照片，直接上了岷山。

腊子口地标

腊子口战役旧址及纪念碑，全国重点文物保护单位

腊子口战场遗址

岷山－铁尺梁之巅。2017年7月，恰逢甘南藏族传统的香浪节，一些人在此踏青野炊。"香浪"是藏语采薪之意，后演变成僧俗一同郊游的节日

47

柳暗花明　翻越岷山到哈达铺

出行日期：2017 年 7 月 / 2019 年 10 月（第 36 天）
自驾路线：岷山—漩窝村—哈达铺—闾井镇
行车里程：约 200 公里

翻越岷山·大拉梁和铁尺梁

红军夺取腊子口后，一部沿大拉梁（右翼）追击前进，一部向北翻越铁尺梁（左翼）迂回至岷县。后续主力包括毛泽东等，是从大拉梁翻越岷山的。

大拉梁现在不通车，也未做旅游开发。2017 年 7 月初，我们按照当地人指点，沿着土石路开车爬了一段。这是个远离尘世的天地，山坡上有溪流，有很多牛在吃草，曾有一辆农用车蹦蹦跳跳地开进山里，再没遇到其他人。

红军早已远去，金戈铁马之声也随风消散，留下一片寂静。

在清澈的小溪旁徜徉，会有一种幻觉悄然袭来——仿

红军主力走过的岷山大拉梁

在大拉梁行走（2017 年 7 月初）

佛无数红军正在溪边擦汗、饮马，他们中有一位高个子，大家喊他毛主席！

我们是从铁尺梁翻越岷山的。

铁尺梁是迭部县与岷县的分界岭，主峰海拔 3946 米，相对高度约 1500 米。盘山路有 27 道拐，被称为"甘肃公路盘山之最"，但只能俯瞰到局部。临近山顶处有一平旷

翻越铁尺梁（2019 年 10 月底）

的草甸，那年夏天，在开满野花的这片草甸上，有人带着铜炉在野炊，感觉就像仙人聚会，太惬意了。

2019 年 10 月底再过铁尺梁时，风景迥异。当时下雨，山南 7℃，绿树荫荫，彩林片片；山北 0℃左右，路旁有少量积雪，树叶基本脱尽了，不见一点绿色。一座山，隔出两个世界。

腊子口是红军北上的最后一道险关，岷山是长征路上最后一座高海拔的大山。翻过岷山，就是回汉杂居的农耕区。红军终于告别了人烟稀少、语言不通、粮食难寻的藏区，就像回到家一样，潮水般地涌下山来。

毛泽东也很兴奋，久违的诗情在胸中荡漾。

漩窝村·《七律·长征》诞生地

从岷山下来后，我们沿迭藏河拐进一条村道，反向去找红军下山之路。路口有"毛主席长征居住旧址 / 漩涡村自然景区"指示牌，标注 7 公里。途经大草滩。当年红 4 团夺取腊子口后，翻山穷追到这里，缴获了 10 万斤粮食、2000 斤食盐，这在当时是极宝贵的物资。

漩窝村，是红军翻越岷山后进驻的第一个村庄，也是毛泽东下山后宿营的第一站。时任红 1 军政委聂荣臻回忆：

> 这个地方回民烙的大烧饼有脸盆那么大，北方人叫锅盔。我们买了不少，因为饥饿，吃着真香，于是又叫老乡烙了一些。后面毛泽东同志他们来了，吃了也赞不绝口。

毛泽东旧居，当年是阿訇韩启明的家，这是一栋屋檐下带明柱、两边有厢房的老式木房。有研究者认为，在漩窝村的这座老房子里，毛泽东开始创作《七律·长征》，以"更喜岷山千里雪，三军过后尽开颜"来抒发当时的喜悦心情。毛曾在另一首诗词的自注中提到他的心路历程："万里长征，千回百折，顺利少于困难不知有多少倍，心情是沉郁的。过了岷山，豁然开朗，转化到了反面，柳暗花明又一村了。"

约十天后在通渭县城，毛泽东首次将《七律·长征》公之于众。这时候的毛泽东诗兴大发，几乎同时又创作了

漩涡村毛泽东旧居

毛泽东居室里的炕桌和马灯

《念奴娇·昆仑》。

2006 年 12 月，中央电视台《我的长征》行动团队翻越岷山后，也曾来到漩窝村。我们则两次到这里，一是夏季，二是深秋。夏季的漩涡村风光更美，气候更宜人。

比风光更美的，是这里的人。无论大人还是孩子们，对我们都是热情相迎，一点隔阂都没有。我们也很快就融入其中——在毛主席旧居前，与乡亲们聊天；在笑声回荡的青草河畔，为孩子们拍照；临走时，一位大胡子还表演了拳把式，为我们送行。

这是我们头一回深入到纯粹的回民村庄，留下了极其珍贵的回忆。

离开漩涡村后，来到附近的绿叶村（时称鹿园里），这是红军过岷山后毛泽东的第二个宿营地。1935 年 9 月 20

漩涡村的记忆

日，林伯渠（时任总供给部部长）在日记中记述："早5时半行，行约7里，到鹿园里宿营……午后5时开干部会，毛主席报告行动方针与任务。"

毛泽东旧居在村小学后面，刚修葺过，还未挂牌。陪我们参观的村支书李有霞说：我们这方面的保护起步较晚，又缺故事，所以来的人不多。下一步，村里将努力搜集史料和红军遗物，想办法提高知名度，也希望我们帮助宣传。

在绿叶村党支部书记李有霞（中）陪同下，参观毛泽东旧居

哈达铺·一条老街和一张报纸

甘肃名镇哈达铺，是继井冈山、延安之后，红军遗址最全面，保存原貌最完整的革命纪念地。国务院在公布全国重点文物保护单位时称："哈达铺是决定中国工农红军长征命运的重要决策地。"

该镇位于宕昌县西北部（时属岷县），以盛产当归、黄芪等中药材而闻名。80多年前，这里是个商贾云集之地，因做生意需要，镇上设有邮政代办所。

1935年9月18日，红军先头部队占领哈达铺，主力随后跟进，并在此进行休整和补充。由于过草地以来大家饿坏了，总政治部提出了"大家要吃得好"的口号。全军上下每人发1块银元。

当时在哈达铺，5块银元可买一头肥猪，2块银元能买一只肥羊，1块银元能买5只鸡、1毛钱能买10个鸡蛋。于是，

哈达铺老街口的红军门

雕塑：到陕北去！

哈达铺邮政代办所旧址，当年红军领袖从这儿的《大公报》《晋阳日报》等获得了陕北有红军和根据地的消息

红军吃上了白面馍馍，各单位顿顿饭菜有荤有素，并把驻地周围的群众请来一起会餐。很多人理了发，极其难得地洗了热水澡。人人精神焕发，部队面貌一新。

毛泽东、张闻天在哈达铺的旧居，原为义和昌药铺

红军在哈达铺除了休整、补充外，还有三件大事，必须一提：

其一，红军领袖们从邮政代办所收集的报纸上，获悉了刘志丹、徐海东领导的陕北红军的消息，如获至宝。毛泽东立即召集中央领导在其住所开会，提出：到陕北去！

其二，根据俄界会议决定，毛泽东在团以上干部会上正式宣布，红一方面军主力改编为陕甘支队。部队进行缩编，军改称纵队，直辖团；团改称大队，直辖连。

其三，中革军委颁发《回民地区守则》，规定不得擅入清真寺，不得任意借用回民器皿用具，不得在回民住家杀猪和吃猪肉。这是红军长征中，第一部文字性的民族宗教政策法规。

1936 年 8 月，红二、红四方面军也相继进驻哈达铺，在哈达铺及周边共活动 70 天，筹集了大量军需物资。所以，哈达铺又被称为红军长征的"加油站"。

清真寺内的《回民地区守则》碑刻

今日哈达铺，分新街和老街。新街在兰渝线（G212）两边，都是新楼房，设有火车站。老街正对着纪念馆，长约 1200 米，由于是红军长征中走过的最长、保存最完整的一条街，因此又称"红军长征第一街"。

　　主要遗址有：邮政代办所旧址，毛泽东张闻天旧居（义和昌药店），红军干部会议会址（关帝庙），红一方面军司令部及周恩来旧居（同善社）、红二方面军指挥部（张家大院）、红四方面军第30军军部旧址等。另在清真寺内，建有一座碑亭，镌刻着《回民地区守则》全文。

　　在哈达铺，毛泽东还做出了东出闾井、佯攻天水的决策。我们即前往闾井，当晚在此宿营。

团以上干部会议情景雕塑

关帝庙，团以上干部会议会址。毛泽东在这里正式宣布，红一方面军主力改编为陕甘支队

同善社，红一方面军司令部旧址及周恩来旧居。沙窝会议决定恢复红一方面军番号后，由周恩来任司令员兼政治委员

张家大院，红二方面军指挥部旧址，贺龙、任弼时等曾在此宿营

自驾路线图

从闾井到通渭

第三铺

通渭县

文树川

陇西县

渭

榜罗镇　**榜罗镇会议会址**

史家庙

文峰镇

榆盘乡　　礼辛镇

漳县

费山村（费家山毛主席行居）

强渡渭河纪念碑　鸳鸯镇

遮阳山景区

丁门村　　山丹乡

武当乡

武山县

四族镇

新寺镇　　　河

石川镇

滩歌镇

黄家河

哈达铺-鸳鸯镇
145公里/3:35

红崖村

狼渡湿
地草原　　锁龙乡

红军在此声东
击西佯攻天水

闾井镇

哈达铺

●	红军途经或宿营地（经过）
○	红军途经或宿营地
⊗	重要战役战斗发生地
◉	毛泽东长征行居
——	自驾路线
——	自驾备选路线

48

渡过渭河 从闾井到通渭

出行日期：11 月 1 日（第 37 天）
自驾路线：鸳鸯镇—贲家山—榜罗镇—通渭城
行车里程：约 220 公里

闾井镇·声东击西 佯攻天水

闾井的早晨有小雨。早饭时问服务员，镇里有没有红军遗址？她说：镇上没有，在狼渡滩，毛主席和红军是从那里过去的。

1935 年 9 月 23 日凌晨，陕甘支队（红一方面军主力）从哈达铺出发，以一部兵力东进闾井，佯攻天水。胡宗南急调重兵向天水地区集中，渭河防线大为削弱。24 日，红军主力突然从狼渡滩转向西北，星夜兼程疾进。两天后，迅速突破国民党军在武山、漳县之间封锁线，从鸳鸯和山丹之间强渡渭河。

闾井镇位于哈达铺的东北部，走县道约 60 公里。当地最大的特产是冬虫夏草，最好的风景在狼渡滩，是红军走过的最后一片草原湿地。后来，红二、红四方面军都曾途经这里。

闾井隶属岷县。红四方面军在境内驻留时，动员了3000 名岷县儿女参军。他们后来被编入西路军，大部壮烈牺牲，留下姓名的只有 100 余人，最后回到家乡的仅 2 人。

鸳鸯镇·红军强渡渭河处

前往渭河边的鸳鸯镇，要翻过好几座山，地形多变，风景各异。出发时下雨，走着走着出太阳了。途中多次停车拍照，还沿着一条废弃的铁路走了一段，心情颇佳。

闾井镇红军遗址无存，标志性建筑是两座清真寺

红军走过的狼渡滩，现已成为草原湿地风景区

从闾井前往渭河的路上

鸳鸯镇隶属武山县，地处要道。连霍高速凌空而过，旁边还有国道、铁路，镇北设有三等火车站。

渭河大桥南头，矗立着一座"红一方面军长征强渡渭河纪念碑"。在纪念碑旁，有一间中国唯一个人修建的红军长征纪念馆，又称"红军庙"。据说，毛泽东就是从这里过渭河的。

从大桥往下看渭河，河谷很宽，水较浅。忍不住到河滩走走，都是黏土，一脚一个窝，很快就沾了满鞋泥。当年红军来到渭河边，时值秋季，河深不到1米，最浅处只到膝盖。战士们有的卷起裤腿，有的干脆脱得精光，头顶武器和背包，徒涉过河。我们问桥头一位杨老汉，水一直这么浅么？他说，到七八月猛得很，有一年发大水，把镇口的

渭河鸳鸯镇段

路面都淹了。杨老汉人很好，一直陪着我们走，主动当导游。

后来看介绍，毛泽东率领陕甘支队强渡渭河一年后，红二、红四方面军也来到渭河边。当时连日多雨，河水猛涨。红军或用绳索作缆，或在群众帮助下用桌子、面柜、门板等架起行军桥，抢渡过河。

金戈铁马早已远去，街上人来人往，热闹非凡。正当赶集日，苹果 1.5 元 1 斤，橘子 2 元 1 斤，红薯 10 元 10 斤，红辣椒 15 元 20 斤。我们也乘兴赶了一次集，买了 3 斤苹果，吃了一顿午饭。

在红一方面军长征强渡渭河纪念碑前，听当地老人讲述红军的故事

毛泽东渡过渭河后的住地，在距离镇子 8 公里远的费山村（时称费家山）。当时，陕甘支队遭遇一股国民党军袭扰，驱敌后天将晚，就在费山村一带宿营，毛泽东住在村中费效忠家。

旧居是一座土房，位于村后的高坡旁，一个进退裕如之地。长征路上，前卫部队为首长号房时，一般都选择这样的地形。由于这里是毛泽东的临时宿营地，并没有留下更多故事。

渭河边，个人修建的红军长征纪念馆，当地人亦称红军庙

陇西梯田 · 通渭堡寨

过渭河后，明显感觉地形地貌与此前大不相同。进入黄土高原了！

在前往榜罗镇的路上，有两种景观印象深刻：

一是陇西县的梯田。一座山连着一座山，从山脚密密

陇西梯田

沿途拍照

地排到山头，气势恢宏，蔚为壮观。以前也看过南方的梯田，如广西的龙脊梯田等，那是以水田为主，春季灌水时最好看。在西北旱地，这么集中连片的梯田还是第一次见。我们两次停车拍照，赞叹不已。

二是通渭县的堡寨（土围子），几乎每一个大些的山头都有一座，有的就在公路边。初见时揣测，可能是过去占山为王的土匪窝。后来问一位当地人，他说恰恰相反，那是村民躲避兵匪的地方。

回来后仔细翻查得知，通渭乃"千堡之县"。唐宋时，通渭地区为西部边塞，一度被吐蕃、西夏占领。北宋时，宋军采用"进筑堡寨"之策，沿边构筑了几百座堡寨和关城，步步为营，进逼西夏，收回不少失地。宋元以降直至民国，由于兵祸连结、匪患不止，当地筑堡寨之风一再兴起，20世纪前期总数达到1000多座。1949年后，堡寨才被废弃。前几年编辑《中国战争史》时，对北宋这段印象深刻，但想象中的寨子是石头和木栅栏构筑的。此行开了眼纠了偏，

通渭堡寨

颇有收获。

榜罗镇·决定长征落脚点

　　榜罗镇在通渭县城西南，因长征中的红军三大主力都曾驻扎而闻名，更因"榜罗镇会议"而载入中国革命史册。

　　1935 年 9 月 26 日，毛泽东率领陕甘支队由费家山一带出发，于 27 日占领榜罗镇。毛泽东、张闻天等住在镇中心学校内。28 日，中共中央政治局在此召开常委会议，根据毛泽东在哈达铺的提议，正式决定：把红军长征的落脚点放到陕北，"以陕北苏区来领导全国革命"。

　　整个长征途中，中共中央对落脚点的选择先后发生七次变化，这是最后一次，具有决定性的深远的影响。

　　第二天上午，在中心学校旁边的打麦场上，召开了陕甘支队连以上干部大会，传达常委会议决定。毛泽东做了激情洋溢的讲话。他分析了当前形势和北方成为抗日新阵地的经济、政治条件，号召红军指战员迅速突破长征路上

榜罗镇口

榜罗镇会议会址，原榜罗镇中心学校校长室，也是毛泽东旧居。全国重点文物保护单位

原警卫团驻地土围子内别有洞天，隐藏着很多人家

的最后一道关口——固原至平凉间的封锁线，与陕甘红军胜利会师。

这次大会，成为红军进军陕北的总动员。

1936年9月至10月，红四方面军、红二方面军渡过渭河后，也先后进驻榜罗镇。

红军来时，榜罗镇有4000多人，地盘据全县各镇之首。现在辖24个行政村，人口3.4万多。镇内红军遗址有17处，包括榜罗镇会议会址、连以上干部会议旧址、中央警卫团驻地旧址（圆形堡寨）、红军将帅住宿一条街、红军饮马池等。

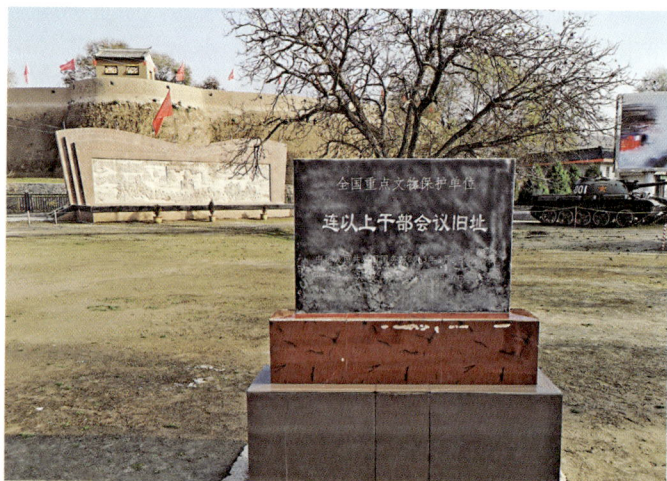

连以上干部会议旧址，原是个打麦场。背后城堡式的土围子，是警卫团驻地旧址

通渭县城·毛泽东朗诵长征诗

榜罗镇至通渭县城56公里（导航方案2，经第三铺乡），皆为县道。一路山梁起伏，沟壑纵横，仍能见到大片梯田和堡寨遗址。望着这片曾经的边塞，遥想着烽火连三月、狼烟笼四野的过往岁月，不由得感叹，这么好的旅游资源，怎么不开发呢！旅游的外在是景观，内核是文化，尤其是历史文化。这儿都有。

1935年9月29日，陕甘支队按照中共中央确定的"到陕北去"的新方针，由榜罗镇出发北上。当日，第1纵队（红1军改编）第1大队（红1团改编）奇袭通渭，占领了这座万余人口的县城。这是陕甘支队进入甘肃后占领的第一座县城，也是长征途中占领的最后一座县城。

通渭主干道上的标语

通渭，中央红军长征中占领的最后一座县城。这是早晨，有雾

原第1大队大队长杨得志回忆："通渭虽然是一座县城，但并不大，人口也不多，县城的四周都是一片黄土坡，几乎连树木都没有。路上只要有车辆或行人，便黄土飞扬，漫天飘舞，噎得人喘不过气来。"

现在，曾经"苦瘠甲天下"的这片土地早已大变样了，黄土坡基本被植物覆盖。县城周边有国道、省道、县道，都是沥青路面，即使下雨天车辘轳也不沾泥。县城很大，马路很宽，主干道上挂着"中国书法之乡欢迎您"的标语。早晨起来，雾也很大。

我们在通渭城住了一晚，第二天首先去参观文庙街

毛泽东同志首次朗诵《七律·长征》的地方

——甘肃省通渭县文庙街小学

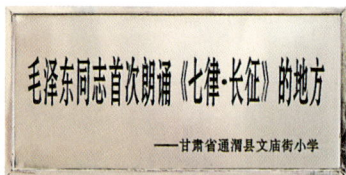

文庙街小学内，毛泽东首次朗诵《七律·长征》的地方

落成于1986年的"红一方面军文娱晚会纪念碑"。位于路边，正面朝向体育场，被树遮挡，已经无法拍照了；背面的碑文朝向马路，蒙尘较多，我们擦拭了一下，使其更干净一些

小学。

红军进驻通渭城的当晚，毛泽东在这座小学接见第1纵队第1大队先锋连全体指战员，并举行晚会。毛泽东激情满怀，即席朗诵了他在过岷山后酝酿而成的《七律·长征》。这是该诗第一次"发表"。

红军不怕远征难，万水千山只等闲。
五岭逶迤腾细浪，乌蒙磅礴走泥丸。
金沙水拍云崖暖，大渡桥横铁索寒。
更喜岷山千里雪，三军过后尽开颜。

周六，学校里静静的、空荡荡的。在主教学楼前的广场上，矗立着一座V字形的诗碑，正面镌刻着毛泽东的《七律·长征》手迹，背面是碑文。由此得知，这座诗碑落成于2000年9月，即《七律·长征》发表65周年之际，由"上海电视台捐资与通渭人民携手共建"，上海大学美术学院设计。

追随红军的脚步走过万水千山后，在这里重读伟人的长征诗，每一字每一句都是那么立体，那么入心。

落成于 2007 年的"红军文艺联欢晚
会纪念碑"（新碑）

　　红军在通渭县城驻留三天，还举行了两项重要活动：

　　一是毛泽东在县府大厅主持召开领导干部会议，分析
形势，明确任务，提出部队进入陕北苏区的注意事项。毛
泽东在讲话中，第一次将陕北称为"家"。

　　二是在县城南门外牛谷河畔（今通渭体育公园）举行
全军联欢晚会和大会餐，六人一桌，边吃边看文艺表演。
现在的体育公园里，竖立着一块"红军文艺联欢晚会纪念
碑"，碑文介绍：这是"红军长征途中规模最为盛大、气
氛最为热烈的一次晚会"。

通渭体育公园一角。今日通渭县，也是
国家体育总局命名的"全国田径之乡"

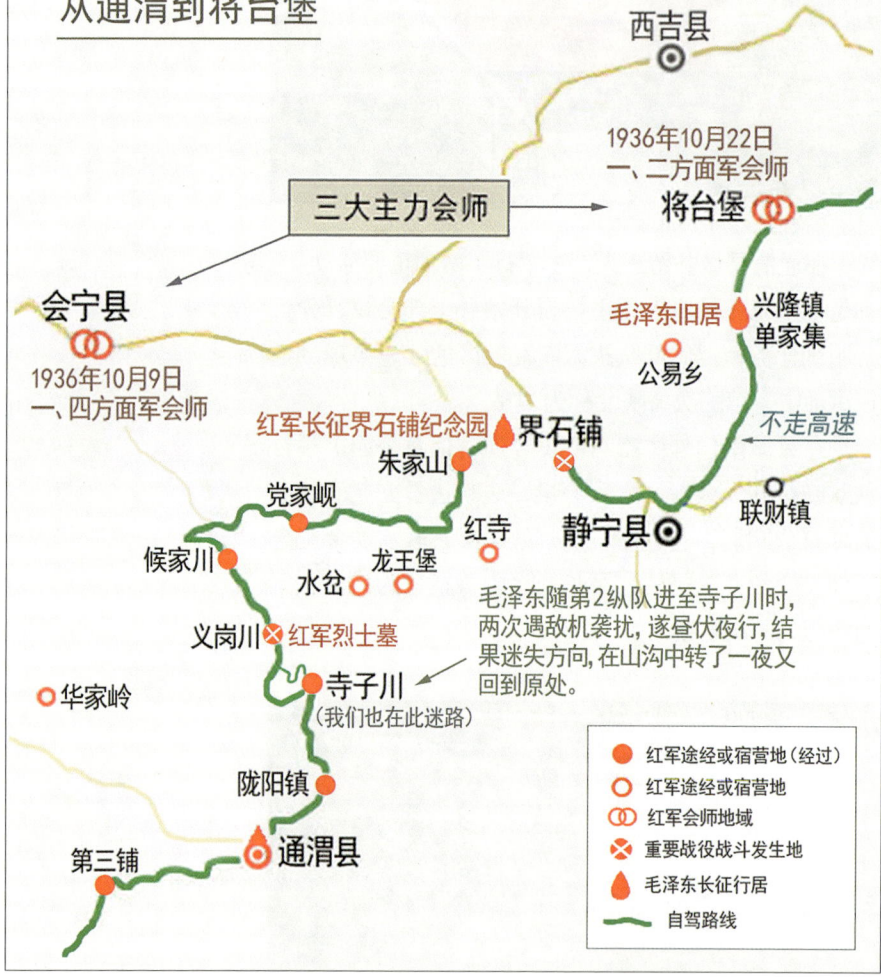

自驾路线图
从通渭到将台堡

西吉县

1936年10月22日
一、二方面军会师

三大主力会师 → 将台堡

会宁县

1936年10月9日
一、四方面军会师

毛泽东旧居 兴隆镇
单家集

公易乡

红军长征界石铺纪念园 界石铺

不走高速

朱家山

党家岘

联财镇

候家川

红寺

静宁县

水岔 龙王堡

毛泽东随第2纵队进至寺子川时,
两次遇敌机袭扰,遂昼伏夜行,结
果迷失方向,在山沟中转了一夜又
回到原处。

义岗川 红军烈士墓

华家岭

寺子川
(我们也在此迷路)

● 红军途经或宿营地(经过)
○ 红军途经或宿营地
◎◎ 红军会师地域
✕ 重要战役战斗发生地
▲ 毛泽东长征行居
━ 自驾路线

陇阳镇

第三铺 通渭县

自驾路线图-39

49

由甘入宁　从寺子川到将台堡

出行日期：11 月 2 日（第 38 天）
自驾路线：寺子川—界石铺—单家集—将台堡
行车里程：约 176 公里

迷途折冲·寺子川、义岗川

　　我们离开通渭城后，经寺子川、义岗川、党家岘等地前往界石铺，从地名可以看出，沿途都是岗坡沟谷。这条路线，至寺子川段与陕甘支队（红一方面军主力）的足迹重合，其后分别与红二、红四方面军各一部的足迹重合。

　　印象最深的是寺子川。

　　当年，毛泽东及中央机关随第 2 纵队（原红 3 军团）行动，从通渭县城进至寺子川一带时，两次遭遇敌机袭扰，遂昼伏夜行，结果迷失方向，在山沟中转了一夜又回到原处。后翻越寺子川北山，晚了一天到达界石铺。

　　我们如出一辙。从通渭出发时雾很大，但到寺子川一

寺子川一带典型的民居院落

浓雾消散中的寺子川

为我们带路的小卡车

路还算顺当。从寺子川前出不远，恰遇修路，只得改道。于是，钻山沟盘大梁，绕了一大圈，来到一个乡镇，一看路牌顿时傻眼了——又回到了寺子川！万般无奈之际，幸得一位送大白菜的卡车司机带路，从北山绕经王儿村，这才上了正途。

原以为司机是顺道带我们的，但上大路后他并没有继续前行，而是停车叮咛几句后又回去了。非常感谢这位卡车司机，他专程送了我们一趟！

前面就是义岗川。

义岗川是通渭县最北边的镇。在镇旁的四岩山上，有一座"义岗红军烈士墓"。

1936 年 10 月 17 日，长征中的红二方面军一部途经义岗川，突遭敌强大火力阻击，并有飞机轰炸。红军被迫发

义岗红军烈士墓及纪念碑

义岗川（四岩山）红军战斗遗址

起还击，史称"义岗川战斗"，当时有 23 名红军战士牺牲。墓园就在当年的战斗遗址，还保存着一段残墙，可以看到上面遗留的弹孔。

义岗川战斗 5 天后，红一、红二方面军胜利会师。

界石铺·静会战场的中心基点

界石铺镇，隶属甘肃省静宁县，西与会宁接壤，北与宁夏交界，今有 312 国道（沪霍线）连接平凉和兰州，交通极为便利。红军长征时，这里既是陕甘支队在静宁、会宁间跨越西兰公路（西安至兰州）的突破点，也是后来中共中央在静会一带部署红军三大主力会师战斗的中心基点。

界石铺红军长征纪念园

1935 年 10 月 2 日拂晓，陕甘支队由通渭出发，经寺子川、红寺，在静宁以西击溃国民党军一部，控制了西兰公路东西 10 余里地带。3 日，毛泽东及中央机关到达界石铺。4 日，红军在界石铺打了一个漂亮的伏击战，截获国民党军 10 多辆汽车及所载物资。当天，红军在界石铺庙院的戏楼，向群众宣传红军北上抗日的主张，并将一部分战利品分给了群众。5 日拂晓，红军开拔，分左右两路向单家集方向挺进。

约一年后，红一方面军（1935 年 10 月底恢复番号）西征中，陈赓、杨勇率红 1 师再次进占界石铺，在此驻留并筹粮，策应红二、红四方面军北上。10 月 8 日，红 1 师与红四方面军先头部队会合，成为三大主力胜利会师的先声。

现在，紧邻国道，有一座规模宏大的"中国工农红军长征界石铺纪念园"。园内有纪念广场、纪念馆、主题雕塑、毛泽东旧居、红军楼（戏楼）、红色记忆长廊等。

毛泽东坐骑白马雕塑。据毛泽东警卫员陈昌奉回忆：1935 年 10 月 5 日凌晨，白马突然刨蹄惊叫。毛主席感到这是个危险信号，决定所有驻军立即撤离。红军离开不到两个时辰，国民党军毛炳文部 3 个团就赶到界石铺，结果扑了个空

红军长征纪念园所在的界石铺继红村，2019 年 1 月入选第七批"中国历史文化名村"。

单家集·红军三次途经地

"人民救星伟大领袖"纪念碑

从界石铺经静宁县城往北，不久便进入了宁夏回族自治区西吉县（1938 年设，时属甘肃）。继续前行，抵达兴隆镇单家集村。

单家集，是红军长征三次途经和驻扎之地。

第一次是 1935 年 8 月，红 25 军长征途经此地，在单家集、兴隆镇一带休整 3 天。红军向单南清真寺（今陕义堂清真大寺）赠送了绣有"回汉兄弟亲如一家"的软锦和其他礼品，阿訇和群众们则盛赞红军是"仁义之师"。

第二次是 1935 年 10 月 5 日，陕甘支队来到单家集，毛泽东住在清真寺边的张春德家小屋。这是他在宁夏的第一个宿营地。由于此前红 25 军打下了基础，陕甘支队受到

单家集陕义堂清真大寺

毛泽东与阿訇马德海夜话旧址（清真寺北厢房）

阿訇和村民们的热情接待。当晚，毛泽东在参观清真寺后，到北厢房与阿訇马德海促膝夜谈，传为佳话。

第三次是 1936 年 9 月，红一方面军第 1 师在西征中开进单家集。驻留期间，组织建立了单家集苏维埃政府，选举回族农民马云清为政府主席。这是西吉县境内的第一个红色政权。

如今，在陕义堂清真大寺旁，修复保存有毛泽东旧居、单家集夜话旧址等。清真寺前的广场中央，有一座纪念碑，

正面写着"人民救星，伟大领袖"；背面是碑文，注明由单家集全体穆斯林"自发集资，树碑纪念"。

单家集村规模很大，不亚于一般的乡镇，现已发展成为西北最大的村级畜产品交易市场，被形容为"户户搞屠宰，家家有作坊，人人搞贩运"。当时中美贸易战已经开打一段时间，对单家集也产生了影响。据陪同我们参观的阿訇介绍，当地牛肉原来 1 斤是 23 元至 24 元，现在涨到 36 元至 40 元，是逐步涨上来的。

经同意，我们还参观了清真寺的水房，并允许拍照。因为是第一次见，问这问那，一副没见过世面的样子。坐在池边的穆斯林们都笑了，详细解释洗浴小净的操作经过。

清真寺水房

将台堡·小土豆大产业

告别单家集时，已过下午 6 点，直接前往 16 公里外的将台堡镇住宿。这里熟门熟路，因为是第二次来。

1935 年 10 月 6 日，毛泽东率领陕甘支队途经将台堡，前往六盘山。

将台堡也是红军三大主力会师的主要地点之一。为照应历史发展顺序，也为方便表述，此内容将在本书最后一篇介绍。

如今的将台堡，以盛产优质土豆而闻名，并将"小土豆"发展为"大产业"，是西吉县乃至整个宁夏最大的土豆交易市场之一，曾举办过中国（宁夏·西海固）马铃薯节。

次日晨上街吃早饭，肉包半笼 4 元 5 只，花卷 1 元 3 只。临出发前问酒店服务员：街上好多店都关门，冷冷清清的，人去哪儿了？答：都干活去了。

问：收玉米吗？

答：挖土豆。

问：土豆多少钱 1 斤。

答：1 块。

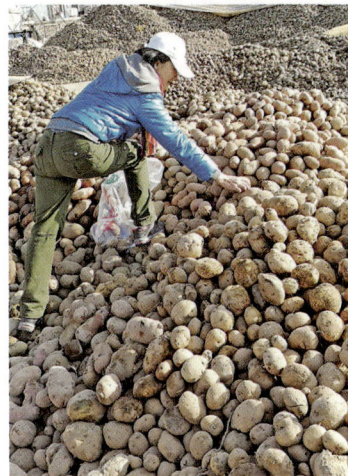

镇上的土豆交易市场里，土豆堆成一座座小山，形同长征路上峰峦起伏的地貌。土豆主要是红皮的，又称"高原红土豆王"。经允许，爬到"山"上自由挑选了一大袋，经还价每斤 0.65 元，回来后分送亲朋好友。

将台堡，土豆的世界

自驾路线图
翻越六盘山 走过秦长城

10月10日, 与陕北
红军交通员接头

三岔接头

三岔镇
毛泽东住天主教堂

六 ◉ 固原市

草庙乡

孟塬乡(孟家塬)

玉洼村

秦长城遗址(长城塬)

毛泽东第一
次住上窑洞
小岔沟村

翻越六盘山

击溃马鸿宾
部2个营

嵝岘乡

乔渠渠(乔家渠)
10月8日毛泽东宿营地
乔生魁家地坑院落

张易镇

10月7日
后莲花沟

温沟村

彭阳县
(白杨城)
1983年设县

莲
花
沟

毛庄村
10月6日毛泽东宿营

2200米

青石嘴

青石嘴战斗纪念碑
缴获战马100多匹,建
立红军第一个骑兵连

古城镇 秦·朝那县城遗址,属北地郡

六盘山红军
长征景区

2928米

盘

和尚铺 红25军经过宿营

隆德县

六盘山长征景区入口
隆德县城北8公里处

山

崆峒山景区

平凉市

泾源县

●	红军途经或宿营地(经过)
○	红军途经或宿营地
◎	红军会师地域
✕	重要战役战斗发生地
🔴	毛泽东长征行居
▬	自驾路线
～	自驾备选路线

50

天高云淡　从六盘山到秦长城

出行日期：11月3日（第39天）
自驾路线：六盘山—青石嘴—小岔沟—乔家渠—三岔镇
行车里程：约240公里

六盘山·迂回曲折山中行

六盘山，位于宁夏与甘肃交界处，由此向南逶迤240余公里，是陕北和陇中高原界山、渭河与泾河分水岭。狭义的六盘山主要在固原市原州区和隆德县境内，海拔2928米，因山路盘旋六重方达山顶，故名。

我们两次到六盘山。第一次是2017年6月，算是旅游，上了顶峰的红军长征景区。第二次为全程走长征路，细查资料，才明白红军没有走过山顶，而是从较低的隘口过去的。

1935年10月6日，红军从单家集出发，进抵六盘山脚下的张易堡（今张易镇）一带，毛泽东住在毛庄。我们进庄里看了，旧居无存。次日，红军分三路越过六盘山。

位于六盘山主锋的红军长征景区

毛泽东走中路，从毛庄出发后，经王套、莲花沟、后莲花沟翻越六盘山。这条路直线距离不到 10 公里。两次问老乡，都说不能走车，也确实找不到路。只得望山兴叹，绕行 75 公里，然后再回头寻找红军遗迹和战斗遗址。

已入深秋，正是土豆收获时节。几次走到地头看农民挖土豆，一起聊聊天，成为旅途中的一件乐事。红军长征那会儿，称土豆为洋芋，在六盘山一带几乎天天吃。

仲夏的六盘山上，满目苍翠

深秋的六盘山麓，一片苍黄。图为毛泽东住过的毛庄

红军下了六盘山后，在青石嘴偶遇东北军骑兵2个连。毛泽东亲自部署，一举将其歼灭，缴获战马100多匹。红军用这批马，组建了自己的第一支骑兵侦察连。连长为梁兴初，即后来在抗美援朝战争中打出威风的"万岁军"军长。现在的战斗遗址处，立有一座纪念碑，碑顶是一尊骑战马的红军战士铜像。

我们绕过六盘山后，先按导航指示到后莲花沟一带，寻访毛泽东和红军下山之路，继而前往青石嘴战斗纪念碑。两地相距七八公里，因为岔路多，不是很好找。

过六盘山后连续两天，红军沿着六盘山麓的长城塬向东疾进。时值仲秋，天高云淡，毛泽东诗兴勃发，吟成感怀之作《清平乐·六盘山》：

> 天高云淡，望断南飞雁。
> 不到长城非好汉，屈指行程二万。
> 六盘山上高峰，红旗漫卷西风。
> 今日长缨在手，何时缚住苍龙？

六盘山脚下（过山前，王套村一带）

【友情提醒】

六盘山红军长征景区大门（游客中心），位于隆德县城东北8公里处。社会车辆不得进入，须换乘观光车上行约6公里。景区为国家4A级，由纪念广场、纪念馆、诗碑、纪念亭、吟诗台等组成。红军实际过六盘山地段，参见"自驾路线图"。

青石嘴战斗纪念碑，位于青石嘴立交桥南面的一座山岗上，地名为上青石嘴

小岔沟·毛泽东第一次住窑洞

沐浴着秋日阳光，我们来到距离青石嘴约 8 公里的小岔沟村。红军于 10 月 7 日翻越六盘山后，毛泽东的第一个宿营地就设在这里。

旧居旁的碑文写道：

> 小岔沟毛泽东长征宿营地位于六盘山东麓，彭青公路北侧，古城镇小岔沟张有仁旧宅。院内原有窑洞 5 孔，现存 3 孔，毛泽东当年夜宿的窑洞居中，现遗存有毛泽东使用过的六条腿柜、带"福"字雕花木椅等生活用品。
>
> ……
>
> 毛泽东同志饱览了六盘山风光，带着青石嘴战斗胜利的喜悦，夜宿小岔沟，以诗人的情怀构思并写下了气壮山河的壮丽词篇——《清平乐·六盘山》。

这是毛泽东第一次住上窑洞。

关于《清平乐·六盘山》的写作地点，有不同说法，但是在小岔沟开始构思则是可能的。有些文章说该词创作于六盘山顶峰，不靠谱。原因何在？一是毛泽东没有经过山顶；二是据毛的警卫员陈昌奉回忆，过六盘山时先阴后雨，并非天高云淡。词作应该是过长城塬后追忆的。

1976 年，曾任毛泽东警卫员的陈昌奉重走长征路，回到了张有仁家的窑洞前。这时，尚健在的张有仁妻子王艳

位于彭青公路边的毛泽东长征宿营地指示牌

在毛主席居住过的小院内，房主人张希俊与作者交谈

毛主席住过的小院和窑洞

花老人（红军来时不到 20 岁）才知道，当年住在自家的那位高高的红军首长，就是解放了全中国的毛主席。

如今，张有仁的孙子张希俊守护着这座山坡上的小院。他听到犬吠，打开柴门把我们迎进院内。在窑洞里，他介绍说，除了雕花木椅和靠墙根的六条腿柜子外，炕上的小方桌也是原来的。他奶奶曾亲手给毛主席做饭、烧洗脚水。红军临走时，在他家放了四块银元。

乔家渠·毛泽东住进地坑院

红军离开小岔沟后，沿茹河向东，途经古城川（今古城镇）温沟村一带，痛歼马鸿宾部 2 个营，俘虏 80 余人，缴枪 80 余支及一批物资。中午，大部队到达白杨城（今彭阳县城）集结，正休息做饭时，突遇敌机轰炸，红军迅速疏散隐蔽，毛泽东避入土城墙的一孔窑洞内。

残存的彭阳（白杨城）古城墙

今日彭阳城（1983 年设县）

今彭阳县城仍保存着一段古城墙，从县第一中学逶迤至栖凤街旁的山上，是宁夏回族自治区文物保护单位。我们去看了，但没有找到毛泽东躲避敌机的窑洞，也许早就不在了。

敌机轰炸完后，地面尾随之敌又至。红军来不及吃午饭，边打边撤，分两路绕道进山。毛泽东随右路第 1 纵队行军，走过秦长城遗址，当晚 9 时来到距县城约 17 公里的乔家渠（导航为乔渠渠）一带宿营。毛泽东住在乔生魁家。这是个地坑院落，隐蔽性极好。

毛泽东宿营的乔家地坑院头道门

乔家地坑院俯瞰（局部）

据乔家后人回忆，当晚他家女眷为毛主席烙了燕麦饼子。饭后，主席在一块长案板上点了两根蜡烛，摊开地图办公，后来就在这块案板上睡了一夜。新中国成立后，毛主席像广泛张贴。乔生魁的妻子每次看到主席像，就会想起在她家住过的那位红军首长，也同家人谈及过。陈昌奉重走长征路时，证实了这位老人的猜测。据介绍，毛泽东睡过的那块案板，已作为文物被国家博物馆收藏。

乔家的地坑院很大，比我们以前看过的河南陕州地坑院大很多，但不像陕州那么集中连片。入口处是长长的甬道，拱形的大门上方有毛泽东诗词手迹："不到长城非好汉"。

乔家渠是毛泽东在宁夏的四个宿营地之一，也

毛泽东旧居

是最后一个。此后，他再也没有来过宁夏。1961年，在江西庐山召开中央工作会议期间，他应宁夏同志之邀，挥毫写下了草书《清平乐·六盘山》。

长城塬·战国秦长城遗址

开车出彭阳县城东北约10分钟，右拐往乔渠渠方向，便能看到秦长城了，就在道路两侧，现为全国重点文物保护单位。此地仍然属于六盘山麓。

车行长城塬

这是红军长征路上跨越的第一道古长城，一般认为，它为毛泽东写出"不到长城非好汉"提供了直接的素材。

彭阳境内的秦长城，总长62公里，修筑于秦昭襄王三十五年（前272），距今已有2290多年。此处遗址，是县境内六大残塬中最大的一个，自西向东随山势蜿蜒十几公里，因建在地势较高的墚塬上，又称"长城塬"。有的地段墙体比较明显；有的如土丘，杂草丛生，不见牌子绝不敢相认。据说，"孟姜女哭长城"的传说就源自这段秦

战国秦长城遗址

长城，当地至今还延续着冬季送寒衣的习俗。

因为到乔渠渠还要掉头，所以这段路我们来回走了两次。

登上秦长城，眺望夕照下的山峦，感慨万千。想到了伟人的壮丽词篇，尤其是"不到长城非好汉，屈指行程二万"。

粗略一算，我们的行程也有二万里了！

当晚出宁夏境，再一次进入甘肃，摸黑住进镇原县三岔镇。

登上秦长城——不到长城非好汉，屈指行程二万

第十篇

追随红军
走进陕北

往银川

陕

郑崾岘　吴起县境

定边县境

毛泽东旧居
张湾子

红军三大主力会师后第一仗
第二次国内革命战争最后一战
山城堡战役遗址 1936.11.

银百

高

速

G211

山城堡战役纪念园
山城乡

桥儿沟
左路

罗庞塬

张崾先
长征红军
无名烈士墓

铁边城

黑城岔
耿湾乡

贺刘张线

木瓜城　铁角城 陕西
右路

东老爷山 甘肃
红军长征纪念园

往吴起

甘

环

江

X012

洪德乡
河连湾

山城堡战役指挥部
英雄连长毛振华牺牲地
陕甘宁省委省政府旧址
斯诺三次到这里采访

玄城沟
左右两翼会合

汪天子
（郑家湾）

肃

G211

环县

贾驿
甜水沟

宋范仲淹领环庆路时
重筑城堡，称木波城

华池县

刘园子
（刘渠）

三岔镇—河连湾
155公里/3:52

银百

木钵镇

寨子坪

陈掌村
（蔡家坡）

X008

西安事变后不久，陕甘宁
省委、省政府迁驻曲子县

曲子镇（原曲子县）

高

沙地圪

1935年10月11日，由陕甘红军
接应人员引路，中央红军分
左右两翼向环县进发。

速

三岔镇
毛泽东旧居（教堂）

红军途经或宿营地（经过）
红军途经或宿营地
重要战役战斗发生地
毛泽东长征行居
自驾路线

51

穿越陇东　从甘肃进入陕北

出行日期：11 月 4 日至 5 日（第 40-41 天）
自驾路线：三岔镇—河连湾—东老爷山—耿湾乡
行车里程：约 410 公里

陕甘支队（红一方面军主力）从三岔镇再次进入甘肃，斜穿陇东向陕北挺进。这是红军到达吴起前的最后一段路。

这段路，红军徒步走了 8 天，我们开车带寻访走了 2 天。

三岔镇·与陕甘红军接头

三岔镇今属镇原县，是陕甘支队再入甘肃的第一站。在这里，刘志丹秘密派出的接应人员巧遇陕甘支队。双方接上头后，毛泽东阅读了刘志丹的信，高兴极了，站在队伍前面大声说：我们很快就要到陕甘根据地了！刘志丹派人来接我们了！红军指战员一片欢腾。第二天（10 月 11 日）由接应人员引路，陕甘支队分左右两翼，向北挺进。

三岔毛泽东长征路居（天主教堂）

三岔镇毛泽东塑像

8个月后，红一方面军西征部队再次来到三岔，建立三岔区苏维埃政府，同时建立了秘密区党委；1936年至1937年，陕甘宁独立师曾在此驻扎。

现在的三岔镇，建有"红军长征三岔纪念园"。纪念园刚修葺过，电动栅栏门是锁着的，好在不足一人高，我们便翻越进去了。拾级而上是纪念广场，中央矗立着一尊汉白玉的毛泽东雕塑，后面有一座天主教堂，是毛泽东路居旧址。旁边有一排窑洞，据说是周恩来、彭德怀等人的住所遗址，但没有找到文字说明。

三岔的中学、小学、商铺、饭店以及镇政府，都在一条主路上。路正在修，挖沟埋管，雨后的地面尽是烂泥，开车和步行都很不方便。不过细想，修路也是发展、进步，用不了多久，一个崭新的三岔就会呈现在人们面前。

河连湾，那个神奇的小山村

出三岔不久就是环县。红军长征时几乎纵贯全境，7天走了500里。

环县地处陇东，其地形地貌，是我们行走黄土高原几天来最壮观的。依然是沟壑纵横，但梁峁更大，河谷更宽，视野也更加开阔。远处有层层叠叠的梯田，近处常见一排排被废弃的窑洞。

深秋季节，作一次陇上行，心中满满的都是诗，就是不会写。

陇上行——甘肃环县的地形地貌

河连湾村，紧邻环县洪德镇。从三岔镇到这儿，155公里，我们跑了4个小时。这是个有故事的山村：

——1935年10月中旬，陕甘支队一部进至河连湾时，遭遇马鸿逵部一个营的阻击。英雄连长毛振华身先士卒，爬上土围子进行爆破，不幸中弹牺牲。毛振华是突破乌江、攻克腊子口的功臣，全军闻名。他牺牲时，离中央红军到达陕北吴起镇仅剩下5天时间！后来，杨成武在《忆长征》中专辟"英雄捐躯河连湾"一节，痛悼这位忠勇的部下。

河连湾，陕甘宁省委省政府旧址

陕甘宁省委、省政府旧址纪念碑。碑文由肖劲光大将（时任陕甘宁省委军事部部长）题写

——1936年6月，红一方面军西征部队解放环县，使其成为陕甘宁边区的一部分。同年7月至1937年9月，中共陕甘宁省委（书记李富春）、省苏维埃政府（主席马锡五）迁至河连湾，下辖环县、华池、定边等18个县。22岁的习仲勋为环县第一任县委书记。

——1936年11月，山城堡战役时，红军前敌指挥部设在河连湾，与陕甘宁省委、省政府在一个院子里办公。

——美国记者埃德加·斯诺曾三次到河连湾，一次是专程，两次是顺访。他把在这里的所见所闻记入了《西行漫记》中，并称河连湾为"那个神奇的小山村"。其中一次，斯诺写道："我从宁夏再度南下甘肃，四五天后，回到了河连湾，在那里又见到了蔡畅和他的丈夫李富春，同他们共进了一顿法式西餐。"

现在的河连湾，仅存一处红军遗址，即陕甘宁省委、

位于211国道旁的河连湾村

东老爷山秋色

省政府旧址，位于穿村而过的国道 211 旁。管理这处旧址的是一位教师模样的中年男子，儒雅有礼。他喜欢写作，尤其是写诗，正在谋求出版。

有资料显示，毛泽东曾在河连湾村的杏儿浦宿营，但未查到遗址保存的信息。

东老爷山·红军长征纪念园

东老爷山又称兴隆山，海拔 1774 米，位于环县东北部的陕甘宁三省交界处，素有"鸡鸣听三省"的美誉，是闻名遐迩的道教名山。

东老爷山古建筑群

东老爷山上的红军长征纪念碑

1935 年 10 月 15 日，陕甘支队右路经河连湾抵达东老爷山宿营。本地介绍文字说，当时毛泽东、彭德怀、叶剑英、李富春等住在禅堂内的三间土箍窑里，红军战士们则住满庙堂内外（另有资料显示，毛泽东随左路第 1 纵队行军，没有经过这里）。

此地靠近南梁革命根据地，当地百姓和道士对红军早有所闻，所以盛情欢迎，主动让出山上唯一水窖供红军饮用。

现在，东老爷山景区为全国重点文物保护单位，内有元、明、清三朝古建筑 15 座，还有红军长征纪念碑、曙光坛（纪念馆）、毛泽东塑像、毛泽东诗词碑林、红军井等，集中在魁星峁（东老爷山的三大景区之一），是环县红军

《沁园春·雪》碑林，集中了沈鹏、李铎等213位当代书法家作品，题刻在105座373块石碑之上，很震撼，是一处独特的人文景观。背景为曙光坛（红军长征纪念馆）

长征主要纪念地。

　　总体上说，东老爷山是很不错的，比大部分"宗教名山"更值得一游，何况还是红军长征来过的地方。主要是偏僻，所以游客较少。

　　从耿湾乡到东老爷山的公路建在地势较高的梁峁上，沿途有删繁就简的秋林，还有不停磕头的采油机。这一带是中国第四大油田区，隶属延长石油集团（陕西排名第一的企业）。

　　说明一下：到东老爷山之前，按照路线顺序，我们实际先去了山城堡战役遗址。红军三大主力会师后，在这里打了一个大胜仗。为照应历史发展顺序，此内容将放在最后一篇《三军会师与最后一仗》里介绍。

在环县、定边一带，这样的采油机随处可见，我们第一次近距离观看并拍照

耿湾乡·300红军死亡之谜

　　我们在耿湾乡逗留一晚。这是个很小的相当简陋的乡镇，我们住的旅店是平房。

　　晨起向人打听，传说中的300名红军突然死亡之地在何处？都说在北边的黑城岔，当时红军在那里驻扎。耿湾乡主街到黑城岔4公里。

　　"300红军突然死亡之谜"，最早见于一位军旅作家发表的文章。该文称：中央红军越过六盘山主峰后，夜间在耿湾镇发生了一起命案，驻扎在镇外宿营地的红军将士无声无息地突然死亡300多人！并说，当时和后来多次调

环县耿湾乡主街

查均无果。50 年后，两位军人利用科学手段终于揭开了谜底，死因是红军喝了当地含有剧毒氰化钾的水。

该文被广泛转载或引用，在网络上也传得沸沸扬扬，至今影响仍很大。当然也有质疑声。

由于事关重大，当地党委和政府曾组织专门的调查组，通过对"事发地"勘察、调查，认为此事子虚乌有。我们通过实地寻访，支持这一观点。综合理由是：

（1）六盘山在宁夏境内，而文章提到的事发地"耿湾镇"（应为乡）在甘肃环县，相距 380 多公里，红军走了八九天，所谓事发地根本不是六盘山下，属于张冠李戴。也说明作者并未到当地调查。

（2）耿湾乡境内虽然有苦水，但是千百年来，当地的人和牲畜从来没有因水致命。

（3）当时陕甘支队（中央红军主力）仅有 7000 余人，突然牺牲 300 人是件很大的事，但老红军们的日记、回忆录里没有任何记载，本地老人也没听说过这事，耿湾境内根本找不到 300 红军烈士的遗存。

根据当地人指点，我们来到黑城岔。这里又叫耿家湾（红军文献亦称巩家湾），位于耿湾乡以北，东川、缪河、高台沟三条河流在这一带交汇，形成四岔河湾。河水在黄土沟中，很浅。

西汉直至隋唐，黑城岔曾为归德县址。红军长征时，这里是毛泽东率领陕甘支队第 1 纵队（原红 1 军团）离开甘肃前的最后一个宿营地；三大主力会师后，罗炳辉指挥的红32军（原中央红军第9军团）曾在此驻防；西征红军解放环县后，中共定环县委、县苏维埃政府一度驻扎于此。

时光流逝，岁月沧桑，湮没了黄尘古道，荒芜了烽火边关。无论是千年前的归德城，还是80多年前的定环县，只留下废弃的窑洞和黄土残垣。红军遗址均无存，仅能凭借记忆文字，追想那峥嵘的岁月。

寻访耿湾乡黑城岔，毛泽东率陕甘支队一部曾在此宿营

转进陕北·张湾子毛泽东旧居

从河连湾开始，长征中的红军分成左右两路进入陕北的定边县。定边，因此被称为"中央红军入陕第一县"。

毛泽东随左路林彪的第1纵队，在黑城岔宿营后，从

途经张崾先，路边有一座"红军长征无名烈士墓"及纪念碑，安葬着红军途经这一带时遭敌机轰炸牺牲的三位无名烈士

桥儿沟转进陕北。又分两翼：主力沿着川中的缪河（甘陕界河，红军电文中也称耿家河）东进，经木瓜城、铁边城到吴起的张湾子村宿营。一部从梁峁上走，沿罗庞塬、张崾先（崄）东进。我们走的就是这一路，现在叫贺刘张线，是建在梁峁上的县道，导航也只认这条路。

彭德怀、叶剑英率领右路第2、第3纵队，在东老爷山宿营后，经铁角城向吴起进发。行军途中，两路红军都遭到敌机轰炸。

这一带很多地名含塬（yuán）、峁（mǎo）、崄（xiǎn），是黄土高原特有的地貌，表示高地、高坡或高台。在塬峁高地上的村庄，一般比较缺水。

途经罗庞塬。罗庞塬是陕甘支队途经地之一；三大主力会师后，红四方面军一部亦在此休整。由于延长石油集团罗庞塬采油队驻扎这里，因此街上饭馆很多。我们到这儿吃午饭。饭前想用自来水洗个手，饭店老板说：哪来的自来水！这里的水都是深井打出来的，50元1方（吨）。问洗澡怎么办？说一个月洗一次，到城里。

从罗庞塬起，行20多公里到张崾先，再行40公里到

途经铁边城

铁边城镇张湾子村，毛泽东旧居位于高台之上。
路牌显示，距吴起县城 30 公里

在毛泽东旧居前俯瞰北洛河及通往吴起的公路

铁边城。这里古时候称定边城，在明朝时一度改名为铁鞭城。长征中，红军左右两路曾在这里交会，当时属定边县，1942 年划入新成立的吴旗县（今吴起县）。

张湾子会议会址及毛泽东旧居

铁边城往东约 5 公里，是隶属该镇的张湾子村。这是中共中央和陕甘支队到达吴起镇前的最后一个宿营地。毛泽东住在村民张廷杰家窑洞，现保存为"张湾子毛泽东旧居"。当晚，张廷杰的婆姨侯孝俊特意做了剁荞面，加羊肉臊子、鸡蛋、葱花熬成的汤。据传毛泽东连吃三碗，赞不绝口，说是长征一年来吃得最好的一顿。直到 1964 年张廷杰才知道，当时住在自家的是毛主席。

在张湾子村，中共中央政治局召开常委会议，对即将进入陕北苏区的工作进行了研究部署。

吴起这一带，过去是十里八里一户人家，张湾子也就三四户人家。现在变化很大，人口达到 1300 多人。村里有蔬菜大棚，建起了养羊场、养猪场和养鸡场，家家户户有电视，电脑也很普及。

毛泽东等在张湾子村住了一晚，第二天凌晨出发，前往吴起镇。

我们跟进，继续向东。

自驾路线图
中央红军到陕北

张湾子 1935.10.19

到达吴起

10月18日

吴起县

1935年10月19日，中共中央、中央红军进驻陕甘革命根据地吴起镇

宋夏战争后，陕甘宁遗留下的最好的堡寨
金丁镇（金鼎寨）
⊙刘志丹出生地

中央红军沿着洛河经金鼎寨、石畔村到达下寺湾

永宁山寨
万丈高楼平地起
盘龙卧虎高山顶

石畔村

华池县

南梁革命纪念馆

1936年6月至1937年1月，曾是中共中央、中华苏维埃政府和中央军委所在地。斯诺在这里采访毛泽东。

安塞区

⊙志丹县
（保安）

决定成立西北革命军事委员会，以毛泽东为主席。恢复红一方面军番号，辖第1、15军团

甘泉雨岔大峡谷 ⊞

洛 河

下寺湾镇
下寺湾会议旧址

周恩来遇险处

甘泉县⊙
乔庄
雪地讲话旧址

象鼻子湾
⊙道镇

1935.11.6

中央红军与西北红军会师

黑水寺

富县
（鄜县）

1935.11.21-24

直罗镇大捷 奠基礼

直罗镇
张村驿

直罗镇战役烈士纪念碑

洛川县⊙

图例
- 🔴 红军途经或宿营地（经过）
- ◯ 红军途经或宿营地
- ◎ 红军会师地域
- ✖ 重要战役战斗发生地
- 🔴 毛泽东长征行居
- 〰 自驾路线

52

秋雨洗尘　追随红军到吴起

出行日期：11月5日至6日（第41—42天）
自驾路线：张湾子—吴起县—胜利山
行车里程：约40公里

一道道山一道道水，中央红军到陕北。

我们追着红军的脚步，从同一个方向，冒雨进入洛河之畔的吴起县城。

1935年10月19日，中央红军主力（陕甘支队）经过二万五千里长征，胜利到达吴起（时为吴旗镇，红军电文中称吴起镇）。吴起因此载入中国革命史册，声名远播。

吴起之名，得之于战国时镇守此地的魏国大将吴起。元朝时称吴旗营，清朝嘉庆年间改称吴旗镇。1942年7月成立吴旗县。2005年10月19日正式更名吴起县，隶属延安市。

中央红军抵达吴起时，有的红军战士看到一间窑洞门口挂着"赤安县六区一乡苏维埃政府"的牌子，立即跑上去紧紧抱住，激动地说：终于到家了！吴起的房子给童小鹏（红1军团政治保卫局秘书）留下了深刻印象，他在当天日记中写道："至吴起镇（60里）。这些地方有一种特点，便是住的房子，窑洞比较少，但是房子又仿佛是窑洞——内中完全一样——因为它是用石块砌起的。"

中央红军在吴起镇驻留十天（各部天数不同），其中前三天处于"作战姿势"，后七天休整。我们在吴起城里住了一晚。

红军在吴起休整期间，有两件大事载入史册：

第一件事，中央政治局召开会议，正式宣布中央红军

吴起入城处的红军雕塑

吴起县雨中夜景

蒙蒙细雨中，在中央红军长征胜利纪念碑前留影

吴起新窑北院的磨房，政治局扩大会议旧址，就是在这里，中共中央宣告长征结束。这间磨房也是林彪、聂荣臻和左权的住所

历时一年的长途行军结束。同时提出：党的新任务，是"保卫和扩大陕北苏区，以陕北苏区领导全国革命"。

　　第二件事，打了一仗，即"切尾巴"战斗。由毛泽东亲自部署，彭德怀直接指挥。战斗大获全胜，歼灭敌骑兵1个团、击溃3个团。据战场遗址处牌子介绍：此战毙伤俘敌2050余人，其中俘虏1000余人；缴获山炮、迫击炮、轻重机枪数十门（挺），战马1720匹，还有各种枪支、弹药、电台等。

胜利山杜梨树旁的前沿指挥所旧址，毛泽东和警卫员塑像

吴起胜利广场中轴线。南端是志丹县革命烈士纪念碑（建于 1959 年，时吴起、志丹合并为志丹县），北端山腰为中央红军长征胜利纪念碑

中轴线上，镌刻着红军长征日志的红色花岗岩，从广场中央延伸到 250 级台阶（寓意 2.5 万里长征）上的纪念碑前

"切尾巴"战斗，创造了步兵追骑兵的奇迹，将一路紧追不舍的国民党军"尾巴"斩断在陕北根据地外。

在"切尾巴"战斗前后，又有两件事传为美谈：

一是毛泽东枪炮声中酣睡。据陈昌奉 1966 年 12 月回忆：10 月 21 日凌晨 4 时半，毛泽东登上吴起镇的制高点平台山（今胜利山），在一棵杜梨树下对"切尾巴"战斗进行部署。随后，疲劳至极的他合衣躺下，叮嘱警卫员陈昌奉：枪炮激烈时莫管它，打冷枪时再叫醒我。于是，一个奇特的场景出现了，一边是安然入睡的鼾声，一边是轰隆隆的枪炮声，直至战斗胜利。

二是毛泽东赠诗彭德怀。"切尾巴"战斗胜利后，毛泽东起身下山，恰见前线总指挥彭德怀骑马伫立山旁，英武如战神。回到驻地后，毛泽东赋诗一首：

山高路远坑深，大军纵横驰奔。
谁敢横刀立马？唯我彭大将军！

今日吴起城内，红军长征纪念地有三处：

其一，中央红军长征胜利纪念园，有纪念碑、纪念馆、烈士陵园、雕塑等。其中，雕塑"地球上的红飘带"基座上镌刻着毛泽东手迹："我说陕北是两点，一个是落脚点，一个是出发点。"园区规模宏大，参观拍照约一小时。

其二，新窑院革命旧址，位于县政府大厦后侧。包括南院和北院，有政治局会议会址、毛泽东、张闻天等领导人旧居等，两院之间有门洞相通。参观拍照约半小时。

其三，胜利山"切尾巴"战场遗址，包括寨子梁指挥部（杜梨树及毛泽东塑像）、毛泽东诗碑和彭德怀骑马雕像等。可开车上山，在途和参观拍照约一个半小时。

彭大将军横刀立马雕塑

当年中央红军到吴起时，这里只有几十户人家。现在全县人口 15.21 万，其中县城 28700 多人。吴起县的"两个率先"在全国享有声誉：1998 年起，在全国率先实施封山禁牧和退耕还林；2010 年，又在全国率先实施 15 年免费教育。

中央红军尽管来到了吴起，但尚未与西北红军会师。吴起镇会议后，中央派贾拓夫等人为先遣队，深入苏区寻找当地红军，主力随后跟进。

所以，我们还要追着红军的足迹，继续前进。

雕塑：长征路上

中央红军长征结束地纪念碑，位于甘泉县道镇象鼻子湾路口

53

洛河两岸　会师与奠基礼

出行日期：11 月 6 日至 7 日（第 42—43 天）
自驾路线：志丹县—永宁寨—象鼻子湾—直罗镇
行车里程：约 290 公里

中央红军在吴起镇休整后，沿着洛河继续向东南前进，经过金鼎寨（今金丁镇），穿越宝安县（今志丹县）境，来到甘泉县象鼻子湾。1935 年 11 月 6 日，中央红军与西北红军会师。

我们没有途经金丁镇，而是将路线稍作调整，先去了志丹县。后面的路线与中央红军基本一致，重要的节点一个不漏。

志丹县·保安革命旧址

志丹县原名保安县，1936 年 6 月为纪念"民族英雄"刘志丹，更为现名。1936 年 7 月至 1937 年 1 月，宝安曾

志丹县一瞥

保安革命旧址（中共中央驻地），位于志丹县城北炮楼山麓

毛泽东旧居。在这间窑洞内，毛泽东多次会见埃德加·斯诺，彻夜长谈

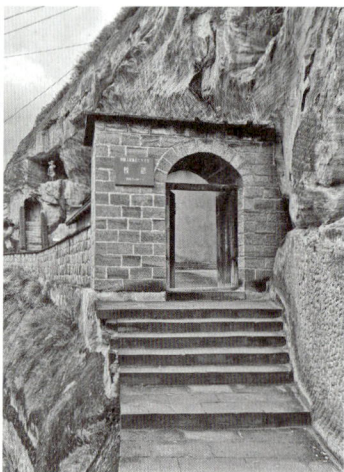

红军大学校部旧址

是中共中央、中华苏维埃政府和中央军委所在地，被誉为中国革命的"红都"。

在保安，中共中央部署指挥了红一方面军西征和三大主力会师，制定了处理西安事变的方针，并开办抗日红军大学（抗大前身）。毛泽东曾在红军大学演讲《中国革命战争的战略问题》，后编印成册，收入《毛泽东选集》第一卷。这是一部中国革命战争的纲领性文献，在当代中国的军事科学体系中仍具有理论基础意义。

在保安，美国记者埃德加·斯诺多次采访毛泽东，回去后写成《红星照耀中国》（即《西行漫记》）。

如今的志丹县，只有红军遗址还保存着传统窑洞，基

依石崖而凿的中国人民抗日红军大学旧址

本上是贴着山崖凿出的石窟,大街上高楼林立,汽车穿梭,商店、宾馆到处都是。

发展的脚步无法阻挡,那些曾经处于历史中心的地位显赫的旧址,已隐退在新城市中最不显眼的所在。但是,它们又是最能代表这座城市的地方,延续着记忆,传承着历史。

刘志丹烈士陵园

永宁山寨·高楼万丈平地起

在洛河之畔,有座赭红色的山峰拔地而起,山上洞窟密布,远看像是巍峨的城堡。这就是我们要寻访的永宁山寨。中央红军长征落脚点选在了陕甘苏区,而永宁山则是陕甘苏区的肇始之基。

永宁山,位于志丹县永宁镇永宁村,海拔1312米。早在宋代,这里就是依山建筑的堡寨,代代因袭,渐成宏大规模,山上有50个互相贯通的崖室(洞),可容千人。

刘志丹年少时,曾在此读了三年书。1926年起,永宁山一度为保安县政府所在地。1928年8月,刘志丹等人在永宁山上秘密建立陕北第一个共产党支部,开始了创建陕甘红军和革命根据地的艰苦历程。1935年9月,长征中先期到达陕北的红25军进至永宁山,陕甘边苏维埃政府主席习仲勋、军委主席刘景范专程赶来迎接。不久,中央红军再次途经此地。

当地盛传着一个故事:中央红军到陕北后,刘志丹

永宁山寨及山中崖室

从永宁山上俯瞰洛河。当年中央红军就是沿着这条河一路东进

邀请毛泽东到永宁山小住，共商革命大计。因此，有了著名陕北民歌："高楼万丈平地起，盘龙卧虎高山顶，边区的太阳红又红，咱们的领袖毛泽东！"歌词里的万丈高楼，指的就是层层叠叠遍布洞窟的永宁山寨；盘龙，指盘绕在永宁山下的洛河；卧虎，指山上酷似老虎的那块巨石。

永宁山寨已作为"永宁山革命旧址"和"永宁寨寨址及摩崖石刻"得到保护，为陕西省文物保护单位。山上山下，俯仰之间，风景雄浑壮美，令人惊叹。因处地较偏，不收门票，也没有大门。

下寺湾·毛泽东说"刀下留人"

沿着洛河继续东进，来到甘泉县的下寺湾镇。因为刚下过雨，挺冷，周边景色也感到萧索起来。

1935 年 11 月 2 日，中央红军到达下寺湾时，这里是陕甘边苏维埃政府所在地。毛泽东、张闻天等中央领导人住白云德家。这是个两进院落，皆为平房，但内部形制与窑洞一样，当地人称石窑。现在以"下寺湾毛泽东旧居"列为陕西省文物保护单位。

11 月 3 日至 5 日，中共中央在这座院子里连续开会，内容较多，其中一项是关于陕北肃反工作。旧居简介中写道：

中共中央在此召开常委会议，听取陕甘晋省委的工作报告。毛泽东对陕北肃反工作作了"刀下留人，停止捕人"的重要指示，纠正了王明"左倾"机会主义路线在陕北的影响，制止了肃反扩大化，释放了刘志丹等一百多位好同志。

在接着召开的政治局常委扩大会议上，中央作出决定：

（1）对外使用"中共西北中央局"和"中央政府西北办事处"的名义，待打破"围剿"后再公开使用中共中央和中央政府的名称。

（2）成立西北革命军事委员会（实际为中央革命军事委员会），以毛泽东为主席，周恩来、彭德怀为副主席。

（3）恢复红一方面军番号，以彭德怀为司令员，毛泽东兼政治委员，辖第1军团（含并入的原红3军团）、第15军团（即西北红军）。全军辖5个师又4个团，共1万多人。

从11月5日起，中央分两路行动：毛泽东率红1军团南下象鼻子湾，与红15军团会合，迎战"围剿"苏区的国民党军；张闻天率中央机关前往瓦窑堡。两天后，被关押在瓦窑堡的刘志丹、高岗、习仲勋等一大批干部被释放。

下寺湾，无论对中央红军还是陕甘苏区，都是个重要转折点。

会议旧址位于镇子东头，处地较偏。院门是从里面反

下寺湾镇口的路牌。因紧邻雨岔大峡谷景区，镇子西头宾馆及民宿很多

下寺湾政治局常委会议会址及毛泽东旧居

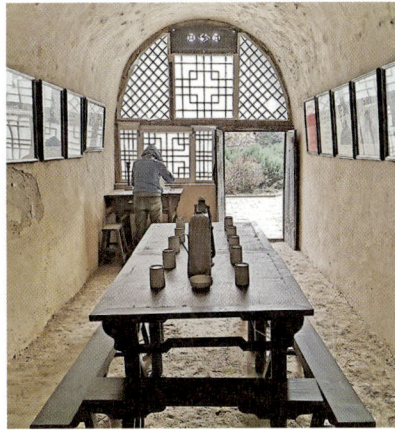

下寺湾会议会址内景

锁的，敲门后才有人来开锁，但旧址保护得很好。

象鼻子湾·两军会师与雪地讲话

毛泽东率领红1军团从下寺湾出发后，"行至途中大雪纷飞"，越下越大，许多指战员戴着斗篷或打着伞，但衣服还是被染白了。童小鹏在当天日记里写道："因雨雪，沿途泥泞载道，尤其上坡处，故整天都滞滞走不动，冷得脚趾几乎要掉，至夜才到桥家庄宿营（约80里）。"桥家庄即今日乔庄。

11月6日，红1军团进抵甘泉县道佐铺（今道镇）的象鼻子湾村（毛泽东住邻近的史家湾），与徐海东、程子华、刘志丹领导的西北红军（红15军团）胜利会师。此时是中央红军到达吴起后的第18天。

毛泽东雪地讲话旧址，与会师遗址在同一个地方，现为陕西省文物保护单位

中央红军长征结束地纪念碑，位于210国道旁象鼻子湾村路口

如今，在210国道至象鼻子湾村的路口，立有一块纪念碑，上书"中央红军长征结束地"。

我们是11月7日来到象鼻子湾的，比红军晚了一天。阴雨绵绵，北风袭人。据一些回忆资料，当时很多战士还穿着草鞋，其艰苦是现在年轻人无法想象的。

11月9日，中央在象鼻子湾召开军委直属纵队300余人参加的会议。会议开始前，下起了鹅毛大雪。毛泽东冒雪发表演讲，对中央红军长征进行了全面总结。现场聆听讲话的杨成武后来回忆，当时毛主席扳着手指说：

红1军团（中央红军）与红15军团（西北红军）会师地遗址文物保护碑

> 从瑞金算起，十二个月零二天，共三百六十七天，战斗不超过三十五天，休息不超过六十五天，行军约二百六十七天，如果夜行军也计算在内，就不只二百六十七天。[*]
>
> 我们走过了闽、赣、粤、湘、桂、黔、滇、川、康、甘、陕，共十一个省，根据一军团的统计，最多的走了二万五千里，这确实是一次远征，一次名副其实的、前所未有的长征！

---

[*]《中国工农红军长征全史》记载：中央红军长征历时373天，用于作战时间41天，战役战斗380多次；全程休息约47天。

总而言之，长征是以我们的胜利、敌人失败的结
果而告结束。

这是有记载的首次使用"二万五千里"长征的论述，
史称"雪地讲话"。

直罗镇·一个奠基礼

直罗镇位于富县以西，距象鼻子湾开车74公里。因地
枕罗水，其川平直，又称直罗城。唐初于此置直罗县；元
代撤县，辖地并入鄜县（今富县），至今依旧。

直罗镇交通便利，青兰高速（G22）与309国道在此交会。
镇边的柏山之巅，有始建于唐代的柏山寺塔，是全国重点
文物保护单位。站在这里，可以将昔日红军歼敌的战场、
今日蓬勃发展的直罗镇尽收眼底。

中央红军进入陕北并与西北红军会师，使国民党军感
受到巨大威胁。1935年10月底，"西北剿总"部署5个
师的兵力，企图消灭立足未稳的红军。

毛泽东决定诱敌深入，歼其一部，打破"围剿"。11
月20日，东北军先头第109师在飞机掩护下，进入红军预
设的直罗镇战场。21日拂晓，红1、红15军团从不同方向
同时发起攻击。激战至午后，将敌109师大部歼灭，师长

唐代柏山寺塔

今日直罗镇——昔日炮火连天的战场

位于柏山脚下的直罗镇战役烈士纪念碑

牛元峰率 500 余人占据直罗镇东南一个土寨子，固守待援。红军遂以一部将其围困，主力顽强堵截从东西两路来援的国民党军 3 个师。孤立无援的敌 109 师残部乘夜突围，于 24 日上午被全歼，师长牛元峰被击毙。此役，红军共歼敌 1 个师又 1 个团，俘虏 5367 人，缴枪 3500 余支。

毛泽东后来总结说：

> 长征一完结，新局面就开始。直罗镇一仗，中央红军同西北红军兄弟般的团结，粉碎了卖国贼蒋介石向着陕甘边区的"围剿"，给党中央把全国革命大本营放在西北的任务，举行了一个奠基礼。

如今在镇北的柏山脚下，建有直罗镇战役烈士陵园，安葬着 955 位英烈（有名烈士 325 位，无名烈士 630 位），现为国家级烈士纪念设施。

陵园与柏山寺塔景区融为一体，均不收费。

自驾路线图
延安-瓦窑堡-袁家沟

东征强渡黄河处
(绥德)沟口

《沁园春·雪》诞生地

子长市(安定)

瓦窑堡镇 瓦窑堡会议旧址

袁家沟 毛泽东旧居

红25军与陕甘红军会师 永坪镇 清涧县

高家圪塲

北国风光景区

会师广场
西北革命军事委员会旧址

东征强渡黄河处
(清涧)河口辛关

天下黄河第一湾

安塞区

赵家沟

延川县

毛泽东东征住地

梁家河青点

乾坤湾

永和县

延安市
(肤施)

延长县

毛泽东旧居
下寺湾

周恩来
遇险处 劳山战
役遗址

乔庄

甘泉县

▲ 中央红军与西北红军会师

象鼻子湾

▲ 中央红军长征结束地纪念碑

道镇(道佐铺)

▲ 毛泽东雪地讲话旧址

榆林桥

富县
(鄜县)

张村驿

洛川县

● 红军途经或宿营地(经过)
○ 红军途经或宿营地
◎ 红军会师地域
✖ 重要战役战斗发生地
🔻 毛泽东长征行居
— 自驾路线

54

大河上下　《沁园春·雪》诞生地

出行日期：11 月 8 日至 9 日（第 44—45 天）
自驾路线：延安—永坪镇—瓦窑堡—袁家沟
行车里程：约 320 公里（到赵家沟 380 公里）

离开直罗镇后一路北上，当天住在延安，顺便给汽车做个保养。这是第二次自驾到延安。站在宝塔山上俯瞰延河两岸，与 11 年前第一次来时相比，城市面貌发生了巨大的变化，几乎不敢相认了！

后两天继续向北，途经永坪镇、瓦窑堡，来到黄河边的清涧县，找到袁家沟村。这里是红军东征渡河前的总部所在地，也是毛泽东的宿营地。

这一路都是好天。所谓好天就是没下雨，但早晨有雾。自上了黄土高原后，几乎每天早晨都有雾，有时延续到中午。雾大时咫尺皆迷，在盘山道行车很紧张，特别是迎面突然钻出一辆车来，吓人一跳。

延安，宝塔山上

永坪镇·红 25 军长征结束地

永坪镇距离延安 70 多公里，隶属延川县，是徐海东、程子华率领的红 25 军与刘志丹领导的西北红军会师之地。

红 25 军是参加长征的四支队伍之一，也是第一个到达陕北的队伍。据永坪镇导览图上的文字介绍：

> 1935 年 9 月 15 日，从鄂豫皖出发的红 25 军，在习仲勋、刘景范的迎接下到达永坪镇。至此，红 25 军历时 10 个月，转战万余里，胜利结束长征。9 月 16 日，刘志丹率领红 26、27 军到达永坪镇，与红 25 军胜利会师。

位于镇中心广场的永坪会师纪念碑

位于永坪镇的西北革命军事委员会旧址。该机构成立于 1935 年 2 月 7 日，由刘志丹任军委主席，统一指挥红 26、红 27 军。12 月 25 日瓦窑堡会议期间，成立中华苏维埃西北革命军事委员会西北办事处，主任周恩来，副主任刘志丹，原西北军委撤销。院内有刘志丹、高岗、习仲勋等旧居

西北革命军事委员会旧址内院

会师后，红 25 军与红 26、红 27 军合编为红 15 军团，徐海东任军团长，程子华任政委，刘志丹任副军团长兼参谋长，共 7000 余人。9 月 18 日，在永坪镇举行了会师庆祝大会。随后，红 15 军团连续发起劳山战役和榆林桥战斗，均获大胜。

不久，中央红军到陕北，红 15 军团编入恢复番号的红一方面军，立即投入直罗镇战役，继而参加了东征和西征作战。

永坪镇现存革命旧址较多，包括西北革命军事委员会（刘志丹、高岗、习仲勋等旧居）、陕北省工农民主政府，以及民主政府银行、警卫队、兵工厂旧址等。镇中心是会师广场遗址，矗立着会师纪念碑（雕塑）。

这里地处交通要道，省道 205 和延子高速（延安—子长）在镇内外交会，过往车辆多。街上有很多宾馆，还有大型超市，吃住都很方便。

子长市·瓦窑堡会议旧址

瓦窑堡，历史上是陕北四大名堡之一，现为子长市（原安定县）城区、市政府驻地。因为瓦窑堡会议，使这里全国闻名，学过历史的都知道。

直罗镇战役前后，中共中央及军委机关进驻瓦窑堡，直至 1936 年 6 月。今保存有瓦窑堡会议旧址，毛泽东、张

闻天等领导人旧居，红军大学旧址等，合称"瓦窑堡革命旧址"，为全国重点文物保护单位。

中共中央和红军在瓦窑堡，留下了深深的印迹：

从 1935 年 12 月 17 日起，中共中央在此召开近十天的政治局扩大会议。在政治上，确定了建立抗日民族统一战线的总政策；在军事上，确定把打通抗日路线与巩固扩大现有根据地结合起来，提出了"抗日反蒋、渡河东征"的口号。会后，毛泽东在党的活动分子会议上作了《论反对日本帝国主义的策略》的报告，大家熟知的"长征是历史纪录上的第一次，长征是宣言书，长征是宣传队，长征是播种机"的经典论述，就出自这一文献。

瓦窑堡会议会址。会址隔壁是张闻天旧居，在此居住期间，张闻天与刘英结为伉俪，婚礼就是在这里举行的

瓦窑堡会议会址内景

1936 年 1 月 19 日，毛泽东、周恩来、彭德怀签发东征命令："主力红军即刻出发，打到山西去"。随后，红一方面军主力 1.3 万人以"中国人民红军抗日先锋军"的名义，在毛泽东、彭德怀率领下从瓦窑堡出发，开始东征。

现在的子长城里，"瓦窑堡革命旧址"的路牌均指向"毛主席旧居"。旧居位于中山街西侧，内有毛泽东居室、铜像、陈列馆，还有穿"军装"会唱歌的讲解员。这里参观者比较多，一直都有。

瓦窑堡会议旧址（张闻天旧居）在斜对面一条长长的陋巷尽头，门牌是城关三村 135 号，步行约 8 分钟。路口没有标志，院门也是锁着的，须请陈列馆的工作人员来开门。问陪同的工作人员：会议旧址应该是主要参观点，为什么

瓦窑堡会议旧址外的碾子，当时一位大娘正在轧辣椒。由于时代变迁，如今即使在农村也很少使用碾子，没想到在子长城里看到了。很惊喜，帮大娘推了好几圈

毛泽东旧居外观与瓦窑堡会议会址几乎完全一样，这是居室内景，为相连的套间，外屋是休息会客之所，内屋为办公室。从直罗镇大捷后来到瓦窑堡至率部东征，毛泽东在这里住了 50 多天。子长县一带窑洞有个特点，炕都在屋子的最顶头

锁着呢？她说：一是不在大路上，较偏；二是大部分人关心的是毛主席住哪儿，很少人到这儿来参观。

这在长征路上，是个比较普遍的现象。

袁家沟·《沁园春·雪》诞生地

袁家沟村，今隶属陕西省清涧县高杰村镇，位于陕晋交界的黄河西岸。

1936 年 2 月 5 日，毛泽东率领红军总部来到袁家沟，入住白育才家窑洞，部署指挥红军东征。时降大雪。

翌日，毛泽东踏雪前往 15 公里外的高家圪（wā）塄，察看黄河地形，选择红军渡河点。当晚回到袁家沟，在小炕桌上挥毫写下《沁园春·雪》：

> 北国风光，千里冰封，万里雪飘。望长城内外，
> 惟余莽莽；大河上下，顿失滔滔。山舞银蛇，原驰蜡象，
> 欲与天公试比高。须晴日，看红装素裹，分外妖娆。
>
> 江山如此多娇，引无数英雄竞折腰……

我们先到高家圪塄，现在叫"北国风光"景区。那是个面积很大的山巅台地。落日正缓缓西垂。东边黄河方向，群峦起伏，峁梁交错，形如无数大象在奔驰。想象一下，如果大雪覆盖，可不就是"山舞银蛇，原驰蜡象"么！可惜摄影效果不好，一是有雾，二是顺光，拍不出层次感。如果下次还来的话，一定要上午，用逆光为一道道峁梁勾边，尽显其多姿和妖娆。当然，须晴日，最好在太阳刚出时！

前往北国风光景区高家圪塄

从塄上向东看。忍不住指点河山，想象着：伟人眼中的"山舞银蛇"，可能是指山岗上逶迤的梯田；"原驰蜡象"则是形容峁梁凸起的脊背

从塄上向西看，白日依山尽，山峦似龙游

当晚就近住在高杰村镇。这儿实际就是个村，村中一块立于2004年的石碑上写着："国家扶贫开发重点村"。投宿的是村里唯一的旅店，衣服都没脱，因为太冷，被子太薄，又没有取暖设施。

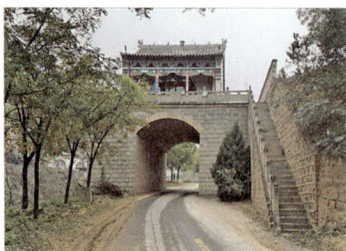
袁家沟村口

东征战役发起后，毛泽东离开袁家沟曾途经这里，前往黄河渡口。

村子里窑洞很多，层层叠叠，大多数不住人了。第二天早晨，我们用相机、手机狂拍了近一个小时，就是雾太大，效果打折。

去袁家沟13公里，有两条道可选：小路颠簸，风景如画（去时）；大路平坦，车行如滑（回程）。无论大路小路，都是在白雾笼罩的山沟里。沿途能看到奇特的天然崖壁浮雕（水蚀浮雕），可以猜想，远古的时候黄河曾从这里走过。

山沟的尽头就是袁家沟村，尽管靠黄河很近，因有山挡着，看不到。村里仍有雾，但在渐渐消散。村中央有条河，两边依山而建一排排窑洞，有毛泽东旧居、红军总部旧址等。枝头树叶金黄，风景如画。

陪同我们参观的白炳池老人介绍：村子分上沟和下沟，现户籍人口500多人，常住人口100多人，都姓白。

毛泽东入住袁家沟期间，写了两个东西，都很著名。一个就是前面提到的《沁园春·雪》；一个是当年2月17日发布的《东征宣言》，公开宣告，红军"为实现抗日，渡河东征"。20日起，红军强渡黄河，进入山西前线。

薄雾笼罩的袁家沟村

河沟西侧，红军东征总部旧址

河沟东侧，毛泽东居住的小院和窑洞。毛泽东在这里住了16天，部署指挥红军东征，并挥毫写下了《沁园春·雪》

在袁家沟，还有一件事传为美谈：

新中国成立以来，这个小山村，先后走出4位省委书记，7位副省（部）级干部，因此又被称为"省委书记村"。毛泽东的旧居，也是福建原省委书记白治民的故居。

如果不走长征路，如果没有"引无数英雄竞折腰"的恢弘词章，我们无论如何也不会来到这样一个隐蔽、美丽、充满传奇的地方。

天地有大美而不言，袁家沟就是！

自驾路线图
三大主力会师
与山城堡战役

1936年——
10月9日，红一、四方面军会师
10月22日，红一、二方面军会师
11月下旬，山城堡战役

山城堡战役遗址
山城堡战役纪念园
山城乡
东老爷山
红军长征纪念园

山城堡战役指挥部 **河连湾**

环县

木林镇

苏家河

曲子镇

图例：
- ● 红军途经或宿营地（经过）
- ○ 红军途经或宿营地
- ◎ 红军会师地域
- ✕ 重要战役战斗发生地
- ● 毛泽东长征行居
- ━ 自驾路线

1935年10月11日，由陕甘红军派来的接应人员引路，
中央红军分为左右两路，继续向北进发去往环县。

9日中午，红军在孟家塬打了一家土豪，午饭后
两路红军在孟家塬境内会合，向三岔镇撤退。

三岔接头

这是红军长征路上跨越的第一道古长城，
成为毛泽东"不到长城非好汉"的原始素材

三岔镇

10月7日，从后莲花沟
翻越六盘山至青石咀
（17公里）

固原市

毛泽东长住张有仁家的正窑里，
这是路上黄土高原毛泽东住
过的第一孔窑洞

红军翻过六盘山后，在青石咀歼敌200多人，
缴获战马400多匹以及10余辆马车的炸药物
资。红军缴获的战马组建了骑兵侦察连，
任命梁兴初为连长。

1935.10.7
翻越六盘山

红一、二方面军会师
将台堡 ◎

红一、四方面军会师
会宁县 ◎

红军长征乔石铺纪念园
朱家山

侯家川
（侯川）
龙王堡
水岔

寺子川

通渭县

第三城

毛泽东朗诵《七律·长征》

1935年9月29日，陕甘支队进驻通渭县城。当
晚，毛泽东等接见随文家坡小学的领队1大队
先锋连（一说举行接见以上干部会议），并举行
联欢会，毛泽东即兴朗诵《七律·长征》

西吉县

小岔沟

乔家渠

彭阳县

界石铺
单家集
毛庄村
张易镇
庄莲花沟

六盘山
和尚铺村 红25军经过宿营

隆德县

静宁县

泾源县

六盘山国家
森林公园

镇原县

庆阳市

北石窟寺

清平乐·六盘山

1935年10月

天高云淡，
望断南飞雁。
不到长城非好汉，
屈指行程二万。
六盘山上高峰，
红旗漫卷西风。
今日长缨在手，
何时缚住苍龙？

55

新的起点　三军会师与最后一仗

出行日期：2017 年 6 月 / 2019 年 11 月
自驾地点：会宁 / 将台堡 / 山城堡

1935 年 11 月，在红一方面军进入陕北并取得直罗镇大捷的同时，另外两路主力红军也进行着重大军事行动。

11 月 13 日，红四方面军在四川雅安东北（今名山区）发起百丈关战役，激战七昼夜，严重失利。这是红四方面军的转折点。此后一再北撤，转移至川康边的甘孜一带，人员由南下时的 8 万人减至约 4 万人。南下行动宣告失败。

11 月 19 日，红 2、红 6 军团从湖南桑植的刘家坪出发，开始了艰苦卓绝的长征。次年 7 月，到甘孜与红四方面军会合。随后，红 2、红 6 军团及红 32 军（原中央红军第 9 军团）合编为红二方面军。同月，红二、红四方面军分成左中右三路，开始北上。

三大主力红军会师之前，至 1936 年 10 月，红一方面军通过东征和西征，已发展到 3 万余人，陕甘宁根据地扩张到 10 余个县、纵横约 200 公里的区域。这一新局面，给三大主力会师创造了有利条件。为迎接红二、红四方面军，红一方面军派出两个特别支队南下，先后占领甘肃的会宁、将台堡（今属宁夏）等地。

会宁·红一、红四方面军会师旧址

2017 年 6 月下旬，我们在登过六盘山后，出宁夏进甘肃，来到会宁县城。会宁素有"秦陇锁钥"之称，已有 2100 多年建县史，古丝绸之路穿境而过，留下许多古遗存和历史故事。

会宁，中国工农红军第一、第二、第四方面军会师纪念塔

三军会师纪念塔（左）与
雕塑"地球上的红飘带"

红军会师地遗址，会宁古
城门（西门）和城楼

会宁文庙大成殿，红军会
师联欢会会址

会宁人最津津乐道的故事，是红军第一、第四方面军在此会师。现在，县城里有红军路、长征路、会师路、会师大桥等，烙上了深深的红色印记。

1936 年 10 月 2 日，红一方面军第 15 军团独立支队占领会宁。10 月 9 日，朱德、张国焘、徐向前等率领红军总部和红四方面军直属队进入县城，与前来接应的红一方面军第 1 师、第 73 师会合。这是两大红军主力第二次会师。

10 月 10 日，红一、红四方面军在西城门内的文庙前举行会师庆祝大会。

红四方面军的长征，从 1935 年 3 月强渡嘉陵江西进开始，到会宁会师结束，历时 1 年 7 个月，行程万余里，经历了艰难曲折的过程，最终胜利实现了北上战略转移。

会师旧址位于县城南端的会师南路，主要建筑有：红军会师楼及古城门、红军会师联欢会会址（文庙大成殿）、三军会师纪念塔、红军长征胜利纪念馆等。现为全国重点文物保护单位。

会宁曾经是国家级贫困县，又是闻名遐迩的教育大县。自恢复高考以来，这个只有 50 多万人口的县，向全国输送大学生 7 万余人，其中获得博士学位的 1000 多人、硕士学位的 5000 多人，全县一门"双博士"近 20 家，成为远近闻名的"高考状元县"。

2020 年 2 月，会宁实现脱贫，被批准退出贫困县序列。

会宁城头

将台堡·红一、红二方面军会师旧址

将台堡位于宁夏西吉县境内，地处会宁与六盘山之间。我们两次到这里，留下了很深的印象。前面已经提到过。

红军多次到将台堡。

1935 年 9 月 6 日，毛泽东率领陕甘支队（红一方面军主力）途经将台堡，前往六盘山。

1936 年 9 月至 10 月，红一方面军西征部队再度进占这一带，先头前出至静宁县界石铺，策应红二、红四方面军北上。

10 月 22 日，红二方面军总指挥部到达将台堡，与红 1 军团第 1、第 2 师胜利会师。

红军长征将台堡会师纪念碑

作者在将台堡城堡前留影

红二方面军的长征，从 1935 年 11 月 19 日南下湘中开始，辗转 8 个省，历时 11 个月，行程近 2 万里，战胜数十万敌军的围追堵截，终于取得了战略转移的胜利。

鉴于将台堡是红军长征最后会师地，1996 年中共中央决定：将 10 月 22 日定为"红一、二、四方面军胜利会师纪念日"，即中国工农红军长征胜利纪念日。

将台堡现为西吉县的建制镇，其称谓本身就包含了军事的意味。此城始筑于战国秦昭襄王时期，历代有所修缮。现残存的土墙城堡高 10 米，长 70 米，宽 68 米，堡门建在正南面，其上镶嵌着"将台堡"三个大字。现以"将台堡革命旧址"名义，列为全国重点文物保护单位。

将台堡革命旧址，即红一、红二方面军会师地

堡墙东面的广场前，矗立着"中国工农红军长征将台堡会师纪念碑"。纪念碑建于 1996 年，碑名由时任中共中央总书记、国家主席江泽民题写。

在参观时，工作人员说，原来将台堡更大。民国时发生大地震，将堡子震垮了，后来只修复了原来的一半多。

他说的，是 1920 年 12 月当地发生的 8.5 级特大地震，震中在距将台堡 100 多公里的海原县。地震破坏了数十座县城，其中 4 座被毁，28.8 万人死亡，约 30 万人受伤。强烈的震动一直波及江苏和上海。这是世界历史上最大的地震之一，被全球 96 个地震台记录，因此又称"环球大震"。

1920 年海原大地震中损毁的堡墙和变形的窑洞

在城堡的西边，可以看到一部分震后废弃的堡墙。

山城堡 · 长征最后一仗

山城堡，位于甘肃省环县北部，环江上游，是环县前往银川的必经之地。这里属丘陵沟壑区，崦塬起伏。当年，这复杂的地形，有利于红军设伏歼敌。今日，其冈峦纵横、苍凉辽阔之美，又成为欣赏黄土高原的绝佳之地。

我们在进入环县时就到过山城堡，按照历史发展时序，有意放在最后介绍。

山城堡战役主战场遗址，典型的黄土高原丘陵沟壑区地貌

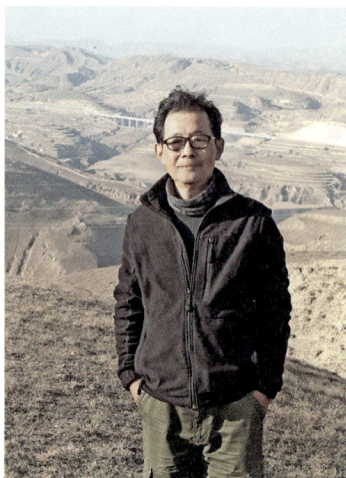

作者在山城堡战役遗址留影

红军三大主力会师后，蒋介石甚为恐慌，由西安飞抵洛阳，亲自部署 11 个师对西北红军进攻。当年 11 月 8 日，毛泽东及中共中央决定，以红军第一、第二、第四方面军主力在现地作战，以彭德怀为前敌总指挥，共同打破国民党军的"围剿"。

红军为何要把主战场设在山城堡？因为这里有大小河流汇聚，是重要的水源地，国民党军要解决人马饮水问题，非进占此地不可。

11 月 20 日，胡宗南第 1 军第 78 师开进山城堡一带。21 日，红军诱敌进入伏击圈，突然发起进攻，并迅速完成了对山城堡至哨马营之敌的包围。战至当日黄昏，敌向山

山城堡战役主战场遗址

昔日战场遗留的猫耳洞

城堡以北突围，红军转为追击。夜战时，红军东冲西突，优势尽显；敌阵脚大乱，很多人在溃逃时坠入深沟。至22日，红军消灭敌第78师232旅及234旅2个团，连同保家堡、萌城、甜水堡战斗，共歼灭和俘虏国民党军1.5万余人。同时，红28军亦在山城堡外围击溃胡宗南部左路第1师第1旅。国民党军被迫全线撤退。

山城堡战役，是红军三大主力会师后的第一仗，红军万里长征的最后一战，也是第二次国内革命战争的最后一战。此战的胜利，迫使国民党军停止对陕甘宁苏区的进攻，促进了国内和平的实现。20天后，西安事变爆发。

山城堡战役纪念地有两处：一是纪念园，位于山城堡村的环江东岸（211国道旁）。这里原称瓦沟台，因红军曾在这儿的关帝庙召开祝捷大会，后改称凯旋岭，有纪念碑、纪念馆、纪念牌坊等。二是山城堡战役主战场遗址，位于西北的哨马营至断马崾岘一带。两地相距十几公里。

山城堡战役纪念牌坊

山城堡大捷之后，朱德、张国焘即将红四方面军主力第4军、第31军交给前敌总指挥彭德怀，然后率红军学校去陕北中央，在保安与毛泽东会晤。至此，各路红军全部统一在中共中央、中央军委的领导之下，

这是一个新的起点。人民军队从此不断发展壮大，中国革命最终走向胜利。

山城堡战役纪念馆

山城堡战役纪念碑，碑名由中央军委原副主席张万年上将题写

尾 声

11月9日，我们从陕北清涧县跨过黄河第一高桥（石清黄河大桥），进入山西石楼县。桥址位于河口辛关古渡，1936年2月20日起，毛泽东、彭德怀率领红军总部在此渡过黄河，拉开了东征战役的大幕。

途经永和县赵家沟村，冒雨参观了东征后期毛泽东及红军总部驻地。1936年4月中旬，根据全国抗日大局和周恩来与张学良秘密会谈情况，毛泽东在这里作出将"抗日反蒋"改变为"逼蒋抗日"的决策，随后回师西渡。

这是我们长征路上的最后一个寻访点。

岁月悠悠，山河已无恙，硝烟散尽是曙光。

昔日红军跋涉的长征路上，我们看到最多的标语是"脱贫攻坚"，最响亮的口号是"奔向小康"。在黄河东岸石楼县农村，墙上刷着这样几行字："资金跟着项目走，项目跟着支部走；支部跟着民心走，大家奔着小康走！"

两天后回到南京。

我们的自驾长征之旅，历时46天，至此结束。

主要参考资料

1. 军事科学院军事历史研究所：《中国工农红军长征全史》，军事科学出版社，2006 年 5 月版。

2. 中共中央党史研究室第一研究部：《红军长征史》，中央党史出版社，2006 年 4 月第 2 版。

3. 中国人民革命军事博物馆：《读懂长征》，江苏人民出版社，2016 年 10 月版。

4. 中共中央党史研究室：《红军长征纪实丛书·日记卷（1-3）》，中央党史出版社，2016 年 10 月版。

5. 刘统整理注释：《亲历长征——来自红军长征者的原始记录》，中央文献出版社，2006 年 3 月版。

6. 中共中央文献研究室：《毛泽东年谱（1893-1949）》（修订本），中央文献出版社，2013 年 12 月版。

7. 中共中央文献研究室：《毛泽东传（1893-1949）》，中央文献出版社，2011 年 1 月版。

8. 中共中央文献研究室：《周恩来传（1898-1949）》，人民出版社、中央文献出版社，1996 年 6 月版。

9. 中共中央文献研究室：《朱德传》，人民出版社、中央文献出版社，1993 年 8 月版。

10. 中国人民解放军国防大学：《中国人民解放军简史》，江苏人民出版社，2007 年 8 月版。

11.《中国工农红军第一方面军长征记》，人民出版社，1955 年 5 月版。

12.《回顾长征》，人民出版社，1985 年 12 月版。

13.《彭德怀自述》，人民出版社，1981 年 12 月版。

14.《聂荣臻回忆录》，解放军出版社，2007 年 8 月版。

15.《耿飚回忆录》，江苏人民出版社，1998 年 1 月版。

16.《杨得志回忆录》，解放军出版社，2011 年 1 月版。

17.《粟裕传》，当代中国出版社，2012 年 1 月版。

18. 陈昌奉：《跟随毛主席长征》，天津人民出版社，1973 年 11 月版。

19. 杨成武：《忆长征》，解放军文艺出版社，1982 年 5 月版。

20. 成仿吾：《长征回忆录》，人民出版社，1977 年 10 月版。

21. 徐海东：《会师陕北》，《星火燎原选编》之三，战士出版社，1980 年 11 月版。

22. 石仲泉：《长征行》，中央党史出版社，2006 年 1 月版。

23. 王树增：《长征》，人民文学出版社，2006 年 9 月版。

24. 金一南：《苦难辉煌》，华艺出版社，2009 年 1 月版。

25. 陈伙成：《中国红军》，江西人民出版社，2007 年 6 月版。

26. 张国焘：《我的回忆》，东方出版社，1998 年 1 月版。

27. [美]埃德加·斯诺：《西行漫记》，生活·读书·新知三联书店，1979 年 12 月版。

28. [美] 埃德加·斯诺：《红色中华散记》，江苏人民出版社，1991 年 7 月版。

29. [美] 洛易斯·惠勒·斯诺：《斯诺眼中的中国》，中国学术出版社，1982 年 2 月版。

30. [美] 哈里斯·索尔兹伯里：《长征：前所未闻的故事》，解放军出版社，1986 年 5 月版。

31. [德] 奥托·布劳恩（李德）：《中国纪事》，东方出版社，2004 年 3 月版。

32. 田昭林：《中国战争史》，江苏人民出版社，2019 年 1 月版。

33. 中国人民革命军事博物馆：《中国战争史地图集》，星球地图出版社，2007 年 7 月版。

34. 中共中央党史研究室第一研究部、科研管理部：《长征路图集》，中央党史出版社，2006 年 10 月版。

35. 周军：《红军长征过草地行军路线详考》，四川人民出版社，2017 年 1 月版。

36. 长征路沿线(于都、黎平、遵义、吴起等)主要纪念馆展陈资料。

37. 长征路沿线市（州）县党委政府网、党史和文史部门网站中关于红军途经本地的调查寻访报告或相关记载。

38. 中红网（红色旅游网）中有关红军长征资料和亲访者的记录。